BARRY LANCET

TOKIO KILL

Thriller

Aus dem Amerikanischen
von Ulrike Clewing

WILHELM HEYNE VERLAG
MÜNCHEN

Die Originalausgabe TOKIO KILL erschien 2014
bei Simon & Schuster, New York

MIX
Papier aus verantwortungsvollen Quellen
FSC® C014496

Verlagsgruppe Random House FSC® N001967
Das für dieses Buch verwendete FSC®-zertifizierte
Papier *Holmen Book Cream* liefert
Holmen Paper, Hallstavik, Schweden.

Vollständige deutsche Erstausgabe 06/2015

Printed in Germany 2015
Umschlagillustration: Büro Überland,
unter Verwendung von Motiven von Shutterstock/
Tairy Greene; MC_PP; Angelo Giampiccolo
Satz: KompetenzCenter, Mönchengladbach
Druck und Bindung: GGP Media GmbH, Pößneck
ISBN: 978-3-453-43781-4

www.heyne.de

HEYNE <

Die Rückseite hat auch eine Rückseite.

JAPANISCHES SPRICHWORT

TAG 1

TIRADEN

KAPITEL 1

TOKIO, 14:36 UHR

Acht waren schon tot, als Akira Miura vor unserer Tür auftauchte und um sein Leben bangte.

Als der Tumult draußen losbrach, führte ich gerade ein Ferngespräch mit London, bei dem ich einer Original-Tuschezeichnung von Sengai, dem bekannten japanischen Zenpriester und Schöpfer des berühmten Werkes *Kreis-Dreieck-Viereck*, auf die Spur kommen wollte. Das Gerücht war aus Großbritannien gekommen, also ließ ich nichts unversucht, dieses mutmaßliche Juwel für einen Klienten in San Francisco dingfest zu machen, der jeden töten würde, um es zu bekommen, vor allem aber *mich*, wenn ich ihm nicht dazu verhalf.

Menschen brachten sich schon für weniger um. Eine Erkenntnis, die sich jeden Tag aufs Neue bestätigte, seit ich bei Brodie Security war, der Agentur für Privatermittlungen und Personenschutz, die mein Vater vor über vierzig Jahren in der japanischen Hauptstadt gegründet hatte.

Säße ich jetzt in meinem Antiquitätengeschäft in San Francisco statt in Tokio hinter dem ramponierten Schreibtisch meines Vaters, hätte mich das Gebrüll im Vorzimmer kalt gelassen. In Japan aber galt ein lautstark geführtes Wortgefecht als äußerst schwerer Verstoß gegen die guten Sitten.

Wenn nicht mehr.

Mari Kawasaki klopfte an meine Tür. »Brodie-san, ich glaube, Sie sollten mal kommen.«

Sie war dreiundzwanzig, sah aber aus wie sechzehn. Mari war die Computerexpertin in der Agentur. Als ich in die Stadt kam, stand sie mir zur Seite. Wir waren ein kleines Unternehmen, und jeder machte so ziemlich alles.

»Darf ich Sie später zurückrufen?«, fragte ich meinen Londoner Gesprächspartner. »Ich muss hier kurz etwas erledigen.«

»Natürlich«, sagte er. Ich notierte rasch seine Bürozeiten, entbot ihm einen höflichen Gruß zum Abschied und trat in den Flur im Erdgeschoss hinaus.

Mari deutete zur anderen Seite des Raums, wo drei stahlharte Burschen von Brodie Security einen vierten Mann gegen die Wand drückten. Der Mann warf ihnen empörte Blicke zu, und als meine Leute keine Anstalten machten, nachzugeben und von ihm abzulassen, stieß er jene Art verzweifelter Seufzer aus, mit denen Angestellte im mittleren Management renommierter Firmen ihre Untergebenen zu demütigen pflegen.

Auch das zeigte keine Wirkung.

Mari verdrehte die Augen. »Er ist einfach hier reingeplatzt und wollte mit Ihnen reden, ohne einen Grund zu nennen oder am Empfang zu warten.«

Als der unangemeldete Besucher sich den Leuten von Brodie Security widersetzte, wurde er kurzerhand zur

Raison gebracht. Unser Job brachte es mit sich, dass man auf alle möglichen zwielichtigen Gestalten traf. Die Älteren erzählen sich immer wieder die Geschichte von diesem reaktionären Irren, der mit gezogenem Kurzschwert aus dem Aufzug sprang und zwei meiner Leute ins Krankenhaus brachte.

»Beruhigen Sie sich«, raunzte einer der drei Männer. »Wenn Sie sich bitte einfach nur zum Empfangsbereich …«

Der Büromensch war außer sich. »Aber es ist wichtig. Mein Vater ist ein kranker Mann. Verstehen Sie das nicht?« Dann sah er mich und brüllte auf Japanisch durch die Halle. »Sind Sie Jim Brodie?«

Da ich der einzige Weiße inmitten einer Ansammlung von Asiaten war, stellte das sicher keine allzu gewagte Schlussfolgerung dar. Unser Überraschungsgast war auf jene unaufdringliche Art, wie sie Japanern eigen ist, recht gutaussehend. Er war in den Fünfzigern und steckte in dieser unerlässlichen Bürokluft – in seinem Fall dunkelblau – mit weißem Hemd und perfekt gebundener roter Seidenkrawatte, die ihn einiges gekostet haben dürfte. An den Handgelenken blitzten platinverdächtige Manschettenknöpfe. Seine Erscheinung war tadellos, und unter normalen Umständen wäre er als harmlos durchgegangen. Jetzt aber war er so aufgebracht, dass er sich fast von innen her aufzulösen schien.

»Ja, das bin ich«, antwortete ich in seiner Muttersprache.

Er straffte sich. Seine Augen füllten sich mit Wasser. »Bitte erlauben Sie, dass mein Vater hereinkommt. Es geht ihm nicht gut.«

Aller Augen richteten sich auf den Greis, der geduldig am Empfang wartete. Der Mann hatte volles silbergraues Haupthaar und sah auf eine ganz ähnlich unauffällige Weise recht gut aus: wohlgeformte Wangenknochen, ein festes Kinn und dunkelbraune Augen von der Art, die Frauen typischerweise ins Schwärmen geraten lassen.

Zum Gruß schwang er einen hölzernen Spazierstock und tapste auf unsicheren Beinen um den unbesetzten halbrunden Tresen herum, der in unseren schmucklosen Räumlichkeiten als Empfang diente. Mit bemerkenswerter Entschlossenheit schlurfte er weiter. Seine Hände zitterten. Der Stock schwankte. Er keuchte bei jedem Schritt. Dennoch entbehrten seine Mühen nicht einer gewissen Noblesse.

Er hatte sich eigens für diesen Ausflug stadtfein gemacht. Ein brauner, maßgeschneiderter Anzug, der vor drei Jahrzehnten vermutlich schon unmodern gewesen war. Als er näherkam, ließ der Duft von Mottenkugeln darauf schließen, dass er sich die Klamotten für diesen Besuch aus einem angestaubten Kleiderschrank gefischt hatte.

Einen Meter vor mir blieb er stehen und blinzelte mit unerschrockenen braunen Augen zu mir hoch. »Sind Sie der *Gaijin*, von dem es in den Zeitungen hieß, dass er die Japantown-Killer in San Francisco geschnappt hat?«

Gaijin bedeutet soviel wie ›Fremder‹, wörtlich ›außenstehende Person‹.

»Schuldig im Sinne der Anklage.«

»Und sich davor noch mit den Yakuza angelegt hat?«

»Ebenfalls schuldig.«

Es war unvermeidlich, dass die Morde auf der anderen Seite des Ozeans und das Intermezzo mit der japanischen Mafia in Japan in die Schlagzeilen kamen.

»Dann sind Sie mein Mann. Das klingt nach reichlich Kerben im Colt.«

Ich lächelte, und sein Sohn, der sich von der anderen Seite genähert hatte, flüsterte mir ins Ohr. »Das sind die Medikamente. Die machen ihn so sentimental, manchmal sogar etwas wirr. Dass er herkommen könnte, habe ich ihm nur gesagt, damit er Ruhe gab. Hätte doch niemals gedacht, dass er es tatsächlich tut.«

Sein Vater runzelte die Stirn. Er hatte nicht gehört, was sein Sohn gesagt hatte, aber er war aufgeweckt genug, um es sich zu denken. »Mein Sohn ist der Ansicht, dass ich nicht mehr ganz dicht bin, nur weil ich ein paar Jahre zugelegt habe. Ja, ich bin dreiundneunzig und war bis letzten Dezember durchaus in der Lage, ohne diesen verdammten Stock fünf Kilometer am Tag zu laufen.«

»Ein paar Jahre? Vater, du bist *sechs*undneunzig. Du solltest nicht mehr so in der Stadt herumrennen.«

Der Alte hielt seinem Sohn den Stock unter die Nase. »Das nennst du herumrennen? Auf dem Friedhof in Aoyama gibt es Grabsteine, die bewegen sich schneller als ich, aber hier oben, meine grauen Zellen, die funktionieren noch sehr gut. Und im Übrigen, wenn ein Mann in meinem Alter nicht mehr das eine oder andere Jahr unter den Tisch fallen lässt, um der Damenwelt zu imponieren, *dann* ist es vorbei mit ihm.«

Der Typ fing an, mir sympathisch zu werden.

»Warum gehen wir nicht in mein Büro?«, schlug ich

vor. »Dort ist es ruhig. Mari, führst du die Herren bitte hinein? Ich komme gleich nach.«

»Folgen Sie mir bitte«, forderte sie die beiden auf.

Nachdem Mari die Tür hinter ihnen geschlossen hatte, wandte ich mich einem blassgesichtigen Mitarbeiter zu, der direkt am Eingang stand. »Gibt es sonst noch etwas, außer dass sie ohne Termin aufgetaucht sind?«

»Nur den Nachnamen. Miura.«

»Gut, danke. Wissen Sie, wo Noda ist?«

Kunio Noda war unser Chefdetektiv und im Wesentlichen der Grund, weshalb ich unbeschädigt aus der Japantown-Sache rausgekommen bin.

»Er ist im Asakusa-Fall unterwegs, sollte aber bald zurück sein.«

»Schicken Sie ihn zu mir, sobald er da ist, okay?«

»Mach ich.«

Ich ging zurück in mein Büro und tauschte Visitenkarten und die üblichen Verbeugungen mit den Neuankömmlingen aus. Der Name des Vaters war Akira Miura, und er war früher Senior-Vizepräsident in einer größeren japanischen Handelsgesellschaft gewesen.

Der Sohn mit der teuren Krawatte war ein *Fuku bucho* oder stellvertretender Bereichsleiter bei Kobo Electronics. Auch seine Firma war recht ansehnlich, seine Position hingegen weniger, zumal für einen japanischen Büroangestellten in den Fünfzigern. Ordentlich Geld verdiente man erst, wenn man es zum *Bucho*, der nächsten Stufe für Yoji Miura, gebracht hatte. Also lebte er entweder über seine Verhältnisse oder von irgendwoher floss Geld.

Während ich mich setzte, sagte ich: »So, meine Herren, wie kann ich Ihnen behilflich sein?«

Bevor sie antworten konnten, klopfte Mari an die Tür und brachte auf einem Tablett grünen Tee in gemusterten Porzellantassen mit Deckeln herein. Gästeporzellan. Höflichkeit ist in Japan oberstes Gebot.

»Ich war im Krieg, Mr. Brodie«, fing Akira Miura an, nachdem Mari mein Büro verlassen hatte.

Spricht ein Japaner vom *Krieg*, dann meint er den Zweiten Weltkrieg. Und nur die jüngsten Soldaten – jetzt die ältesten Veteranen – waren heute noch am Leben. Nach dem Weltkrieg war Japan in keinen Waffengang mehr verwickelt worden.

»Aha«, sagte ich.

Miura senior fixierte mich mit den Augen. »Was wissen Sie über japanische Geschichte, Mr. Brodie?«

»Eigentlich eine ganze Menge.«

Meine Arbeit auf dem Gebiet der japanischen Kunst machte profunde Kenntnisse über die Geschichte des Landes, seine Kultur und Tradition zwingend erforderlich.

»Wussten Sie, dass in der alten japanischen Armee Befehle fraglos befolgt wurden, oder der kommandierende Offizier jagte einem eine Kugel in den Kopf?«

»Ja.«

»Gut. Dann wissen Sie vermutlich auch, dass mein Land einen Teil der Mandschurei erobert, ihm den Namen Mandschukuo gegeben und einen Marionettenstaat errichtet hatte.«

Ich wusste es, was ihn zu freuen schien.

Anfang des zwanzigsten Jahrhunderts war Japan in China einmarschiert, hatte diesen Übergriff mit dem Bau von Eisenbahnlinien besiegelt, Siedler ins Land geschafft und Filialen für seine riesigen Konglomerate errichtet. Dann setzte es 1932 bekanntermaßen Puyi als Chinas zwölften und letzten Herrscher der Qing-Dynastie ein, vom Volk als der letzte Kaiser verehrt.

Miura sagte: »1940 wurde ich als Offizier an die mandschurische Front geschickt. Meine Männer und ich haben viele Schlachten geschlagen. Mit einem neuen Befehl wurden wir dann an einen Außenposten an der Grenze verlegt, nach Anli-dong. Wir hatten den Auftrag, die Gegend zu stabilisieren. Und so wurde ich Bürgermeister von Anli und Umgebung. Zahlenmäßig waren wir weit unterlegen, zweihundert zu eins, aber die japanische Armee stand damals im Ruf, sehr kampfstark zu sein, sodass es uns gelang, alles ohne größere Zwischenfälle unter Kontrolle zu halten. Zwar bin ich immer für Gewaltlosigkeit eingetreten und habe mich auch immer daran gehalten, aber mein Vorgänger hatte ein ziemlich skrupelloses Regiment geführt. Jeder männliche chinesische Provokateur kam vor ein Erschießungskommando oder Schlimmeres. Und die Frauen wurden Kriegsbeute. Und genau deshalb brauche ich Sie.«

»Für etwas, das sich vor über siebzig Jahren ereignet hat?«

»Haben Sie von den neuesten Einbrüchen in Tokio gehört?«

»Klar. Zwei Familien im Abstand von sechs Tagen brutal niedergemetzelt.«

»Haben Sie auch mitbekommen, dass die Polizei Triaden im Verdacht hat?«

»Natürlich.«

»Sie hat recht.«

Allein die Erwähnung dieser schwerterschwingenden chinesischen Gangs ließ mich zusammenzucken. In San Francisco war ich mit ihnen aneinandergeraten, damals, als ich noch im Mission District wohnte. Das hatte kein gutes Ende genommen.

»Was macht Sie so sicher?«

Miuras faszinierend braune Augen füllten sich mit Angst: »In Anli-dong sagten sie mir, dass sie uns kriegen würden. Jetzt haben sie uns.«

KAPITEL 2

Er hatte meine ganze Aufmerksamkeit. »Was macht Sie so sicher, dass die Triaden es nach all den Jahren auf Sie abgesehen haben?«

»Weil ich weiß, was *nicht* in den Zeitungen stand.«

»Nämlich?«

»Zwei von meinen Männern sind tot.«

Meine Männer. »Und das haben Sie der Polizei gesagt?«

»*Uma no mimi ni nembutsu*«, entfuhr es ihm mit unverhohlener Verachtung.

Er hätte auch sagen können: *Perlen vor die Säue.* Was soviel bedeuten sollte wie: Die japanische Polizei ist zu einfältig, um das zu begreifen.

»Aber Sie haben es ihnen gesagt?«

Er zuckte mit den Schultern. »Sie waren nicht davon zu überzeugen, dass die Morde möglicherweise auf ›längst vergangene Zeiten‹ zurückgehen.«

In den Kriegsjahren trat die japanische Polizei zu Hause genauso rigoros auf wie die Armee im Ausland. Nachdem der Krieg gewonnen war, wurde die Polizei entmachtet. Das Vakuum füllte eine äußerst schwerfällige Bürokratie. Bis heute sind all ihre Entscheidungen geprägt von großer Bedächtigkeit, sodass für Brodie Security und ihresgleichen eine Menge zu tun ist.

»Und was lässt Sie etwas anderes annehmen?«

»Mein Bauchgefühl.«

Sein Sohn lächelte huldvoll.

Ich ignorierte Miura junior, wenngleich mir seine Bemerkungen über den labilen Zustand seines Vaters nicht aus dem Kopf gingen. »Und was sagt Ihnen Ihr Bauchgefühl?«

»Dass es kein Zufall ist, wenn zwei meiner Männer so schnell hintereinander umgebracht werden.«

Ich sagte: »Nehmen wir an, dass Sie recht haben. Wie könnte Brodie Security helfen?«

»Indem Sie mein Haus bewachen.«

Sein Sohn wollte, dass ich ihm den Gefallen tat, also sagte ich: »Das können wir gerne machen. Aber Sicherheit erfordert Männer, die in Teams arbeiten, und das ist nicht billig. Sind Sie sicher, dass Sie das wollen?«

»Ich bin mir sicher.«

Ich sah seinen Sohn an, der widerwillig nickte.

»Okay«, sagte ich. »Wir stellen ein paar Tage Männer für Sie ab.«

»Außerdem möchte ich, dass Sie herausfinden, wer meine Freunde niedergemetzelt hat.«

»Die Morde haben es auf die Titelseite geschafft. Sie können sich darauf verlassen, dass die bei der Polizei ganz oben auf der Liste stehen.«

Er schüttelte den Kopf. »Die Polizei ist nichts als ein Haufen Idioten. Ich gab ihnen einen Tipp, und die haben es nicht einmal für nötig befunden, das zu überprüfen. Beide Männer haben zusammen gedient, weil sie in derselben Gegend aufgewachsen sind. Am selben Ort wurden sie auch umgebracht. Es handelt sich nicht um eine Einbrecherbande, die es auf die Nachbarschaft abgesehen hat, wie die Polizei vermutet, sondern um die Triaden von Anli-dong, die sich meine Männer vorgenommen haben.«

Es klopfte an der Tür und Noda rumpelte herein, ohne auf eine Reaktion zu warten. Der Chefdetektiv war klein, gedrungen und hatte den Körperbau einer Bulldogge – breite Schultern, kräftiger Oberkörper und ein plattes, humorloses Gesicht. Sein auffälligstes Merkmal war eine Narbe über der Augenbraue, an der Stelle, an der ihn einst ein Yakuza-Schwert getroffen hatte. Nodas Antwort hinterließ jedoch eine noch tiefere Wunde.

Ich stellte die Herren einander vor und brachte Noda auf den Stand der Dinge. Als ich auf die Triaden zu sprechen kam, stöhnte er auf.

»Wie? Du hältst Triaden für möglich?«, fragte ich, um meinem chronisch einsilbigen Ermittler eine erhellendere Antwort zu entlocken.

Chinesische Banden gab es in Japan schon seit Jahrzehnten. Ihre Wurzeln ließen sich bis an das Ende der Ming-Dynastie in China zurückverfolgen, als sie sich als politische Gruppierung zusammen mit der Obrigkeit gegen die einfallenden Mandschuren zur Wehr zu setzen begannen und als Helden gefeiert wurden. Glanz und Gloria verblassten mit der Zeit, aber die Bestie brauchte Futter. Die Anführer der Triaden suchten andere Möglichkeiten, um versiegende Quellen wieder zum Sprudeln zu bringen und stießen auf das leichte Geld – Schutzgeld, Erpressung, Kreditwucher, Prostitution und Drogen. Zuerst zu Hause und dann natürlich auch in Übersee. In Tokio trieben diese Gangs in obskuren Bezirken wie

Shinjuku, Ueno und anderen Enklaven ihr Unwesen. Ein größerer Stützpunkt befand sich in Chinatown in Yokohama, knapp dreißig Zugminuten entfernt.

Noda zuckte mit den Schultern. »Kann schon sein.«

»Und?«

»Schwierig.«

Mundfaul wie immer.

Miura sah erst Noda, dann mich an. »Also übernehmen Sie den Fall?«

»Noda?«

Er zuckte mit den Schultern. »Ist unser Job.«

Was soviel hieß wie, dass Brodie Security mit den Triaden schon zu tun gehabt hatte. Das war es, was ich eigentlich wissen wollte. Ich war noch neu im Geschäft meines Vaters, hatte die Hälfte der Firma erst vor elf Monaten übernommen. Aber meine Ahnungslosigkeit vor einem Klienten zur Schau zu stellen, kam nicht in Frage.

»Okay«, sagte ich. »Wir können uns die Sache mal ansehen. Die Leute, die mein Vater noch angeheuert hat, machen ihre Arbeit sehr gut.«

»Das werden sie auch müssen«, sagte Miura, während sein Blick Unheil witternd auf Noda ruhte.

»Wie viele sind von der Truppe noch übrig?«

»Achtundzwanzig haben den Krieg überlebt, aber die meisten sind schon lange tot. Zu unserem letzten Treffen kamen nur noch sieben. Mitsumoto starb anschließend an einem Aneurysma im Kopf und Yanaguchi an der Vogelgrippe, die er sich letztes Jahr bei einem Besuch in Anli eingefangen hatte. Vor den Überfällen waren wir noch zu fünft.«

Blieben also noch drei.

»Wo sind die anderen beiden?«

»Einer ist in das Ferienhaus eines Freundes in Kiushu gefahren. Wo genau, wollte er mir nicht sagen. Der andere ist zu seinem Sohn aufs Land gegangen.«

Noda und ich sahen uns an. Der Rest von Miuras Truppe hatte also Tokio fluchtartig verlassen. Wenn das kein Beleg für wahre soldatische Tugend war.

Eine letzte Frage hatte ich noch:

»Wenn Sie ihr Amt in Anli-dong mit dem gebotenen Fingerspitzengefühl ausgeübt haben, warum möchte dann jemand Sie und Ihre Männer nach all der Zeit am liebsten tot sehen?«

Er seufzte: »Da war das Schmutzige an der Sache. Immer wenn hohe Tiere vorbeikamen, erwarteten sie eine Art Unterhaltungsprogramm. Jedes Mal wurden wir aufgefordert, ›Verräter auszujäten‹ und ›Kontrollen einzurichten‹.

Der erste Befehl bedeutete, dass irgendwelche Bewohner des Dorfes in einer Reihe im Gefängnis aufgestellt werden mussten, um Schießübungen abzuhalten. Der zweite beinhaltete die private Begutachtung lokaler Schönheiten. Diesen Befehlen konnten wir uns nicht widersetzen, sonst hätten sie …«

»… Ihnen eine Kugel in den Kopf gejagt.«

Miuras Oberkörper sackte unter der alten Schuld zusammen. »Ohne mit der Wimper zu zucken.«

»Verstehe.«

»Nach dem ersten Besuch eines solchen hohen Tiers drohten mir die Triaden. Ich sagte ihnen, dass ich Befehlsgewalt nur über die hätte, die meinem Kommando unterstanden, darüber nicht. Das hat sie nicht überzeugt. Wenn Sie die Uniform der Machthaber tragen, dann müssen Sie dafür bluten. Damals haben sie nicht gehandelt, weil sie wussten, dass weitere Dorfbewohner leiden würden, wenn es zu Übergriffen auf Soldaten kam. Aber sie sagten mir, dass sie eines Tages zurückkommen würden.

Jahre später, als China japanischen Touristen endlich die Einreise erlaubte, fuhren ein paar von uns zurück. Wir besuchten die Familien, die wir kannten. Wir waren entsetzt, als wir sahen, wie arm sie waren und es heute noch sind. Wir sind oft wieder hingefahren, haben ihnen Geld und moderne Geräte gebracht, japanische Reiskocher zum Beispiel. Wir aßen und tranken zusammen und taten unser Möglichstes, um es wieder gutzumachen. Aber wir konnten nicht für alle etwas tun. Ich glaube, dass unsere Reisen ein altes Ressentiment wieder aufleben ließen. Wir verteilten sogar unsere Adressen. Das mag ein Fehler gewesen sein.«

Noda knurrte. »Vergeltung wurde gefordert.«

Miura pflichtete ihm durch ein Kopfnicken bei. »Mein Mörder ist in Tokio, Brodie-san. Das spüre ich.«

Ein Team von sechs Leuten eskortierte Akira Miura nach Hause.

Dort angekommen, würden zwei erst die Nachbarschaft und anschließend die Läden in der Umgebung durchkämmen. Zwei andere würden das Haus sichern und Fenster, Türen und alles andere verschließen, wodurch man sich von außen Zugang verschaffen konnte. Dann würden Haus,

Garage und der Garten auf Abhörgeräte, Peilsender und Brandsätze durchsucht. Das dritte Duo würde mit Miura das Sicherheitsprotokoll ausarbeiten, einschließlich Fluchtplan für den Notfall, und die folgenden zwölf Stunden zu seinem Schutz dableiben, bis es von zwei ausgeruhten Bewachern abgelöst würde.

Aber bevor sie das Büro von Brodie Security verließen, setzte die Truppe sich mit den Miuras im Besprechungsraum zusammen, um die Vorgehensweise zu besprechen. Mitten im Gespräch schlich sich der Sohn plötzlich davon und suchte Noda und mich in meinem Büro auf.

»Ich bin Ihnen so dankbar, dass Sie sich meines alten Herren annehmen«, sagte er. »Die Morde haben ihn aus dem Gleichgewicht gebracht. Aber ich möchte ganz offen mit Ihnen reden. In letzter Zeit haben wir Anzeichen von Verwirrtheit, einer leichten Paranoia, an ihm erkannt.«

»Ist er früher schon einmal so aus der Fassung geraten?«, erkundigte ich mich.

»Nein, aber die Ärzte haben uns erklärt, dass wir uns auf einen langsam fortschreitenden Abbau einstellen müssen.« Noda und ich warfen uns Blicke zu.

»Okay, dann weiß ich Bescheid«, sagte ich. »Trotzdem möchten wir den Fall ernstnehmen, bis wir vom Gegenteil überzeugt sind.«

Yoji Miura schien nicht überzeugt zu sein. »Ihre Gegenwart wird meinen Vater beruhigen, kann also nicht schaden. Aber unter uns, Sie werden sehen, das ist ein Babysitter-Job.«

Nodas Blick verfinsterte sich. »Zwei Männer ermordet. Das ist wohl doch etwas mehr als ein Babysitter-Job.«

Der Chefdetektiv sprach mit leiser, furchteinflößender Stimme. Yoji starrte ihn entgeistert an, bis er begriff, dass Nodas Erregung nicht ihm, sondern dem galt, was sich da draußen möglicherweise zusammenbraute, in Lauerstellung lag, oder eben auch nicht. Trotzdem machte Miura junior einen großen Bogen um Noda, als er mein Büro verließ. Der Detektiv folgte ihm kurz darauf und murmelte undeutlich etwas wie »Von nichts eine Ahnung, diese Typen« vor sich hin.

Wieder allein in meinem Büro, lehnte ich mich in meinem Sessel zurück und starrte an die Decke. Tief in mir rührte sich etwas Elementares, durchmischt mit dem Sog der Ängste von Miura senior. Der Alte gefiel mir, der Veteran, der eigens für diesen Besuch einen muffigen Anzug aus dem Schrank holt und sich mit Freuden drei Jahre jünger macht, um »der Damenwelt« zu imponieren.

Für seine Kameraden, die sich aus dem Staub gemacht und Tokio zugunsten sicherer Gefilde verlassen hatten, hegte ich weniger Sympathie. Ebenso wenig für die Bedrohung, die sich von drei Seiten anzuschleichen schien – Einbrüche, chinesische Triaden und alte Kriegsgräuel. Ich hatte in meinem Leben schon Einiges durchgemacht, eine Menge erlebt und auf die harte Tour lernen müssen, die Vorboten von Gefahren zu erkennen und ernstzunehmen.

Schon möglich, dass dies die überflüssigste Aktion war, die die Welt je gesehen hat. Vielleicht aber war es auch nur der Auftakt von etwas besonders Unangenehmem.

KAPITEL 3

Irgendetwas muss in der Luft gelegen haben, denn der Ärger nahm kein Ende. Erst London, dann Tokio.

»Hab rumtelefoniert und bin auf einen Stümper gestoßen«, sagte Graham Whittinghill, der britische Händler, als wir unser Telefongespräch weiterführten. »Ich fürchte, ich habe gehörig danebengegriffen.«

Ich drückte das Headset mit der Hand fester ans Ohr. So etwas gehörte nicht zu den Nachrichten, auf die ich scharf war. Was Graham meinte, war, dass er und ein Konkurrent, ein Amateur in Sachen japanische Kunst, eine Art Revierkampf ausgefochten hatten. Manchmal muss man sein persönliches Netzwerk ein wenig ausbauen. Und dann mischen sich Leute, denen man hofft, vertrauen zu können, in ein Geschäft ein, indem sie versuchen, das Werk als Erste in die Finger zu kriegen, und zwingen einen damit, einen weiteren Mittelsmann einzuschalten.

»Kommt vor«, erwiderte ich.

»Tut mir wirklich leid. Auf einmal wurde der Kerl komisch und hat mir einen Haufen Unsinn aufgetischt.«

»Also einen richtigen Scheiß?«

»Vom Allerfeinsten«, sagte mein britischer Freund. »Ich werde mich heute Abend darum kümmern.«

Vor vier Jahren hatten wir uns über einen gemeinsamen Freund kennengelernt und uns auf Anhieb gut verstanden.

Graham war groß und schlaksig, hatte aschblondes Haar und ein Zwinkern in den Augen. Mein Spezialgebiet war die japanische Kunst, seines die chinesische. Ich brauchte jemanden, dem ich vertrauen konnte, denn auf dem Markt für chinesische Kunst tummelte sich eine albtraumhafte Menge erstklassiger Fälscher, die es vermochten, fünfundneunzig Prozent der Interessenten zum Narren zu halten. Der schon fast krankhaft schüchterne Graham gehörte glücklicherweise zu den anderen fünf Prozent.

Ich sagte: »Helfen Sie meinem Gedächtnis auf die Sprünge. Kennen Sie sich mit japanischen Tuschezeichnungen überhaupt aus?«

Dass Sengai ein brillanter Meister der Pinselführung war, konnte niemand behaupten. Vielmehr verstand sich der Zen-Mönch ausgezeichnet darauf, die Vorliebe der Japaner für Schlichtheit auf eine sehr menschliche Weise zu vermitteln. Seine Werke waren humorvoll, verspielt und im besten Falle tiefgründig. Sengai lachte über das Leben. Er fühlte mit denen, die in der Tretmühle des Alltags gefangen waren, ergötzte sich aber an der umfassenden Erkenntnis, dass das Leben nicht von Dauer ist. Die Erleuchtung hatte ihn frei und zufrieden gemacht, und dieses Wissen ließ seinen Pinselstrich tanzen.

»Nein. Ich bin nur in der chinesischen Kunst zu Hause, es sei denn, japanische Werke stellen chinesische Motive dar, was durch einen glücklichen Zufall auch für Darstellungen chinesischer buddhistischer Mönche in Sengais Werk gilt.«

»Ach wirklich? Warum?«

»Um das zu erklären, müsste ich ganz schön weit ausholen. Das hat Zeit, bis wir uns das nächste Mal auf ein

Bier treffen. Im Augenblick haben wir dringendere Fragen zu klären.«

»Na schön. Dann lassen Sie uns die Sache unter Dach und Fach bringen, bevor der Schurke sie versenkt. Werfen Sie einen Blick auf die Dokumente und holen Sie den Besitzer dann zu einer Videokonferenz, damit ich mir am Monitor ein Bild machen kann.«

»Geht klar. Weil ich derjenige bin, der das Unternehmen in den Sand gesetzt hat, schlage ich vor, dass wir mit meiner Provision vielleicht auf die Hälfte des Üblichen runtergehen?«

»Nicht mal im Traum würde mir das einfallen«, entgegnete ich.

»Das ist sehr nobel von Ihnen, Sir, aber das Angebot bleibt bestehen.«

»Das wird an meiner Meinung nichts ändern.«

Stille breitete sich aus, und Grahams Wertschätzung schien mit Händen greifbar.

»Übrigens«, setzte er einen Moment später nach, »wo wir schon beim Thema sind. Sollte Ihnen zufällig eine Sengai-Darstellung eines chinesischen Mönchs über den Weg laufen, rufen Sie mich bitte umgehend an. Zu jeder Tages- und Nachtzeit.«

»Warum sagen Sie das jetzt?«

»›Eine Möhrenfliege kommt selten allein‹. Bauernweisheit meines Großvaters aus Cornwall.«

Und dabei ließen wir es bewenden – während sich das Pack zusammenrottete und das Unheil seinen Lauf zu nehmen drohte. Der nächste Schlag saß tief. Er war gemein und erwischte mich kalt.

KAPITEL 4

Als ich meine sechsjährige Tochter von einem langjährigen Freund der Familie abholte, hatte sie schon gegessen, war gebadet und vollkommen erledigt. Zu Hause angekommen, wollte Jenny nur noch eine Gutenachtgeschichte hören, ein Wunsch, den ich ihr gern erfüllte, auch wenn sie der Schlaf schon auf der dritten Seite übermannte. »Zu Hause«, das war in Tokio der behagliche Bungalow meines Vaters, der einen doppelten Zweck erfüllte. Einerseits als Bleibe, wenn ich mich in der Stadt aufhielt, gelegentlich aber auch als sicherer Unterschlupf für Klienten, jetzt wo Brodie Security offiziell im Geschäft war.

Mit unserer gegenwärtigen Reise wollten wir uns nach den nervenaufreibenden Ereignissen in Japantown eine kleine Auszeit gönnen. Ich hatte ein paar Besorgungen in Tokio und Kioto zu erledigen, ein paar Dinge für das Büro einzukaufen. Danach würden Jenny und ich in den Ferienmodus schalten. Den Miura-Fall wollte ich spätestens übermorgen Noda übergeben.

Mit einem Glas Suntory-Whisky ließ ich mich im Wohnzimmer aufs Sofa fallen, um die Einzelheiten unserer Reise nach Kioto noch einmal durchzugehen. Aber dazu kam es nicht. Immer wieder schossen mir Jun Hamadas letzte Worte durch den Kopf:

»Worum geht's?«, hatte er bei unserer letzten Besprechung bei Brodie Security gefragt.

»Darum, den zu erwischen, der Miuras Kumpels auf dem Gewissen hat«, sagte ich.

Hamada, unser Fachmann für chinesische Banden, stutzte. »Wenn wir von Triaden sprechen, können wir das vermutlich vergessen.«

»Warum?«

»Die sind wie Ameisen. Zuerst siehst du nur eine oder zwei. Fängst du aber an, im Nest zu stochern, schwärmen sie aus.«

»Klingt nicht gut.«

Seine Knollennase zuckte. Hamada war ein abgebrühter Ex-Cop aus Osaka und hatte schon so manche Schlacht geschlagen. »Damit dürften Sie richtiger liegen, als Ihnen lieb ist.«

In Grübeleien versunken blieb ich noch lange auf. Hamadas Worte gingen mir nicht aus dem Kopf. Ich kippte meinen dritten Whisky herunter. So weich der gut gereifte Tropfen auch war, vermochte er dennoch nicht, das dumpfe Gefühl aufzulösen, das in mir aufstieg.

Ich trug mich gerade mit dem Gedanken, ins Bett zu gehen, als Inspektor Shin'ichi Kato von der Metropolitan Police in Tokio mich gegen Mitternacht auf meinem privaten Handy anrief und Hamadas Bemerkungen geradezu hellseherische Kraft verlieh.

TAG 2

DER NACHHALL DES KRIEGES

KAPITEL 5

00:17 UHR

Es klopfte, und ich öffnete Officer Rie Hoshino, eine der wenigen Frauen bei der Tokioter Polizei, die Tür.

»Brodie-*sama?*«, begrüßte sie mich formvollendet auf Japanisch.

»Ja.«

»Haben Sie mit Inspektor Kato gesprochen?«

Ich nickte. »Er sagte, dass Sie kommen würden, wenn auch nicht so früh.«

Inspektor Katos Schützling hatte Rouge und Lidschatten aufgelegt, beides stilsicher und äußerst dezent, zweifellos, um sich leichter Zugang zu der Männerwelt zu verschaffen, um die es sich bei der Metropolitan Police von Tokio zweifellos handelte. Ihre Uniform bestand aus der unvermeidlichen marineblauen Jacke und Hose, einem himmelblauen Hemd und einer dunklen Krawatte unter einem breiten, spitz zulaufenden Kragen. Messingknöpfe rundeten das Bild ab, das, von gewissen Unterschieden abgesehen, dem ihrer männlichen Kollegen sehr ähnelte. Sie hatte hellbraune Augen und einen frischen Teint.

»Sind Sie soweit?« Sie bedachte mich mit einem zuvorkommenden Lächeln, ohne ihrer Stimme den geschäftsmäßigen Ton zu nehmen.

»Klar, zu allen Schandtaten bereit. Haben Sie den Babysitter mitgebracht?«

Auf Hoshinos Handzeichen erschien eine jugendlich wirkende Polizeirekrutin. »Das ist Kawakami. Nicht verheiratet, aber die älteste von fünf Geschwistern. Ist das in Ordnung?«

Kawakami machte eine Verbeugung. »Sie müssen sich um nichts kümmern, Brodie-*sama*. Ihre Tochter ist bei mir in den besten Händen. Wie heißt sie?«

»Jenny, aber sie hört auch auf Yumiko. Das ist ihr zweiter Vorname. Meine Handynummer liegt auf dem Tisch. Rufen Sie mich an, wenn sie aufwacht und Sie sie nicht beruhigen können. Sie ... ist manchmal etwas ängstlich.«

Jenny hatte ein Elternteil verloren, ein Umstand, der ihr Radarsystem immer sofort anspringen ließ, wenn ich mich zu weit von ihr entfernte. Die kindliche Sicht auf einen Alleinerziehenden konnte etwas Bedrohliches haben.

Kawakami bestätigte meine Anweisungen mit einer zweiten Verbeugung, und Hoshino warf einen Blick auf ihre Uhr. »Wenn sonst alles in Ordnung ist, dann möchte ich Sie bitten, jetzt mitzukommen. Wir haben nicht viel Zeit.«

Sie begleitete mich zu einem Streifenwagen, der draußen wartete. »Bitte nehmen Sie hinten Platz. Ist Vorschrift.«

Kaum hatten wir die engen Sträßchen des Wohnbezirks verlassen, trat Hoshino aufs Gas. Sie schaltete das rote Rundumlicht auf dem Dach ihres Streifenwagens ein und tanzte mit dem Wagen um die anderen Autos herum, als würden sie in Zeitlupe fahren.

Hoshinos Blick traf meinen im Rückspiegel. »Alles in Ordnung bei Ihnen?«

»Ja, alles in Ordnung. Aber wer hat Ihnen diesen präzisen Fahrstil beigebracht?«

»Mein Vater hat mir ein paar Tricks gezeigt, nachdem ich ihn immer wieder bekniet habe, dass ich als seine Tochter auf der Straße auch ganz gut zurechtkäme.«

»Wieso auch?«

»Ich habe zwei Brüder.«

»Und? Wie waren Sie?«

»Schneller und besser.«

Schweigend fuhren wir weiter, bis ich fragte: »Wohin geht es?«

»Kabukichō.«

Ein kalter Schauer fuhr mir den Rücken hinab. Zwar ging es in Kabukichō nicht so anarchisch zu, wie Gerüchte es verkündeten, harmlos war das Viertel aber auch wieder nicht. Gewalttätige Auseinandersetzungen, die durchaus tödlich verlaufen konnten, waren an der Tagesordnung.

»Mitten in der Nacht? Das verheißt nichts Gutes.«

»Der Inspektor möchte Sie persönlich ins Bild setzen.«

»Etwas Ernstes also?«

Resolute kakaobraune Augen warfen mir einen Blick zu: Es war doch nicht so einfach, ihr etwas zu entlocken.

Also versuchte ich es anders. »Arbeiten Sie gern für Kato?«

Im nächsten Moment jagte sie den Wagen um eine Ecke,

ohne die Reifen zum Quietschen zu bringen, sah mich im Rückspiegel an und sagte nur, ja.

»Und die Arbeit bei der Polizei?«

»Ich bin damit aufgewachsen. Vater, Großvater, zwei Brüder. Alle bei der Polizei.«

»Die erste Frau?«

»Ja.«

»Ich frage mich …«

»Einen Moment bitte«, unterbrach sie mich und ließ das Signal kurz aufheulen, worauf zwei klapprige Taxis wie aufgeschreckte Kakerlaken blitzartig zur Seite huschten.

Hoshino sah mich im Rückspiegel wieder an. »Was wollten Sie sagen?«

»Waren Sie letzten Herbst in Katos Einheit?«

Sie fuhr in eine weitere Kurve hinein, dann wieder heraus und gab erneut Gas. »Als Sie und er, äh, zusammengearbeitet haben? Nein.«

»Dann wissen Sie also gar nicht, was passiert ist?«

»Das habe ich nicht gesagt.«

Also war sie im Bilde.

Wir fuhren in den Tunnel, der unter den Schienen der japanischen Staatsbahn nördlich des Bahnhofs Shinjuku entlangführte, bogen links ab und sausten dann hinter der Endhaltestelle der Seibu-Shinjuku-Linie vorbei.

Die Straßen füllten sich mit Leben.

Wir waren angekommen.

KAPITEL 6

Wir befanden uns am Rand von Tokios größtem Vergnügungsviertel für Erwachsene.

Über unseren Köpfen türmten sich Neonschilder mit *kanji*-Schriftzügen übereinander, die von den Fassaden der oberen Stockwerke ultraschmaler Gebäude hervorsprangen. Eine Flut aus roten, blauen und grünen Lichtern schwappte über die Windschutzscheibe.

Lautstark und mit vom Alkohol geröteten Gesichtern schlenderten Nachtschwärmer auf beiden Seiten die Straße entlang.

»Ganz schön viele Leute unterwegs, für einen Donnerstag«, bemerkte ich.

»Sie läuten das Wochenende ein.«

Abgesehen von ein paar Pachinko-Spielhallen, Kinos, Restaurants und Karaokebars war in diesem Viertel tagsüber nicht viel los. Erst nach Einbruch der Dunkelheit zog es Tausende in die Kneipen, die *izakayas*, in die Nudelrestaurants und exklusiveren japanischen »Snack Bars« mit attraktiven Hostessen, die fortwährend kicherten und sich für einen angemessenen Preis auch willig zeigten, das männliche Ego zu streicheln. Denselben Service bekamen Frauen in den »Host Bars«, wenn sie ein paar Scheine hinblätterten.

Je tiefer wir in das Geflecht von Nebenstraßen eindrangen, desto langsamer kamen wir voran. Das Geschäft mit dem Sex blühte, Freudenhäuser und Liveshows mischten sich ins Bild. Ebenso die Schlepper vor Striplokalen und Oben-ohne-Clubs. Und in den ganz dunklen Ecken trieben sich die Strichmädchen herum.

Hoshino manövrierte den Wagen mit der Schnauze in eine schmale Gasse hinein. Der Glanz der Neonbeleuchtung verblasste. Schatten schlichen an den Rückseiten der Gebäude entlang. Vor uns erfassten die Scheinwerfer das Heck eines anderen Streifenwagens. Gelbes Polizeiband war unmissverständlich von einer Wand zur anderen gespannt.

Als Hoshino den Motor abstellte, machte sich Dunkelheit breit.

»Freut mich, dass Sie noch unter den Lebenden weilen, Brodie.« Inspektor Kato streckte mir die Hand entgegen, und ich ergriff sie.

Während ich aus dem Wagen ausgestiegen war, hatte er sich aus der Dunkelheit herausgelöst und war mit einer fließenden Bewegung unter dem Absperrband hinweggetaucht.

»Ich versteh nicht, warum die Sie immer noch eine Marke tragen lassen.«

Weiße Zähne grinsten mir aus einem dunklen Gesicht entgegen. »Wer versteht das schon?«

Vor elf Monaten waren wir uns im Rikyu-Fall begegnet. Nicht als Freunde, damals war ich der Verdächtige. Kato hatte einen walnussfarbenen Teint und Falten in den Winkeln seiner Augen und am Mund. Nach außen war er ein

Ausbund an Unordnung. Er mochte den Tag noch so aufgeräumt und ordentlich beginnen, es dauerte keine halbe Schicht, bis er aussah, als wäre er aus einem überdimensionalen Wäschetrockner herausgeschleudert worden. Seine Kleidung – an diesem Abend schwarzer Trenchcoat und grauer Anzug – war vollkommen zerknittert, und das silbergraue Haar glich einem Heuhaufen, den der Wind vor sich hergetrieben hatte. Doch all dieser Nachlässigkeit zum Trotz war er die Besonnenheit in Person. Nichts konnte sein inneres Gleichgewicht stören. Bevor er seinem Vater zur Polizei folgte, hatte der nachlässige Inspektor sich zum buddhistischen Mönch ausbilden lassen.

Kato versuchte offensichtlich, mein Äußeres einer bestimmten Richtung zuzuordnen. »Früher James Dean?«

Ich trug dunkle Jeans, ein schwarzes T-Shirt und eine schwarze Lederjacke. Meine Stilsicherheit war nur mäßig geschult und kaum geeignet, die Aufmerksamkeit eines der gefeierten Fashion-Gurus von Tokio auf sich zu ziehen. Immerhin hatte ich mir vor langer Zeit eingeprägt, dass dunkle Farben nicht nur geeignet waren, mein welliges schwarzes Haar und die blauen Augen zur Geltung zu bringen, sondern auch meine Möglichkeiten der optischen Anpassung optimierten, wenn ich mich in dunkleren Gegenden herumtrieb.

»Nein, das ist beim Waschen passiert.«

Er nickte. »Ist nicht einfach als Alleinerziehender. Tut mir leid, dass ich Sie Ihrer Tochter entreißen musste.«

Ich sagte: »Sie werden vermutlich einen guten Grund dafür haben.«

Seine Augenbrauen zogen sich zusammen. »Leider ja.«

KAPITEL 7

Mit einer knappen Geste bedeutete der Inspektor mir, dass ich ihm folgen sollte, und ging den Weg zurück, den er gekommen war. Ich duckte mich unter dem Absperrband hinweg, schob mich langsam an dem zweiten Wagen vorbei und wäre fast über den Grund der mitternächtlichen Vorladung gestolpert.

Auf dem Kopfsteinpflaster lag ein zu Brei geschlagenes Etwas aus Haut und Knochen, das einmal ein menschlicher Körper gewesen sein musste.

Der Kopf des Opfers war bis zur Unkenntlichkeit entstellt – die Kieferknochen zerschmettert, die Nase platt, die Augen zugeschwollen. Die Lippen waren wie überreife Früchte zerplatzt, die vorderen Schneidezähne ausgeschlagen. Was nicht vollkommen zerstört und zerquetscht war, war von einer Kruste violett-braunen Blutes überzogen.

Die Leiche war die eines Mannes japanischer Herkunft.

Er trug einen Anzug.

Darüber hinaus gab es nichts, was an einen Menschen erinnerte. Nicht einmal seine eigene Mutter würde ihn erkennen.

Ich holte tief Luft. »So etwas bekommt man nicht oft zu sehen.«

»Die haben es an Gründlichkeit nicht fehlen lassen«, pflichtete der Inspektor mir bei.

Unerbittlich hatten sie zugeschlagen und es dabei nicht bewenden lassen. Beide Beine wie auch der linke Arm waren ihm gebrochen worden. Der rechte Arm fehlte ganz.

Auf der Suche nach einem Hinweis, warum er mich mitten in der Nacht hierher geholt hatte, sah ich Kato an. Aber der Inspektor stand wie zu einem steinernen Buddha erstarrt da.

Ich suchte die Umgebung nach dem fehlenden Arm ab. Zunächst sah ich den Weg hoch in die Richtung, wo das MPD eine Absperrung gezogen hatte, um Schaulustige fernzuhalten, dann zur anderen Seite den Weg hinab zu dem zweiten Streifenwagen und in die dunklen Ecken und Winkel hinein. Nichts.

Ich ging ein Stück nach vorn, um besser sehen zu können, und als ich mich wieder der Leiche zuwandte, erspähte ich ein Stück Isolierband, das ihm unter dem Gesicht hing. Ein blutdurchtränkter Socken haftete an dem Klebeband. Eine weiße Sportsocke. Keine Marke. Keine Streifen. Kein Logo. Irgendeine. Ein bestialischer Knebel. Simpel aber unbezwingbar. Wer immer das getan hatte, dumm war er nicht.

Die beiden Streifenwagen hielten neugierige Blicke von der Rückseite des Tatortes fern. Vorn aber, wo der Weg in eine größere Straße mündete, vermochten weder ein paar Streifenpolizisten noch die Kegel und das Absperrband, mit denen die Einmündung versperrt war, die arme Seele, die vor mir auf dem Boden lag, vor der Demütigung in aller Öffentlichkeit zu schützen.

Angetrunkene Gaffer ergötzten sich an dem Anblick, einer weiteren Attraktion.

Meine Arbeit bei Brodie Security führte mich gelegentlich an seltsame Orte. Orte, die ich im Leben nie aufsuchen wollte. Orte, an denen ein Antiquitätenhändler einfach nichts zu suchen hatte. Da ich fünf Jahre am Rand von South Central L.A. und zwei weitere in einem gefährlichen Viertel von San Francisco verbracht hatte, bis ich mir Besseres leisten konnte, war mir Gewalt nicht fremd, was allerdings nicht bedeutete, dass ich sie gleich mögen musste. Was mich heute Nacht hierher gebracht hatte, waren Verpflichtungen, die in Japan tief verwurzelt waren. Ich war Inspektor Kato einiges schuldig. Im Übrigen hatte er meinen Vater gekannt.

»Wo ist das passiert?«, fragte ich.

Jemanden so zusammenzuschlagen dauerte seine Zeit. Riskant, da die Stelle leicht einzusehen war. Außerdem war die Blutlache um den Toten herum relativ klein. Was zu der Erkenntnis führte, dass es eine zweite Stelle geben musste.

»Da drüben«, sagte Kato mit einer Kopfbewegung in Richtung einer dunklen Nische. »Da geht es etwa drei Meter rein. Es ist die Rückseite eines Spirituosengeschäfts, das schon vor Stunden geschlossen hat.«

»Sie erlauben?«

Der Detective schüttelte den Kopf. Drei Schritte später blickte ich in eine verdreckte Mauernische, die zu einer Hintertür führte. Jede Menge Blut, aber kein Arm, keine Zähne. Zwei ramponierte Mülleimer, die an einer Mauer lehnten, waren alles, was der Schauplatz zu bieten hatte.

Ich ging zu der Leiche zurück. »Nachdem sie ihn geknebelt hatten, konnten sie sich Zeit lassen.«

Der Inspektor fuhr sich mit den Fingern durchs Haar, sagte aber nichts.

»Gibt es eine Spur von dem Arm?«, fragte ich.

Kato schüttelte den Kopf.

»Von den Zähnen?«

Wieder ein Kopfschütteln.

Kato war gänzlich verstummt. Er durchbohrte mich mit seinem Blick. Sein weiblicher Schützling stand in einem diskreten Abstand hinter ihm und beäugte mich nicht minder konsterniert wie ihr Chef, senkte den Blick aber sofort, kaum dass ich in ihre Richtung sah.

Irgendetwas stimmte nicht.

Ich sagte: »Wie kann ich helfen?«

Kato hob den Blick und sah mich offen und fragend an. »Eine dieser Kleinigkeiten, auf die wir von Zeit zu Zeit stoßen.«

»Und das wäre?«

»Wir haben Ihr *meishi* in der Brieftasche des Toten gefunden.«

Mich durchfuhr es eiskalt. »Meine Visitenkarte? Das muss ein Irrtum sein. Ich kenne diesen Mann nicht.«

»Sind Sie sicher?«

Genau genommen war das eine gute Frage. Wenn nicht einmal seine eigene Mutter ihn identifizieren könnte, dann ich vermutlich schon gar nicht. Außerdem machten meine *meishi* nicht die Runde wie Tauschbildchen – sehr zum Nachteil meines Bankkontos und dessen, was ich für Jennys Collegeausbildung zurücklegen konnte. Ich sah noch mal genauer hin. Aber weder war mir ein Verdacht gekommen, als ich herkam, noch jetzt.

»Nun?«, fragte Kato.

»Ich glaube nicht«, sagte ich.

»*Glauben* hilft uns hier nicht weiter.«

Ich ging in die Hocke, um genauer hinsehen zu können. Die Leiche verströmte den Gestank von Exkrementen und Fäulnis. Ich konzentrierte mich darauf, durch den Mund zu atmen und ging noch näher heran, ohne dass mir etwas auffiel. Das Gesicht war zu entstellt.

Während ich weiter nach Hinweisen suchte, bemerkte ich im Augenwinkel eine Bewegung. Eine Gestalt löste sich aus der Abordnung von Cops am Tatort und schlenderte auf uns zu. Der Mann trug Zivil, wie Kato, war aber gepflegter gekleidet. Sogar um einiges. Er trug diesen lohfarbenen Burberry-Trenchcoat mit großem Kragen, der bei älteren Japanern so beliebt ist. Der Mantel stand offen und stellte einen ausladenden Bauch zur Schau.

»Hat der *gaijin* schon bestätigt?«, erkundigte sich der Burberry, ein Quadratschädel mit selbstgefälliger Miene.

Wieder diese »Außenseiter«-Nummer. Ich ärgerte mich schon gar nicht mehr über das Wort, dem schon seit so vielen Jahrhunderten ein kulturelles Vorurteil innewohnte, dass selbst die Japaner inzwischen die Beleidigung vergessen hatten, die sich dahinter verbarg. Die Zeit hatte den Begriff eingebrannt. Er wurde beschreibend verwendet, nicht diskriminierend.

Meistens jedenfalls.

Ließ man dem Wort jedoch einen gewissen Unterton mitschwingen, konnte es durchaus eine abwertende Bedeutung bekommen. Und genau dieser Ton lag in der Burberry-Stimme. Ich ging davon aus, dass er meinen Namen kannte, mich aber trotzdem herablassend *gaijin* nannte, als wäre ich das Exemplar einer niederen Lebensform.

»Sie haben die Brieftasche gefunden, oder?«, fragte ich Kato.

»Es wäre besser, wenn Sie ihn auch so identifizieren könnten.«

Eine nächtliche Brise ließ mir eine neue Woge von Fäulnis in die Nase steigen. Ich richtete mich auf und atmete tief aus, um meine Lunge freizubekommen.

»Ich wäre lieber auf ein Bier hergekommen als zu so etwas«, sagte ich.

Kato zuckte mit den Schultern. »Miura. Yoji Miura.«

Ich hatte das Gefühl, mein Herz würde stehenbleiben. Sollte das ein Witz sein? Ich suchte die Gesichter nach Hinweisen ab, erst das von Kato, dann das des Neuankömmlings. Wussten sie etwa schon, dass Yojis Vater Brodie Security gerade angeheuert hatte? Dass ich Vater und Sohn erst an diesem Nachmittag kennengelernt hatte?

Katos Kiefermuskeln waren angespannt. Wieder betrachtete ich die menschlichen Überreste zu meinen Füßen, die nicht das Geringste mehr mit dem Mann gemein hatten, dem ich früher an diesem Tag begegnet war.

Dann sah ich ihn.

Yoji Miura sprang mir förmlich entgegen. Im Bruchteil eines Augenblicks, glasklar, wie eine dieser optischen Täuschungen, die man kurz davor noch nicht sehen konnte. Körpergröße, Kinnlinie, der Bogen seiner Augenbrauen. Das weiße Hemd, die rote Seidenkrawatte – alles war da. Mein Gesicht fiel in sich zusammen.

Konnte er das wirklich sein?

Ich zog eine Kreditkarte aus meiner Brieftasche, beugte mich hinab und schob mit der Kartenecke den Jackenärmel zurück.

Da war er – einer dieser gottverdammten – Manschettenknöpfe aus Platin, die sonst kein Mensch mehr trägt.

Unendliches Mitleid überkam mich. Wie konnte das passieren? Wie hatte *ich* das zulassen können?

Kato beobachtete mich mit zen-hafter Gelassenheit.

»Ich deute das als ein *ja*«, sagte er mit einem Hauch von Anteilnahme im weichen Unterton seiner Stimme.

Ich nickte kurz. »Ich bin ihm heute Nachmittag zum ersten Mal begegnet. Also gestern. Sein Vater hat mich angeheuert.«

»Respekt«, mischte Burberry sich ein. »Vor kaum zwölf Stunden hat er Ihren Dienst in Anspruch genommen, und schon ist er Fliegenfutter. Wenn das nicht für die Qualität Ihrer Arbeit spricht.«

Ich spürte Wut in mir aufsteigen. Das musste ich mir von einem Fremden nicht bieten lassen, und von einem in einem solch affektierten Aufzug schon gar nicht. Ohne das Großaufgebot an Polizisten hätte ich dem Kerl in Sekundenbruchteilen die Nase geplättet. Vielleicht hob ich mir das für später auf.

Ich richtete mich zu meiner vollen Größe auf. Mit eins fünfundachtzig und fast fünfundachtzig Kilo überragte ich die meisten Japaner und diesen eingebildeten Fatzke sowieso. Und das nicht zu knapp.

Der Burberry straffte sich. »Nehmen Sie Ihren Hofhund an die Leine, Kato-kun.« Er warf dem Inspektor einen wütenden Blick zu und stolzierte davon.

»Wer zum Teufel war das?«

»Wäre sein Fall gewesen, wenn die beiden Einbrüche nicht bei mir auf dem Tisch gelandet wären.«

»Dann ist er also schadenfroh?«

Kato nickte und fügte mit leiser Stimme hinzu: »Und nutzt es als Showeinlage. Weshalb ist Miura zu Ihnen gekommen?«

Ich sah mich um. Burberry, Officer Hoshino und ein halbes Dutzend anderer Cops standen ganz in der Nähe. Zu viele Zuhörer.

Kato entging nicht, dass ich zögerte. »Die Kurzfassung jetzt, die längere später.«

Misstrauisch runzelte ich die Stirn.

»Ich brauche die Information, Brodie.«

Ein ungutes Gefühl machte sich in meinem Magen breit. Warum hatten wir nicht ein paar Männer für Yoji Miura abgestellt? Sein Vater hatte nichts davon gesagt, dass sich sein Sohn in Gefahr befand, und bei Brodie Security hatte niemand an diese Möglichkeit gedacht.

Jetzt war Yoji tot, völlig unnötig.

Für meine Begriffe jedenfalls.

»Sein Vater hat Brodie Security beauftragt, sich um eine persönliche Angelegenheit zu kümmern«, erklärte ich mit unterschwelligem Vorwurf an die eigene Adresse.

»Was für eine persönliche Angelegenheit?«

Ein öffentliches Verhör wäre hier fehl am Platz. Ich setzte auf eine vage Andeutung. »Alten Kriegskameraden von ihm sind bedauerliche Dinge zugestoßen.«

Kato fragte: »Was heißt bedauerlich?«

Betroffen blickte ich auf die geschundenen Überreste des Sohnes meines Klienten hinab.

»Ungefähr so«, sagte ich. »Und ebenso dauerhaft.«

Plötzlich verspürte ich den Drang, zum Handy zu greifen. Ich musste herausfinden, ob sie sich meinen Klienten vielleicht auch vorgenommen hatten.

KAPITEL 8

Aber bevor ich auch nur eine Nummer eintippen konnte, hatte Inspektor Kato mich schon gepackt. Als wir in Hoshinos Streifenwagen saßen, erläuterte ich ihm die Verbindung zwischen meinem Klienten und den Einbrüchen und alles andere gleich mit.

Während er durch die Windschutzscheibe in die vorbeiströmende Menge starrte, ließ er sich meine Geschichte durch den Kopf gehen. »Dann haben sie also Rache am Sohn genommen.«

»Sieht ganz danach aus.«

»Ich nehme an, dass Sie ein paar Leute anrufen müssen.«

»Genau.«

Er bedankte sich höflich, dass ich gekommen war, und ich machte mich auf die Suche nach einem Taxi auf den Weg zu einer Hauptstraße. Im Gehen zog ich mein Handy aus der Tasche.

Mit dem ersten Anruf versetzte ich die Männer, die Akira Miura bewachten, in Alarmbereitschaft. Mit dem zweiten ordnete ich die Verdoppelung der Bewachung an und bestellte die zweite Mannschaft umgehend ein. Ich informierte alle über den Grund und bat sie, das Überbringen der Nachricht vom Tod des Sohnes mir zu überlassen. Eine Bitte, der sie mit großer Erleichterung nachkamen. Mit dem dritten Anruf setzte ich eine Telefonkette unter den

Mitarbeitern von Brodie Security in Gang, die alle Leute für den Fall mobilisierte, die nicht ab acht Uhr morgens für die Bewachung von Miuras Büro abgestellt waren. Der letzte Anruf galt meiner Tochter. Sie hatte sich aber noch nicht gerührt und schlief tief und fest.

Wenigstens etwas in all diesem Chaos.

Dann rief ich Miuras Bodyguard wieder an.

»Wecken Sie ihn und machen Sie ihm einen ordentlichen Kaffee«, sagte ich. »Ich komme gleich zu Ihnen.«

Ich wollte mit meinen Klienten sprechen, bevor die Polizei es tat.

So war das eigentlich nicht gedacht.

Ich hatte mir nie vorstellen können, bei Brodie Security an einem Schreibtisch zu sitzen. Die Firma war das liebste Kind meines Vaters. Er hatte sie in den Siebzigerjahren aus der Taufe gehoben, nachdem er die Einheiten der Militärpolizei geleitet hatte, die für die amerikanischen Militärbasen um Tokio herum zuständig waren.

Nachdem er den Dienst quittiert hatte, ging er zum LAPD, stellte die Hackordnung auf den Kopf und kündigte wieder, um sich etwas Eigenes aufzubauen. Erst in Los Angeles, bis der Laden mangels Verbindungen zusammenbrach, dann in Tokio, wo ihm sein Netzwerk aus den Jahren bei der Army gute Dienste leistete.

Damals arbeitete meine zukünftige Mutter, ihres Zeichens Kuratorin, für das amerikanische Rote Kreuz in der japanischen Hauptstadt. Auch sie war freiwillig aus L.A. hierhergekommen. Sie lernten sich kennen, heirateten. Ich wurde geboren und verbrachte die ersten siebzehn Jahre meines Lebens in Tokio. Ich war der einzige Weiße in einer japanischen öffentlichen Schule, wo ich die Sprache, die Kultur und so vieles mehr erlernte.

Mit zwölf verbrachte ich immer mehr Nachmittage bei Brodie Security, und vier Mal in der Woche bekam ich dank der ständig wachsenden Kontaktliste meines Vaters Unterricht bei zwei der besten Meister japanischer Kampfkunst.

Fünf Jahre lang hörte ich zu, wie seine Mitarbeiter ihre Fälle auseinandernahmen. Grobe, unverblümte Gespräche, die mich aber unendlich faszinierten – es ging um Erpressung durch *Yakuza*-Banden, Millionäre, die ihren Frauen untreu geworden waren, gerissene Einbrecher, die Bankkonten leerräumten, indem sie *hankos* stahlen, die runden Siegel, die Japaner an Stelle von Unterschriften nutzten. Und so weiter.

In den Dojos machte ich mir einen besonders perfiden Karatetritt und einen raffinierten Judowurf zu eigen. Was wollte ein heranwachsender Junge mehr? Eines Tages entführte mich dann meine Mutter in die Kellergewölbe des Tokioter Nationalmuseums, wo ich zum ersten Mal die glanzvollen Erbstücke japanischer Kultur zu Gesicht bekam, von japanischen Samurai-Rüstungen aus dem sechzehnten Jahrhundert bis hin zu tiefgründigen und trotzdem verspielten *zenga,* also Zen-Malereien, Werke mit flinken schwarzen Tuschelinien auf weißem Grund, wie sie von erleuchteten buddhistischen Mönchen wie Sengai geschaffen wurden.

Was ich an dem Tag sah, weckte eine Art Abgeklärtheit in mir.

Und damit ging die Achterbahn los.

Die Ehe meiner Eltern ging in jenem Monat in die Brüche. Meine Mutter und mich zog es zurück nach L.A., in die Stadt ihrer Geburt. Wir fanden uns in einer umtriebigen Gegend unweit von South Central wieder, wo ich innerhalb von zwei Tagen dreimal Gelegenheit bekam, geistesgegenwärtig Treffer an den empfindlichen Stellen meiner Widersacher zu landen, was die aggressiven Annäherungsversuche örtlicher Bandenmitglieder im Keim erstickte, die danach einen großen Bogen um mich machten. Ein paar von ihnen wurden schließlich sogar meine Freunde.

In den folgenden zehn Jahren besuchte ich das örtliche College, perfektionierte meine Kampfkünste, sah meine Mutter an Darmkrebs sterben, zog nach San Francisco, schraubte als Mechaniker an anderer Leute Autos herum, gelangte zufällig in die Lehre bei einem örtlichen Kunsthändler, lernte Mieko Brodie, geborene Kuroda, aus Tokio kennen und heiratete sie, wurde Vater eines bezaubernden kleinen Mädchens, eröffnete mein eigenes Antiquitätengeschäft – und wachte erst wieder auf, als mich die Nachricht ereilte, dass meine gerade erst mit mir verheiratete Frau bei einer mitternächtlichen Schießerei ums Leben gekommen war, während sie ihre Eltern besuchte. Jenny war damals zwei Jahre alt. Dann, vier Jahre später – also letztes Jahr –, starb mein Vater, hinterließ mir die Hälfte von Brodie Security, obwohl wir seit seiner Scheidung zerstritten waren.

So war das eigentlich nicht gedacht.

Als die Achterbahn zum Stehen kam, stieg ich als ein Mann mit zwei Berufen wieder aus. Genauer gesagt sogar drei – denn alleinerziehender Vater war ich ja schließlich auch. In San Francisco sprang ich zwischen meiner kleinen Tochter und meinem mühseligen Job als Händler japanischer Antiquitäten in der Lombard Street hin und her. In Tokio jonglierte ich zwischen Reisen auf der Suche nach inspirierter japanischer Kunst für den Laden und meiner eigentlichen Tätigkeit als Privatermittler in der zweiten Generation.

So führte ich mit zweiunddreißig das Leben eines Zwitters. Die Kunst und das Ermitteln verschmolzen im Geiste allmählich miteinander. Erstere diente dazu, Werke an den Mann zu bringen, die das Leben vieler um eben jene Abgeklärtheit bereicherten, die ich vor vielen Jahren entdeckt hatte, als meine Mutter mich in die dunklen Hallen des riesigen Tokioter Museums mitnahm. Zweiteres gab mir die Möglichkeit, Menschen zu helfen, deren Leben im Begriff war, sich aufzulösen oder zum Schlechten zu wenden. Ich hatte beide Eltern verloren, aber sie waren mir nah, und ihre Geister zerrten mich in unterschiedliche Richtungen.

Mit einem deutlichen Unterschied.

Nur einer von ihnen konnte mich das Leben kosten.

KAPITEL 9

2:10 UHR

Ich nahm mir ein Taxi zu Miuras Haus in Koenji, einem Anziehungspunkt für junge Leute vier Stationen westlich von Shinjuku an der Chuo-Hauptlinie. In der Umgebung des Bahnhofs lebten im Wesentlichen Collegestudenten, Künstler und Musiker. Weiter draußen mischten sich alte Einfamilienhäuser in die Wohnviertel, von denen viele schon lange vor dem Krieg gekauft worden waren.

Sachte klopfte ich an Miuras Tür. Der drahtige Mitarbeiter von Brodie Security, der die Nachtwache übernommen hatte, machte auf.

»Hat die Frau des Sohnes angerufen, um ihren Schwiegereltern die Nachricht zu überbringen?«, fragte ich.

»Nein.«

»Ach ja? Dann ist er also noch ahnungslos?«

»Ja, aber er macht sich Gedanken.«

Ich trat ein, zog die Schuhe aus und schlüpfte in die Hausschuhe, die hinter der Türschwelle bereitstanden. Mit einem besorgten Lächeln hieß Miura mich in seinem Haus willkommen. Er bewohnte eines jener standardmäßigen, in Japan sehr beliebten Mittelklassehäuser mit weißen Wänden und kompakten, schachtelähnlichen Räumen.

Nachdem er und seine Frau es sich auf einem braunen Sofa mit grobem Wollbezug bequem gemacht hatten, überbrachte ich ihnen die Nachricht so schonend, wie ich konnte. Miuras Augen weiteten sich vor Schreck. Der alte Soldat bemühte sich tapfer um Fassung und murmelte kopfschüttelnd immer wieder »Yoji … Yoji« vor sich hin. Seine Frau stand auf, beugte sich besorgt über ihn, um gleich wieder nervös in den Raum zu blicken, als erwartete sie, dass ihr Sohn jeden Moment zur Tür hereinkommen würde. Sie war fünfzehn bis zwanzig Jahre jünger als ihr Mann, für japanische Ehen nichts Ungewöhnliches, und wirkte um einiges weniger gebrechlich als er, ohne wirklich robust zu sein.

Gerade glaubte ich, Miura hätte sich emotional etwas gefangen, als er sein Gesicht in die Hände vergrub und in ein herzzerreißendes Schluchzen ausbrach. Seine Frau nuschelte etwas davon, dass sie ein paar Erfrischungen bringen wollte, und ging hinaus.

Die Küche lag in der anderen Richtung.

Ich machte mich auf den Weg in die Kochecke und öffnete alle Schränke, bis ich das Geheimfach gefunden hatte. Ich goss einen doppelten fünfzehn Jahre alten Nikka Miyagikyo Single Malt Whisky in einen Kaffeebecher, ging in den Raum zurück, in dem Miura saß, und reichte ihm den Drink.

Er hob den Kopf aus den feuchten Händen, ergriff das Tongefäß und trank geistesabwesend. Tränen rannen ihm die Wangen hinab.

»Trinken Sie es«, sagte ich. »Alles.«

Miura leerte den Becher. Ich schenkte nach, und er

kippte auch den zweiten Drink herunter, ohne mit der Wimper zu zucken. Dann schüttelte er sich, rang um Atem und ließ sich erschöpft zurücksinken. Noch immer liefen ihm die Tränen über das Gesicht.

Wut überlagerte den Schmerz, den ich verspürte. Eine Wut, die schon in mir aufstieg, als ich Kabukicho verließ. Yojis Tod war in vielerlei Hinsicht so verstörend, dass ich nicht wusste, wo ich anfangen sollte. Mein Zorn hatte sich während der Fahrt ein wenig gelegt, aber mit anzusehen, wie es meinen Klienten zerriss, fachte ihn erneut an.

Ich war außer mir.

Entrüstet über die Polizei, weil sie die Aussage von Miura, mit der alles begann, einfach abgetan hatte. Empört war ich auch über den linkischen, unterwürfigen Yoji, der sich selbst ans Messer geliefert hatte. Am meisten aber richtete sich die Wut gegen mich selbst, weil ich nicht verhindert hatte, dass sich jemand am Sohn meines Klienten vergriff.

Wer immer das getan hatte, ich würde ihn finden.

Während ich wartete, bis Miura senior seine Fassung wiedergewonnen hatte, führte ich mir den unerquicklichen Zustand der Leiche seines Sohnes vor Augen.

In den fünf Jahren, die ich unweit von South Central zugebracht hatte, hatte ich mehr Opfer von Gewaltverbrechen zu Gesicht bekommen, als ich zählen konnte. Übelst zugerichtet, auch wenn sie überlebt haben. Missbrauchte Leichen. Leute aus der Gegend, erst gefoltert, dann erschossen. Auch in Sachen Prügelattacken kannte ich mich aus.

Dieser Fall zeigte vier Tatsachen nur zu deutlich auf, von denen jede einzelne die Alarmglocken schrillen ließ.

Erstens, der Angriff war heftig und geplant. Eine hirnlose Straßenprügelei war das nicht. Die Triaden hatten etwas von Yoji gewollt.

Zweitens, die Anzahl der Schläge ließ auf eine außergewöhnlich hohe Schmerztoleranz schließen – und zwar in einem für einen Schreibtischhengst ziemlich ungewöhnlichen Maß. Ich musste herausfinden, warum.

Drittens, Yojis anhaltender Widerstand hatte ihm gebrochene Gliedmaßen eingebracht. Die Mörder hatten den Schmerz ins Unermessliche gesteigert und auch das letzte Bisschen an Informationen, auf das sie es abgesehen hatten, aus ihm herausgedroschen. Nicht einmal die Stärksten hielten einer solchen Tortur stand.

Und viertens, und diese Gewissheit war das Bedrohlichste, hatten die Triaden dem Martyrium in Form des amputierten Arms einen für sie charakteristischen Stempel aufgedrückt – eine unmissverständliche Botschaft, um Yojis Verbündete und all die zu warnen, die ihm nacheifern wollten.

Damit wiederum war klar, dass die Botschaft mir galt.

KAPITEL 10

Fast eine halbe Stunde verstrich, bis Miura sich gefangen hatte.

Geduldig wartete ich an seiner Seite. Einen kurzen Augenblick der Unaufmerksamkeit meines Schützlings nutzte ich, um den Blick des Bodyguards zu erhaschen und mit einem Nicken in den hinteren Teil des Hauses zu deuten. Umgehend machte der Mann sich auf die Suche nach der Frau, kam aber kurz darauf kopfschüttelnd und mit einer Geste, die Schlaf andeutete zurück.

»Musste er sehr leiden?«, erkundigte sich Miura schließlich.

»Yoji war stärker, als ich gedacht hätte.«

Begierig und mit väterlichem Stolz sog Miura den schwachen Trost über die letzten Augenblicke seines Sohnes auf. »Das verdankt er seiner Kendo-Ausbildung. Zweimal in der Woche ist er zum Training gegangen.«

Das erklärte die Brutalität, mit der bei dem Angriff vorgegangen worden war. Kendo war ein harter Sport, der im achtzehnten Jahrhundert eine Renaissance erlebt hatte, nachdem es nach einer längeren Friedensepoche mit der Kampfeskunst der Samurai nicht mehr weit her gewesen war. Selbst mit voll angelegter Ganzkörperrüstung konnte man äußerst schmerzhafte Treffer einstecken, sodass Kendo-Kämpfer ein hohes Durchhaltevermögen entwickelten und sehr widerstandsfähig gegenüber den Schlägen waren, die ihnen durch die Übungsschwerter aus starrem Bambus zugefügt wurden.

»Ich wünschte, wir hätten ein paar Leute für ihn abgestellt«, bekannte ich.

Miuras Augen waren feucht aber konzentriert. »Es ist Krieg, Brodie-san. Man kann nicht immer an alles denken.«

Der alte Soldat brach wieder aus ihm hervor. Abgedankt und abgeklärt. Aber präsent.

»Ich verlasse mich darauf, dass Sie die Täter finden«, fügte er hinzu.

»Nichts anderes habe ich vor. Sagen Sie mir, was Yoji wusste.«

»Wovon sprechen Sie?«

»Wer auch immer ihn umgebracht hat, er wollte bestimmte Informationen haben. Ich vermute, dass Yoji etwas über die Ereignisse in China damals wusste.«

Miura schüttelte den Kopf. »Er wusste gar nichts.«

»Vielleicht etwas, das Sie vor langer Zeit einmal erwähnt haben?«

Yojis Vater ließ nicht locker. »Aus dieser Zeit habe ich ihm nie etwas erzählt. Ich habe nichts unversucht gelassen, um sie zu vergessen.«

Ich holte tief Luft. Inspektor Kato hatte mir im Streifenwagen erklärt, dass die Überfälle Ähnlichkeiten mit den Einbrüchen aufwiesen. Yoji hatte etwas zu verbergen. Das Problem war, dass Klienten häufig nur mit einem Teil der Wahrheit herausrückten, obwohl sie einen damit beauftragt hatten, alles Übrige herauszufinden.

»Vielleicht etwas, das Sie auf ihren späteren Reisen entdeckt haben? Oder ein Geheimnis, das Ihnen entfallen ist?«

»Sie meinen Spione und verdeckte Militäroperationen, Brodie-san? Nein, es gibt keine Geheimnisse. Ich habe meinem Land als Offizier gedient und kam zutiefst beschämt zurück angesichts dessen, was ich getan und erlebt hatte. Wir Japaner sonnten uns in der Macht der Eroberer, um sie im nächsten Augenblick zu missbrauchen.«

Ich sah mein Gegenüber prüfend an. Die Schuld, mit der er sich beladen fühlte, lastete offensichtlich schwer auf ihm.

Leise beschwor ich ihn: »Bitte sagen Sie mir etwas.«

»Es gibt nichts, was ich Ihnen sagen könnte.«

»Vielleicht nur eine Kleinigkeit. Etwas Nebensächliches.«

»Es ist nur der Nachhall des Krieges. Mehr nicht. China lässt seine Leute wieder raus, und die Triaden dürstet es nach Rache. *Sho ga nai.*«

Da kann man nichts machen.

Ich wandte den Blick ab, um mir meine Enttäuschung nicht anmerken zu lassen. Das muntere Funkeln in den Augen des Mannes, der herausgeputzt in seinem dreißig Jahre alten Anzug bei Brodie Security hereingeschlurft gekommen war, war erloschen. Aber so leicht würde ich nicht aufgeben. Yojis Tod würde ich nicht ungesühnt lassen.

»Ich werde sie finden«, sagte ich.

Er lächelte schwach, und mir entging ein kleines Aufleuchten des Funkelns in seinen Augen nicht. »Ich weiß. Sie sind ein guter Mann.«

Was, fragte ich mich, hatte Yoji verschwiegen?

KAPITEL 11

TOKOROZAWA, 4:43 UHR

Ich schnappte mir einen der beiden Wagen von Brodie Security, die vor Miuras Haus abgestellt waren, und kämpfte mich durch ein Gewirr von Straßen in Richtung Tokorozawa voran, ein Vorort, dreißig Kilometer nordwestlich von Tokio. Vor siebenhundert Jahren war dieser Ort Schauplatz kriegerischer Auseinandersetzungen gewesen, durch die das erste Shogunat zu Fall gebracht worden war. Jetzt war es eine friedliche Schlafstadt, die sich als Heimat der Seibu Lions, der japanischen Baseball-Nationalmannschaft, einen Namen gemacht hatte.

Von unterwegs rief ich an, um mich nach meiner Tochter zu erkundigen. Inspektor Kato hatte angeboten, den Babysitter bis zum Morgen bei ihr zu lassen. Officer Kawakami versicherte mir, dass Jenny tief und fest schlief.

Das Navigationssystem lotste mich in eine ruhige Wohnstraße vor ein weißes, mit Schindeln verkleidetes, zweistöckiges Haus. Ein winziges Rasenstück wurde von einem gemauerten Beet mit roten Schönlilien umrahmt. Neben dem Haus stand ein Carport, in dem ein Lexus untergestellt war.

Alles ganz normal, alles wie zu erwarten.

Das Unerwartete wartete drinnen auf mich.

Als die Haustür geöffnet wurde, stand ich der Polizei-Eskorte gegenüber, die mich zum Tatort gebracht hatte: Officer Rie Hoshino, aber diesmal in Zivil.

»Hallo«, begrüßte sie mich mit der Andeutung eines Lächelns. »Inspektor Kato dachte sich schon, dass Sie vielleicht auftauchen würden.«

Ohne Uniform fiel es Hoshino leicht, die optisch weniger gelungenen Merkmale der offiziellen Kluft der Tokioter Polizei zu bezwingen. Sie trug eine dezente marineblaue Bluse und einen fast schwarzen Rock, der sich aber trotzdem stilvoll von offizieller Trauerkleidung absetzte. Mit dem Wechsel der Garderobe ging auch ein verändertes Auftreten einher. Der ausdruckslose Blick war verschwunden. Die kakaobraunen Augen unter dem kurzen, schwarzen, sich nach innen lockenden Haar wirkten heller, die Stubsnase ein wenig munterer, und das runde erwachsene Gesicht einer japanischen Endzwanzigerin wärmer.

»Ich habe draußen gar keinen Streifenwagen gesehen.«

»Er steht drei Blocks weiter auf einem öffentlichen Parkplatz.«

»Entscheidung des MPD?«

»Wir tun, was wir können.«

Die zweite Überraschung erwartete mich, als sie zur Seite trat, um mich hereinzulassen: Ein Kinderrollstuhl lehnte zusammengefaltet und mit einem Gummiseil befestigt hinter der Tür an der Wand. Ein Haufen kleiner

Jungenschuhe stapelte sich im Eingangsbereich, wo die Straßenschuhe immer ausgezogen wurden. Die Schuhe waren mit dicken Spezialsohlen versehen.

Ich runzelte die Stirn. »Wie viele Kinder?«

»Nur eins. Einen sieben Jahre alten Sohn.«

»Das muss hart sein.«

Hoshinos Blick wurde weicher. »Er ist von Geburt an teilweise gelähmt und hat das Down-Syndrom. Er liebt seinen Vater abgöttisch.«

Die Sache wurde stündlich schlimmer. »Wie nimmt seine Frau es auf?«

Hoshino zog die Stirn kraus. »Schlecht. Sie ist kaum zu beruhigen.«

»Gibt es etwas, das uns weiterhelfen kann?«

Hoshino schüttelte den Kopf. »Sie steht unter Schock. Sie können es ja versuchen.«

Ich nickte, und Hoshino sah mich dankbar an. Sie bedeutete mir, ihr zu folgen. In Socken betrat ich den hellen Holzboden, die Straßenschuhe hatte ich im gefliesten Eingangsbereich zurückgelassen.

Eine blässliche, wenngleich äußerst attraktive Japanerin saß auf einer hellroten Couch. Plötzlich schien sie zu erwachen. Sie trug Jeans, eine zerknitterte Bluse und war ungeschminkt. Aber ihre Schönheit war von einer Natürlichkeit, die kein Make-up benötigte. Auf ihrem Schoß kauerte ein kleiner Junge mit einem kantigen Kiefer, einem kantigen Gesicht und einem einnehmenden Lächeln. Sein Kopf ruhte auf dem Oberkörper der Frau, die unterentwickelten Gliedmaßen hielt er in einem unnatürlichen Winkel von sich gestreckt. Mrs. Miura wiegte ihn hin und her. Seine Füße waren durch die Missbildung nach innen gedreht.

Es wurde immer schlimmer.

»Miura-san«, sagte Hoshino, »Das ist Mr. Jim Brodie. Es würde uns sehr helfen, wenn Sie ihm ein paar Fragen beantworteten.«

Yojis Witwe strich dem Kind mit einer Hand weiter über den Kopf, während sie mit der anderen auf einen der farblich zum Sofa passenden roten Sessel deutete.

»Was passiert ist, tut mir sehr leid«, sagte ich. »Ich habe Ihren Mann und Ihren Schwiegervater gestern erst kennengelernt. Sie haben meine Agentur damit beauftragt, sich um ein paar Probleme zu kümmern, die Miura senior angingen.«

Sie richtete sich auf. »Bitte erwähnen Sie diesen Mann in meinem Haus nicht.«

Der Junge schob einen Daumen in den Mund.

»Entschuldigung«, brachte ich hervor und begann, langsam zu ahnen. Sie hatte Probleme mit ihren Schwiegereltern und sie deshalb nicht angerufen, um ihnen die Nachricht zu überbringen.

In der Erwartung, dass sie mir einen Platz anbieten würde, ließ ich meinen Blick umherschweifen. Es war ein freundlicher, gemütlicher Raum, ein Wohnraum mit Essküche und Essecke, wie er bei den Japanern so beliebt ist. Abgetrennt durch einen Küchenblock befand sich die Küche an der hinteren Wand. Davor stand ein kleiner Esstisch für vier Personen. Den übrigen Platz im Wohnzimmer füllten die freundliche rote Couch, die dazu passenden Sessel und ein Breitbildfernseher aus.

»Womit haben die Sie beauftragt?«, fragte Mrs. Miura direkt.

»Sie haben sich Sorgen um die Sicherheit Ihres Schwiegervaters gemacht.«

»Das ist mal wieder typisch. Und ich möchte wetten, dass es um die Sicherheit meines Mannes wahrscheinlich nicht ging?«

»Nein, aber ...«

»War ja klar. Sieht *diesem Mann* wieder ähnlich. Denkt nur an sich. Er hat nie gewollt, dass wir heiraten. Ich sag's Ihnen. Und immer rümpfte er die Nase über meine Familie. Nach dem Tod von Yojis erster Frau hat sein Vater ein *omiai* mit der Tochter eines alten Freundes arrangiert, aber Yoji hat sich für mich entschieden. Als unser Ken-chan auf die Welt kam, hat dieser Mann seinen eigenen Enkel verstoßen. Ken, behauptete er, wäre der Beweis dafür, dass ich verdorben bin.«

Omiai sind gestiftete Ehen, eine Praxis, die in Japan durchaus noch gang und gäbe ist. Dabei wird der Familienhintergrund penibel auf dunkle Flecken durchforstet. *Ein dunkler Fleck,* das konnte ein schwarzes Schaf, unerwünschte Verwandtschaft und alles sein, was *nicht so wie wir war.*

»Tut mir leid«, sagte ich. Unangenehm berührt rutschte ich auf meinem Platz hin und her, wobei ich mich fragte, wie viel der Sohn von all dem mitbekam.

Mit rhythmisch sich bewegenden Lippen nuckelte er jetzt schneller an seinem Daumen, den Blick scheinbar an einen Punkt hinter mir geheftet. Das Lächeln war verschwunden. Vielleicht hatte er mehr verstanden, als sie dachte, oder aber ihre zunehmende Erregung gespürt.

»Hören Sie«, sagte ich, »wir sollten vor dem Kind besser nicht weiterreden. Kann sich jemand um ihn kümmern? Vielleicht möchte Officer Hoshino ein paar Minuten mit ihm in den hinteren Raum gehen, wenn Sie nichts dagegen haben.«

»Ach, machen Sie sich keine Sorgen. Ich habe ihm ein Beruhigungsmittel gegeben. Er wird gleich einschlafen. Ich kann in Gegenwart von Ken-chan nicht offen reden. Er ist so sensibel, wissen Sie.«

Während ich ihn beobachtete, bemerkte ich, wie ihm die Augenlider allmählich schwerer wurden. Er kämpfte gegen den Schlaf an, griff nach seiner Mutter, wollte bei uns bleiben. Er versuchte sich der Wirkung des Medikamentes zu widersetzen, verwundert über sein plötzliches Verlangen nach Schlaf, aber die Lider sanken herab, und der Kopf neigte sich gegen die Brust der Mutter.

Ich fühlte mich plötzlich unwohl, fast, als wäre ich Zeuge einer anstößigen Handlung geworden.

Mrs. Miura stand auf. »Ich kann Ken-chan keine Sekunde aus den Augen lassen, wenn er nicht schläft. Das ist anstrengend, glauben Sie mir.«

Sie verließ dem Raum, und Hoshino wandte sich mit einem Ausdruck des Unbehagens in den Augen mir zu. »Ich bin froh, dass Sie hier sind. Auch wenn der Sohn nicht mithört, wird es nicht leicht sein.«

Die Abwesenheit der Witwe nutzte ich, um mich ein wenig umzusehen. Es gab ein paar Fotos, und zu meiner Überraschung entdeckte ich Kunst. Ein paar laienhafte

Ölbilder mit Yojis Signatur zierten die hintere Wand. Ein Schrein aus der Gegend und ein Wasserfall im Gebirge.

Und an der hinteren Wand eine dritte Überraschung. Auf der Rückseite einer großen Vitrine prangte eine Tuschezeichnung von Sengai – ein chinesischer Mönch in seiner Robe. *Sollte Ihnen zufällig eine Sengai-Darstellung eines chinesischen Mönchs über den Weg laufen, rufen Sie mich bitte umgehend an. Zu jeder Tages- und Nachtzeit.*«

Ich richtete mich in meinem Sessel auf.

»Was ist los?«, fragte Hoshino.

Ich signalisierte ihr, dass ich im Augenblick nicht antworten konnte.

Mir schwirrte der Kopf.

Erst London, jetzt hier. Dass Objekte mehrmals auftauchen, kommt in der Kunstszene nicht selten vor. Taucht etwas Neues auf, kann man dieselben Werke zwölf bis achtzehn Monate lang über den ganzen Globus verteilt sehen. Greifen Konflikte auf dem afrikanischen Kontinent auf heiliges Stammesland über, werden kurz darauf die Ausstellungsräume der Händler von Paris bis San Francisco mit denselben Kunstobjekten, Schilden oder Masken überschwemmt. Genau davon wird auch bei seltenen japanischen Kunstgegenständen häufiger berichtet, als man glauben sollte. Yoji war der Kunst offensichtlich sehr zugetan, sodass er einen Sengai vermutlich zu schätzen wusste. Aber zwei Sengais so nah beieinander ließen darauf schließen, dass sie aus ein und derselben Quelle stammten.

Mrs. Miura kam in tadelloser Aufmachung zum Sofa

zurück. »Mein Ken-chan hat ganz eigene Bedürfnisse, wissen Sie. Yoji wollte für uns sorgen. Er wollte uns von all dem hier wegbringen.«

Ich ließ den Blick für einen kurzen Moment zu dem kleinen Couchtisch wandern, der in der Nähe stand. Darauf lagen Hochglanzzeitschriften für Frauen mit Rezepten und Tipps zur Kindererziehung, außerdem Broschüren mit verlockenden Bildern von tropischen Inseln. Die Seychellen, Tahiti, St. Maarten. Glücklich lächelnde Pärchen plantschten in kristallblauem Wasser oder schlenderten über blütenweiße Strände.

Mrs. Miuras Blick folgte meinem. »Wir wollten uns einen kleinen Urlaub gönnen, wenn es Sie interessiert. Was kann ich sonst für Sie tun, Mr. Brodie? Wie Sie sehen, habe ich alle Hände voll zu tun.« Eine kühle Förmlichkeit schwang in ihren Worten mit.

»Ich dachte, ich könnte mich vielleicht ein wenig umsehen. Ich würde mir gern Yojis Schreibtisch ansehen, wenn er einen hat.«

»Sie wollen sich umsehen? Wo waren Sie gestern Abend? Sie haben sich nur um diesen Mann gekümmert. Nicht um meinen Yoji! Nicht um uns! Typisch! Schämen Sie sich nicht?«

»Ich könnte mich sonst wohin beißen, dass ich nicht …«

»Werden wir davon satt, wenn Sie *sich umsehen*? Bekommt Ken-chan davon seine Medizin und die tägliche Pflege? Yoji war so fürsorglich. Wer kümmert sich jetzt um uns? Wer?«

Ich wechselte das Thema, in der Hoffnung, dem Besuch eine andere Wendung geben zu können. »Vielleicht können Sie mir sagen, wo Sie den Sengai erworben haben?«

»Sind Sie verrückt? Glauben Sie im Ernst, Yojis bescheuerte Tuschezeichnung aus China kann uns helfen? Gehen Sie. Verlassen Sie mein Haus und trauen Sie sich nie wieder her!«

Mrs. Miura richtete sich auf ihrem Platz auf, schlang die Arme um ihren Oberkörper und beachtete uns nicht mehr. Sie starrte an die hintere Wand, als wäre die Welt über ihr zusammengebrochen und wir diejenigen, die den Zusammenbruch ins Werk gesetzt hätten.

Im Hinausgehen nahm ich mir die Zeit, noch einen Blick auf die Fotosammlung im Eingangsbereich zu werfen. Mehr war nicht zu wollen.

Es gab einen Schnappschuss von den Dreien beim Picknick unter einem Kirschbaum, der in voller Blüte stand. Ein anderes Foto zeigte Yoji inmitten einer Gruppe von etwa zwanzig Männern und Frauen in vollem Kendo-Ornat. Sie hatten alle den Helm unter den Arm geklemmt, und der Teamleiter hielt eine riesige Trophäe hoch. Darüber prangte ein Banner in japanischer Schrift mit dem Namen Nakamura Kendo Club. Auf einem weiteren Bild erkannte ich Ken und Yoji in einem Erlebnisbad. Ken spritzte ausgelassen herum, während Yoji ihn mit väterlicher Fürsorge nicht aus den Augen ließ. Ein leerer Rollstuhl stand am Beckenrand.

Und alle Aufnahmen zeigten Ken-chan mit diesem gewinnenden, unbefangenen Lächeln, das Down-Kindern häufig eigen ist. Er war ein glückliches Kind. Mehrere Bilder zeigten seine Eltern, die Grimassen zogen, als hätte ihr Sohn sie aufgefordert, in die Kamera zu lächeln.

Vielleicht hatte die Frau ja recht. Vielleicht war wirklich alles zusammengebrochen.

Dann richtete ich meinen Blick wieder auf Yoji in seiner Kendo-Ausrüstung und dachte: *Geh dorthin, wo die Gewalt ist.*

KAPITEL 12

Mit dem nächsten Atemzug hatte die Witwe auch Hoshino hinausgeworfen. So standen wir beide vor der Tür.

»Schlimmer hätte es nicht laufen können«, bemerkte ich auf Japanisch.

»Sie ist völlig aufgelöst. Sie hat ein Kind zu versorgen und ist ohne Mann.«

»Dürfte schwer für sie werden.« Wir tauschten uns noch einen Augenblick über die Notlage der Familie aus, bis ich sagte: »Hätten Sie Lust auf einen Kaffee?«

Hoshino sah auf die Uhr. »Meine Schicht wurde zwei Stunden nach hinten verschoben, damit ich etwas Schlaf nachholen kann. Aber dafür reicht die Zeit nicht mehr, also ja.«

»Vielleicht einen richtig starken?«

»Flugzeugbenzin würde mir jetzt auf die Beine helfen. Übrigens bat Inspektor Kato mich, Ihnen etwas auszurichten. Aber das kann warten, erst der Kaffee.«

»In Ordnung«, willigte ich ein. »Ich habe mich gefragt, ob die Miuras vielleicht finanzielle Probleme haben.«

»Wie kommen Sie darauf?«

»Yoji hat sich gern das eine oder andere gegönnt. Manschettenknöpfe aus Platin, Seidenkrawatten, dicke Autos. Was da im Carport steht, ist ein sündhaft teurer Lexus.«

»Vom Urlaub in den Tropen ganz zu schweigen.«

»Und zählt man zu dem kostspieligen Spielzeug und der ein oder anderen teuren Reise noch eine Hypothek hinzu, einen Sohn mit speziellen Bedürfnissen und ein bescheidenes Gehalt, welcher Rückschluss drängt sich einem da auf?«

»Finanzielle Sorgen?«

Ich nickte. »Ich wette hundert zu eins, dass er sich finanziell verhoben und sich dann bei den falschen Leuten verschuldet hat.«

»Sie denken an Kredithaie?«

»Oder Schlimmeres, genau.«

Ich trank meinen Cappuccino. »Und? Was sollten Sie mir ausrichten?«

Wir hatten uns für ein Café der Doutor-Kaffeehauskette im Zentrum des langsam zum Leben erwachenden *shotengai* von Tokorozawa entschieden, der langen Ladenstraße auf der Nordseite des Bahnhofs, wo sich früher traditionelle Geschäfte wie etwa Hersteller von Tatami-Matten und Futonverkäufer aneinanderreihten, die inzwischen jedoch Spielhöllen und Handyläden gewichen waren.

»Der Inspektor bat Sie, ihm alle Informationen weiterzugeben, die im Zusammenhang mit den Einbrüchen hilfreich sein könnten.«

»Kein Problem. Das beruht doch auf Gegenseitigkeit, oder?«

Hoshino nahm einen Schluck von ihrem Latte macchiato. »Nicht offiziell natürlich. Das muss über mich laufen. Er hat mir den Fall übergeben.«

»Manchmal werden Träume also doch noch wahr.«

Sie ignorierte die Bemerkung. »Außerdem lässt er Ihnen ausrichten: ›Straßen mit Gegenverkehr sind nicht immer mautfrei‹.«

»Hat er gesagt, was er damit meint?«

»Nein.«

Ich nickte. Mir war klar, dass diese Worte als Warnung vor Gefahren zu verstehen waren, die mir im weiteren Verlauf drohen konnten.

»Ach ja, und er wollte, dass ich mich bei Ihnen für das Benehmen des Chief Inspectors entschuldige.«

Der aufgeblasene Burberry.

»Angenommen.«

Während wir redeten, merkte ich Hoshino an, dass sie mit sich rang, ob sie die dienstliche Ebene verlassen konnte. Aber auch wenn sie zu dem Schluss kam, es nicht zu tun, hatte ich zumindest einiges über sie erfahren. Sie war eine Kämpferin, obwohl sie das, wie die besten Aufsteigerinnen in Japan, unter ihrem freundlichen Äußeren geschickt zu verbergen vermochte. Sie wusste genau, wann sie insistieren musste, und wann es besser war, sich zurückzuhalten. Und das war nicht nur eine rein geschlechtsspezifische Gabe, sondern ein lebenswichtiges Attribut für eine aufstiegsorientierte Japanerin. Was ihr an Erfahrung fehlte, machte sie durch leidenschaftliche, beherzt weibliche Hartnäckigkeit wett, die sie ebenso geschickt zu verbergen wusste. Ihre Beharrlichkeit war mir gleich aufgefallen. Hoshino huldigte dem Gott der Zielstrebigkeit, der sich im Genpool der Brodies schon lange eingebrannt hatte.

»Ich werde es ausrichten«, sagte sie. »Er erwähnte übrigens auch, dass Sie in Kalifornien gelebt haben, aber mehr hat er darüber nicht gesagt.«

»Ja, in San Francisco. Ich habe dort mit japanischen Antiquitäten gehandelt.«

»Warum japanische?«

»Weil ich sie schätze. Sehr sogar. Sie sind so raffiniert und tadellos gearbeitet. Die besten Werke zeugen von einer ganz besonderen Abgeklärtheit, von der ich gar nicht genug bekommen kann.«

»Ich war auch schon in Kalifornien und habe dort ein dreiwöchiges Praktikum beim LAPD gemacht.«

»Dann sprechen Sie also Englisch?«

»Nein. Ich habe nur zugesehen und zugehört und den ganzen Tag immer nur *danke* gesagt. Ich habe der amerikanischen Polizei ein wenig über die Schulter gesehen. Überfälle. Ein paar Schießereien. Und ein Überfall auf ein Lebensmittelgeschäft, der gerade im Gang war.«

»Und wie ging es dann weiter? Ein Trip nach Übersee, das muss für die Abteilung doch ein wahrer Glücksfall gewesen sein.«

Sie zögerte.

»Oder etwa nicht?«, hakte ich nach.

»Ich bin eine von drei Frauen, die der Polizei als Aushängeschild dienen. Ich hasse so etwas, hatte aber keine Wahl.«

»Wie schwer tun die sich in Sachen Gleichberechtigung?«

Sie zuckte mit den Schultern. »Inzwischen werden zwar mehr Frauen eingestellt, aber es geht nur zäh voran. Wir drei dürfen die Karriereleiter ein wenig höher hinauf, aber das habe ich sowieso vor, mit oder ohne deren Hilfe.«

»Wenn Sie Probleme damit haben, warum steigen Sie nicht einfach aus?«

»Weil man jede Gelegenheit ergreift, die sich einem bietet, und weil man sich doppelt so hart und doppelt so lang ins Zeug legt wie Männer. Und ihnen noch dazu voraus sein muss.«

»Funktioniert das?«

»Zunächst habe ich das geglaubt, ja. Bis mein Chef vor ein paar Monaten versucht hat, mich unter die Haube zu bringen.«

Ich hob eine Augenbraue. »Warum?«

»Ich hatte das entscheidende Indiz in einem ungelösten Fall aufgedeckt. Als er mich in sein Büro bat, dachte ich, er würde mir dafür seine Anerkennung aussprechen. Er lobte mich für meine Leistung, und dann fragte er mich, ob er mein *nakodo* sein dürfte.«

Ein Nakodo ist der Heiratsvermittler bei einem *omiai*, dem Heiratsritual, dem Miuras Witwe sich widersetzt hatte und bei dem eine Reihe von Treffen zwischen zwei Unverheirateten arrangiert werden, um zu sehen, ob sie zusammenpassen.

Ich sah sie ungläubig an. »Sie haben zur Lösung eines Falls beigetragen, der unter seiner Leitung stand, und er wollte Sie loswerden? Wem sind Sie denn auf den Schlips getreten?«

Sie sah mich mit ganz neuer Wertschätzung an. »Den männlichen Kollegen. Keiner von uns kam zunächst weiter. Aber einer der Zeugen in dem Fall wirkte nervös, also blieb ich, bis seine Schicht beendet war, und fragte ihn, ob er auf eine Tasse Kaffee mitkäme.«

»Also richtig ins Zeug gelegt?«

Sie nickte. »Ich lotste ihn von seinen Vorgesetzten weg, um offener mit ihm reden zu können. Dann habe ich ihn ein wenig unter Druck gesetzt und ihm versprochen, ihn nicht mit hineinzuziehen.«

»Clever.«

»Die Ermittler, die mit dem Fall zu tun hatten, waren froh und luden mich zu einem teuren Tempura ein. In seiner grenzenlosen Arroganz war es meinem Chef gar nicht in den Sinn gekommen, dass ich die Stirn haben könnte, ihm die Bitte abzuschlagen, den Heiratsvermittler für mich spielen zu dürfen. Vor ›meinem zukünftigen Schwiegervater‹, einem hochrangigen Verwaltungsmenschen bei der Polizei, hatte er sich sogar schon damit gebrüstet, was für ein guter Fang ich wäre und wie ich mich unter seiner Führung ›entwickelt‹ hätte. Als ich das Angebot ablehnte, verloren sie alle ihr Gesicht, und so kam ich in die Abteilung von Inspektor Kato.«

»Ins Sibirien des MPD sozusagen.«

Sowohl unter Cops als auch unter privaten Ermittlern genoss Kato einen legendären Ruf. Nicht aber bei seinen Vorgesetzten. Er war einer von den Ruhigen, ein Detective der zweiten Generation, der seine Kollegen dadurch beschämt hatte, dass er zu viele Fälle löste. Besonders einfallsreiche Polizeibürokraten kamen schließlich auf die glorreiche Idee, die Axt an die Wurzel zu legen und den Assistant Inspector wegzuloben, ihm eine eigene Abteilung zu geben, in der ausschließlich in Ungnade gefallene

Officers arbeiteten. Abteilungsinterne Sanktionen zogen daher einen vorübergehenden Wechsel in Katos Truppe nach sich. Der verhinderte Zen-Mönch trug es mit Fassung, was seinem Ansehen weiter zu gewaltigem Auftrieb verhalf.

»Inspektor Kato ist ein Genie. Ich lerne sehr viel von ihm.«

Bevor ich antworten konnte, tschilpte mein Handy. Ich sah auf das Display. »Bitte entschuldigen Sie. Ich muss das Gespräch annehmen. Sie können gerne mithören.«

Ich schaltete den Lautsprecher ein: »Hallo, Graham.«

Ich hatte vor der Tür von Yojis Haus versucht, ihn zu erreichen, aber er hatte nicht abgenommen.

Der Händler war offenkundig gereizt. »Wenn ich jemandem erlaube, mich rund um die Uhr anzurufen, dann heißt das trotzdem unausgesprochen ›zu zivilen Zeiten‹ bitte.«

»Erinnern Sie sich an das Bier, das Sie in Aussicht gestellt haben? Es ist soweit.«

»Sie machen Witze.«

»Vor knapp einer Stunde ist ein zweiter Sengai aufgetaucht.«

»Tatsächlich chinesische Mönche?«

»In den typischen Gewändern.«

Graham schwieg einen langen Augenblick. »Und ich dachte, an den Gerüchten wäre nichts dran.«

»Was habe ich da entdeckt?«

»Sitzen Sie?«

»Ja.«

»Dann schnallen Sie sich vielleicht besser auch noch

an. Haben Sie schon mal etwas von Yamashitas Gold und den Schätzen gehört, die die Japaner während des Krieges in Asien erbeutet haben?«

»Klar, wer nicht?«

Gerüchten zufolge sollen in China und einem Dutzend anderer Länder Kunstwerke, Juwelen und andere wertvolle Gegenstände im Wert von mehreren Milliarden Dollar geplündert worden sein. Es heißt, Spezialeinheiten der japanischen Armee hätten wahllos alles mitgehen lassen. Einige sogar im Auftrag von Aristokraten und Mitgliedern der kaiserlichen Familie. Milliardenwerte, so munkelte man, sollen nach Japan verschifft worden sein. Der größte Teil der Beute soll jedoch versteckt worden sein, um ihn später zu holen. Die damit beauftragten japanischen Techniker und einfachen Arbeiter wurden beseitigt, als sie es am wenigsten erwarteten. Eine Kugel in den Kopf, mit dem Schatz in den Höhlen vergraben oder während der Schiffspassage über Bord geworfen. Wie es heißt, um die Stellen geheim zu halten.

»Nun, dieses betrifft den Teil des Schatzes, der Puyi zurückgegeben wurde. Schließlich mussten sie ihn an allen Fronten majestätisch erscheinen lassen.«

Womit wir wieder mal beim letzten Kaiser waren. »Sprechen Sie von einem verlorenen Schatz?«

»Genau.«

»Und woher wissen Sie davon?«

»Auf einer Einkaufsreise nach Hongkong vor etwa fünf Jahren hat jemand mit Puyis Sammlung gehandelt und die weniger wertvollen Stücke als Köder benutzt. Die Sengais und ein paar Teeschalen. Für mich roch das nach Betrug.

Kann sein, dass es auch einer war. Sollte es aber stimmen, dann zeigt mir Ihre Entdeckung, dass unser Stück hier in London ein weiteres ist, auch ohne chinesische Mönche.«

»Zeitlich würde es hinkommen. Aber von welchem Schatz sprechen wir eigentlich?«

»Ausgewählte Stücke aus einem Teil dessen, was die Herrscher der Qing-Dynastie und deren Gefolge in dreihundert Jahren angehäuft hatten, bevor sie 1911 am Ende waren. In Tausenden von Truhen ist das Zeug während der Kriegsjahre durch das Land geschaukelt worden. Die Nationalisten flüchteten mit mehr als dreitausend Kisten nach Taiwan. Und das soll lediglich ein geringer, wenn nicht sogar nur ein Bruchteil des Ganzen gewesen sein.«

»Und was geschah mit dem Inhalt?«

»Ein verschwindend kleiner Teil der kaiserlichen Qing-Sammlung wurde dem Schatz des letzten Kaisers wieder zugeführt. Von chinesischer Seite sind es Imperial-Jade, Porzellan und Rollbilder aus der Verbotenen Stadt. Hinzu kommen die Schätze, mit denen Puyi in die Mandschurei geflohen ist. Von japanischer Seite handelt es sich um Geschenke von Kaiser Hirohito und anderen japanischen Bewunderern. Schmuck für die Kaiserin, goldene Kelchgläser, Juwelen, Krimskrams, klassische Samuraischwerter von höchster Qualität, Rollbilder aus der Palastsammlung und vieles mehr.«

»Das ist ja unglaublich.«

»Ja, eine stattliche Liste.«

»Hat Ihnen jemand eine Hausnummer genannt, was den Wert angeht?«

»Über den Buschfunk war etwas von vierzig bis achtzig Millionen Dollar zu hören.«

Mein Puls beschleunigte sich. In der Kunstszene kursieren nicht selten Tipps über einen Goldschatz. Nie sind sie greifbar und in der Regel von einem Wust aberwitziger Gerüchte begleitet. Womit der Schatz in der Regel auch schon wieder in der Versenkung verschwindet.

In diesem Fall jedoch kamen die Lügengeschichten in Begleitung von zwei Sengais – und vielleicht hing auch Yojis Tod damit zusammen. Aber was hatten die Werke des Zen-Mönchs damit zu tun?

Graham schien meine Gedanken lesen zu können. »Zur Erläuterung, bei den Sengais soll es sich um Geschenke eines hohen japanischen Diplomaten gehandelt haben. Er war Kunstliebhaber und dachte, dass Puyi Gefallen an dem Motiv finden könnte.«

»Klingt einleuchtend«, räumte ich ein.

»Allerdings muss ich Sie warnen. Die Sache hat einen unschönen Haken. Es geht um *Tameshigiri*. Ich hoffe, ich habe es richtig ausgesprochen?«

»Ja«, versicherte ich ihm, und als ich sah, wie Hoshino die Farbe aus dem Gesicht wich, schnürte sich mir mit einem Mal der Hals zu.

Graham seufzte. »Wenn ich richtig informiert bin, ist das ein Verfahren, mit dem ein japanisches Schwert an menschlichen Körpern getestet wird, richtig? Manchmal sogar am lebenden Objekt?«

Eigentlich wurden die Tests an leblosen Gegenständen durchgeführt, beispielsweise an speziell gewickelten Tatami-Matten. Das meinte er aber nicht. Ich bestätigte seine

Vermutung mit einer einsilbigen Bemerkung, die ich nur schwer über die Lippen brachte. Diese Sache war wirklich gruselig.

»Das habe ich befürchtet. Kaiser Hirohito schickte seinem ›Cousin‹ Puyi ein paar klassische kaiserliche Schwerter als Zeichen ihrer gemeinsamen Herkunft. Unter dem Vorwand der Ehrerbietung bestand die japanische Armee darauf, dem letzten Kaiser, der nichts weiter als ein Gefangener in seinem hochfeudalen Haus war, die Überlegenheit ihrer Waffen zu demonstrieren.«

Hoshino sank immer tiefer in ihren Sitz, und ich sagte: »Woher weiß man das alles?«

»Diejenigen, die das Paket anboten, behaupteten, dass die Dokumente über die sogenannte Übergabezeremonie bei dem Schatz lägen. Zeichnungen, Anmerkungen, Fotos. Es gibt Enthauptungen.«

Es schüttelte mich am ganzen Körper. Ich fand keine Worte, aber Grahams Stimme füllte dankenswerterweise die Stille:

»Genau das ist der Haken, an dem *alles* hängt, Brodie. Kam der Sengai, den Sie in Tokio gesehen haben, aus China oder aus Japan?«

Sind Sie verrückt? Glauben Sie im Ernst, Yojis bescheuerte Tuschezeichnung aus China kann uns helfen? Gehen Sie. Verlassen Sie mein Haus und trauen Sie sich nie wieder her!

»Aus China.«

»Dann haben Sie den weißen Wal entdeckt, mein Junge. Den verdammten weißen Wal.«

KAPITEL 13

BRODIE SECURITY, SHIBUYA, 8:20 UHR

Das Bild von Yojis Frau, die völlig aufgelöst ihren Sohn auf dem Schoß wiegte, ging mir nicht aus dem Kopf. Und das, obwohl sie mich vor die Tür gesetzt hatte, vielleicht aber auch, *weil* sie es getan hatte.

Meine Wut steigerte sich von Stunde zu Stunde. Ich war wütend auf mich selbst, weil ich es verbockt hatte, und wütend auf die unbekannten Täter, die nicht nur Yoji, sondern auch seine Familie auf dem Gewissen hatten.

Also eröffnete ich die Besprechung bei Brodie Security mit dem Vorschlag, die Zahl der für diesen Fall abgestellten Leute zu verdoppeln, obwohl mir klar war, dass wir Miura nicht mal einen Bruchteil der zusätzlich anfallenden Kosten aufbrummen konnten. Ein Sturm des Protests brach los, mein Vorschlag wurde vom Team vehement abgeschmettert.

Dass mir die Hälfte der Firma gehörte, tat offensichtlich nichts zur Sache. Sie lebten von der Firma. Ihnen allen ging es vor allem um zwei Dinge: darum, dass ich am Leben blieb, weil Brodie Security sich von anderen Sicherheitsunternehmen dadurch abhob, dass es einen Chef hatte, der Amerikaner war – der Inbegriff überseeischen Know-Hows sozusagen –, und darum, dass die Firma weiterlief. Ersteres Anliegen hatten sie bereits dadurch zum Ausdruck gebracht, dass sie Yoji in die Zange nahmen, als er völlig aufgelöst und aggressiv in unserem Büro aufgetaucht war.

Zweiteres ließ sich unschwer an der Reaktion auf meinen Wunsch ablesen, dem Miura-Fall eine größere Bedeutung beizumessen. Das sowieso schon dünne Finanzpolster von Brodie Security würde von dieser Maßnahme aufs Äußerste strapaziert.

Ich konterte mit einer ausführlichen Beschreibung des Tatorts in Kabukicho, schilderte minutiös mit errötendem Gesicht und flammenden Worten den Zustand der Leiche bis ins abscheulichste Detail.

Aber Noda begehrte auf: »*Sie* bearbeiten den Fall doch.«

Ich hatte bereits erwogen, ihm den Miura-Fall zu übergeben. Mit diesem Einwurf hatte er mir den Ball jedoch direkt wieder zurückgespielt.

Hamada mischte sich ein: »Wir brauchen keine fünf oder sechs Leute mehr. Ein Mann zusätzlich würde reichen.«

Hamadas Vorschlag war von einem freundlichen Lächeln untermalt, denn im Gegensatz zu Noda, dem griesgrämigen Eigenbrötler, war Hamada ein soziales Wesen. Er war ein ehemaliger Cop, lebte aber fürs Kochen und Essen, was seinen beleibten Körper, seine knollige Nase nicht ausgenommen, in unübersehbaren Schritten immer mehr an Masse gewinnen ließ. Die meisten von uns waren schon bei ihm zu Hause gewesen, zum Grillen auf dem

Dach, und hatten seine Frau und die Zwillingssöhne kennengelernt. Die beiden waren im Teenageralter und hatten das freundliche Lächeln ihres Vaters.

»Ja, aber einer, der noch am *Leben* ist«, warf jemand von hinten ein.

Kollektives Gelächter löste die angespannte Atmosphäre, und ich stimmte ein, von meiner eigenen Obsession in die Falle gelockt.

Ich sagte: »Schon gut. Ich weiß zwar, dass es noch keine vierundzwanzig Stunden her ist, aber vielleicht gibt es doch schon etwas Neues? Hamada, irgendwas von den Triaden?«

»Wir strecken unsere Fühler aus, bisher aber ohne Erfolg.«

Noda sah mich forschend an.

»Und von der Polizei?«, fragte ich.

»Da habe ich heute Nachmittag um drei einen Termin«, meldete sich ein anderer Mitarbeiter.

»Okay. Sehen Sie mal, was sich machen lässt, aber machen Sie nicht zu viel Druck, Inspektor Kato hält mich ohnehin auf dem Laufenden.«

Er nickte. Dann wandte ich mich meinem Joker zu. »Noda, was haben Sie vor?«

»Ich stochere ein wenig in allen Ecken und Winkeln herum.«

Ecken und Winkel. Warum sollte dieser ewig orakelhafte Ermittler sein Wesen auch ändern?

Ich bat Hamada um seine Deutung der symbolischen Handlung der Triaden.

»Der abgeschnittene Arm? ›Bleib weg.‹ ›Mach das nicht

nochmal.‹ ›Schweige für immer.‹ ›Wir haben dich im Auge.‹ Suchen Sie sich etwas aus.«

»Vielleicht alle vier«, sagte Noda.

»Kann schon sein«, räumte Hamada ein.

»Also einen Haufen Vermutungen, aber keine Fakten«, fasste ich zusammen. »Ich habe der Sache nichts mehr hinzuzufügen. Sonst jemand?«

Stille machte sich im Raum breit.

»Das wär's für den Augenblick«, sagte ich. »Sollte ich irgendetwas vergessen haben, sagen Sie es mir bitte ganz offen. Wie Sie wissen, bin ich neu im Geschäft.«

Hamada schüttelte den Kopf. »Der Fall ist ziemlich überschaubar. Ich glaube, Sie haben an alles gedacht.«

»An *fast* alles«, brummte Noda und sah mich von der Seite an.

Die Runde löste sich auf, nur Noda blieb.

Ich hätte den Chefermittler von Brodie Security gern um eine Erläuterung seines letzten Kommentars gebeten, aber mich trieb ein dringenderes Anliegen um. »Darf ich Sie etwas fragen? Hätte ich den Sohn bewachen lassen sollen?«

Die Schuld an Yojis Tod lastete von Minute zu Minute schwerer auf mir.

Noda zuckte mit den Schultern. »Der Mann hat seinen Vater für verrückt erklärt.«

»Ja, und?«

»Er hatte also keine Ahnung, dass sie es auf ihn abgesehen hatten.«

»Der Mann hat einen siebenjährigen Sohn mit Down-

Syndrom, und ich wette, dass ihm die Kosten für die Medikamente über den Kopf gestiegen sind.«

»Mit fünfundfünfzig?«

»Er ist zum zweiten Mal verheiratet. Gibt es eine Möglichkeit, die Sache ein wenig zu forcieren?«

Wieder sah Noda mich auf diese seltsame Weise an.

»Was ist?«, sagte ich.

»Sie werden nicht begeistert sein.«

»Wenn es nützt, schon.«

»Glaube ich nicht.«

»Na los, spucken Sie's schon aus.«

Er zuckte mit den Schultern. »Ich kenne Leute, von denen ich weiß, dass sie für die Triaden arbeiten. Aber darüber reden sie nicht mit mir. Sie haben Angst. Aber *Sie* kennen jemanden, der bereit ist zu reden.«

Meine Ungeduld wuchs ins Unerträgliche. Wurde der Chefermittler von Brodie Security schwatzhaft – und drei zusammenhängende Sätze aus seinem Mund kam schon einem Redeschwall gleich –, dann folgte in der Regel eine geistreiche Bemerkung. Dieses Mal aber nicht. Noda hatte sich geirrt.

»Nicht dass ich wüsste, Noda.«

Mit tonloser Stimme brachte der Detektiv einen Spitznamen hervor, den ich aus meinem Gedächtnis zu streichen versucht hatte: »Tokio no Tekken.«

Das Blut gefror mir in den Adern. Der Mann hatte verdammt noch mal recht. In LA und San Francisco verfügte ich über bessere Verbindungen zur Unterwelt und anderen unappetitlichen Gestalten als hier in Japan. Nicht weil ich auf derlei Beziehungen keinen Wert mehr legte, sondern weil ich in Kalifornien sieben Jahre lang gezwungenermaßen in weniger begehrenswerten Gegenden zugebracht hatte. Aber auch auf dieser Seite des Ozeans hatte es bereits Vorfälle gegeben, denen ich die eine oder andere Bekanntschaft zu verdanken hatte, einschließlich der, die Noda soeben beim Namen nannte.

Das einzige Problem war, dass Tokio no Tekken ein beinharter Killer war.

KAPITEL 14

Tokio no Tekken – kurz TNT – ließ sich in etwa übersetzen mit »Tokios eiserne Faust«. Hörten die Leute einen dieser Namen zum ersten Mal, hielten sie ihn für den unbescheidenen Spitznamen eines berühmten Boxers oder K-1-Kämpfers. Jemand mit einer schillernden oder zwielichtigen Karriere, der aber außerhalb des Rings keine Bedrohung darstellte.

Aber mit beiden Vermutungen lagen sie falsch.

Vielmehr handelte es sich um den Beinamen eines Yakuza-Vollstreckers, der sich das Recht auf einen eigenen Aktenschrank im Polizeihauptquartier hart erarbeitet hatte, wobei *Yakuza* natürlich die Bezeichnung für die japanische Mafia ist. Vor elf Monaten war ich ihm frontal in beide Fäuste gelaufen, so gut wie chancenlos, den nächsten Sonnenaufgang zu erleben. Dass ich dennoch überlebte, kam einem Wunder gleich. Und ein weiteres nicht minder unglaubliches Wunder war, dass TNT schließlich in meiner Schuld stand. Ein delikates Arrangement war zwischen uns entstanden.

Ich suchte seine Karte, ein weißes Viereck mit elf Zahlen in der Mitte. Kein Name, keine Anschrift, keine Firma, kein Logo. Nur Zahlen, die ich der Reihe nach eintippte. Ich wartete.

Es läutete dreimal, dann noch mal. Nach dem siebten

Klingelton vernahm ich eine mir nur allzu vertraute barsche Stimme. Unwillkürlich durchfuhr mich die Anspannung.

»Ja?«

»Sie wissen, wer hier spricht?«, sagte ich auf Japanisch.

Ich redete lang genug, um ihm eine ausreichende akustische Kostprobe meiner Stimme zu geben, sodass der Austausch von Namen überflüssig war. Man kann ja nie wissen, wer zuhört.

Kurze Zeit später sagte er: »Ja.«

»Lange her.«

»Ja.«

»Wir müssen uns treffen.«

»Dringend?«

»Sehr dringend.«

Er legte die Hand auf die Sprechmuschel, wonach sich am anderen Ende der Leitung eine gedämpfte Unterhaltung entspann. Dann war er wieder da: »Morgen nach Sonnenuntergang, gegen elf. Ich schicke einen Wagen.«

»Geht's nicht heute Abend?«

»Bin in Kyushu. Fliege erst morgen zurück.«

Ich rollte mit den Augen. Vermutlich wollte er nach seiner Rückkehr auch noch schlafen. Yakuza sind nachtaktiv. Sie stehen in der Regel nicht vor drei oder vier am Nachmittag auf.

Ich sagte: »Also eine Bar drüben in Ueno?«

»Nein. Ich bin unterwegs. Ich kann nur kurzfristig Bescheid sagen. Ich schicke einen Wagen. Zu Ihnen nach Hause oder ins Büro?«

»Nicht nötig. Ich …«

»Zu Ihnen oder ins Büro?«

Er wollte von Anfang an die Kontrolle behalten, und ich wollte genau das vermeiden. Da ich aber derjenige war, der etwas von ihm wollte, blieb mir kaum etwas anderes übrig.

»Zu Hause«, sagte ich. »Sie biegen von der Meiji-Straße ab, in der Höhe der …«

Er lachte laut und bellend. »Sie haben es immer noch nicht begriffen. Haus heißt das«, blaffte er und legte auf.

Gut, dass der Yaki-Typ auf meiner Seite war.

Er schien zu wissen, wo ich wohnte.

KAPITEL 15

Ich war genau rechtzeitig angekommen.

Trotzdem fühlte sich irgendetwas falsch an, als ich das Dojo betrat.

Die *kendoka*, wie Kendo-Kämpfer auf Japanisch hießen, trugen ihre komplette Rüstung und präparierten sich für den Kampf. Paarweise standen sie einander gegenüber, die Bambusschwerter neben sich, ein Auge auf Nakamura-sensei, das andere auf ihren Gegner gerichtet. Etliche Gesichter wandten sich mir zu.

Vor einer Stunde hatte ich mich auf der anderen Straßenseite gegenüber dem Nakamura-Kendo-Club in einem Café postiert. Von dort beobachtete ich eine nicht enden wollende Menge von Kendo-Schülern, die sich seit halb acht auf den Weg zu einer besonderen Acht-Uhr-Übung machte, einem Wettkampf unter den besten Kämpfern des Dojo, der zweimal im Jahr abgehalten wurde.

Als ich um zwanzig nach acht selbst hineinging, fand ich den Eingangsbereich bereits verlassen vor. Ich ging in den Umkleideraum für Männer. Hinten in einer Ecke war ein Nachzügler noch mit dem Umziehen beschäftigt. Er hatte sich einen Gürtel mit fünf Schutzlappen um die Taille gehängt, die ihm bis zur Hälfte des Oberschenkels hinabhingen. Der Gürtel reichte über den *hakama*, den gefalteten Hosenrock, der zwingender Bestandteil der Kendo-

Rüstung ist. Über dem jackenartigen *keiko-gi* befestigte er einen lackierten Brustschild. Den Abschluss bildete der Helm, der mit zwei gepolsterten, über den Schultern schwebenden Flügeln und einem vom Kinn herunterhängenden Kragen versehen war, der den Hals schützte.

Er spürte meine Anwesenheit und drehte sich um. Aber ich war schon hinter einer Reihe von Spinden verschwunden, bevor er mich sehen konnte.

»Ist da jemand?«

Lautlos arbeitete ich mich an den Schränken entlang und versteckte mich hinter dem letzten Spind.

»Hallo?«

Dann besann er sich eines anderen, zog sich fertig um und ging.

Kaum war ich allein, huschte ich durch den Raum. Oben an jedem Schrank befanden sich dünne Messingrahmen, hinter denen Namenschilder steckten. Zwei Reihen weiter fand ich Yoji Miuras Schrank. Er war mit einem Kombinationsschloss gesichert. Ich prägte mir den Standort ein, legte den Hebel eines Fensters um und stellte eine Dose Raumlufterfrischer auf die Fensterbank, um die Hebelstellung zu verdecken.

Dann machte ich mich auf den Weg zum Dojo. Nakamura-*sensei* stand in der Mitte vor der hinteren Wand. Er war von kleiner, wenngleich Achtung gebietender Gestalt mit hageren Gesichtszügen und silbergrauem Haar. Er stand in kompletter Kendo-Ausrüstung da, nur ohne Helm, und strahlte jene Ruhe und innere Stärke aus, die er sich beim jahrzehntelangen Erlernen des Weges des Schwertes zu eigen gemacht hatte.

Schon im nächsten Augenblick brüllte er ein Kommando auf Japanisch. Die Kämpfer drehten sich um, vollzogen eine rituelle Dreißig-Grad-Verbeugung vor ihm, wandten sich wieder ihrem Gegner zu, machten wiederum eine kleine Verbeugung und fixierten ihren Kontrahenten mit wachem Blick.

Mit gestreckten Armen hoben die Kämpfer die Bambus-Schwerter – *shinai* – an. Die Spitze war auf den Hals ihres Gegenübers gerichtet.

Der *sensei* rief ein zweites Kommando, und der Kampf begann.

Das Prasseln aufeinandertreffender Bambusschwerter erfüllte den Saal. Die Schafte trafen aufeinander. Mit sondierenden, kleinen, zuckenden Bewegungen suchten die Schwertkämpfer die Schwachstelle des Feindes und jeden noch so kleinen Vorteil zu ihren Gunsten. Kaum hatten sie eine Lücke in der Verteidigung ihres Gegenübers ausgemacht, schnellten sie, einen grauenerregenden Kampfschrei ausstoßend, vor, schlugen ihrem Partner das *shinai* weg und zielten auf eine der vier erlaubten Trefferzonen – Stirn, Bauch, Handgelenk und Hals.

Ein Kendoka stach augenblicklich hervor. Mit fließenden, geisterhaft anmutenden Bewegungen schwebte er über den Boden, holte pfeilschnell zum entscheidenden Schlag aus und traf das Schwert des Gegners mit einer solchen Kraft, dass der Getroffene strauchelte und zu Boden fiel.

Die weiße Flagge eines Kampfrichters ging hoch, ein Punkt war vergeben.

Der Sieger lächelte zufrieden, verbeugte sich und wandte sich vom Unterlegenen ab.

Der Besiegte stand nicht auf.

Während besorgte Beobachter sich der am Boden liegenden Gestalt näherten, vernahm ich ein Flüstern dicht neben meinem Ohr: »Das war ein Kämpfer von außerhalb. Er fordert unser Dojo heraus. Heute Abend hat er seine Lektion gelernt: Lege dich niemals mit dem Nakamura-Kendo-Club an.«

Ich hatte nicht einmal bemerkt, dass sich mir jemand genähert hatte.

KAPITEL 16

Ich sah mich um und erblickte den Kämpfer, dem die Stimme gehörte.

»Sind Sie Mr. Brodie?«, fragte er auf Japanisch. Den Helm trug er unter dem Arm.

Der Unterlegene hatte sich noch immer nicht gerührt und zog immer mehr besorgte Blicke auf sich. Auch Nakamura-*sensei* selbst ging zu dem am Boden liegenden Mann.

»Ja«, sagte ich, während ich meinen Blick nur widerwillig von der Szene abwandte.

Ich hatte angerufen und darum gebeten, diese außerplanmäßige Stunde besuchen zu dürfen. Es war mir gestattet worden. Auch wenn ich insgeheim gehofft hatte, dass man mich allein lassen würde, war ich trotzdem darauf gefasst, den Regeln japanischer Höflichkeit und Etikette genügen zu müssen.

»Sensei ist beschäftigt, wie Sie sehen. Erlauben Sie, dass ich Sie zu Ihrem Platz führe.«

»Danke.«

Kendo-Schüler, die gerade nicht kämpften, saßen in traditioneller Haltung am Rand des Dojo auf den Fersen. Das Schwert lag in ihrer Seite. Sie saßen zu beiden Seiten des Übungsraums. Ein paar Zuschauer in Straßenkleidung saßen auf der dritten Seite. Vermutlich waren es Freunde oder Verwandte, die eine Einladung zu diesem Wettkampf bekommen hatten. Meine Begleitung führte mich zu einem Platz zwischen zwei anderen Männern in voller Kendo-Kluft.

»Darf ich vorstellen? Tanaka-*sensei*, 7. *Dan*, einer unserer passioniertesten Kendoka, und Kiyama-*san*, 5. Dan. Unser Cheftrainer hat vor drei Jahren den 8. Dan erreicht.«

»Alle Achtung«, sagte ich.

Der 8. Dan ist heutzutage der höchste erreichbare Gürtel – und er kann nur mit fast übermenschlicher Leistung erreicht werden. Der legendäre Moriji Mochida, der mit über siebzig Jahren noch Herausforderer zu Boden zwang, die Jahrzehnte jünger waren als er, war einer von nur fünf Kendoka, die den 10. Dan erreicht haben.

Wie alle anderen auch, hatten Tanaka und Kiyama die traditionelle Sitzhaltung auf den Fersen eingenommen. Sie drehten sich leicht und verbeugten sich formvollendet in meine Richtung, die Handflächen vor den Knien flach auf den Holzboden des Dojo gelegt. Mit dem Protokoll des Kendo nur wenig vertraut, ließ ich es mit einer tiefen Verbeugung im Stehen bewenden und nahm den mir zugewiesenen Platz zwischen den beiden ein.

Nachdem meine Begleitung sich zurückgezogen hatte, sagte Tanaka-*sensei*: »Wir sind angehalten, all Ihre Fragen zu beantworten.«

»Danke«, sagte ich erneut.

»Mir wurde berichtet, dass Sie in den Staaten mit japanischer Kunst handeln. Ist das richtig?«

Um mir den Zutritt zu erleichtern, hatte ich mich als Fachmann für Antiquitäten und Kampfkünste ausgegeben, im Vertrauen darauf, dass mir Letzteres als Eintrittskarte dienen würde. Da japanische Polizeikadetten in Judo oder Kendo, wenn nicht in beiden Disziplinen ausgebildet werden, ist Judo gewissermaßen ein entfernter Verwandter des Kendo. Trotzdem sprang Tanaka auf die Kunst an.

»Das stimmt. Ich handle zum größten Teil mit Kunst aus Japan, manchmal aber auch mit Stücken aus Europa oder anderen asiatischen Ländern. Rollbilder, Keramik, Drucke. So etwas.«

»Handeln Sie auch mit japanischen Schwertern?«

Seine Augen blitzten, als ihm die Worte über die Lippen kamen, und ich erkannte darin gleich den mir nur allzu vertrauten Eifer eines Sammlers auf Beutezug.

»Tut mir leid, aber ich habe nur *tsuba* auf Lager.«

Tsuba sind die verzierten Stichblätter, die über den Griff des Schwertes geschoben werden und ihn dadurch von der Klinge trennen.

Ich nannte ihm drei Händler, an die ich herangetreten war, wenn ich in seltenen Fällen auf eines dieser japanischen Stahlobjekte angesprochen wurde. Tanaka waren sie alle bekannt, und auch im Blick des zweiten Kämpfers bemerkte ich Anerkennung.

Ich war nicht überrascht, denn Sammler japanischer Schwerter sind ein ausgesprochen passioniertes Völkchen, die im Wesentlichen nur eines umtreibt: die stärkste von Hand geschmiedete Klinge der Welt. Die Zahl der Schwertliebhaber geht in die Millionen. Außerhalb Japans sind es Geschäftsleute, Geldgeber, Hollywood-Mogule, Anhänger von Kampfsportarten, Japanliebhaber, Animefans, Waffensammler, Polizisten, Soldaten, Messerfetischisten und Spieler, Leute aus der IT-Branche und so weiter. Die meisten aber haben kein Interesse an Kunst, das über das Schimmern dieses glänzenden Stücks Metall hinausgeht. Deshalb handelte ich nicht damit.

Tanaka-*sensei* zählte ein paar Stücke seiner Sammlung auf, und ich machte Bemerkungen darüber, ob es seltene Stücke waren oder nicht.

»Dann kennen Sie sich mit Schwertern also aus?«, fragte er. »Gerade genug, um mich damit in Schwierigkeiten zu bringen.«

Tanaka lachte herzhaft. »Sie sind sehr bescheiden. Das gefällt mir. Ich habe gar nicht gefragt, woher Sie Miura kennen.«

Mein Gesprächspartner war ein großer, dunkelhäutiger Japaner mit schmalen Augen und einer Nase, die so flach war, dass sie, von Weitem betrachtet, kaum vorhanden zu sein schien. Kiyamas Haut war mandelfarben, sein Gesicht lang und flach.

»Geschäftlich«, sagte ich unbestimmt.

Tanaka nickte, offensichtlich nicht interessiert, weiter zu bohren. »Miura und wir beide kennen uns schon lange. Wir waren auf dem College im selben Kendo-Club. Miura war genauso alt wie ich und einen Rang unter mir. Kiyama-*kun* ist drei Jahre jünger, müht sich aber noch zwei Ränge unter mir, im 5. Dan, ab.«

Kiyama errötete erkennbar, während Tanaka nicht unglücklich darüber zu sein schien, wie schwer sein Mündel sich damit tat, einen höheren Rang zu erreichen.

Ich sagte: »Dreißig Jahre Kendo? Hat Miura so lange durchgehalten?«

»Das haben wir alle. Yoji war Geschäftsmann. Und ich habe ihm immer gesagt, er arbeitet zu viel. Aber trotz seiner Beanspruchung hat er es bis zum 6. Dan geschafft.«

Mit einem kurzen Blick in Kiyamas Richtung versetzte Tanaka-*sensei* diesem erneut einen subtilen Stich.

Die Besatzung eines Rettungswagens platzte in das Dojo hinein. Die Männer hatten eine Tragbahre dabei, untersuchten den am Boden Liegenden, hoben ihn mit geübten Griffen auf die Bahre und verließen das Dojo genauso schnell, wie sie gekommen waren.

Weder Tanaka noch Kiyama nahmen von dem Vorfall Notiz.

Tanaka gab dem Gespräch eine andere Richtung.

»Macht es Ihnen etwas aus, wenn wir uns noch ein wenig über Schwerter unterhalten?«

Er sprach leise, sodass nur wir drei es hören konnten.

»Ganz und gar nicht.«

Kiyama lächelte und schwieg. Er nahm hin, dass der rang- und altersmäßig Überlegene für sie beide sprach. Die graue Maus unter den Kendokas.

»In Amerika stoßen Sie doch bestimmt hin und wieder auf japanische Schwerter. Schon allein durch die Konfiszierungen nach dem Krieg. Viele amerikanische Soldaten haben sie nach dem Krieg als Souvenir mit nach Hause gebracht.«

»Ja, gelegentlich bekomme ich welche angeboten.«

Tanakas Augen blitzten auf. »Dachte ich mir. Die Suche nach *koto* von Masamune oder Muramas habe ich inzwischen aufgegeben, aber die meisten *shinto*, *shinshinto*, *gunto*, *gendaito* habe ich in meiner Sammlung, auch wenn ich einräumen muss, dass meine *shin-shinto*-Abteilung noch dünn besetzt ist.«

Tanaka hatte soeben die ganze Phalanx an Schwerttypen vom ältesten bis zum neuesten heruntergebetet. Die Bezeichnungen lassen sich in etwa übersetzen mit »alte Schwerter«, »neue Schwerter«, »ganz neue Schwerter«, »Kriegsschwerter«, »zeitgenössische Schwerter«. Tanaka war auf der Suche nach alten Schwertern der zwei berühmtesten Schwertschmiedemeister, die Japan aufzuweisen hatte.

»Kann schon sein, dass ich die eine oder andere Lücke bei den neueren Schwertern schließen kann, wenn Sie sich etwas gedulden«, sagte ich.

»Ein *Koto* von Masamune oder Muramasa haben Sie nicht zufällig in einem verschwiegenen Eckchen in Ihrem Laden liegen, oder?«

Kiyama und ich lachten. Tanaka träumte von nichts Bescheidenerem als dem Heiligen Gral jedes Schwertsammlers.

»Glauben Sie mir«, sagte ich. »Ich wünschte, es wäre so.«

Als Anfang des siebzehnten Jahrhunderts Friede in die Welt der Samurai einzog, wich das *koto* dem neuen Schwert. »Neu« an diesem Schwert war die Form. Es war eleganter, aber weniger praktisch, denn es diente zunehmend zeremoniellen Zwecken. Als Hiebwaffe aber blieben sie tödlich und kamen erst Jahrzehnte später wieder zum Einsatz, als die Shogun Kendo wiederentdeckten, um die verlorengegangene Kampfkraft wiederherzustellen. Das neue Schwert wiederum wurde vom ganz neuen

Schwert abgelöst, bei dessen Herstellung sich die einflussreichsten Schmiede technisch und spirituell von ihren *koto*-Vorgängern inspirieren ließen.

»Gibt es wenigstens eine geringe Chance, dass Ihnen ein *koto* über den Weg läuft?«

»Ausgeschlossen«, sagte ich. »Aber wenn, könnten Sie es sich überhaupt leisten?«

Für ein *koto* mit gravierter Klinge muss man je nach Schmied, Häufigkeit, Zustand und Qualität zwischen viertausend und dreihunderttausend Dollar hinlegen. Einfachere Ausfertigungen findet man natürlich häufiger, aber für Modelle von erlesener Herkunft schnellen die Preise um ein Fünffaches, Hundertfaches oder noch mehr in die Höhe. Für eine Waffe von einem der beiden großen Ms zahlt man astronomische Summen, falls sie überhaupt auf den Markt kommt. Fakt war, dass Schwerter, die vor dem siebzehnten Jahrhundert hergestellt wurden, die teuersten waren.

»Ausgeschlossen«, entgegnete er, und wir lachten wieder. »Trotzdem möchte ich Sie bitten, mir Bescheid zu sagen, wenn jemand mit einer solchen Spezialität bei Ihnen im Laden auftaucht.«

Mein Spezialgebiet war der Handel mit Schwertern nicht, aber von irgendwas musste ich ja leben.

»Mal sehen, was sich machen lässt«, versprach ich.

Die Kämpfer gingen zum Dojo zurück und nahmen ihre Positionen für die nächste Runde ein.

Tanaka wählte ein Paar aus. »Achten Sie auf Arato und Motoyoshi. Das sind die beiden besten Kämpfer im Dojo. Motoyoshi ist messerscharf, aber ohne Killerinstinkt.

Arato hat die Reflexe einer Kobra.« Tanaka beugte sich schmunzelnd zu mir hinüber. »Und einen gemeinen finalen Schlag.«

Ich nickte. Arato war derjenige, der den externen Kämpfer niedergestreckt hatte.

Tanakas Stimme fiel etwas ab. »Wo wir vom Kämpfen sprechen. Ich habe zwei Schwerter mit Schnitttest-Gravur.« Er sah mich vielsagend an.

Mir stockte der Atem. Sein Hinweis ließ nichts Gutes ahnen. Zum Testen der Klingenschärfe wurden Testschnitte durchgeführt. *Tameshigiri* also – eben das Verfahren, bei dem menschliche Körper zerteilt wurden und das Graham sich mit Bezug auf den letzten Kaiser und die japanische Armee kaum getraut hatte zu erwähnen.

Die Prozedur wurde an menschlichen Leichen oder an zum Tode verurteilten Verbrechern durchgeführt. Krieger mit guten Beziehungen konnten ihre neu erworbenen Schwerter von Experten auf diesem Gebiet prüfen lassen, während sich andere Samurai gezwungen sahen, sich in der Nacht aus dem Lager zu stehlen, um sich einen ahnungslosen Bauern oder Trunkenbold zu suchen, den sie zu Testzwecken niedermetzeln konnten. Das Ergebnis einer offiziell durchgeführten Schnittprüfung – etwa »ein Hieb durch den Oberkörper« – wurde auf der Klingenangel vermerkt, wie auch der Name des Samurai, der den Test ausgeführt hatte, bei dem es sich entweder um einen bekannten Kampfsportlehrer oder sogar um einen amtlichen Henker handelte.

»Sind Sie sicher, dass es sich um echte Gravuren von Testschnitten handelt und nicht um Fälschungen?«

»Ja. Ist Ihnen so etwas schon untergekommen?«

Innerlich zuckte ich zusammen. Knochen von lebenden Körpern sind weich und lassen sich von einem geübten Schwertkämpfer mühelos zerteilen. Dabei richten sie an der Waffe keinen oder nur geringfügigen Schaden an. Das war so bekannt, dass der Legende nach – ob wahr oder nicht, sei dahingestellt – ein Dieb seinem Scharfrichter gesagt haben soll, dass er, hätte er gewusst, dass er mit einem Schwert gerichtet würde, zuvor ein paar Steine gegessen hätte, nur damit die Klinge Schaden nähme.

»Nein, ich bedaure«, log ich.

Tatsächlich hatte ich so etwas schon gesehen. Aber ich hatte es mir zur Regel gemacht, Schwerter mit Test-Gravuren mit der gebotenen Höflichkeit abzulehnen.

»Schade. Ich habe Schwerter mit echten Zwei- oder Drei-Mann-Gravuren, aber ich suche eines mit vier. Ich würde einen guten Preis zahlen.«

»Und Testschnitte interessieren Sie auch?«, fragte ich Kiyama.

Er schüttelte den Kopf. Das ließ hoffen. Restbestände von Normalität scheinen ihm geblieben zu sein, dachte ich.

Auf dem Dojoboden begann der zweite Schlagabtausch. Kendoka tanzten in kurzen Schritten umeinander herum. Arato und Motoyoshi tauschten harte Schläge mit ihren *shinai* aus, bewegten sich gleichzeitig vor und zurück. Motoyoshi fing einen Schlagversuch auf den Kopf ab, wich einem erneuten Schlag von Arato aus und griff dann selbst an, wenn auch ohne Erfolg. Die Augen der Kämpfer hinter den Gittermasken glühten vor Entschlossenheit.

Fünf Minuten währte der Schlagabtausch, bis mir auffiel, dass Motoyoshis Haltung an Spannung verlor. Ihm schwanden die Kräfte. Auch Arato entging das nicht. Flink wie eine Schlange schlug er zu, stieß Motoyoshis Waffe mit einem harten Schlag zur Seite und sprang vor, um ihm einen Treffer auf die Stirn zu versetzen. Der Kampfrichter vergab einen Punkt.

Tanaka war begeistert. »Das ist das beste Übungstreffen des ganzen Jahres!«

Auf der Kampffläche kam Unruhe auf, und Kiyama beugte sich vor.

»Was ist los?«, erkundigte ich mich.

Tanaka runzelte die Stirn. »Die Kampfrichter haben sich zur Beratung zusammengetan.«

Kendo gründet auf einer Philosophie. Auf der Suche nach der perfekten Kampftechnik begibt man sich zugleich auch auf die Suche nach dem perfekten Ich, verbessert es jeden Tag, merzt persönliche Unzulänglichkeiten aus und entwickelt Demut, Anstand, Wachsamkeit und Geistesgröße.

Außerdem werden Kämpfe häufig in ihrer Gesamtheit bewertet. Ist man auch unter Druck in der Lage, die Kontrolle über den eigenen Geist zu behalten? Gelingt es einem, Entschlossenheit, Konzentration und Würde zu zeigen? Die mentale Vollkommenheit des siegreichen Kriegers früherer Tage, so die Theorie, war eine Mischung aus meditativer Gelöstheit und perfekt beherrschter Kampfeskunst. Viele glaubten, dass ein Krieger mit nachlassender mentaler Energie auch im Kampf unterliegen würde.

Der Kampfrichter hob die rote Flagge, ein Strafpunkt für Arato war beschlossen worden. Motoyoshi hatte gewonnen.

Tanaka war empört. »Sehen Sie sich das an! Sie sagen, dass Arato von einem ›unreinen Geist‹ heimgesucht wurde. Dabei hat er sich nur kurz der Versuchung hingegeben, einen Punkt zu machen. Aber wissen Sie was? In einem richtigen Kampf hätte die Klinge den Schädel in zwei Teile gespalten, und der Gegner wäre tot.«

Lege dich niemals mit dem Nakamura-Kendo-Club an.

Nur leider war ich auf dem besten Wege, genau das zu tun.

KAPITEL 17

Während ich die Vorderseite des Dojo von meinem Fensterplatz aus in einem *izakaya* auf der anderen Straßenseite im Auge behielt, vibrierte mein Handy.

Am anderen Ende der Leitung meldete sich die Computerexpertin von Brodie Security: »Ich habe aufgeschrieben, was ich kriegen konnte.«

Ein *izakaya* ist eines dieser klassischen Restaurants mit einer »roten Laterne«, in die es die Menschen nach Feierabend zieht. Die traditionell angebotenen Speisen sind *yakitori*, gegrillter Fisch und andere Leckereien, begleitet von einem vielseitigen Angebot an alkoholischer Stärkung.

»Sie haben das Geburtsdatum des Sohnes herausgefunden?«, fragte ich, die Hand über das Mundstück gelegt, um die Gäste in der Nähe meines Tisches nicht zu stören.

»Nicht nur seines. Sie bekommen fünf. Plus Jahrestage, private und Geschäftskontakte, Handy und Festnetznummern, Krankenversicherungsnummern und die von Kreditkarten, Pässen, Autokennzeichen und Führerscheinnummern.«

»Wir werden die ganze Nacht brauchen, sie alle durchzugehen.«

»Ich hoffe nur, dass die richtige dabei ist.«

Meine Bestellung wurde gebracht. *Yakitori*, ein ganzer gegrillter Makrelenhecht, und ein Bier.

»Danke, Mari. Ist was dabei, was man sich leicht merken kann.«

»Nein, alles vollkommen beliebig.«

»Warum sollten wir auch mal Glück haben? Haben Sie eine Vermutung?«

»Ich würde auf die Geburtstage tippen. Oder auf seinen Hochzeitstag.«

»Dann probiere ich es damit zuerst.«

Mari zögerte zunächst, brachte es aber dann doch hervor. »Passen Sie auf sich auf.«

Sekunden später kam die SMS von Mari, mit der ich die wichtigsten Nummern und Daten aus Yoji Miuras Leben hatte, mit denen er das Kombinationsschloss seines Spindes gesichert haben könnte. Sollte keine der Zahlenfolgen von Maris Liste passen, dann dürfte es unmöglich sein, den Spind zu öffnen.

Genau das aber wollte ich unbedingt.

Spinde sind private Räumlichkeiten abseits des Weges. Das Geheimfach des armen Mannes. Es ist kein Geheimnis, dass Leute dort Dinge deponieren, von denen sie nicht möchten, dass andere sie zu Gesicht bekommen. Mit einem Schließfach in der Schule oder im Sportverein wähnen sie sich sicher, dass die Ehefrau, das Kind oder der Kollege nicht durch einen dummen Zufall auf irgendein Geheimnis stößt.

Gerade hatte ich mich über den Fisch hergemacht und etwas von dem Bier getrunken, als mein Handy erneut summte. Ich nahm das Gespräch an und vernahm eine Stimme mit englischem Akzent: »Passt es gerade?«

»Sie haben eine Minute. Was gibt's?«

»Sie flüstern. Erzählen Sie mir jetzt nicht, dass neben Ihnen ein hübsches Mädchen im Bett liegt, das Sie nur ungern wecken möchten.«

»Nein, dieses Mal nicht, Graham. Tut mir leid, Sie enttäuschen zu müssen.«

»Dann ist es das andere, richtig?

»Das andere?«

»Eines Ihrer Husarenstücke. Sie haben ein besonderes Talent, sich immer wieder in riskante Abenteuer zu verstricken. Ich leide bei Ihren Eskapaden immer mit, Brodie.«

Mein Händler und Freund aus England war ein notorisches Hasenherz. Wie Kiyama, der stille Kendoka, den ich gerade kennengelernt hatte, und der während der ganzen Zeit, die ich in dem Dojo zubrachte, nicht ein Wort gesprochen hatte. Graham Whittinghill hatte denselben Knacks weg. Er legte dieselbe quälende Bescheidenheit an den Tag, war genauso verschlossen und schüchtern. Auf Kunstmessen tat er, was zu tun war, ging aber allem, was über die eigentliche Arbeit hinaushing, tunlichst aus dem Weg. Ein Wunder, dass er eine Frau gefunden hatte.

»Ich werde daran arbeiten, versprochen. Was gibt's?«

»Schlechte Nachrichten, tut mir leid. Der Sengai wurde gestohlen.«

»Wie bitte?«

Ein paar von den Gästen im Restaurant starrten in meine Richtung. Ich entschuldigte mich mit einem kurzen, ruckartigen Nicken und sprach mit gedämpfter Stimme weiter. »Hat es mit dem Schatz zu tun?«

»Schon möglich. Ich weiß es nicht.«

»Geht es immer noch um den korrupten Händler aus unserem letzten Gespräch?«

Graham seufzte. »Ein schrecklicher Kerl, unser Jamie Kendricks.«

»Schade. Ich hätte das Stück gern gesehen.«

»Na ja, das können Sie. Der Besitzer hat mir vor ein paar Stunden per E-Mail ein Foto geschickt. Ich leite es Ihnen weiter, sobald wir aufgelegt haben.«

»Ich bitte darum«, sagte ich.

Im Dojo gingen die Lichter aus. »Tut mir leid, aber ich muss los.«

»Okay. Bitte entschuldigen Sie all die Komplikationen.«

Wir legten auf, und im nächsten Augenblick summte mein Handy. Das Foto war da. Der Sengai war wirklich außergewöhnlich schön.

Die Arbeit war von einer Qualität, die hervorzubringen der sehnlichste Traum jedes Künstlers, die aufzuspüren der sehnlichste Traum jedes Händlers und die zu besitzen der sehnlichste Traum jedes Sammlers war. Genau das, was ich mir erhofft hatte, und das Beste, was von dem verspielten Mönch seit Jahren auf den Markt gekommen war.

Und das gab dem Gerücht von dem verlorenen Schatz neuen Auftrieb. Ein japanischer Diplomat würde dem mandschurischen Kaiser natürlich nur ein besonders hochkarätiges Stück anbieten. Selbst einem gekauften und bezahlten Kaiser.

Bedauerlicherweise alles nur Gemunkel, das vage auf etwas hinzudeuten schien, was noch in weiter Ferne lag.

Aber wo?

Um zehn Minuten nach elf verließ der Kendo-*sensei*, gefolgt von seinem Stellvertreter, das Dojo. Beide trugen Straßenkleidung. Der *Sensei* wartete geduldig, bis sein Assistent abgeschlossen hatte, dann verbeugten sie sich voreinander und gingen in entgegengesetzter Richtung davon. Tanaka und Kiyama hatten das Dojo schon zwanzig Minuten vor ihnen verlassen.

Ich zahlte, verließ das Restaurant, schlenderte gemächlich über die Straße und schlüpfte dann in einen schmalen Gang zwischen dem Club und dem Futon-Geschäft, das sich daneben befand. Kein halber Meter trennte die Häuser voneinander, sodass ich mich zur Seite drehen musste, um mich an Rohren und überhängenden Klimaanlagen vorbeizuquetschen.

Das Fenster stand noch auf. Ich hievte mich hoch, hob die Fensterscheibe an und ließ mich fast lautlos hinabgleiten. Mit einem LED-Leuchtstift, der viermal stärker war als die meisten Taschenlampen, machte ich mich auf den Weg zu Yojis Spind.

Die dünne LED-Lampe zwischen den Lippen öffnete ich Maris Liste in meinem Handy und drehte das Rad des Kombinationsschlosses. Zuerst mit den Zahlen des Geburtstags seines Sohnes, was aber nicht funktionierte.

War Yoji etwa Romantiker? Ich versuchte es mit dem Geburtsdatum seiner Frau. Wieder nichts. Dann gab ich ihren Hochzeitstag ein. Nichts. Ein loyaler Sohn? Ich tippte die Geburtsdaten seiner Eltern ein und deren Hochzeitstag. Alles Nummern, die auch er kennen musste. Das Schloss reagierte nicht. Dann probierte ich es mit dem Naheliegendsten – Yojis eigenem Geburtstag – und das Schloss sprang auf.

Mein Gott, Yoji, wie dämlich kann man sein? Oder wie naiv? Vielleicht ein bisschen zu sehr mit dir selbst und deinen Krawatten und schicken Accessoires beschäftigt, als du zugeben wolltest?

Die Spinde des Kendo-Clubs boten reichlich Platz, um Schwerter darin aufzubewahren. Yojis Anzug lag ordentlich gefaltet auf dem Bord über dem Fach für die Straßenschuhe, darüber der Helm. Die Unterwäsche fehlte. Er hatte sie wohl zum Waschen mit nach Hause genommen.

In den Ecken standen drei Schwerter, von denen zwei häufig benutzt worden waren. Das Dritte war offensichtlich eine Neuerwerbung. Die Griffwicklung war noch blitzsauber und strahlend weiß. Dahinter stand ein zerbrochenes *shinai*. Es war stark mitgenommen und vergilbt, bestand nur noch aus dem Griff und dem Rest der Klinge. Ich nahm an, dass sein ideeller Wert den materiellen um einiges übertraf. Vielleicht ein Erinnerungsstück aus einem glorreich erfochtenen Sieg. Ein Bündel Tempelamulette baumelte am Griff.

An den Innenwänden des Spindes hingen Fotos von seiner Frau und seinem Sohn. Von seinen Eltern und von einer attraktiven Frau, von der ich vermutete, dass es seine Schwester oder eine Cousine sein könnte. Und in der Mitte der Rückwand prangte ein Abzug von Yoji, der stolz eine Kendo-Trophäe in die Höhe hielt.

Ich nahm die Fotos ab, schob sie in die Hemdtasche und knöpfte sie zu. Auch die Armbandanhänger nahm ich ab und steckte sie in die Hosentasche. Dabei raschelte etwas im Griff des Schwertrumpfes. Ich holte es aus dem Schrank und schüttelte es. Das Rasseln wurde lauter. Ich streifte die Gummifixierung des Stichblatts am Ende der abgebrochenen Klinge ab, und ein Schlüssel fiel mir in die Hand. Ich steckte ihn ein. Dann suchte ich unter der Griffummantelung, fand aber nichts von Interesse.

Ich machte den Spind wieder zu und verschloss ihn. Im nächsten Augenblick vernahm ich ein Klicken, und die Lampen über mir sprangen an. Ich sah den Gang entlang. Ein Mann mit einem Kendo-Helm und einer Nylonmaske darunter, die sein Gesicht verbarg, versperrte mir den Rückweg zum Fenster.

Er hielt sein Schwert hoch, auf meinen Kopf gerichtet.

»Komm her, Süßer«, tönte eine Stimme hinter mir.

Ich sah mich um und erkannte zwei weitere Männer im selben Outfit. Die Stimme erkannte ich nicht, wohl aber war mir der Schaden klar, den ihre Bambusschwerter anrichten konnten.

KAPITEL 18

G*eh dorthin, wo die Gewalt ist.*

Kaum fing ich an, meine Nase in Yojis Leben zu stecken, war sie auch schon da. Kein gutes Zeichen.

»Gefunden, wonach Sie gesucht haben?«, fragte der Größere der beiden.

»Nein.«

Auf den ersten Blick erkannte ich, dass keiner von den dreien Tanakas flache Nase oder Kiyamas längliches Gesicht hatte, Merkmale, die mir trotz des Kopfputzes sofort aufgefallen wären. Diese Kerle kannte ich nicht.

»Jemand, der sich der Gastfreundschaft unwürdig erweist, die wir ihm entgegengebracht haben, muss lernen, Respekt zu haben«, sagte er.

Die beiden anderen nickten.

»Entschuldigen Sie«, brachte ich hervor. »Ich war gerade im Begriff zu gehen.«

»Hat Nakamura-*sensei* Sie in irgendeiner Weise unfreundlich behandelt?«

»Nein nein, natürlich nicht.«

»Hat Sie *sonst jemand* aus unserem Club unfreundlich behandelt?«

»Ich bin auf der Suche nach dem Mörder von Miura.«

»Was Miura mit diesem Dojo zu tun hat, geht Sie nichts an.«

»War er beliebt?«

»Auch das hat Sie nicht zu interessieren.«

»Feinde?«

»Zum Dank für Nakamura-*senseis* Freundlichkeit beschmutzen Sie die Reinheit seines Dojo und mischen sich in unsere Geschäfte ein?«

Unsere Geschäfte. »Wenn ich ihn gebeten hätte, einen Blick in den Spind werfen zu dürfen, hätte Nakamura-*sensei* mir das erlaubt?«

»Nicht ohne mit Mrs. Miura zu sprechen.«

»Und die hätte es nicht gewollt«, antwortete ich, bevor mir klar war, was ich da sagte.

Der Wortführer warf dem Mann am anderen Ende des Gangs einen Blick zu. Er schien der Kopf der drei zu sein.

»In diesem Punkt sind wir uns also einig«, sagte der Anführer. »Ich denke, wir sollten einer trauernden Witwe Trost spenden.«

Seine Stimme war tief und fest und zeugte von einer unmissverständlichen Bestimmtheit. Unheilvolle Stille machte sich breit. Die Hoffnung, mich mit einer Entschuldigung aus der Affäre ziehen zu können, schmolz dahin.

Zuerst vernahm ich ein Schlurfen, dann einen Kampfschrei, als der Größere des Duos auch schon zum Angriff überging. Sein Bambus-*shinai* ging nach oben und setzte zu einem Kreisbogen nach unten an. In dem Gang zwischen Schränken gefangen und ohne die geringste Aussicht darauf, dem Schlag ausweichen zu können, erhob ich einen Arm und kassierte einen massiven Treffer auf den dicksten Teil des Ellbogenknochens.

Ohne Schutz kann ein Bambusschwert innere Blutungen hervorrufen, kleinere Knochen brechen und einen sogar bewusstlos schlagen, hatte mir mal jemand gesagt.

Mein Angreifer stürzte mit einem Durchschwung auf mich zu, der ihm im Kendo-Training beigebracht worden war. Genauso, wie ich es an diesem Abend Hunderte Male bei den Kämpfen gesehen hatte. Am Ende des Gangs blieb er stehen, drehte sich um und stellte sich einen halben Schritt hinter den Anführer, der den Angriff mit einem brüsken Nicken goutierte.

Die Jungs hielten das für ein Spiel. Hunderte von Stunden hatten sie *kata*- und *waza*-Abläufe eingeübt und gelernt, mit tödlicher Präzision und dämonenhafter Geschwindigkeit auf Kopf, Handgelenke, Flanken und Hals zu zielen.

In meinem Arm pochte es. Ich betrachtete die Stelle, an der er mich getroffen hatte. Sie begann anzuschwellen.

Ich beäugte meine Widersacher.

Anzeichen dafür, dass sie von mir ablassen würden, waren nicht zu erkennen.

KAPITEL 19

Nach einem auffordernden Nicken des Anführers in seine Richtung rüstete sich der Mitstreiter zum nächsten Angriff. Der Kendoka hinter mir bekam dasselbe Signal.

Angriff von beiden Seiten.

Immer noch zwischen Spindreihen eingeschlossen wappnete ich mich, so gut ich konnte. Ich stellte die Füße auseinander und setzte den rechten Fuß leicht zurück, um die Balance besser halten zu können. Ich hob die Arme leicht an, schüttelte die Hände aus und spreizte die Finger. Der erste Mann gab einen Schrei von sich und machte einen Satz nach vorn. Sein Schwert fuhr hinauf. Dann kam ein hochfrequenter Schrei von hinten.

Mein Vorteil den beiden gegenüber war allein *die Straße*. Sie kämpften immer drinnen, in der Halle, und hatten offensichtlich beschlossen, eine kleine Übungsrunde einzulegen. Meine Trainingsstunden, von denen ich mehr als genug gehabt hatte, fanden jedoch draußen in der realen Welt statt. Damit hatte es sich aber auch schon – sie waren in der Überzahl, und ihre Schwerter verschafften ihnen außerdem noch eine zusätzliche Reichweite von mehr als einem Meter.

Der Erste fing an. Geschmeidig glitt er mit den Füßen über den Boden, die Spitze seiner Waffe zuckte hypnotisch hin und her. Als er sich für eine bestimmte Richtung entschieden hatte, täuschte ich eine andere Richtung vor, aber er ließ sich nicht beirren. Er holte zu einem harten Schlag aus. Wieder versuchte ich, ihn mit dem Unterarm abzufangen, bemerkte aber zu spät, dass er schlau genug war, auf dieselbe Stelle zu zielen. Der Schmerz wurde unerträglich. Noch ein Treffer auf diese Stelle, und ich konnte den Arm gar nicht mehr gebrauchen.

Dann glitt er, wie zuvor schon, an mir vorbei.

Ich rammte ihn mit der Schulter, sodass er gegen die Spinde fiel. Sie schepperten und schwankten. Als er sichtlich überrascht den Mund aufriss, trat ich ihm mit dem Schuh auf den Spann. Im Dojo wird Kendo barfuß ausgeübt. Im richtigen Leben kommt einen das teuer zu stehen.

Er schrie auf, sank zu Boden und ließ das Schwert fallen.

Von hinten versetzte mir der zweite Mann einen wuchtigen Schlag auf die rechte Schulter. Ein unerträglicher Schmerz durchfuhr meinen Körper, und ich ging in die Knie. Mit einer Hand griff ich mir ans Schlüsselbein, mit der anderen entriss ich dem am Boden Liegenden das Schwert.

Ich schwankte, als der erste Kämpfer versuchte, sich auf allen vieren davonzumachen. Außerhalb meiner Reichweite richtete er sich auf. Außerstande, sich auf beiden Füßen zu halten, hinkte er zur hinteren Wand und lehnte sich dagegen. Von ihm ging keine Gefahr mehr aus. *Einer weniger*, dachte ich. Leider war er der schwächste von den Dreien.

Ich wandte mich den anderen beiden Kendoka zu.

Mit zu Schlitzen verengten Augen versuchte der zweite, meine Gemütslage einzuschätzen, und stürzte auf mich zu. Mir blieb keine Zeit mich zu präparieren. In der schmalen Schlucht zwischen den Metallwänden drückte ich das Schwert, das ich mir geschnappt hatte, nach außen und drehte es zur Seite, in der Hoffnung, den Weg versperren und weitere Schläge abwenden zu können.

Ich hatte recht – lag aber trotzdem schmerzhaft daneben.

Er holte aus. Seinen ersten Schlag parierte ich, lief nach vorn, um ihn zu treffen. Unsere Klingen drückten sich gegenseitig herunter, bis sie sich an den Griffen verhakten. *Gut*, dachte ich, bis mein Gegner den Block mit den Handgelenken geschickt auflöste und die Kante der Klinge laut schnalzend an meine Stirn brachte.

Scheißkerl. Ich unterdrückte den Schmerz und rammte ihm mein Knie mit voller Wucht in den Magen, sodass er zusammenklappte. Ich packte ihn am Helm und schleuderte ihn gegen die Spinde, dann versetzte ich ihm mit dem Handballen einen Schlag in den Solarplexus. Er sank in sich zusammen, schnappte nach Luft.

Nummer Zwei würde sich so schnell nicht wieder erholen.

Ich wandte mich dem Dritten zu. »Vier Treffer. Ich bin angeschlagen. Sie haben Ihren Standpunkt deutlich vertreten. Machen wir Schluss und lassen es dabei bewenden.«

Er machte sich nicht die Mühe zu antworten, hob einfach nur sein Schwert.

KAPITEL 20

Der Anführer schien der Stärkste zu sein.

»Gut, du Drecksack. Du hast es nicht anders gewollt«, sagte ich auf Japanisch hinter einer Fassade aus Selbstvertrauen und Dreistigkeit. Ich wollte seinem aufgeblasenen Ego einen Stich versetzen. Ein Spiel, das ich schon so manches Mal gewonnen hatte.

Mein Schachzug entlockte ihm ein leises Schmunzeln, ohne dass sein Blick Stolz, Geltungssucht oder übertriebene Eitelkeit zeigte. Auch Häme oder Überheblichkeit waren nicht zu erkennen. Nichts, außer der Akzeptanz meiner Taktik, so wie sie war.

Dann sprang er auf mich zu. Ich schwang mein Schwert. Der letzte meiner Widersacher täuschte einen Angriff an, zog nach meinem Konter das Schwert hoch, schlug meine Waffe geschickt zur Seite, platzierte einen präzisen Schlag an die Seite meines Kopfes und wich sofort wieder zurück. Ich hatte ihn angreifen wollen, sobald er an mir vorbei glitt. Aber er hatte gesehen, was seinen Freunden widerfahren war, sodass er nicht in die Falle ging.

Er hatte mich genau über dem rechten Ohr getroffen. Mir klingelte der Kopf, und vor meinen Augen drehte sich alles. Ich sah ihn an. Sein Schwert war in Kampfstellung, die Spitze auf einen Punkt zwischen meinen Augen gerichtet. Die Lippen unter der schwarzen Maske waren zu einem Grinsen verzogen. Arroganter Hund – wenn auch nicht ohne Grund.

Meine eigene Waffe zum Angriff erhoben, trat ich einen Schritt vor und sondierte den Raum zwischen uns. Die Klingen berührten sich wenige Zentimeter unterhalb der Spitzen. Er berührte meine. Ein Manöver, das ich in den Kämpfen am Tag schon beobachtet hatte. Ein erstes Abtasten. Ich touchierte sein Schwert. Sein Grinsen wurde breiter, an den Handgelenken spannten sich die Muskeln. Ich machte mich bereit. Noch zweimal berührte er meine Klinge, dann schlug er plötzlich mit einer solchen Wucht gegen meine Waffe, dass meine Hände zur Seite geschleudert wurden und das *shinai* mit ihnen. Er drehte sich nach innen, führte einen zweiten scharfen Schlag gegen meine rechte Schulter aus und zog sich sofort wieder zurück.

Ein höllischer Schmerz bohrte sich in meine Schulter, aber ich biss die Zähne zusammen, nutzte seinen Rückzug und stieß mit erhobenem und drohendem Schwert vor. Doch die Muskulatur meiner zweifach getroffenen Schulter versagte mir den Dienst. Ich war nicht imstande, die Waffe zu heben. Scheiß drauf! Ich stürmte los, riskierte es, einen Schlag abzubekommen, wenn ich in Reichweite seines Schwertes kam, aber sobald ich nah genug dran war, konnte ich meine Fäuste zum Einsatz bringen.

Er durchschaute meine Absicht und wich erneut flink zurück. Leichtfüßig huschte er um die Ecke in einen anderen Gang mit Schließfächern. Das *shinai* hielt er über dem Kopf, zum Schlag bereit.

Ich war nur wenige Schritte hinter ihm, verkürzte den Abstand und gewann an Selbstsicherheit. Er ließ mich nicht aus den Augen, als sein Schwert brüsk herabsauste und direkt auf meine Kehle zeigte. In der Sekunde, keine zwanzig Zentimeter vor der Spitze seiner Waffe, blieb ich stehen. *Verdammt.* Er rührte sich nicht, obwohl er die Möglichkeit gehabt hätte, war aber mehr als entschlossen, mich in die Schwertspitze laufen zu lassen, wenn ich auch nur einen weiteren Schritt nach vorn gemacht hätte. Schon der leichteste Druck hätte genügt, um mir die Kehle zu durchstoßen, und ich wäre innerhalb von Sekunden erstickt.

Der Typ verfügte über ein deutlich anderes Arsenal an Fähigkeiten.

Ein neuer Plan musste her. Aber noch bevor mir etwas einfiel, war er schon wieder in Bewegung. Sein Schwert schwang hoch und beschrieb blitzschnell einen Halbkreis. Ich hielt mit meinem dagegen, aber meine Schulter sperrte sich, und sein *shinai* krachte auf meine andere Schulter. Ich schrie auf und wich zurück, beide Schultern loderten nun vor Schmerz. Ich ließ die Waffe sinken. Er machte einen Sprung, schlug mir mit Lichtgeschwindigkeit die Waffe zur Seite und landete einen harten Treffer gegen meinen Brustkorb. Ich fuhr zusammen. Weiße Lichter tanzten mir vor den Augen. Ich hörte mich keuchen. Die Bambusklinge war totes Gewicht in meiner Hand. Ich ließ sie fallen. Als er das nächste Mal auf mich zukam, wirbelte ich herum, drehte die Hüfte nach außen und vollzog einen gezielten Tritt zur Seite, unsicher, ob er weit genug reichen würde.

Ich sollte es nie herausfinden.

Er sprang auf mich zu, die Waffe schwebte bedrohlich über ihm, und während mein Fuß auf ein Ziel zuschnellte, das sich als nicht vorhanden erwies, schlug er die Kante seines *shinai* hart auf mein ausgestrecktes Bein, schwang die Waffe herum, zog sie hoch und ließ einen Folgeschlag krachend auf meinen Schädel niederfahren.

Die Knie sackten mir weg. Ich schlug mit der Stirn gegen die Schränke und sackte zu Boden.

Bevor ich das Bewusstsein verlor, hörte ich mein erstes Opfer sagen: »Glaubst du, dass er die Botschaft verstanden hat?«

Die Stimme des Anführers war voller Hohn. »Mehr als das. Ihm dürfte klar sein, dass wir das nächste Mal weniger zimperlich sein werden.«

KAPITEL 21

Immer wieder verlor ich das Bewusstsein, ein Kaleidoskop wirrer Fetzen wirbelte mir im Kopf herum. Hände hoben mich hoch, zerrten mich einen halben Block weiter und ließen mich in einer finsteren Gasse achtlos wie verdorbenes Sushi liegen.

Wie Yoji.

War ich auf seine Mörder gestoßen? Würde auch ich mein Leben lassen?

Ich war nicht darauf erpicht, das herauszufinden. Ich kam wieder zu mir und robbte mich ein kleines Stück vor, bevor es erneut dunkel um mich wurde.

Etwas später kam mein Gehör zurück. Dann mein Sehvermögen. Außerstande aufzustehen, kroch ich auf allen vieren voran.

Vielleicht fand ich eine Stelle, wo ich mich verstecken konnte. Zwischen Häusern oder unter einem Gebüsch.

Die Strecke, die ich zurückgelegt hatte, ließ sich bestenfalls in Zentimetern messen.

Das Jaulen von Sirenen drang zu mir. Ein Streifenwagen bog um die Ecke. Reifen quietschten. Scheinwerferlicht huschte über mich hinweg. Bremsen kreischten. Besorgte Stimmen näherten sich.

Über mir vernahm ich die Stimme eines Polizisten. Er

klang jung. »Dachte schon, der Anrufer hätte etwas genommen, als es hieß: ›Einbruch durch einen *gaijin*‹, aber hier ist ja tatsächlich einer.«

Aus dem Mund des Cops hörte es sich an, als spräche er über einen aus dem Zoo entlaufenen Bären.

Ich zwang mich zur Ruhe. Hilfe von einem Idioten war besser als gar keine.

»Hat Nakamura-*senseis* Club entehrt«, sagte ein zweiter Cop, der älter zu sein schien. Seine Stimme klang um einiges gesetzter. »Ich habe mit Sensei dieselbe Hochschule besucht.«

Als ich den Weg entlang, den ich gekommen war, in die Dunkelheit hineinblinzelte, erkannte ich schemenhaft drei Köpfe, die aus dem Dunkel auf mich herabsahen.

»Tun Sie mir einen Gefallen ...«, krächzte ich, bevor mir die Stimme wieder versagte.

»Okay, du Drecksack. Für dich tun wir doch alles«, sagte der ältere Cop und versetzte mir einen Tritt mit dem Stiefel in den Magen.

Sein Partner sah sich kurz um, sagte aber nichts.

»... rufen Sie Shin'ichi Kato an«, keuchte ich.

Der Jüngere warf seinem Partner einen Blick zu. »Hast du das gehört?«

»Nein. Interessiert mich auch nicht.« Er trat erneut zu.

Der jüngere Cop neigte den Kopf. »Ist das nicht der Inspektor drüben in ...«

»Von mir aus können es auch alle sieben Glücksgötter sein. Heute Abend jedenfalls hat es sich mit seinem Glück gehabt.«

»Er sieht arg mitgenommen aus.«

»Kein Wunder. Die Jungs vom Kendo-Club verstehen keinen Spaß bei Einbrechern. Würde ich auch nicht, wenn ich nicht eine Uniform anhätte.«

Wieder bekam ich Tritte ab. Ich rollte mich zu einer Kugel zusammen.

»Jetzt reicht's, *Kondo-san*.«

»Keine Namen, du Idiot«, sagte Kondo, wobei er jedes Wort mit einem erneuten Tritt unterstrich.

»Der ist fertig.«

»Noch nicht ganz.«

Wieder hagelte es Stiefeltritte, bis es erneut schwarz um mich herum wurde.

Dann kam der Yakuza vorbei.

TAG 3

IN HANDSCHELLEN

KAPITEL 22

He, Sie dürfen hier nicht rein.«

»Aus dem Weg«, raunzte eine ruppige Stimme. Die Krankenschwester jaulte auf und lief davon.

Die vertraute Stimme riss mich aus einem medikamentös herbeigeführten Schlaf. Ich hörte, wie ein Stuhl, auf den sich ein Körper von beachtlichem Gewicht fallen ließ, in meine Richtung gezogen wurde.

Ich schob die Spinnweben beiseite, die sich im ärztlich verordneten Dämmerzustand über mich gelegt hatten. Vergeblich versuchte ich, die Augen zu öffnen.

»Verdammte Medikamente«, murmelte ich.

Ich hörte, wie ein Glas vom Nachtschrank gezogen wurde. Im nächsten Augenblick landete ein Schwall Wasser in meinem Gesicht.

»Besser?«, fragte die Stimme.

Seltsamerweise war es so. Die Wolkenschwaden, die mir durchs Hirn waberten, verflüchtigten sich, und die Schwere war von den Augenlidern genommen. Ich blickte in ein hartes, versteinertes Gesicht mit kalten braunen Augen. Ungerührt. Brutal. Ohne Mitgefühl. Das Ganze fest verankert in einer kräftigen, kastenförmigen Kinnlade. Darunter waren kraftstrotzende Arme vor einem massiven Brustkasten verschränkt.

»Lange her«, sagte ich.

Auf dem Stuhl saß Tokio no Tekken. Der Yaki-Vollstrecker brachte es auf eine Länge von stattlichen eins fünfundneunzig und ein Gewicht von über einhundert Kilo. Für einen Amerikaner schon groß, für einen Japaner geradezu hünenhaft. Er war es, der mir das Wasser ins Gesicht gekippt hatte. Und er war auf meiner Seite.

Im Augenblick jedenfalls.

Alles an dem Giganten war bemerkenswert. Der Umfang seines Körpers, der düstere Ausdruck im Gesicht, die Fäuste.

Sein Blick folgte einer Linie von der Handschelle am Bettgestell zu ihrem Gegenstück an meinem Handgelenk. »Wie ich sehe, sind Sie wie immer sehr gefragt.«

Ich wischte mir das Wasser aus dem Gesicht. »Missverständnis«, sagte ich.

»Willkommen im Club.« Mit einem Kopfnicken deutete er auf meine Blessuren. »Wer war das?«

Ich schüttelte den Kopf. »Weiß nicht genau.«

»'ne vage Idee?«

»Hab immer eine Idee.«

»Wie viele?«

»Genug.«

Der Yaki begutachtete die Verbände um meinen Kopf und am Oberkörper. Und den Zugang, der in meinem Arm steckte.

»Drei oder mehr«, sagte er.

»Es waren drei.«

TNT schob einen Finger unter den Kragen meines Krankenhaushemdes, hob den dünnen Stoff an und betrachtete eine große Wunde genauer, die den größten Teil des Schlüsselbeins dunkel färbte.

»Womit haben die denn das gemacht?«

»Shinai.«

Seine Augen blitzten interessiert auf. »Kendo-Schwerter? Mit diesem Bambus-Spielzeug lassen sich Knochen zum Bersten bringen.«

»Sie haben gesagt, dass eine Rippe gebrochen ist. Aber es hätte auch schlimmer enden können.«

»Haben Sie jemanden erkannt?«

Ich verneinte mit einem unmerklichen Kopfschütteln. Über die Schmerzen, die ich mir eingehandelt hätte, wenn ich den Kopf stärker bewegt hätte, war ich mir im Klaren. »Sie haben Nylonmasken unter den Helmen getragen. Ich kann weder ein Gesicht beschreiben noch einen Namen nennen.«

»Aber nicht mehr lange«, sagte er. »Geben Sie mir einen Tipp.«

»Lassen Sie's gut sein.«

»Sicher?«

Der Yaki schuldete mir eine Menge, doch allein schon seine Statur ließ das Angebot verlockend erscheinen. Er war einer der wenigen Menschen, die ich kannte, die zum Kämpfen geradezu geboren waren. Von der Kette gelassen, mutierte er zur Killermaschine. In jungen Jahren war er angehender Profiboxer in der Schwergewichtsklasse in Asien. Da er aber in die Gruppe der »Unerwünschten«, der *burakumin,* geboren worden war, einer Minderheit, früher verachtet, weil sie »unsauberen« Tätigkeiten als Bestatter oder Gerber nachging, und heute ganz allgemein verachtet, war seine Karriere schon am Ende, als er noch viel zu jung war, um es besser zu wissen. Natürlich konnte ich ihn auf das Dojo loslassen. Dort würde er die Männer so lange bearbeiten, bis er denjenigen hätte, der mich so zugerichtet hatte, aber ich wollte Yojis Mörder lebend haben.

»Ja, schon.«

Das Leuchten wich aus seinen Augen. »Das Personal hier sieht uns reden. Die wissen Bescheid und geben uns Zeit. Aber die Krankenhaus-Security lässt bestimmt nicht lang auf sich warten. Also, worum geht's?«

»Ich muss mehr über die Triaden erfahren. Alles, was Sie darüber wissen.«

»*Alles* kann viel bedeuten.«

»Was ich brauche, kann ich erst entscheiden, wenn ich es höre.«

TNT schüttelte seinen großen quadratischen Schädel mit den Ringerohren »Das wird nicht passieren.«

»Okay, dann über die Einbrüche.«

Er sah mich prüfend an. Stille breitete sich zwischen uns aus. Seine Augen waren pechschwarze Punkte, die undurchdringlich schienen und die man aus der Nähe auch gar nicht ansehen wollte. Abgesehen von seinen Fäusten, waren das seine bedrohlichsten Attribute.

»Über die Triaden müssen Sie nur wissen, dass Sie gut daran tun, sich von ihnen fernzuhalten.«

Ich zuckte mit den Schultern. »Geht nicht. Ich arbeite an einem Mordfall, in den sie vermutlich verwickelt sind.«

»Welchen?«

»Vor zwei Tagen. Ein Geschäftsmann. Er heiß Miura.«

»Der Kabukicho-Mord. Was haben Sie damit zu tun?«

»Sein Vater ist ein Mandant von mir.«

»Der Sohn auch?«

»Nein.«

»Dann lassen Sie die Finger davon.«

»Kann ich nicht.«

Der Yaki starrte mich an. »Sie haben ein zu weiches Herz, Brodie. Passen Sie auf, dass Sie das nicht eines Tages mit dem Leben bezahlen.«

Ich sagte nichts.

Der vor Kraft nur so strotzende Vollstrecker stierte mich einen Moment lang an, bis er schließlich sagte: »Wenn es um Geschäftsdetails geht, kann ich die nur mit dem OK von meinem Boss liefern.«

»Ich brauche weder Details noch persönliche Daten.«

»Gut. Die würden Sie auch sowieso nicht bekommen.«

Ich sagte: »Zeigen Sie mir eine Spur zu den Triaden, die die Einbrüche oder den Kabukicho-Mord auf dem Gewissen haben.«

Er blinzelte: »Ich kann nichts für sie tun.«

»Warum nicht?«

»Alle großen chinesischen Gangs hier stehen untereinander in Verbindung. Einige auch mit uns.«

»Was soll das heißen?«

»Soll heißen, dass es keine schöne Sache ist, Familien umzubringen. Wir mögen das nicht. Sie machen das nicht.«

»Haben sie aber früher gemacht.«

»Das war damals. Einige Triaden wurden niedergemacht. Das ist vorbei.«

In den letzten dreißig Jahren haben sich die Triaden

zunehmend mit Gruppen der japanischen Mafia zusammengetan. Die chinesischen Gangs bedienten sich aller möglichen Arten von Langschwertern. Vorzugsweise mit langen, glänzenden Klingen. Macheten, Beile, große Messer. Sie legten keinen gesteigerten Wert auf besondere Qualität, begnügten sich mit Stahl in allen möglichen Darbietungsformen. Für mich hatten scharfe Klingen etwas Abscheuliches, Beängstigendes an sich.

»Die Triaden waren es also nicht?«

Er sah düster drein. »Auf keinen Fall unsere. Andere Gangs aber vermutlich auch nicht.«

Ich schürzte die Lippen. »Niemand wird erfahren, dass es von Ihnen kommt.«

»Sie stecken Ihre Nase in den falschen Scheißhaufen.«

»Sie haben den Mord in Kabukicho nicht gesehen.«

Er lachte verächtlich. »Ich weiß mehr darüber als die Cops.«

»Was macht Sie so sicher, dass es nicht die Triaden sind?«

»Wären sie es gewesen, hätten sie es raushängen lassen.«

»Damit ich es weiß?«

Er sah mich ungehalten an. »Ihr Kopf hat wohl mehr abbekommen, als ich dachte, Brodie. Nicht nur *Sie* natürlich. Jeden würden sie es wissen lassen. Ihren Mandanten zum Beispiel.«

In dem Punkt hatte er recht.

»Das Problem ist nur, dass ich damit nicht einen Schritt weiter bin.«

»Sagen Sie mir, was Sie gesehen haben.«

Ich erzählte von dem brutalen Mord. Von Yojis Gesicht, den gebrochenen Beinen und Armen und davon, dass der eine sogar abgehackt worden war. Von dem Knebel. Alles.

Der Yaki knackte mit den Fingern. »Haben Sie eine Ahnung, was die wollten?«

»Nein.«

Er runzelte die Stirn. »Wie oft haben sie zugeschlagen?«

»Ich weiß es nicht. Fünf, sechs, zehn Mal. Oft.«

TNTs Miene verfinsterte sich. Er wandte den Blick ab, dachte nach und sah mich wieder an. »Okay, dann haben Sie es vielleicht mit Triaden zu tun. Kann sein. Die Leute, die sie schicken, um die Morde auszuführen, kommen nicht entfernt an den IQ von Reiswaffeln heran. »Greifen die sich einen, haben sie es nie eilig. Und immer machen sie 'ne Riesensauerei. Ist immer eine äußerst blutige Angelegenheit. Teilweise, um Angst und Schrecken zu verbreiten. Aber auch, weil sie dumm sind wie Nacktschnecken.«

»Dann können Sie mir also gar nichts sagen?«

Der Koloss wurde ungehalten. »Ich höre mich mal um, aber das soll nicht heißen, dass sie es gewesen sind.«

»Kann nie schaden, alles abzuklopfen.«

Seine Augen verengten sich zu Schlitzen. »Das klingt nicht gut, Brodie. Wenn Sie Ihre Nase in die Geschäfte der Triaden stecken, schlagen sie Ihnen die womöglich ab, nur so, zum Spaß.«

TAG 4

BELAGERT

KAPITEL 23

Während ich schlief, legte sich der Schalter um. Eine Krankenschwester versetzte mich erneut in einen Dämmerzustand. Unruhig wälzte ich mich im Bett hin und her, wachte am nächsten Morgen aber trotzdem ausgeruht und nicht mehr mit dem Gefühl auf, nackt ausgepeitscht worden zu sein.

Nach dem Mittagessen tauchte Rie Hoshino auf. In den Stunden meiner komatösen Abwesenheit vor und nach TNTs Besuch waren eine Menge Leute vorbeigekommen, einschließlich Noda und Hamada, unserem Triaden-Beauftragten. Sie hatten mir eine Notiz mit der Nachricht dagelassen, dass sie wiederkämen, wenn ich wieder wach wäre, und sich in der Zwischenzeit um den Fall kümmern würden. Eine intuitiv zwar nicht so einleuchtende, aber korrekte Aktion in unserer kleinen Welt. Auch der Freund der Familie, dem ich Jenny anvertraut hatte, als ich mich vorgestern, nichts Böses ahnend, auf den Weg zum Kendo-Club gemacht hatte, war vorbeigekommen.

Hoshino trug wieder Uniform. Ihr besorgter Blick stand in krassem Widerspruch zu dem dienstlichen Auftreten, das zu wahren das Tokio Metropolitan Police Department ihr abverlangte und das schließlich auch obsiegte.

»Geht es Ihnen gut?«, fragte sie, ein wenig zu förmlich für meinen Geschmack.

»Geschunden und geschlagen, aber was mich nicht umbringt, macht mich nur noch härter.«

Der Spruch brachte mir ein missbilligendes Kopfschütteln ein. »Was ist letzte Nacht passiert? Der Besitzer hat Anzeige gegen Sie wegen Einbruchs in sein Dojo erstattet.«

Nakamura-sensei. Ich fragte mich, ob er vielleicht hinter dem Überfall steckte oder ihn aus der Ferne in Auftrag gegeben und seine Kämpfer zum Dojo bestellt hatte, nachdem jemand mich entdeckt hatte.

»Drei Männer sind mit Bambusschwertern auf mich losgegangen.«

»*Drei?*« Ihre Miene verfinsterte sich.

»Zwei davon bereuen ihre Aktion. Der Dritte ist getürmt.«

Nachdem sie sich die Kurzfassung der Geschichte angehört hatte, entfuhr ihr: »Mein Gott! Unkontrollierte Schläge mit einem *shinai*, das hat Leute ohne Rüstung schon das Leben gekostet.«

»Letzte Nacht jedenfalls nicht.«

In diesem Augenblick ließ sie die erste Bombe platzen. »Haben Sie sich eigentlich Gedanken über die Konsequenzen gemacht? Sie riskieren eine Strafanzeige.«

»Soll das ein Witz sein? Nachdem die mich bewusstlos geschlagen haben?«

Sie sah mich ungläubig an. »Erstens sind Sie eingebrochen. Zweitens haben Sie sich den Polizisten am Tatort widersetzt.«

»Ich habe mich keinem Uniformierten widersetzt. Ich lag in irgendeiner dunklen Gasse am Boden und war fast am verbluten. Die meiste Zeit war ich bewusstlos. Ich weiß nur noch, dass ich mit Tritten bearbeitet wurde, *nachdem* die Cops eingetroffen waren.«

»Das soll ich Ihnen glauben?«

»Ja.«

»Treiben Sie keine Spielchen mit mir, Brodie. Unterschätzen Sie mich nicht, denn es ist mir vollkommen egal, ob Sie Katos Freund sind.«

»Genauso sollte es auch sein. Aber unter uns, ich bin durch ein offenes Fenster eingestiegen, um mir Yojis Spind genauer anzusehen.«

»Ach ja, und wie ging das Fenster auf?«

Damit war es amtlich: Auf den Kopf gefallen war sie nicht.

»Ich hatte es vorher entriegelt.«

Hoshino hatte sich einiges notiert, während ich berichtete. Jetzt fügte sie eine weitere Zeile hinzu.

Verärgert beäugte ich ihr Notizbuch. »Wenn Sie schon alles aufschreiben, dann bitte auch den Namen. Der Cop, der mich bewusstlos getreten hat, hieß Kendo. Er hat bei Nakamura trainiert.«

Mit einer letzten Notiz klappte sie das Buch zu und zog die Brauen zu einer starren Miene zusammen. »Brodie, Sie sind wegen Einbruchdiebstahls dran.«

»Das war eine vertrauliche Information. Sollte jemand fragen, verweigere ich die Aussage.«

»Falsches Land, falsche Antwort.«

Ich schwieg.

Hoshinos Gesichtszüge wurden etwas versöhnlicher. »Inspektor Kato vermutet, dass in dem Bericht ein paar Details fehlen.«

»Schön, das zu hören. Yoji hat jahrelang in dem Dojo trainiert. Vielleicht hatte er sich Feinde gemacht. Vielleicht hat er sich zu laut wegen der ›Wahnvorstellungen‹ seines Vaters über die Hauseinbrüche aufgeregt, und jemand hat das ausgenutzt, Yoji umgebracht, und es so aussehen lassen, als wären es die Triaden gewesen.«

Hoshino dachte darüber nach. »Vielleicht waren es *wirklich* die Triaden.«

»Möglich.«

»Vielleicht geht es aber auch um den Sengai und den Schatz und darum, Yoji um das Geschäft zu bringen.«

»Kann auch sein.«

»Also noch mehr Motive, noch mehr Vermutungen, aber kaum Antworten.«

»Wir ertrinken in einer Flut von Möglichkeiten.«

Hoshino zog einen kleinen Schlüssel aus der Tasche und entriegelte den Metallreif an meinem Handgelenk.

Ich rieb mir die geschundene Haut. »Warum nicht gleich so.«

Sie schüttelte den Kopf. »Ich musste mir erst Ihre Version anhören. Außerdem hat die Sache einen Haken. Ich muss Sie um Ihren Reisepass bitten. Eine Bedingung von Kato, bis der Zwischenfall im Kendo-Club aufgeklärt ist.«

»Ach, kommen Sie. Jenny hat ihren ersten Schultag in San Francisco, wenn wir aus Kioto zurück sind.«

»Jetzt nicht mehr.«

»Eine reizende Bedingung.«

Hoshino schlenkerte mit den Handschellen vor meiner Nase herum. »Aber bestimmt besser als in einer Gefängniszelle wieder zu Kräften zu kommen. Was, nebenbei bemerkt, trotzdem noch passieren kann. Und zwar ziemlich schnell.«

Ich schnaubte vor Wut. »Die Polizei hat ein völlig falsches Bild von der Sache. Ich habe einen wunden Punkt getroffen. Die Sache muss aufgeklärt werden, nur darum geht es.«

Gegen den ausdrücklichen Protest des Arztes entließ ich mich selbst aus dem Krankenhaus und nahm Hoshinos Angebot, mich nach Hause zu bringen, gerne an. Im Wagen war sie freundlich, aber distanziert.

Unbeholfen drehte ich mich in meinem Sitz zu ihr um. »Haben Sie ein wenig Make-up dabei?«

»Natürlich. Aber im Dienst benutze ich es selten.«

Wie schon bei unserem ersten Treffen hatte Hoshino sich mit wenigen kosmetischen Handgriffen begnügt. Es lag ihr fern, irgendjemandem mit ihren weiblichen Reizen zu imponieren, aber wie einer ihrer männlichen Kollegen wollte sie nun auch wieder nicht wirken.

»Es geht nicht um Sie«, erklärte ich. »Ich will mich nach dem Duschen nur ein wenig zurechtmachen.«

»Und was ist mit Ihrer ach so wichtigen ›Aufklärung‹?«

Ich musste schmunzeln. »Schönheit geht vor. Danach können wir uns dann immer noch die Köpfe einschlagen.«

KAPITEL 24

Der Wasserstrahl unter der ersehnten heißen Dusche ließ die Blessuren erneut aufflammen. Aber ich biss die Zähne zusammen und ließ das Nass auf die schmerzhaften Stellen prasseln, um sie zu massieren. Prellungen und Blutergüsse zeugten von den Treffern durch die Schwerter. Die gute Nachricht war, dass alles, was beweglich sein sollte, sich tatsächlich auch noch bewegte.

Ich fühlte mich wie neugeboren, als ich aus der Dusche kam. Nachdem ich mich abgetrocknet hatte, warf ich ein paar von den Mittelchen ein, die ich verordnet bekommen hatte, und deckte die Schrammen mit Pflaster ab. Während ich mir die Zähne schrubbte, summte das Handy. Ich spülte mir flüchtig den Mund aus und nahm den Anruf mit einem desorientierten Hallo entgegen.

»Hab gehört, dass Sie draußen sind«, begrüßte mich Noda. »Was zum Teufel ist letzte Nacht passiert?«

Ich erzählte ihm von den Ereignissen und, da ich Hoshino außer Hörweite wusste, auch von den Mitbringseln: dem Schlüssel, den Tempelamuletten und den Fotos. Er sprang sofort auf den Schlüssel an.

»Was für ein Schlüssel?«

»Normaler Hausschlüssel.«

Er schnaubte gereizt. »Kann nicht sein. Bringen Sie ihn her«, ordnete er an und legte auf.

Ich schlüpfte in frische Jeans und zog ein schwarzes T-Shirt an, dann ging ich hinunter. Hoshino hatte es sich auf der Couch im Wohnzimmer bequem gemacht.

Sie sah auf. »Fühlen Sie sich besser?«

»O ja. Sehr.«

»Gut. Wenn Sie Ihre Tochter abgeholt haben, sollten Sie wieder herkommen und sich ausruhen, wie der Arzt es Ihnen geraten hat.«

»Geht nicht. Jeder Tag, der ungenutzt verstreicht, macht es Yojis Mördern leichter davonzukommen.«

»Sie überschätzen Ihr Stehvermögen.«

»Das können Sie doch noch gar nicht wissen.«

Eine der besten Kräfte des MPD wurde unverkennbar rot.

Ich unterbrach die Stille, die entstanden war. »Ich bin fertig, sobald Sie Ihr Wunder bewirkt haben.«

Sie streckte ihre Hand aus. »Erst den Pass.«

»Erinnern Sie sich an meine Antwort auf Ihre Frage, ob ich mich besser fühle? Die ziehe ich hiermit zurück.«

Sie runzelte die Stirn. »Ich *will* Ihnen Ihren Pass nicht wegnehmen, aber ich habe keine andere Wahl. Also machen Sie es nicht unnötig kompliziert.«

Ein niederschmetterndes Argument, dem ich mich dennoch kaum widersetzen konnte. Ich zückte den Ausweis.

»Danke«, sagte sie und ließ das blaue Dokument in ihrer Handtasche verschwinden. Dann holte sie eine kleine Puderdose heraus und betupfte die Beulen auf meiner Stirn, Belege für die beiden Schläge, die mich am Kopf getroffen hatten. Mit kritisch hochgezogener Braue begutachtete sie ihr Werk. »Zumindest für das Publikum, das Sie sich erwählt haben, dürfte es reichen.«

»Das will ich doch stark hoffen«, sagte ich. »Sonst habe ich echt ein Problem.«

Hoshino lachte. »Es wird Zeit.«

Sie hatte angeboten, mich zu Jenny zu bringen. Kurz bevor wir unser Ziel erreichten, läutete ihr Diensthandy.

Sie warf einen Blick auf das Display und zog eine Augenbraue hoch. »Tut mir leid, aber ich muss annehmen.«

Statt die Freisprechanlage einzuschalten, fuhr sie an den Straßenrand und nahm das Handy aus der Halterung. Ich sah zum Beifahrerfenster hinaus, damit sie sich der Illusion eines Privatgesprächs hingeben konnte.

Hoshino hörte zu – und wurde blass, was selbst in ihrem Spiegelbild zu sehen war.

»Habe verstanden. Er wird *nicht* kommen«, wiederholte sie mit einem vielsagenden Blick in meine Richtung. Sie hielt das Telefon noch einen Augenblick ans Ohr, beendete dann das Gespräch und ließ die zweite Bombe platzen: »Es gibt einen weiteren Mord. Jemand mit Namen Doi. Auch einer aus Miuras alter Einheit.«

KAPITEL 25

Kaum setzte ich den Fuß in die riesige Küche, stürzte Jenny auf mich zu und presste ihr Gesicht gegen meinen Bauch. Dann löste sie sich wieder, um Luft zu schnappen, und schon sprudelten die Geschichten über ihren Besuch bei den Freunden ungestüm aus ihr heraus. Über die Süßigkeiten, die sie gegessen hatte, die Anime-Figuren, die sie geschenkt bekommen hatte, und die Mädchen aus der Nachbarschaft, mit denen sie gespielt hatte. Dann fing sie an, mich wegen des Fußballklubs an der Schule zu beknien, in dem sie nächste Woche in San Francisco anfangen würde.

»Hast du die Unterlagen schon unterschrieben, Daddy? Nancy, unsere Trainerin, sagt, dass ich sonst nicht spielen darf.«

Jenny hatte einen leicht gebräunten Teint, glattes schwarzes Haar und ein Zahnlückenlächeln. Mit ihren sechs Jahren und den fehlenden vorderen Milchzähnen, denen die Schneidezähne noch nicht gefolgt waren, wirkte sie zugleich unglaublich entwaffnend und bezaubernd.

»Entschuldige, ich konnte mich noch nicht darum kümmern«, sagte ich. »Aber ich hole es nach.«

Sie in das Fußballteam zu bekommen, war kein einfaches Unterfangen. Die Schule hatte mir ein vierseitiges »Regelwerk« und eine zweiseitige Einverständniserklärung vorgelegt. Bedingung war, dass man sein Kind mit der entsprechenden Ausrüstung, sowie mit Getränken und einem Imbiss für jedes Spiel auszustatten hatte. Im Übrigen war man gehalten, während der Spielsaison freiwillig verschiedenste Aufgaben zu übernehmen. Als alleinerziehender Vater mit zwei Jobs, mit denen wir uns gerade so über Wasser hielten, hatte ich kaum Zeit dafür, aber einen gehörigen Respekt vor Fußballmamis.

»Die Saison fängt bald an«, belehrte meine Tochter mich.

»Ich weiß, ich weiß.«

Die Sache wuchs mir langsam über den Kopf.

Mariko, Freundin der Familie und Babysitterin, kam vorbei, um Hallo zu sagen. Sie war einundsiebzig und bei einer wohlhabenden einheimischen Familie, die ebenfalls alte Freunde meines Vaters waren, als Privatköchin angestellt. So hatten wir uns kennengelernt. Sie pendelte ständig zwischen der Villa und dem Häuschen draußen auf dem Land hin und her, in dem sie und ihr Mann, ein Butler, lebten. Ein kurzer Blick in mein Gesicht reichte, um Marikos Lächeln verschwinden zu lassen. Sie wandte sich mit besorgtem Blick ab und machte sich in einer anderen Ecke der Küche an etwas zu schaffen.

Jenny zupfte an meinem Arm. »Und wann machen wir das, was du mir versprochen hast?«

»Morgen«, sagte ich vorschnell – eine Antwort, die ich noch lange bereuen würde.

Die dritte Bombe platzte bei Miura. Der letzte der Männer, die unter seinem Kommando gestanden hatten, war in sein Haus gezogen.

»Es ist gestern passiert, als Sie, nun ja, indisponiert waren«, eröffnete mir der Mann von Brodie Security, der gerade Dienst hatte, mit gedämpfter Stimme, die nur für meine Ohren bestimmt war. »Auf Ihrem Schreibtisch liegt eine Nachricht. Doi-san und Inoki-san sind beide bei ihm eingezogen.«

»*Beide?*«, fragte ich.

Er nickte. »Ich dachte, dass Miura-san ein wenig Gesellschaft ganz gut tun würde und dass es eine gute Idee wäre, sie alle unter einem Dach zu haben. Als es dunkel war, bestand Doi-*san* darauf, kurz zu sich nach Hause zugehen, um ein bisschen Garderobe zum Wechseln zu holen und seinen Goldfisch zu füttern. Ich konnte es ihm nicht ausreden. Er wollte auch nicht, dass ich jemanden schickte. Und da er kein Mandant von uns war, konnte ich nicht mehr tun, als ihm abzuraten.«

Ich schüttelte traurig den Kopf. Derlei gedankliche Aussetzer waren mir nicht fremd. Vermutlich gab es sogar einen medizinischen Begriff für diesen Zustand. Wenn nicht, wurde es Zeit, einen zu erfinden. Um es ganz einfach zu formulieren: Die Leute wurden verrückt, wenn sie sich ständig verstecken mussten. Sie hörten auf, vernünftig zu denken, und hatten sie erst mal eine Zeit lang mit der Bedrohung gelebt, schien sie mit einem Mal ihren Schrecken zu verlieren. Sie waren überzeugt, die Situation im Griff zu haben. Oder sie redeten sich ihre Lage schön und hielten die Dinge für nicht mehr so bedrohlich, wie sie anfangs gedacht hatten. Oder ihr Bewusstsein für die eigene Sterblichkeit trübte sich ein, sodass sie sich zwar nicht gerade für unbesiegbar hielten, sich aber trotzdem kaum vorstellen konnten, dass ihnen tatsächlich jemand nach dem Leben trachtete.

In der nächsten Phase, oft angefacht durch eine Art Lagerkoller, stellte sich eine neue, falsche Realität ein. Im Schutz der Nacht wagten sie sich zu einer ihrer alten Wirkungsstätten – zu einem Freund, einem Liebhaber, in ein Restaurant oder in eine Kneipe, die sie gern aufgesucht hatten, oder eben in ihr eigenes Haus. Die Jäger schlagen zu. Und aus.

»Ich habe versucht, es ihm auszureden«, sagte mein Mann von Brodie Security. »Aber er war ein verstockter alter Herr, der immer nur von seinem Goldfisch redete.«

Ich hatte den Mann nie kennengelernt, aber Dois alte Armeekameraden waren untröstlich und angesichts der erneuten Bestätigung, dass man es auf sie abgesehen hatte, zu Tode erschrocken.

»Ich schätze mal, es war schlicht unmöglich, ihm das auszureden.«

»Ich habe mich mit beiden Männern zusammengesetzt. Da redet man gegen die Wand.«

In Nebenraum starrten Miura und Inoki auf einen Fernseher, in dem gerade eine Quizsendung lief. Ich begrüßte sie mit einem kurzen Hallo und drückte ihnen meine Anteilnahme über den tragischen Verlust aus. Sie nickten kurz zum Dank und wandten sich wieder dem Fernseher zu. Die Kunst der privaten Unterhaltung war ihnen abhandengekommen.

Schließlich sagte Miura: »Ich bin so froh, dass Inoki nicht gegangen ist. Ich komme für alle zusätzlichen Kosten auf.«

Ich warf dem Wachmann einen Blick zu. Er schüttelte den Kopf. »Solange Sie beide unter diesem Dach bleiben, entstehen keine zusätzlichen Kosten«, sagte ich.

Mit feuchten Augen wandte Inoki sich an seinen Freund. »Danke, dass du mich aufgenommen hast. Ich wüsste sonst nicht, wohin. Bei meinem Sohn ist zu wenig Platz, seine Frau hat sich schon beklagt. Wie heißt das koreanische Sprichwort? ›Besuch ist wie Fisch. Nach drei Tagen fängt er an zu stinken.‹«

Auch wenn er schon über achtzig war, musste Inoki der Benjamin der Gruppe gewesen sein. Er war dünn, drahtig und sprühte nur so vor Lebenskraft. Arme und Ellbogen wirbelten durch die Luft, während er erzählte. Ein ausgemachtes Energiebündel.

Miura klopfte seinem Freund auf die Schulter. »Du kannst so lange bleiben, wie du möchtest. Wir haben genug Platz.«

»Ich danke dir.«

»Können Sie sich vorstellen, wer dahinter steckt?«, wollte ich von Inoki wissen.

Er verzog gequält das Gesicht. »Was soll es anderes sein als unsere erneuten Besuche in dem Dorf?«

Sie nickten einmütig und zogen sich augenblicklich in jene fatalistische innere Emigration zurück, die Japaner immer dann an den Tag legen, wenn es gilt, sich Problemen zu entziehen.

Ich holte sie zurück. »Es geht um Ihr Leben. Sagen Sie mir mehr darüber.«

Sie starrten mich nur dumpf an und schwiegen.

»Das soll alles sein?«, fragte ich.

Inoki ließ die Schultern hängen. »Aus den alten Zeiten sind alle tot. Der Einzige, der noch geblieben ist, ist Wu. *Möglich,* dass er etwas weiß. Weil er Chinese ist. Es zumindest war.«

»Wie, Wu?«, fragte ich.

Miura sah mich verächtlich an. »Ein fahrender Arzt aus einem Dorf in China. Nicht Anli-dong, aber in der Nähe. Es heißt, er habe sich nach dem Krieg ein paar Jahre in Japan niedergelassen und sei dann wieder zurückgegangen. Ich habe gehört, dass er vor vier oder fünf Jahren gestorben ist. Also vergessen Sie es.«

Ich schüttelte den Kopf. »Ich wünschte, ich könnte das. Aber leider ist Ihnen jemand auf den Fersen. Wenn Sie sich nicht für den Rest Ihres Lebens versteckt halten wollen, dann ist jemand wie dieser Wu Ihre einzige Hoffnung. Diese Typen geben mit Sicherheit so schnell nicht auf.«

KAPITEL 26

Zurück bei Brodie Security ließ ich mich in meinen Sessel fallen und fuhr mir mit den Fingern frustriert durchs Haar.

Nacheinander wurden Leute umgebracht, und wir standen mit leeren oder zumindest fast leeren Händen da.

Seit dem Einbruch in den Kendo-Club hatte ich keine Zeit gefunden, auch nur einen klaren Gedanken zu fassen. Alles, was danach passiert war – der Kampf, die unfreiwilligen Übernachtungen im Krankenhaus, TNT, die angedrohte Strafanzeige, der Mord an Doi –, hatte die Stunden nur so dahinfliegen lassen. Und meine Tochter hatte ich schon den dritten Tag in Folge in Marikos Obhut gelassen.

Und wohin hatte mich all das geführt? Was hatte mir die Stippvisite in Nakamuras Dojo eingebracht? Seit dem Augenblick, als ich ihn betrat, waren sie mir auf den Fersen. Heimliche Blicke, der zugewiesene Platz, das Empfangskomitee im Umkleideraum – all das waren eindeutige Hinweise darauf, dass ich einen Nerv getroffen hatte.

Nur welchen?

Mari kam mit einer Tasse heißem grünem Tee herein.

»Danke«, sagte ich und sah in ein vor Sorge erstarrtes Gesicht.

»Ist wirklich alles in Ordnung, Brodie-*san*?«, erkundigte sie sich.

Maris Furcht spiegelte sich in den Gesichtern eines halben Dutzends meiner Mitarbeiter wider, die sich im Türrahmen zusammengefunden hatten.

»Mir geht's gut«, sagte ich. »Nebenbei bemerkt, sollten Sie doch *wissen*, dass ich schon Schlimmeres durchgemacht habe.«

Meine Bemerkung wurde mit einem müden Lächeln und einem angedeuteten Nicken quittiert, mit dem sich alle weniger überzeugt denn besänftigt wieder an ihre Schreibtische begaben, zweifellos in Gedanken an Japantown und die Soga, die Männer, mit denen wir es damals zu tun bekommen hatten.

Noda und Hamada kamen herein und machten die Tür hinter sich zu. Beide musterten mich kritisch.

»Ertappt«, sagte ich.

Hamada kicherte. »So ist das in dem Job.«

Noda sagte: »Sie haben bestimmt nicht nur den Mond angebetet. Haben Sie den Schlüssel?«

Ich legte meine Beute auf den Tisch – Schlüssel, Tempelamulette, Fotos. Entweder waren meine Angreifer nicht darauf gefasst, dass ich mir Yojis Souvenirs unter den Nagel reißen konnte, oder es war ihnen egal.

Noda schnappte sich den Schlüssel, Hamada die Anhänger.

Ich sah Noda eindringlich an. »Was machen Ihre Nachforschungen?«

»Wird langsam.«

Der große Kommunikator. Der Chefdetektiv von Brodie Security linste auf die Seriennummer, die auf den Schlüsselkopf gestanzt war.

Ich wandte mich an Hamada. »Was Neues über die Triaden?«

Er nickte vergnügt. »Treffen heute Abend. Sieht gut aus.«

»Gut. Wir brauchen dringend etwas.«

Hamada nahm das Amulett-Bündel an dem Band auf, das es zusammenhielt, und ließ es lässig in der Luft kreisen. »Der hat aber auch wirklich alles gekauft, was Trottel so kaufen. Gebetsamulette für die Beförderung im Job, für ein langes Leben, die Gesundheit der Familie, Sicherheit im Straßenverkehr. Amulette, um die bösen Geister fernzuhalten. Schutz vor Verletzungen. Scheint ein abergläubisches Kerlchen gewesen zu sein. Hat ihm aber trotzdem nichts genützt.«

»Vielleicht hat er sie gekauft, weil er wusste, dass er in Gefahr war«, gab ich zu bedenken. »Sollten wir vielleicht mal mit einem der Mönche sprechen?«

Hamada ließ das Bündel wieder auf den Schreibtisch fallen. »Die Leute kaufen Armbandanhänger wie Lotterielose. Aber manchmal laden sie ihre Sorgen tatsächlich bei einem Tempelmönch ab, dem sie vertrauen. Könnte also nicht schaden, wenn wir uns mal umhören.«

Noda sagte: »Was von Inspektor Kato gehört?«

»Bin dran«, sagte ich.

Noda verzog das Gesicht. »Je früher, desto besser.«

»Gönn dem armen Mann mal eine Pause. Schließlich haben sie ihm ziemlich übel mitgespielt.«

Noda schnaubte. »Die Schminke funktioniert nicht.«

Verdammt. Die war doch nur für Jennys Augen bestimmt. Ich war so benebelt, dass ich ganz vergessen hatte, sie zu entfernen. Ich griff nach ein paar Kosmetiktüchern und begann das Zeug abzuwischen. Jetzt musste ich mich über die besorgten Blicke meiner Mitarbeiter nicht mehr wundern.

Um die Gelegenheit nicht ungenutzt verstreichen zu lassen, fügte Noda hinzu: »Wenn Sie mit Ihrer Maskerade fertig sind, müssen wir den Fall schnell in den Griff bekommen. Von den alten Kämpfern sind nur noch zwei übrig.«

TAG 5

VERFOLGT

KAPITEL 27

Gespannt darauf, was die Polizei inzwischen wusste, hatte ich gestern zu später Stunde vom Büro aus Hoshino angerufen. Da der Nachmittag Jenny versprochen war, hatten wir uns gleich am nächsten Morgen im Chatei Hatou verabredet, einem eleganten Café im europäischen Stil, das sich in Shibuya, etwas abgelegen in einer Seitenstraße befand.

»Das hier ist eine meiner kleinen Fluchten«, vertraute Hoshino mir an, als wir uns im hinteren Teil der Räumlichkeiten unter einer gigantischen Schrankwand im europäischen Stil an einem Holztisch niedergelassen hatten. »Vom Revier aus sind es nur wenige Blocks bis hierher, aber weit genug, um sicher zu sein, dass keiner der Kollegen hereinspaziert kommt. Der Chef ist *der* Spezialist für handgefilterten Kaffee.«

Hoshino verriet mir, dass der Besitzer es vom normalen Barista zum »Meisterbrauer« gebracht hatte. Mit leidenschaftlicher Hingabe konzentrierte er sich auf jedes Detail, von der Qualität des Wassers über die Reifung der Bohnen und ihre Röstung bis hin zur Form und Beschaffenheit des Kaffeefilters.

»Natürlich brüht er Tasse für Tasse einzeln auf«, fügte Hoshino flüsternd und mit unverhohlener Bewunderung hinzu. »Die Prozedur dauert fünf Minuten.«

Ich entschied mich für einen handgebrühten Cappuccino nach Art des Hauses, Hoshino bestellte einen Caffè Corretto. Dann erkundigte ich mich nach den neuesten Entwicklungen im Kabukicho-Mord.

»Wollen Sie anfangen?«, forderte die Kaffeeexpertin des MPD mich auf. Heute trug sie wieder zivil. Eine beige Bluse und eine weiße Hose. Und wie bei unserer letzten Begegnung, als sie keine Uniform trug, strahlte sie wieder diese erfrischende Lebendigkeit aus. Ihre Augen funkelten.

»Gern. Wir ermitteln in alle Richtungen. Konkrete Hinweise haben wir allerdings noch nicht. Miura senior war uns keine große Hilfe. Auch nach dem Mord an Doi konnte er uns nichts sagen. Aber Noda geht ein paar Spuren nach und kümmert sich auch um die ›Mitbringsel‹ aus meinem Einbruch. Hamada hat sich gestern Abend mit einem Kontaktmann von den Triaden getroffen und müsste sich demnächst melden. Und Sie?«

Hoshino ließ sich einen Augenblick Zeit damit, meinen Bericht zu verarbeiten. »Also immer noch keine Ergebnisse?«

»Wir gehen einem Hinweis in Bezug auf das Dojo nach, und strecken noch einen anderen Fühler aus, aber sonst, nein, nichts Konkretes.«

Der andere Fühler war TNT. Ich hatte beschlossen, Hoshino von diesem Kontakt noch nichts zu erzählen. Mit Tokio no Tekken etwas zu tun zu haben, war nicht das, was man hinausposaunte, um eine Frau zu beeindrucken, die man schätzte. Schon gar nicht, wenn sie eine Polizeimarke trug.

Bei der nächsten Bemerkung Hoshinos sollte mein Instinkt sich als prophetisch erweisen. »Sie haben vielleicht bemerkt, dass ich nach ihren ›Mitbringseln‹ nicht gefragt habe.«

»Ist mir nicht entgangen.«

»Dann lassen Sie es dabei bewenden.«

»Kein Problem.«

»Danke. Wir unsererseits wissen inzwischen, dass Yoji Miuras Zahnabgleich passte. Außerdem war Mrs. Miura hier, um die Leiche ihres Mannes zu identifizieren. Sie hatten ihn zwar hergerichtet, so gut es ging, aber wir sind nun mal keine Bestatter. Sie hatte wieder einen Zusammenbruch. Fragte ständig, wer sich jetzt um ihre Familie kümmern werde. Wir haben ihr eine psychologische Betreuung zur Seite gestellt und sie nach Hause geschickt.«

Ich nickte. »Ich bin untröstlich. Gibt es sonst noch Neuigkeiten?«

»Die Ermittler haben möglicherweise einen Zeugen ausfindig gemacht, dem in der Nähe des Tatorts zwei Chinesen aufgefallen sind.«

Ich wurde hellhörig. »Wie nah?«

»Sie hatten es ›sehr eilig‹, als sie zu einem Zeitpunkt aus dem hinteren Ende der Gasse herauskamen, der in etwa passen könnte. Er hatte an dem Abend ein paar Bars besucht, was sein Erinnerungsvermögen ein wenig getrübt hat. Ihm waren der schlechte Haarschnitt und die billige Kleidung aufgefallen, wie man sie in China sieht. Er hat sich Fotos aus der Verbrecherkartei angesehen, konnte sich aber nicht eindeutig festlegen.«

»Schade. Glaubte er, dass es Triaden waren?«

Hoshino schürzte die Lippen. »Er weiß nicht, wie chinesische Banden aussehen. Wenige Leute wissen das.«

Ich ließ mir meine Enttäuschung nicht anmerken. »War's das?«

»Nein, nicht ganz. Die Mörder haben ihm mit einem Fleischerbeil den Arm abgehackt. Laut Labor soll die Klinge knapp fünfundzwanzig Zentimeter lang, zehn Zentimeter hoch und fast ein Kilo schwer sein. Es handelt sich um die Art Werkzeuge, wie man sie beim Metzger oder im Chinarestaurant findet. Sie gleichen die Spuren mit Gerätschaften von japanischen, chinesischen und deutschen Herstellern ab und vergleichen die Ergebnisse dann mit denen von den Einbrüchen.«

Ich traute mich kaum, die nächste Frage zu stellen. »War … Yoji noch am Leben als …?«

Hoshino bemühte sich um Professionalität, wurde aber trotzdem bleich. »Die Gerichtsmediziner gehen nicht nur davon aus, dass Yoji noch lebte, sondern auch davon, dass er bei Bewusstsein war, als sie ihm den Arm abgehackt haben. Die *Art* des Schnitts legt diese Vermutung nah.«

Ich senkte den Kopf und sah rot.

»Außerdem soll das Werkzeug ›ungewöhnlich stumpf‹ gewesen sein«, fügte sie hinzu, während ihr ein Schauer über den Rücken lief.

Und das bedeutete nichts anderes, als dass die Sache sich sehr lange hingezogen hatte und mit unvorstellbaren Schmerzen verbunden gewesen war.

Es dauerte eine Weile, bis wir die Sprache wiederfanden.

Hoshino brach als erste das Schweigen. »Darf ich Sie etwas fragen?«

»Klar.«

»Was halten Sie von Inspektor Kato?«

Auf die Frage war ich nicht gefasst. Sollten ihr die neuen Erkenntnisse über die Brutalität des Angriffs so zugesetzt haben? Oder ließen die zäh anlaufenden Ermittlungen Zweifel an ihrem Chef aufkommen?

»Etwas Besseres kann Ihnen gar nicht passieren. Ich hoffe, Sie sind derselben Meinung.«

»Ja, bin ich.«

»Warum fragen Sie dann?«

Sie senkte den Blick und errötete leicht, eine Geste der Bescheidenheit, die mir sehr sympathisch war. »Ich weiß, was im Büro geredet wird. Aber ich habe mir selbst ein Bild gemacht und wollte das von jemandem bestätigt haben, der von außen kommt.«

»Bleiben Sie bei Kato, so lange Sie können«, riet ich ihr. »Sie werden noch früh genug wieder versetzt.«

Sie nickte sich selbst zu und überraschte mich dann mit einer Bitte. »Wenn wir zusammenarbeiten sollen, dann sollten Sie mich vielleicht Rie nennen. Ich mag den Brauch der Amerikaner, sich beim Vornamen zu nennen.«

»Kein Problem.«

»In Gegenwart anderer aber bitte immer Hoshino.«

»Natürlich.«

Ich kannte japanische Geschäftsleute, die jahrzehntelang im selben Büro gearbeitet hatten und öfter zusammen einen trinken gegangen waren, als sie zählen konnten, sich aber immer noch mit dem Nachnamen anredeten.

Der Brauch ist so tief verwurzelt, dass Mitarbeiter einer Firma in Japan sich oft nicht an den Vornamen eines Kollegen erinnern, wenn sie danach gefragt werden.

»Und Ihr Vorname?«

»Jim.«

Ihre Augen leuchteten. »Ein hübscher Name. Klingt solide und hat trotzdem einen weichen Anfang.«

»Danke. Finde ich auch.«

»Aber *Brodie* passt besser zu Ihnen. Ist kraftvoller. Schwungvoll und mutig.«

»Ich höre auf beides.«

»Darf ich Ihnen noch eine Frage stellen?«

»Schießen Sie los.«

»Gibt es in Ihrem Leben jemanden, seit Ihre Frau gestorben ist?«

Ich hielt inne. »Ich bin überrascht, Sie fahren ganz schön schwere Geschütze auf.«

Sie lachte. Ein natürliches, mitreißendes und frauliches Lachen. Keineswegs mädchenhaft. »Sie sind doch ein erwachsener Mann. Sie werden damit umgehen können. Und, gibt es eine?«

Ich zuckte mit den Schultern. »Ich hatte die eine oder andere Verabredung.«

»Japanerinnen?«

Ich bewunderte ihre Hartnäckigkeit. Schüchtern war die Dame jedenfalls nicht. Sie wollte wissen, ob ich zu den Männern gehörte, die auf Asiatinnen standen.

»Einmal war es eine amerikanische Rechtsanwältin aus Boston, dann eine Japanerin, die ich bei Brodie Security kennengelernt hatte.«

»Was passierte dann?«

»Die Anwältin war zu sehr auf sich fixiert und bestand darauf, dass meine Tochter woanders zur Schule gehen sollte.«

Während sie sich einen Moment Zeit damit ließ, meine Auskünfte zu verarbeiten, wurde der Kaffee gebracht.

Ich trank meinen Cappuccino, Rie nippte an ihrem Caffè Corretto. Damenhaft, selbstbewusst und alles andere als zickig. *Hier bahnt sich was an*, dachte ich.

Schließlich sagte Rie: »Bitte entschuldigen Sie, aber Fragen gehören zu meinem Beruf. Ich glaube, das ist mir schon in Fleisch und Blut übergegangen. Dann bevorzugen Sie also, hm, gar keine Japanerinnen?«

Ihre Beharrlichkeit, die offensichtlich auch zu ihrem Beruf gehörte, entlockte mir ein Schmunzeln. »Wenn ich mich verabrede, lege ich großen Wert auf Chancengleichheit. Ich mag Frauen, die, sollte man sich denn näherkommen, meiner Tochter ein gutes Rollenvorbild sein könnten, falls ich diesen Weg überhaupt noch einmal gehen sollte. Aber wo wir das schon mal geklärt hätten, mit welchen Männern gehen Sie denn aus?«

»Jedenfalls grundsätzlich *nie* mit Männern aus der Dienststelle.«

»Das hatte ich schon vermutet. Es sei denn, Sie sind scharf darauf, Ihre Karriere aufs Spiel zu setzen.«

»Genau.«

»Und wie sieht's bei Ihnen mit Männern aus, die Sie beim Vornamen nennen?«

»Mal so, mal so.«

Die antike Uhr an der Wand schlug die halbe Stunde. Es war später, als ich dachte.

»Es war sehr nett mit Ihnen, aber ich muss jetzt los.«

»Ich muss auch ins Büro.«

»Eine Frage noch. Haben Sie meine Mitteilung über den Londoner Händler an Kato weitergeleitet?«

»Über den, der möglicherweise den Sengai gestohlen hat? Ja. Der Inspektor hat Jamie Kendricks Namen an die Passbehörde weitergeleitet.«

»Sehr gut. Ich bin spät dran, würde mich aber freuen, wenn wir das wiederholen könnten. Vielleicht das nächste Mal zum Essen. Wenn Sie nicht arbeiten müssten, auch gerne heute.«

»Heute ist mein freier Tag.«

»Aber Sie sagten doch gerade ...« Als müsste ich mich für diese dumme Bemerkung tadeln, schlug ich mir mit der Hand vor die Stirn. »Da sehen Sie, in welchem Land ich lebe. Natürlich arbeiten Sie an Ihrem freien Tag. Aber ich dachte mehr an ...«

»Eine Verabredung?«

»Ja.«

»Wir sind mitten in einem großen Fall. Mein größter übrigens.«

»Dann lernen Sie, damit umzugehen.«

Sie schüttelte den Kopf. »Die Arbeit geht vor. Außerdem vertreibe ich mir die Zeit lieber nur mit einer Sache gleichzeitig.«

»Ach, dann sehen Sie in mir also einen Zeitvertreib?«

»Einen *möglichen* Zeitvertreib.«

Das klang schon mal nicht schlecht.

KAPITEL 28

Würde sie, oder würde sie nicht?

Mit dieser Ungewissheit und der Erklärung, dringende Arbeiten auf dem Polizeirevier erledigen zu müssen, die aber nur wenige Minuten in Anspruch nehmen würden, ließ Rie mich stehen. Wenn nichts Unvorhergesehenes geschehe, würden wir uns am Ticketschalter treffen.

Aber weder am Lauf der Gezeiten noch an ungeduldigen Töchtern lässt sich etwas ändern. Kaum fuhr ich mit dem Taxi vor Marikos Haus vor, kam Jenny, während sie sich umständlich mit einem riesigen Rucksack abmühte, auch schon zur Tür hinausgeschossen.

»Stell dir vor«, sprudelte es aus ihr heraus, während sie ins Taxi kletterte und über meinen Schoß zum Fenster auf der anderen Seite krabbelte. »Ich war mit Obaa-san im Zoo von Ueno. Ich habe Pandas aus China gesehen und total süße Hippos aus Afrika!«

»Du meinst Pygmäen-Hippos?«

»Genau, die.«

»Das ist ja toll.«

Mariko, die besagte »Großmutter«, kam in einem lindgrünen Küchenkimono, einem der vielen, die sie in ihrem Kleiderschrank hatte, zur Tür geschlurft.

Ich bedankte mich bei ihr dafür, dass sie sich wieder

einmal um Jenny gekümmert hatte, und fragte: »Gab's Probleme?«

»Natürlich nicht«, beruhigte sie mich in ihrem japanischen Englisch. »Nicht müssen danken. Ich auf sie aufpassen, wie ich aufpassen, als Sie sogar waren noch kleiner.«

»Erinnern Sie mich bloß nicht daran.«

Sie lächelte. »Ich Lunchpaket für Schiff machen.«

»Vielen Dank.«

»Komm schon, Daddy«, rief Jenny und reckte den Kopf zum Fenster hinaus.

Liebevoll sah Mariko ihren Zögling an. »Hat so lange warten. Sie mit einzig Tochter spielen und machen schönen Tag.«

Ich versprach ihr, dass ich das tun würde, winkte, und wir fuhren davon. Eigentlich hatte ich den günstigeren Zug nehmen wollen, gab schließlich aber doch Jennys unausgesprochenem Drängen nach und nahm ein Taxi. Auf unserem Weg durch die Straßen von Tokio hüpfte sie an ihrem Fenster aufgeregt auf und ab und kommentierte ohne Unterbrechung alles, was vorbeisauste, drehte sich dann zu mir um, fragte nach den Unterlagen für die Fußballmannschaft und zwang mich zuzugeben, dass ich meiner elterlichen Pflicht in diesem Punkt immer noch nicht nachgekommen war.

»Daddy, mach das jetzt bitte. Okay? Die Schule fängt wirklich bald an.«

»Ich weiß, ich weiß. Heute Abend.«

Ich hatte nicht den Mut, ihr zu eröffnen, dass sie vielleicht gar nicht gehen würde.

»Und nach dem Fußball kommt Baden. Die Atteste gelten für beides.«

»Du meinst Schwimmen«, sagte ich.

Schon mit vier Jahren war Jenny zusammen mit ihrer besten Freundin zum Schwimmunterricht an der örtlichen staatlichen Schule gegangen. Die beiden waren die besten ihrer Gruppe und räumten in den darauffolgenden zwei Jahren einen Haufen Pokale ab. Ich unterstützte jedes neue, nach außen gerichtete Interesse und hielt Fußball, von den geforderten Anwesenheitspflichten einmal abgesehen, für eine gute Idee. Schließlich bedeutete ein neuer Sport stets auch eine elterliche Sorge weniger – von denen es anscheinend Legionen gab, ein Fass ohne Boden.

Rie sah unser Taxi heranfahren und hieß uns mit einem Lächeln und ein paar Snacks willkommen. Bei Taxifahrern, die in Tokio geboren und aufgewachsen waren, konnte man sich eben darauf verlassen, dass sie einen im Höllentempo heil durch die Stadt brachten.

Ich hatte eine Bootsfahrt über den Sumida, die Hauptwasserstraße von Tokio, geplant. Während sich unser Boot langsam vom Kai löste und gemächlich Kurs auf die Bucht von Tokio nahm, genossen wir die ungetrübte Sicht auf das Hauptgebäude von Asahi Beer und den Tokio Skytree.

Jenny bekam den Mund vor Staunen gar nicht mehr zu. Rie erklärte ihr, dass die lustige goldene Karotte auf dem Asahi-Gebäude die Skulptur eines berühmten Künstlers namens Philippe Starck sei und eigentlich eine Flamme darstellen solle, die seitlich aus dem Gebäude herausschießt, und dass der nadelförmige Skytree mit seinen über sechshundert Metern Japans höchstes Gebäude sei und eine Aussichtsplattform habe, die so hoch sei, dass man von ihr aus sogar die Erdkrümmung erkennen könne.

Mein Telefon ging. Der Lauftext zeigte mir an, dass Noda am anderen Ende der Leitung war. Ich ging zum Bug außer Hörweite von Rie und Jenny.

»Frag das Mädchen nach seinen chinesischen Verbindungen«, ordnete der Chefdetektiv von Brodie Security an.

Keine Begrüßung. Kein »Hallo-wie-geht's«.

»Das Mädchen?«

»Die Polizistin. Sie ist doch bei Ihnen, oder?«

»Gibt es etwas, was Sie nicht wissen?«

»Klar. Ob sie gute Verbindungen hat.«

»Und woher wissen Sie das?«

»Habe eben in *allen* Ecken und Winkeln herumgestochert.«

Bevor ich ihn bitten konnte, mir von den erfolgversprechendsten Ecken zu berichten, vernahm ich jedoch nur noch den Dauerton im Hörer.

Jenny kam angelaufen und zupfte an meinem Arm. »Daddy, du hast versprochen, heute nicht zu arbeiten.«

Die Erläuterungen des Tourleiters quäkten durch die Lautsprecheranlage: »Wir passieren jetzt die erste von dreizehn Brücken über den Sumida zwischen hier und Hamarikyu, dem ersten Hafen, wo wir zuerst anlegen werden. Hamarikyu ist heute ein öffentlich zugänglicher Park, der früher einer Shogun-Familie …«

»Nein, die anderen machen die Arbeit, ich muss nur

erreichbar sein, für den Fall, dass sie mir etwas Wichtiges sagen müssen. Das darf ich doch, oder?«

Sie blies die Lippen nach außen, und während sie noch über die Antwort auf meine Frage nachdachte, wandte sie sich an Rie. »Machst du das auch so?«

Wir standen am Bug, der eine phantastische Aussichtsplattform abgab. Dann gingen wir in den Aufenthaltsraum hinunter, einen eleganten Bereich mit pompösen lederbezogenen Couchgarnituren und großen Holztischen, an denen man sein Picknick einnehmen konnte, und mit glänzenden Messingeinfassungen um die Panoramafenster, die einen umwerfenden Blick auf den Fluss und die Stadt freigaben.

»Ja. Ich bin auch an meinen freien Tagen erreichbar. Nur für den Notfall«, erklärte Rie, während wir auf die Polsterbänke in einer der Sitzecken rutschten.

»Für welchen Fall?«

O je. Aus Sorge, Jenny zu erschrecken, sah Rie mich mit großen Augen an.

»Für den Fall, dass ihr Chef sie braucht«, erklärte ich rasch. »So ist das bei der Polizei.«

Jenny nickte. »Okay, Daddy. So geht's zu auf der Welt, glaube ich.«

Rie sah mich fragend an, und Jenny sprang mir eilends bei und erklärte, dass es sich bei dem Satz um unsere ganz private Sprachregelung dafür handelte, wie die Welt funktionierte. Gutes und Schlechtes passierte und ging auch wieder vorbei. Und dass man sein Leben leben und beides aushalten musste, so gut es ging. Am Guten konnte man sich erfreuen, durfte sich aber nicht daran klammern. Genauso wenig durfte man sich vom Schlechten herunterziehen lassen, denn ehe man sich's versah, war das Gute wieder da.

»Ein sehr kluger Standpunkt«, sagte Rie zu Jenny. »Ein sehr sympathischer Gedanke.«

»Danke. Das ist von Daddy und mir.«

Jenny lächelte stolz, und Rie erwiderte ihr Lächeln. Im selben Atemzug schnorrte meine Tochter mich um Geld für ein Eis an. Ich drückte ihr ein paar Scheine in die Hand. Unter Einhaltung schon früh erlernter Grundregeln guten Benehmens fragte sie erst Rie, was sie gerne hätte, dann mich, und rannte los.

»Was für ein Energiebündel«, sagte Rie, während ihr Blick Jenny folgte, die wie aufgezogen auf den kleinen Kiosk zustürmte.

»Zu viel Energie manchmal. Hören Sie, Sie haben nicht zufällig gute Kontakte zu Chinesen, oder?«

Sie sah mich verblüfft an. »Doch, habe ich. Wie kommen Sie darauf?«

»Noda. Aber besser, Sie fragen nicht weiter.«

Sie zuckte mit den Schultern. »Das letzte Jahr auf der Highschool habe ich bei einer Gastfamilie in Hongkong verbracht.«

»Das dürfte uns kaum weiterhelfen.«

»Es war eine sehr prominente Familie. Dem Vater gehörten ein Fünfsternerestaurant und eine Supermarktkette. Die Familie liebte Sushi über alles und ließ sich von mir alle Fischnamen auf Japanisch erklären. Wir verstehen uns immer noch gut. Ihr Sohn ist etwa in meinem Alter. Er ist in die Finanzwelt gegangen, nach Tokio gekommen und hat es hier zu einem richtigen Shootingstar gebracht.«

»Hm.« Wie zum Teufel war Noda dieser Leckerbissen wieder ins Netz gegangen?

Rie lächelte. »Möchten Sie, dass ich mich mit ihm in Verbindung setze?«

Ich bejahte und erläuterte ihr meinen Plan. Ich redete schnell, denn Jenny würde jede Sekunde zurück sein. Zum Schluss brachte ich meine Verwunderung darüber zum Ausdruck, dass sie die Quelle nicht schon selbst angezapft hatte.

Rie antwortete selbstsicher: »Ich ziehe Freunde grundsätzlich nicht in meine Arbeit hinein. So was kann heikel werden. Aber wenn wir es nicht über das Revier machen, habe ich kein Problem damit.«

»Das leuchtet ein. Noch etwas. Könnten Sie ihn vielleicht fragen, ob jemand von seinen Bekannten eventuell einen Arzt kennt, der Wu heißt.«

»Haben Sie auch einen vollen Namen?«

»Nein. Er war etwa zur selben Zeit in der Mandschurei wie Miura. Sollte er noch leben, könnte er uns ein paar Informationen geben.«

Rie runzelte die Stirn. »Das ist aber sehr vage.«

»Mehr haben wir nicht. Aber die Triaden haben natürlich Vorrang.«

Jenny kam mit einem Pappdeckel mit ausgestanzten Kreisen zurück, in denen aufrecht die Waffeln steckten. Sie stellte den Karton ab, schnappte sich ein Hörnchen mit zwei Kugeln Schokoladeneis und fing begeistert an, daran zu lecken.

Ich sagte: »Man könnte meinen, du hättest seit Ewigkeiten kein Eis mehr gegessen.«

Rie lachte, und Jenny sagte: »Hab ich auch nicht! Das letzte ist schon zwei Tage her!« Ihre Zunge hatte sich inzwischen dunkelbraun verfärbt. »Können wir wieder nach vorn gehen? Da ist die Aussicht schöner.«

»Natürlich.«

Ich reichte Rie eine Waffel, und wir machten uns auf den Weg zum Bug. Die Frontfenster über einer Polsterbankreihe waren geöffnet. Der Wind blies uns ins Gesicht, und er fühlte sich gut an auf meiner Haut.

Jenny genoss die Aussicht auf den Fluss und sog begierig alles in sich auf, was es zu sehen gab. Ihr Blick blieb an einem vorbeifahrenden Fischerboot haften, das auf dem Weg in seinen Heimathafen war und die Netze in der Sonne glitzernd zum Trocknen aufgespannt hatte. Sie wiederholte den Namen jeder Brücke, die angekündigt wurde, und da jede eine eigene Farbe hatte, sagte sie die auch dazu und rekapitulierte anschließend alle Farben in der Reihenfolge ihrer Sichtung. Als wir die Sumo-Halle in Ryogoku passierten, trotzte sie mir das Versprechen ab, sie einmal zu einem Wettkampf mitzunehmen.

Rie und ich kamen ins Plaudern. Dann ging mein Handy wieder. Ich entschuldigte mich und trat ein paar Schritte zurück, bevor ich das Telefon aus der Tasche holte. Noda hatte mir eine E-Mail mit Anhang geschickt. Rie bemerkte meine Reaktion. »Was ist los?«

»Weiß noch nicht.«

Ich hatte den Anhang noch nicht geöffnet, aber die

Betreffzeile ließ nichts Gutes ahnen: *Bringen Sie sich sofort in Sicherheit!* Mit einem Tastendruck öffnete ich den Anhang.

In dem rechteckigen Rahmen meines Smartphones erschien in Großaufnahme der blutverschmierte Kopf von Hamada, von den Augen bis zum Kinn. Von seinem vertraut vergnügten Gesicht war nichts mehr zu sehen. Der Blick ziellos, ohne Leben. Die Knollennase eisblau.

Ich zoomte es kleiner, und fast wäre mir das Telefon aus der Hand gefallen.

An seiner Augenbraue haftete, mit einem kleinen Eispickel befestigt, ein Foto von mir in Passbildgröße.

Sein Kopf hingegen haftete an gar nichts mehr.

KAPITEL 29

Sie waren zu dritt, und sie kamen schnell.

Sie waren über das Heck an Bord gekommen. Vermutlich hatten sie sich mit einem Schnellboot unbemerkt und längsseits dem Schiff genähert und eine Strickleiter am Rumpf befestigt.

Ein Mitglied der Besatzung, das sich zwar ruhig, aber doch auffällig flink zum Heck hin bewegte, hatte mich als Erstes in Alarmbereitschaft versetzt. Aber in dem Augenblick war der zweite Eindringling schon an Bord. Ein Streit entwickelte sich.

Von den Passagieren in der Kajüte bekam niemand etwas mit. Wer auf den hinteren Bänken saß, beobachtete, wie der Streit eskalierte. Gerade hatten sie sich noch der wunderbaren Aussicht auf die Flusslandschaft erfreut, und im nächsten Augenblick waren Fremde aufgetaucht, und ein undurchsichtiges Geschiebe entspann sich vor ihren Augen.

Die Passagiere im überdachten Bereich waren immer noch ahnungslos. Nur die Crew nicht.

Plötzlich und ohne Vorwarnung warfen die beiden Eindringlinge das Besatzungsmitglied über Bord. In dem Augenblick tauchte auch schon der Kopf eines Dritten an der Reling auf.

Der erste Mann suchte das Deck ab. Sein Blick traf meinen und verharrte. Dann zischte er seinen Kumpanen etwas durch den Mundwinkel zu.

Von weitem wirkten sie wie Japaner, aber es waren keine. Sie bewegten sich nach vorn. Von etwas näher sahen sie aus wie Chinesen, waren aber auch das nicht. Meine Sehkraft schien getrübt, mein Überlebensinstinkt aber war ungebrochen und setzte so schnell und klar ein wie noch nie.

Ich sah stromaufwärts und -abwärts und fragte Rie schnell: »Können Sie schwimmen?«

»Ja, warum?«

Sie hatte sie noch nicht gesehen. Und wenn sie bei Jenny blieb, war das besser.

»Bitte verzeihen Sie mir. Und passen Sie gut auf meine Tochter auf.«

Ihr blieb kaum Zeit, mich mit fragenden Augen anzusehen, als ich ihre knapp fünfzig Kilo auch schon über die Reling hob und sie fallen ließ.

Aufgeregt ruderte sie mit den Armen, kippte nach vorn und landete schließlich auf dem Bauch im Wasser.

Gleich darauf packte ich Jenny und sagte: »So geht's zu auf der Welt, Jen. Zeit für ein Bad. Hol ganz tief Luft.« Ich wartete, bis sie tief eingeatmet hatte. »Okay. Jetzt schwimm zum Ufer.«

Bevor sie antworten konnte, warf ich sie mit den Füßen voran über Bord. Mir raste das Herz ähnlich wie damals, als ein Arzt ihr die erste Impfung verpasst und Jenny – zu klein, um es zu verstehen – vor Schmerz aufgeschrien hatte.

Aber heute wie damals, es musste sein.

Sie nahm den Sturz ins Wasser hin wie der Fisch, der sie mir, wie ihre Schwimmpokale nahe legten, auch zu sein schien. In Erinnerung an ihr Training auf dem Sprungbrett breitete Jenny instinktiv die Arme aus, um sich auszubalancieren und hielt die Zehnen nach unten gestreckt.

Ich sah, wie sie mit den Füßen zuerst auf der Wasseroberfläche auftraf.

Für den Augenblick war meine Tochter in Sicherheit.

Ich rannte los.

KAPITEL 30

Bevor ich handelte, hatte ich im Bruchteil einer Sekunde die Alternativen abgewogen. Rie und ich hätten bleiben und kämpfen können. Wir hätten auch alle drei von Bord springen können.

Aber nichts davon hätte funktioniert.

Mit der ersten Option hätte ich Jenny in Gefahr gebracht, zumal mir nicht klar war, über welche Fähigkeiten Rie tatsächlich verfügte. Bei der zweiten hätten sie Jenny im Fluss angreifen können. Die drei Männer hätten hinterherspringen können. Außerdem hatten sie ein Boot, woraus zu schließen war, dass mindestens noch eine weitere Person im Spiel war. Würde einer von ihnen Jenny einholen, wäre es nicht schwer, sie unter Wasser zu drücken und zu ertränken. Oder dem Boot zu signalisieren, dass es sie überfahren sollte. In dem Fall nützte es auch nichts, ein guter Schwimmer zu sein.

Also sah ich nur eine Möglichkeit: Bleiben und es *allein* durchziehen.

Vielleicht hätte Rie mir den Rücken freihalten können. Vielleicht aber auch nicht. Mir war nicht die Zeit geblieben, das herauszufinden. Aber davon abgesehen, ob sie dazu imstande gewesen wäre oder nicht, vermutlich hätte sie ohnehin gesagt, dass sie es könnte. Womöglich hätte sie nur mit ihrer Marke herumgewedelt. Und ihr die

Sache mit dem Foto von Hamadas Kopf zu erklären, war zeitlich ebenfalls nicht mehr drin gewesen. Da mit ziemlicher Sicherheit davon auszugehen war, dass Hamada, ehemals Polizist in Osaka, von den unangemeldeten Passagieren an Bord so zugerichtet worden war, hätten sie beim Anblick der Polizeimarke vermutlich auch nur kurzen Prozess mit ihr gemacht, sie niedergestochen oder erschossen.

Im Übrigen war Rie auf das Auftauchen der drei nicht gefasst gewesen, weshalb ich vermutete, dass sie über einen begrenzten Fundus an Erfahrung verfügte, der über die Kenntnisse, die sie im Polizeitraining erworben hatte, wohl nicht wesentlich hinausging. Deshalb hatte ich sie ins Wasser geworfen, damit sie auf meine Tochter aufpassen konnte.

Sicherlich konnte ich mich auf etwas gefasst machen. Ich sah die Wut in ihren Augen, als ich sie über die Bordwand ins Wasser entließ – Wut, Angst, Verletzung und bittere Enttäuschung. Mich überkamen Gewissensbisse.

Das aber war nicht einmal das Schlimmste.

Das zarte Pflänzchen, das gerade zwischen uns aufzukeimen begann, welkte in diesem Augenblick dahin und erstarb.

Ich sah sie auf den Bug zukommen.

Keine fünfzehn Meter betrug der Abstand zu ihnen, und er wurde kürzer. Auch die Passagiere waren inzwischen aufmerksam geworden. Die drei Männer bewegten sich synchron. Zügigen Schrittes, wortlos und in Keilformation kamen sie heran. Einer vorn, zwei dahinter. Den

Blick konzentriert auf mich gerichtet. Unruhe kam auf. Das Personal war offensichtlich nur aushilfsweise beschäftigt, schlenderte über das untere Deck und sah sich aufgrund des spärlichen Gehalts, das man ihm zahlte, kaum genötigt, sich einzumischen. Die Eindringlinge schubsten eine alte Frau zur Seite, die laut aufschrie.

Ein Messer blitzte auf.

Auf dem Vordeck befand sich eine gepolsterte Sitzbank für die Passagiere, die sich an beiden Seiten erstreckte und in der Mitte an der Bugspitze zusammenlief. Eine niedrige Wand mit schimmernder Messingreling diente als Rückenlehne. Hinter der Reling bildete ein wenige Zentimeter breites Dollbord einen schmalen Steg, über den man um das Schiff herumlaufen konnte.

Meine einzige Chance. Ich ergriff sie, machte einen Satz über die Reling und hangelte mich zur Steuerbordseite.

Die drei ungebetenen Gäste standen mittschiffs auf dem überdachten Deck als sie meine Aktion bemerkten und rannten zum nächsten Fenster, um mir den Weg abzuschneiden. Ich hatte Glück. Die großen quadratischen Plexiglasscheiben waren mit dekorativen Messingstiften verriegelt.

Für einen kurzen Moment wähnte ich mich in Sicherheit und hielt inne, um zu sehen, was meine Verfolger vorhatten. Hektisch, aber völlig wirkungslos schlugen sie mit den Händen gegen das Plastik. Hastig tasteten sie den Fensterrahmen nach einem Mechanismus ab, mit dem er sich schnell öffnen ließ. Vergebens. Dann berieten sie sich kurz und teilten sich auf. Ein Mann sprintete zum

Bug. Die beiden anderen in die andere Richtung zum Heck.

Es würde nicht lange dauern, bis sie mich hatten.

Ich kletterte nach oben, um Zeit zu schinden – bestenfalls.

Den Plan, Jenny und Rie in den Fluss zu folgen, hatte ich verworfen. Die Fähre bewegte sich in gemächlichem Tempo stetig auf die Tokio Bay zu. Die Männer waren hinter mir her; je größer der Abstand zwischen ihnen und meinen gezwungenermaßen Verstoßenen wurde, desto besser.

Ich stieg auf das Dach. Es war lang, strahlend weiß, und in der Mitte war eine Reihe von Dachluken eingearbeitet. Ich spähte hindurch in die Gesichter der Passagiere, die befremdet zu mir hinaufstarrten. Ich hastete zum vorderen Bootsteil, wo vermutlich bald einer der Angreifer auftauchen würde.

Sein Kopf erschien über der Kante. Unsere Blicke trafen sich. Er grinste und zog sich hoch. Ich drängte nach vorn und schätzte die Entfernung ab. Bis zur Brust hatte er sich schon hochgearbeitet, dann bis zur Taille. Ich lief weiter. Er bemerkte mich, begriff, dass ihm nicht genügend Zeit blieb, sich ganz hochzuziehen und duckte sich zur Seite weg.

Aber zu spät.

Bevor ich zutrat, drehte ich mich, um nicht über die Seite im Wasser zu landen. Ich attackierte mit einem Roundhouse-Kick, Hüfte und Fuß Richtung Bug gewandt.

Mit der Außenkante meines rechten Fußes traf ich ihn mitten auf die Brust, sodass der Brustkorb einsank. Sein

Griff löste sich. Wie ein menschlicher Seestern, alle Gliedmaßen von sich gestreckt, flog er zurück. Die Wucht meines Tritts ließ seinen Körper weit hinausfliegen, bis sich mit Nachlassen des Schwungs die Schwerkraft einstellte und er rücklings in die Fluten des Sumida stürzte.

Ich hörte die Schreie seiner Kollegen im Heck. Der erste war schon auf dem Dach, der andere gleich hinter ihm.

Beide zückten die Klingen – ein Messer und ein Beil.

Die körperlose Stimme des Tourführers drang zu mir: »Vor uns sehen wir die Kiyosu-Brücke. Eine große Feuersbrunst zerstörte das Viertel nach dem großen Erdbeben von 1923 …«

Ein Schatten schob sich über mich. Über mir tauchte die Brücke auf. Ich sah über die Schulter und erblickte die Struktur aus Doppel-T-Trägern, die mit riesigen Bolzen zusammengefügt waren. Sie erschienen so dicht über mir, dass ich sie hätte *zählen* können, wenn mir danach der Sinn gestanden hätte.

Und schon war die Brücke nur einen halben Meter über mir. Mit einem Sprung bekam ich einen T-Träger zu fassen.

Die Füße baumelten über dem Deck der Fähre. Ich konzentrierte mich auf eine einfache Gymnastikübung: Beine um den Träger schlingen, dann schnell zum Ende hangeln und an der Seite die Brücke hinaufklettern. Das Bauwerk bot genügend offenliegendes Tragwerk, um das Kunststück zu vollbringen. Ein Blick auf die Angreifer jedoch machte mir klar, dass sie schon zu nah waren. Wollte ich kein Messer im Rücken haben, musste ich mir etwas anderes einfallen lassen.

Keine zehn Meter von mir entfernt kam der erste der beiden mit hoch über dem Kopf erhobenen Beil auf mich zu. Ich schwang mich weg, zog die Knie eng an die Brust und stieß sie von mir. Unterstützt von der Geschwindigkeit des Schiffs rammte ich ihm gerade noch rechtzeitig die Füße gegen die Brust, bevor er die Klinge niedersausen lassen konnte.

Er kippte nach hinten und schlug mit dem Kopf hart auf. Der Aufprall ließ mich wieder nach hinten schnellen, während sein Freund um den am Boden Liegenden herumhuschte und auf mich zu schnellte. Mein Schwung war in dem Augenblick schon wieder nach vorn gerichtet. Er zielte mit dem Messer, aber die Summe aus Bootsgeschwindigkeit und meiner nach vorn gerichteten Schwungkraft machte ihm einen Strich durch die Rechnung. Er sauste an mir vorbei, bevor er seinen Angriffsbogen vollenden konnte.

Das Timing war immer eine heikle Sache. Und jetzt hatte ich meinen letzten Widersacher im Rücken.

Schnell wechselte ich meine Position. Die rechte Hand auf die linke Seite des Trägers, die linke Hand auf die rechte.

Er drehte sich um und kam erneut auf mich zu. Unsere Blicke trafen sich. Dann sah er über mich hinweg nach oben. Man musste kein Genie sein, um zu begreifen, dass das Dachende bald erreicht war, also schob er die Klinge ins Futteral, nahm Anlauf, warf sich in die Luft und griff in dem Augenblick nach meiner Taille, als das letzte Stück Dach unter seinen Füßen wegglitt.

Wir hingen beide über dem Wasser.

Er umklammerte mich mit den Händen. Sehnsuchtsvoll wanderte sein Blick zu dem eingesteckten Messer, aber er konnte nicht an die Waffe kommen, wenn er nicht loslassen wollte. Also legte der Mistkerl den Kopf zur Seite und biss einfach zu. Ich schrie auf und wich zurück, holte mit der Hüfte Schwung und verpasste ihm eins auf die Nase.

Nennen wir es eine improvisierte Kopfnuss. Dieselbe Vorgehensweise, nur eben ein anderes Körperteil.

Ich war nicht in der Lage gewesen, besonders viel Kraft in den Schlag zu legen. Schmerzhaft war er sicher, aber wohl kaum hart genug, um einem erfahrenen Kämpfer Einhalt zu gebieten. Also holte ich noch einmal Schwung mit der Hüfte und rammte ihm ein Knie in den Unterleib. Reflexartig schnellten seine Hände zum Schritt, und er plumpste zehn Meter hinab in die Fluten des Flusses.

Ich hängte mich mit den Fersen am unteren Flansch des I-Trägers ein und bewegte mich Stück für Stück unter der Brücke entlang, bis ich das Ende erreicht hatte, wo ich mich, in der offenliegenden Struktur nach Halt suchend, an der Seite der Brücke hocharbeitete. Eine Minute später ließ ich mich, sehr zur Überraschung eines Pärchens, das mir händchenhaltend entlanggeschlendert kam, über das Geländer auf den Fußgängerweg fallen.

Sie wichen vor Schreck zurück. Auch andere Leute starrten mich verwundert an.

Ich schenkte ihnen keine Beachtung. Ich war stocksteif, sämtliche Gliedmaßen taten mir weh, und ich spürte, wie die Blessuren, die ich von dem Kampf im Kendo-Club davongetragen hatte, aufgrund der nicht gerade alltäglichen Strapazen wieder zu schmerzen anfingen.

Auch für das Scharmützel auf dem Dach würde ich bezahlen müssen, aber im Augenblick zählte nur, dass ich meine Verfolger los war – und mein Kopf noch dran war.

Ich musste Jenny finden. Hatte sie es ans Ufer geschafft?

KAPITEL 31

Sie haben mir die Karriere kaputt gemacht«, schimpfte Rie.

Das waren die ersten Worte aus ihrem Mund, und sie machten mich sprachlos. Auf Dutzende Vorwürfe hatte ich mich gefasst gemacht, nachdem mir nichts anderes übrig geblieben war, als sie über Bord zu werfen. Dieser aber gehörte nicht dazu.

Sie bebte vor Wut und Verzweiflung. »Völlig unüberlegt und leichtsinnig haben Sie zerstört, was ich mir aufgebaut habe. Meine Karriere bei der Polizei in dritter Generation kann ich *vergessen*. Ich werde *nicht* die erste Frau sein. Ich werde meine Marke *nicht* bekommen.«

Zwei Minuten, nachdem ich sie ins Wasser entlassen hatte, hatten Rie und Jenny das Ufer erreicht. Kaum fünfzehn Meter trennten sie von der Rettung. An Land angekommen, hielt Rie ein Taxi an und forderte den Fahrer auf, dem Flusslauf zu folgen, bis sie mich und die Fähre eingeholt hatten.

Auf dem Weg zum westlichen Ende der Brücke staunte ich nicht schlecht, als sie aus dem Taxi stiegen. Jenny lief mir mit ausgebreiteten Armen entgegen, und Rie legte sofort mit ihrer Tirade los. *Bevor* ich ihr danken konnte. Von Jenny erfuhr ich erst später, dass Rie sich im Voraus für das entschuldigt hatte, was sie mir an den Kopf werfen würde, wenn sie mich auf der Brücke traf. Das erklärte die für meine Tochter ganz und gar untypische Gelassenheit während des Streits.

Ich sagte: »Schon mal darüber nachgedacht, dass ich Ihnen vielleicht das Leben gerettet habe?«

»Sie sind arrogant und selbstgefällig. Ich kann auf mich selbst aufpassen. Schließlich bin ich dafür ausgebildet. Darüber schon mal nachgedacht?«

»Und ob. Aber Kendo ist kaum das geeignete Mittel gegen Männer mit Messern und Fleischerbeilen, wenn man selber unbewaffnet ist. Sie haben doch gesehen, wie weit Yoji damit gekommen ist.«

»Ich habe Kendo *und* Judo gelernt.«

Doppelt so hart.

»Von Judo hatten Sie mir gar nichts gesagt.«

»Kein Gesetz auf der Welt zwingt mich, Ihnen alles über mich zu erzählen. Aber ich *bin* schließlich Polizeibeamtin.«

»Woher hätte ich von Judo etwas wissen sollen?«, sagte ich, ohne auf ihre Bemerkung über die »Polizeibeamtin« einzugehen. Hamada hatte es nicht geholfen.

»Ist Ihnen eigentlich klar, wie das aussieht?«

»Als hätten Sie Jenny gerettet?«, sagte ich tonlos.

Aus ihren Augen blitzte die Wut. »Alle werden sagen, dass eine Zivilperson sich in einer kritischen Situation nicht auf mich verlassen konnte. Man wird mich auslachen und verhöhnen. ›Wie wär's mit einer kleinen Tauchübung, Hoshino?‹ ›Noch nicht ganz trocken hinter den Ohren, Hoshino.‹ Das wird nie aufhören.«

»Ich habe mich selbst in die Schusslinie gebracht.«

»Weil Sie mir nichts zugetraut haben.«

Entnervt richtete ich den Blick gen Himmel. Das Schlimme war, dass Rie in jedem Punkt recht hatte. In den paar Sekunden, die mir geblieben waren, hatte ich mich für einen Weg entschieden, den ich für den sichersten gehalten hatte. Wir hatten beide recht und lagen in unserer Beharrlichkeit beide falsch.

»Darum geht es nicht«, sagte ich. »Ich bin Vater, meine Tochter steht immer an erster Stelle. Vor mir und vor Ihnen. Tut mir leid, aber so ist es eben. Es war eine spontane Entscheidung. Ich hielt es für den besten Weg, die Situation zu retten und das Risiko für euch möglichst gering zu halten.«

»Ach ja? Und wieder sind Sie der Meinung, dass ich keine Hilfe bin. Ist Ihnen nicht der Gedanke gekommen, dass ich Ihnen die Kerle hätte vom Hals halten können? Dass das Verhältnis zwei gegen drei immer besser ist als einer gegen drei?«

Es wurde immer schlimmer.

»Ja. Das versuche ich Ihnen doch gerade zu erklären. Ich wäre nicht flexibel gewesen. Die waren zu dritt. Ein Mann wäre bei dem Kampf übriggeblieben. Der hätte sich Jenny schnappen und sie als Schutzschild gegen uns nutzen können. Niemals würde ich meine Tochter solchen Gangstern ausliefern. Selbst auf die Gefahr hin, Ihr Ego dadurch zu verletzen.«

Rie beruhigte sich ein wenig. »Es geht nicht um mein Ego, das Sie verletzt haben. Es geht um meine Existenz. Aber egal, meine Karriere ist sowieso zum Teufel.«

Sie sah Jenny an, dann mich. Dann zuckte sie mit den

Schultern und gab sich der Unvermeidlichkeit elterlichen Schutzes geschlagen, auch wenn sie selbst kein Kind hatte.

»Wieso?«, fragte Jenny. »Du hast mich doch aus dem Fluss gerettet.«

Rie hatte sich wieder im Griff. »Nein, Jenny-chan, das hast du ganz allein geschafft. Es ist nicht einfach zu erklären. Es ist, wie wenn Kinder einen in der Schule ärgern. Sobald der erste Polizist am Tatort mitbekommt, dass ich Polizistin bin, bin ich geliefert. Spätestens morgen hat sich das herumgesprochen.«

Dann erklärte sie mir, wie sie ihre missliche Lage auch noch selbst heraufbeschworen habe, indem sie mich wiederfand. Es war nur eine Frage von wenigen Minuten, bis die Polizei kam und mit ihr der Ruin.

Mir schoss eine Idee durch den Kopf. »Gehen Sie«, sagte ich.

»Wie bitte?«

»Gehen Sie.«

»Kann ich nicht. Ich habe Verantw...«

»Ja, das haben Sie. Vor allem sich selbst gegenüber, dann gegenüber Ihrer Familie, dann erst kommt das MPD. In der Reihenfolge. Also gehen Sie.«

»Ich kann nicht ...«

»Doch, das können Sie, und das sollten Sie auch. Gehen Sie jetzt. Noch ist Zeit.«

Sie sah sich um und entdeckte zwei Streifenwagen keinen Kilometer entfernt über die Zufahrtstraße in unsere Richtung fahren, mit Blinklicht, aber ohne Sirene. Etwas weiter entfernt, auf dem Fluss, raste ein Polizeiboot heran.

Zu dumm, dass das Schnellboot sich schon lange davongemacht hatte.

»Aber die Leute wissen, dass ich Sie kenne.«

»In Shibuya und in Shinjuku vielleicht. Hier nicht.«

»Aber wenn sie die Verbindung …«

»… dann können wir uns darüber immer noch Gedanken machen.«

Rie zögerte und schwankte zwischen Pflichtbewusstsein und Selbstschutz. »Ich muss doch eine Erklärung liefern.«

»Nein, das müssen Sie nicht. Ich werde mit der Polizei schon fertig.«

»Aber wenn sie nach mir fragen, werden Sie …«

»… Ich weiß nichts über Sie. Sie haben sich an Ihrem freien Tag ein wenig die Stadt angesehen oder einen kleinen Einkaufsbummel gemacht, und dann sind Sie ganz zufällig dazugekommen. Machen Sie sich etwas zurecht und kommen Sie dann wieder, wenn Sie möchten, die werden Sie später sowieso nur als Zeugin haben wollen, weil Sie nicht im Dienst waren. Sehe ich das richtig?«

»Ich weiß nicht, aber …«

»… ich werde sagen, dass eine Frau bei uns war, die aber gegangen ist. Ich werde sagen, dass sie eine japanische Amerikanerin war, einen amerikanischen Pass hatte und mit der Sache nichts zu tun haben wollte. Sie werden es nie erfahren. Und sollten die sich tatsächlich die Mühe machen, dem erfundenen Namen nachzugehen, den ich ihnen nennen werde, wird diese Spur nicht zu Ihnen führen. Ich werde mich einfach weigern, die wahre Identität der Frau preiszugeben, weil sie sich heraushalten wollte. Punkt.«

Jenny wollte etwas sagen. Ich gab ihr mit einem raschen Blick zu verstehen, dass das *nicht* die Sorte Lüge war, über die wir immer redeten, und dass ich es ihr später erklären würde.

»Aber …«, sagte Rie.

»Gehen Sie jetzt, los. Es geht nicht anders.«

Rie machte den Mund auf, wollte noch etwas sagen, hielt aber inne und nickte mürrisch. »Sie hätten mir vertrauen sollen, Brodie«, war alles, was sie herausbrachte, bevor sie sich umdrehte und ging. Am Ende der Brücke tauchte sie in der Menge unter und kam eine halbe Stunde später trocken, sauber und umgezogen mit neuer Bluse und Hose zurück, die sie zweifellos in einem der zahllosen Läden ein paar Blocks weiter erstanden hatte.

Inzwischen war die Polizei mit sechs Streifenwagen und fünfzehn Polizisten eingetroffen. Einige mit dem Fahrrad, was, wie meine aufmerksame Tochter zu berichten wusste, kein unübliches Fortbewegungsmittel der Tokioter Polizei war.

Rie stellte sich selbst vor. Nachdem der Einsatzleiter ihren Namen und die Nummer ihrer Marke notiert hatte, überließ er einem Untergebenen die Vernehmung, der ihren Ausführungen mit zunehmendem Desinteresse folgte. Schließlich raunten beide Männer ein oberflächliches Danke und ließen Rie mit den üblichen Plattitüden, dass man sich an sie wenden würde, wenn es noch Fragen gäbe, gehen.

Würde mein Plan aufgehen? Vielleicht.

Während ihres neuerlichen Besuchs auf der Brücke bedachte Rie Jenny mit einem Lächeln. Mich hingegen würdigte sie keines Blickes.

Als sie das zweite Mal ging, sah sie sich nicht um.

Sie hätten mir vertrauen sollen, Brodie.

TAG 6

SCHWARZER WIND

KAPITEL 32

Jenny und ich konnten nicht nach Hause gehen. Für uns gab es in ganz Tokio nur einen sicheren Ort. Wir schliefen auf zwei Futons in einem Hinterzimmer des Büros von Brodie Security, und zwischen unserem Versteck und der Eingangstür hatten sich fünf Männer ihr Nachlager eingerichtet.

Jenny war unruhig. Ich merkte ihr an, dass sie sich fragte, ob ich – ihr einzig verbliebener Elternteil – in Gefahr war. Sie war nervös und verunsichert. Die Triaden hatte sie nicht gesehen, als sie an Bord des Schiffes kamen. Sie hatte mich oben auf dem Schiff herumlaufen sehen, aber die Sicht aus dem Taxi war ihr immer wieder durch Gebäude und Bäume versperrt worden, sodass ihr der Ablauf der Ereignisse verborgen geblieben war. Meine Händel mit Rie hatten sich allerdings vor ihren Augen abgespielt, sodass Jennys Gedanken nur um diesen Streit auf der Brücke kreisten, was auch wieder seine guten Seiten hatte. Die Polizei hatte mich außer Hörweite meiner Tochter vernommen. So konnte ich Jenny mit einer Notlüge über unsere Übernachtung im Büro und einer beiläufigen Bemerkung über Rie besänftigen, dass der Streit versöhnlich ausgegangen sei.

»Ist sie wirklich böse auf uns, Daddy?«, hatte Jenny gefragt, während ihr die Augen schon fast zufielen.

»Nein, nur auf mich.«

»Können wir ein anderes Mal wieder mit ihr spielen?«

»Das ist eine sehr gute Frage. Um ehrlich zu sein, ich weiß es nicht, aber ich hoffe es doch sehr.«

»Ich hab dich trotzdem lieb, Daddy.«

»Ich dich auch. Ist ganz sicher alles okay, trotz all der Sachen, die du heute erlebt hast?«

»Ja, ganz bestimmt. Warum, erklär ich dir ein anderes Mal, okay? Ich bin jetzt ziemlich müde.«

So war Jenny immer schon. Entweder verkündete sie lauthals, dass sie ins Bett gehen würde, oder sie trollte sich sang- und klanglos in ihr Zimmer, ohne ein Wort zu sagen.

Ein anderes Mal wäre okay, sagte ich, nicht ohne mir darüber Gedanken zu machen, was das wohl hieße, aber im nächsten Augenblick war meine Tochter schon eingeschlafen. Wenn es doch nur mit Rie genauso einfach wäre.

Um 7:04 Uhr waren Jenny und ich auf dem Weg zum Flughafen.

Unter dem Vorwand, sie rechtzeitig vor Schulanfang loszuschicken, während ich geschäftlich noch in Tokio zu tun hätte, setzte ich meine Tochter in den ersten Flieger, der vom Flughafen Haneda abhob. Ich wollte sie auf dem schnellsten Weg aus Japan raus haben. Der Flug ging über Singapur, wo sie nach einem zweistündigen Zwischenstopp eine Maschine nach San Francisco besteigen würde. Zwei besonders vertrauenswürdige Mitarbeiter von Brodie Security würden meine Tochter bei Lieutenant Frank

Renna vom San Francisco Police Department, einem guten Freund, abliefern. Jenny würde bei ihm und seiner Familie bleiben, bis sich die Dinge auf dieser Seite des Ozeans geklärt hatten.

Renna und ich hatten das vor zwei Monaten bereits im Japantown-Fall durchexerziert. Kaum zu glauben, dass sich so etwas Ähnliches nun schon wieder abspielte.

Bis zu dem Zeitpunkt, als sie die Sicherheitskontrolle passierte, hatte Jenny in einem fort entweder über ihre große Bewährungsprobe beim Schwimmen im Sumida oder über die Fußballabenteuer geplappert, denen sie entgegenfieberte. Aller Unbeschwertheit zum Trotz, die sie an den Tag legte – zum Teil vermutlich ihrer Erleichterung darüber geschuldet, dass ich die Fußballunterlagen endlich unterschrieben hatte –, war ich mir nicht sicher, ob der Zwischenfall nicht doch Spuren hinterlassen hatte. Deshalb hatte ich Renna und seine Frau gebeten, ihr Augenmerk auf Anzeichen von Angst zu richten.

In der Hoffnung, dass der Miura-Fall aufs Inland beschränkt bleiben und die Grenzen Japans nicht überschreiten würde, machte ich mich vom Flughafen wieder auf den Rückweg.

Jetzt, da Jenny in Sicherheit war, konnte ich mich wieder den anliegenden Geschäften zuwenden.

Um 9:08 Uhr betrat ich das Büro von Brodie Security.

Um 9:12 Uhr hatten sich alle, die mit dem Miura-Fall zu tun hatten, im Besprechungsraum eingefunden.

Um 9:21 Uhr hatten wir die nächsten Schritte geplant und zur internen Schadensbegrenzung alle zusammengeholt. Was auch Maßnahmen einschloss, die meine eigene Sicherheit betrafen.

Die Besprechung war gerade beendet, als Rie anrief, um uns über die neusten Entwicklungen zu informieren.

»Ich mache diesen Anruf nur widerwillig«, begrüßte sie mich. »Was Sie sich gestern geleistet haben, war keine Heldentat.«

Die Wärme, die bei unserem Treffen im Café und in den ersten Augenblicken an Bord des Schiffes zwischen uns entstanden war, war steifer Förmlichkeit gewichen. Meinen zaghaften Versuch, die Kluft zu überbrücken, torpedierte sie umgehend:

»Über den Zwischenfall auf dem Boot möchte ich kein Wort mehr verlieren. Aber nach dem gestrigen Angriff gibt es neue Informationen zu dem Fall. Deshalb komme ich Ihrer Bitte nach, musste das vorher aber noch mit Inspektor Kato klären. Ihre Mitwirkung wird akzeptiert, darf aber nicht offiziell werden. Nur unter dieser Bedingung geht es.«

Mein Gott, da hatte ich mir wohl gehörig die Finger verbrannt.

»Sind Sie noch da, Brodie?«

Ich bejahte.

»Stimmen Sie dem zu?«

Wieder bejahte ich.

»Gut. Mein Freund aus der chinesischen Familie hat sich gemeldet. Wir müssen nach Yokohama, Chinatown.«

Ich war beeindruckt. Sämtliche Ermittlungen von Brodie Security waren bisher in Sackgassen gelandet. Auf Hamadas Schreibtisch hatten wir nichts gefunden, was uns hätte weiterhelfen können. Auch die Obduktion der Leiche, die man sechs Stunden später auf einer Baustelle gefunden hatte, war ergebnislos geblieben. Und meine kurze Rückfrage bei TNT ergab nur, dass auch der Yaki-Knochenbrecher nichts beizutragen hatte. Sogar Noda war niedergeschlagen ins Büro geschlurft.

Die Chinatown-Spur kam mir daher sehr recht, zumal C-Town bekanntermaßen kaum zugänglich war.

»Und?«, sagte ich.

»Mein Freund hat über seine Sippe etwas herausgefunden. Wissen Sie, worum es sich handelt?«

»Ja.«

Lockere Familienverbände fungieren als Anlaufstellen sowohl für Chinesen, die sich dort bereits niedergelassen haben, als auch für solche, die gerade erst angekommen sind. Das grobmaschige Netzwerk kümmert sich um Unterkunft und Arbeit für Neuankömmlinge, verschafft all denjenigen günstige Kredite, die ein eigenes Geschäft aufmachen wollen, und arrangiert sogar Beerdigungen. Die Mitglieder dieser Verbindungen tragen geläufige Familiennamen und kennen keine sozialen Barrieren. Ob Bankleute oder Tellerwäscher, haben sie denselben Nachnamen, gehören sie dazu. Natürlich gibt es darunter auch Kredithaie und Banden. Passt man nicht auf, hat man sich mit einer harmlosen Anfrage Triaden oder Tongs eingefangen. Und das könnte in diesem Fall fatal sein.

»Hat man Ihnen Garantien gegeben?«

»Natürlich.«

»Wissen die, ob Triaden ihre Finger im Spiel haben?«

»Wofür halten Sie mich?«

Richtig. Ich kam zum Thema zurück. »Wie gehen wir vor?«

»Mein Freund heißt Danny Chang. Er sagte, es gäbe da einen alten chinesischen Aktivisten aus dem Mutterland, mit dem wir reden sollten.«

Wenigen Leuten ist heute noch bekannt, dass die Chinatown von Yokohama chinesischen Rebellen früher Unterschlupf bot. Darunter auch prominente Namen. Chiang Kai-shek, alias Jiang Jieshi, Anführer der Nationalisten in China und später ihr Herrscher im Exil in Taiwan, hatte Yokohama einst als Basis genutzt. Genauso wie Sun Yat-sen, sein Mentor. Man konnte eine Menge lernen, wenn man sich mit asiatischer Geschichte befasste. Trotzdem schien mir Ries Spur immer noch weit hergeholt zu sein.

Ich sagte: »Wie kam er auf die Idee, dass ein ehemaliger Rebell uns helfen könnte?«

»Weil er eines der meistrespektierten Mitglieder der Chang-Sippe ist.«

»Und Sie vertrauen Ihrem Freund?«

»Ja. Aber seien Sie vorsichtig. Bei den Chinesen gibt es *immer* auch andere. Ich weiß nichts über sie.«

Beim Eintippen der Telefonnummer, die Rie mir gegeben hatte, vernahm ich eine Reihe wechselnder Tonfolgen. Das Signal klang eher nach einer Um- und Weiterleitung über alte Festnetzleitungen als nach einem Weiterreichen von Funkmast zu Funkmast, was bedeutete, dass sich der Weg schwerer zurückverfolgen ließ. Ich zählte fünf verschiedene Tonhöhen.

»Ja – was Sie wollen?«, fragte eine Stimme endlich in abgehacktem Japanisch.

»Danny Chang schickt mich.«

»Sie Brodie sein?«

»Ja.«

»Wollen über Einbrüche wissen?«

»Unter anderem. Ja.«

»Warum Sie wissen wollen?«

»Weil die Opfer Freunde meines Mandanten sind. Ich glaube, dass die Morde auch mit einem Mord in Kabukicho zu tun haben, aber ich weiß nicht, wie. Oder warum sie tun, was sie tun. Oder wer beteiligt ist.«

»Was für Freunde?«

»Das kann ich Ihnen nicht sagen.«

»Auf Wiederhören, Mister Brodie-san.«

»Moment noch. Was wollen Sie wissen?«

»Was für Freunde?«

Okay. Natürlich war ich meinem Mandanten gegenüber zur Verschwiegenheit verpflichtet, die es allerdings gegen unser zähes Vorankommen abzuwägen galt. Würde uns das weiterbringen? Schwer zu sagen. Das Ganze fühlte sich zwar immer noch weit hergeholt an, bot aber andererseits die Chance, eine Verbindung zu den Chinesen aufzubauen.

»Alte Kameraden aus der Armee«, sagte ich. »Aus dem Zweiten Weltkrieg.«

»Warten Sie.«

Eine Hand legte sich am anderen Ende der Leitung auf das Mundstück, und eine gedämpfte Unterhaltung aus abgehackten Fragen und Antworten mit nichtjapanischer Sprachmelodie war zu hören.

Dann war die Stimme wieder da. »Wie Sie Morde haben gefunden?«

Sehr zielgerichtet. Kein »Danke fürs Warten«, keine Entschuldigung, nur Schnellschussfragen.

»Hallo? Wie Sie Morde haben gefunden?«

»Ich war in Kabukicho und bin auf Ähnlichkeiten gestoßen. Gestern wurde ein Freund von mir ermordet. Sein Kopf wurde mir von einem Boten ins Büro gebracht. Ein Bild von mir war an seine Stirn geheftet. Und wenige Minuten später sind Männer auf einem Boot mit Fleischerbeilen auf mich losgegangen.«

Erneutes Getuschel hinter einem abgedeckten Hörer. »Gut. Vielleicht können helfen. Ich Sie mein Onkel weiterreichen.«

»Danke.«

»Rie kommen, Sie kommen. Mehr nicht. Niemand sonst. Niemand folgen, niemand beobachten. Wenn andere da, wir sie töten. Wir auch Sie töten.«

»Vielleicht sollte Rie besser im Hintergrund bleiben.«

»Wir nur töten Sie. Rie Freundin von uns.«

»Sie ist auch eine Freundin von mir.«

»Vielleicht sie ihre Freunde nicht immer gut aussuchen.«

In diesem Punkt würde Rie ihm sofort recht geben. Und täte sie das in Gegenwart dieser Männer, würden die mich auf der Stelle massakrieren.

Ich sagte: »Sie hat Danny Chang ausgesucht.«

»Nicht lustig Witz. Nicht folgen. Wir töten.«

»Okay. Sagen Sie mir, wo.«

»Kennen sich in Chinatown aus?«

»Nicht sehr gut.«

»Okay. Sie Bahnhof Sakuragicho gehen und Taxi nehmen. Fahrer Silver Dragon Restaurant sagen und durch

Good Neighbor Gate fahren. Auf Japanisch Zenrin-Mon Tor ist. Vielleicht Fahrer nicht wollen, weil immer Stau, aber Sie ihm extra Geld geben. Wir Sie sehen.«

»Gut. Wie geht's dann weiter?«

»Sie Restaurant um drei Uhr gehen. Sie Name Hozumi Higuchi sagen, Full Lucky Dragon Menü bestellen. Sie Tee bekommen. Sie drei Mal trinken. Beide drei Mal trinken. Sie Tee verschütten und sagen ›Oh, meine Hose ruiniert‹. Das letztes Signal. Dann Sie warten. Sie nichts mit Instruktion ändern. Nicht Tricks. Okay?«

»Auf meine Hose? Ich werde eine alte anziehen. Keine Designer-Hose.«

»Was?«

»Egal.«

»Ich nicht lustig Witz sagen. Wir töten. Töten leicht wie machen lustig Witz, klar?«

»Klar.«

Dann war die Leitung tot.

Ich mochte die Jungs nicht, die wir jagten, und auch den Typen aus Chinatown gegenüber empfand ich augenblicklich große Abneigung, selbst wenn Rie ihre Hand für sie ins Feuer legte.

Ich rief die findige Lady selbst an, um ihr mitzuteilen, dass wir eine Verabredung mit einem Mann hatten, der mir vier Mal angedroht hatte, mich umzubringen. Sie war begeistert.

KAPITEL 33

Noda zeigte sich von der Verabredung genauso wenig begeistert wie ich.

»Was wissen Sie über Chinatown?«, fragte ich.

»Alte Geschäfte, neue Geschäfte.«

»Was meinen Sie damit?«

»Alte Geschäfte, das heißt Glücksspiel, Prostitution, Erpressung, illegale Einwanderung, Drogen, gefälschte Gucci-Taschen, Revierkämpfe mit Macheten.«

Einiges davon war mir schon zu Ohren gekommen. Mit jeder neuen Welle von Einwanderern, die ihr Revier abstecken wollten, keimten in Chinatown Rivalitäten auf. Neues Blut erhob sich gegen altes, ein Viertel kämpfte gegen ein anderes. Banden aus Shanghai, Fujian, Peking, Hongkong, Taiwan und Orten im entlegenen Hinterland von China, von denen nur wenige von uns je gehört hatten, versorgten die Öffentlichkeit in regelmäßigen Abständen mit Leichen und abscheulichen Schlagzeilen.

»Und die neuen Geschäfte?«

»Hackerangriffe, Kreditkartenbetrug, Identitätsdiebstahl, Softwarepiraterie.«

»Waffen?«

»Nicht für den Gebrauch in der Öffentlichkeit. Die Polizei lässt nicht gern auf sich schießen.«

Wie Großbritannien verfügte auch Japan über ein sehr

scharfes Waffengesetz und setzte es rigoros um. Nodas Bemerkung zielte darauf ab, dass die Polizei, sollten zu viele von Kugeln durchsiebte Leichen auftauchen, Chinatown Stück für Stück auseinandernehmen und damit sämtliche Geschäfte, legale und andere, zum Erliegen bringen würde. Eine solche Aktion bekäme jeder zu spüren.

»Dann gibt es also außer den sauberen Leuten in der Sippe noch ein paar Jungs, die unter dem Radar fliegen. Die Typen, mit denen ich gesprochen habe, sind sehr vorsichtig. Wenn die auch nur die Hälfte dessen zu Gesicht bekommen haben, was wir gesehen haben, dann sollten sie auch genau das sein. Dann war die Aktion möglicherweise doch nicht so überflüssig.«

»Ich mag das trotzdem nicht. Mit Chinesen kann es brenzlig werden.«

»Wir haben keine Wahl.«

Nodas Miene verfinsterte sich. »Selbst eine achtundneunzigjährige Jungfrau hat mehr Optionen.«

Noda fuhr uns zum Bahnhof Sakuragicho und brummte während der ganzen Fahrt ständig etwas vor sich hin.

Mit Inspektor Katos Segen waren wir vorher zum Polizeirevier Shibuya gefahren, um Rie abzuholen, dann zurück nach Ebisu und von dort auf die Stadtautobahn Tokio Nr. 3 Richtung Süden. In Höhe des ehemaligen Sumpflands Shinagawa wechselten wir auf die Stadtautobahn Tokio Nr. 2 und fuhren an der Küste entlang Richtung Yokohama.

Rie saß auf der Rückbank neben mir. Ich sah über ihre Schulter hinweg auf das glitzernde Wasser der Bucht von

Tokio. Dahinter erkannte ich die chemischen Werke von Kawasaki, die ihren gelblich-grauen Rauch in die Luft entließen.

Nachdem sie mich kurz begrüßt hatte, blieb ihr Mund versiegelt.

Ich sagte: »Gibt's was Neues, seit wir das letzte Mal gesprochen haben?«

»Nein.«

»Irgendwelche Kommentare in Ihrer Abteilung zu gestern?«

»Nein.«

»Keine Beleidigungen oder anzügliche Bemerkungen?«

»Könnten wir dieses Thema jetzt bitte beenden?«

Ein Muskel in Nodas Schulter zuckte.

Ich nickte, und wir schwiegen uns während des Rests der Strecke nach Yokohama an. Und das war auch gut so.

Das bevorstehende Treffen verlangte meine volle Konzentration. Möglich, dass ich meine Chancen bei ihr vertan hatte, aber mein Leben wollte ich nicht auch noch aufs Spiel setzen.

KAPITEL 34

Schon beim Aussteigen spürte ich Blicke über mich hinweggleiten. Ich ging auf die Fahrerseite zu Noda und lehnte mich gegen die Fensterscheibe.

»Sie sind hier«, sagte ich.

»Ja.«

Rie sagte: »Woher wissen Sie das?«

Noda sah sie scharf an. »Wir spüren es.«

»Ach.«

»Wo?«, fragte ich. »Ich sehe bis zum Ende der Straße. Entweder der blaue Mazda oder der graue Subaru. Vielleicht beide.«

Noda nickte. »Subaru, Mazda und ein oder zwei Taxis.«

»So viele?«

»Haben wahrscheinlich eine ganze Flotte losgeschickt.«

»Verstehe. Wir dürften in den besten Händen sein.« Ich sah Rie an.

»Es sind meine Freunde«, sagte sie.

Noda runzelte die Stirn. »Ich mag sie trotzdem nicht.«

»Lässt sich nicht ändern«, sagte ich. »Kommen Sie, Rie. Gehen wir zu Ihrem Danny Chang.«

»Passen Sie auf sich auf«, sagte Noda.

Ich nickte, und wir steuerten auf die Reihe Taxis zu.

Noda winkte kurz und fuhr wie abgesprochen davon.

Wir stiegen in den ersten Wagen, der in der Schlange stand. Der Fahrer fragte: »Wohin?«

»Silver Dragon Restaurant in Chinatown. Durch das Zenrin-Mon Tor.«

»Das Tor ist ein Nadelöhr, da gibt es um diese Tageszeit kein Durchkommen.«

Nadelöhr. Im wahrsten Sinne des Wortes. Da haben unsere Beschatter genügend Zeit zu prüfen, ob uns jemand folgt.

»Tausend extra?«

»Okay.«

Yokohama ist das ungeliebte Kind des Tokioter Großraums. Irgendwie nicht so richtig japanisch, andererseits doch wieder sehr japanisch.

Noch bis in die 1850er Jahre war es nur ein ärmliches Fischerdorf am sandigen Ufer der Bucht von Tokio gewesen. Sechzig Familien lebten dort von der Reisernte und dem Fang von Seegurken, die sie äußerst gewinnbringend nach China exportierten.

Dann kamen die amerikanischen Kanonenboote.

Die übermächtige Feuerkraft zwang die regierenden Samurai, das Land für den Handel zu öffnen. Die hochmodernen Waffen des Westens stellten auch alle Bemühungen des Shogunats in Frage, Kendo und die alten Schwertkampftechniken der Samurai wiederzubeleben.

Der Not gehorchend verwandelte der Shogun das verschlafene Provinznest Yokohama in ein abgeschottetes Ghetto.

Aber trotz weiterer stiefmütterlicher Behandlung durch

die Behörden erlebte der Außenposten der Metropole einen ungeahnten Aufschwung. Handelshäuser aus Europa, Amerika und China machten ein Vermögen, und auch der Mut japanischer Händler, die sich trauten, mit den übermächtigen Barbaren Geschäfte zu machen, war von Erfolg gekrönt. So entwickelte Yokohama sich zu einem Gebilde mit unzähligen Facetten, in dem unerschrockene Einheimische zum ersten Mal in ihrem Leben Eiscreme, Bier, Fleisch und Brot probierten.

Still und leise traten die Chinesen auf den Plan. Sie kamen mit den großen westlichen Handelshäusern aus Hongkong und dem unweit gelegenen Kanton an, verdingten sich als Bedienstete, Zimmerer, Hafenarbeiter und Einkäufer, eben jene legendären Vertreter der Handelshäuser mit ihren langen, geölten Zöpfen, die schnell lernten, Japanisch zu lesen, weil die japanische Schrift Ähnlichkeiten mit der chinesischen aufwies.

Mit der Zeit wurden viele der in die Jahre gekommenen Handelsunternehmen, mit denen sie einmal angefangen hatten, von den Chinesen wieder abgestoßen, bis sie dann ihrerseits von Japanern überholt wurden, die sich an das westliche Geschäftsgebaren gewöhnt hatten.

Heute wird Yokohama vom nahegelegenen Tokio alles andere als verschmäht und hat sich teilweise sogar zur Schlafstadt für jene Tokioter gewandelt, die aus den feineren Vierteln des Zentrums herausgedrängt wurden. Dennoch sind Yokohama und seinen Einwohnern der Pioniergeist und der Stolz einer Hafenstadt geblieben.

Der Taxifahrer verkündete: »Vor Ihnen liegt Chinatown. Das ist das Tor.«

»Ja, sehe ich.«

»Ich könnte eine Seitenstraße nehmen. Hier komme ich kaum voran.«

»Nein, durch das Tor, bitte.«

Er zuckte mit den Schultern, hängte sich mit seinem Taxi an die nächste Stoßstange und schlich im Schneckentempo den voranfahrenden Wagen hinterher. Wohlhabende Chinesen aus Peking und Shanghai schlenderten über die Gehsteige und beäugten die Auslagen der Schaufenster mit kritischem Blick. Stöckelnd trugen junge Frauen neueste Designer-Mode zur Schau, während sich Tagelöhner aus dem Mutterland in verdreckten Unterhemden mit geschulterten Jutesäcken den Weg durch die Menge bahnten.

Wir fuhren unter dem Tor, einem hohen Bauwerk mit zwei Dächern auf zinnoberroten Säulen, hindurch. Die Menschenmenge wurde immer dichter. Um uns herum erhob sich ein Geschnatter von Mandarin und Kantonesisch, das einen an einen aufgescheuchten Vogelschwarm denken ließ. Der Duft von süßem Kuchen, Shrimps und Wok-Gerichten drang uns aus den chinesischen Restaurants und Bäckereien entgegen.

Zwei Blocks weiter bog unser Fahrer rechts ab, blieb vor einem chinesischen Kräuterladen stehen, in dem ein Schild frische Hirschhornspäne anpries, und zeigte auf die andere Straßenseite. »Silver Dragon Restaurant, da drüben.«

Ich drückte ihm das Geld in die Hand, und Rie bedankte sich.

Während ich zahlte, sah ich mich unauffällig um.

Nichts. Das Gefühl, von Blicken verfolgt zu werden, war verschwunden.

Aber das musste nichts heißen.

Wir befanden uns tief in ihrem Revier.

KAPITEL 35

Wir bahnten uns den Weg durch funkelnde Glastüren hindurch. Von außen präsentierte sich das Restaurant mit einer schwarzen Marmorfassade, roten Säulen und einem Miniatur-Pfirsichbäumchen in einem großen olivgrünen Topf. Drinnen erwartete uns noch mehr schwarzer Marmor auf dem Boden und an den Wänden sowie olivgrün auf den Tischen.

Chinesischer Schick.

Ich nannte einer jungen Hostess im smaragdgrünen Seidenkleid mit Stehkragen und ockerfarbener Stickerei den Namen Hozumi Higuchi. Sie verzog keine Miene, nicht eine Augenbraue ging hoch, und es stürmten auch keine Gangmitglieder macheteschwingend aus dem Dunkel hervor.

Sie warf einen Blick in das Reservierungsbuch und führte uns eine Treppe hinauf in einen abgeschlossenen Raum mit Drachen, die sich an den Deckenkanten dreier Wände entlang wanden, und mit Spiegeln an der vierten Wand, die vom Boden bis zur Decke reichten. In der Mitte stand ein Tisch für mindestens zwölf Personen mit einem übergroßen Drehteller darauf.

»Kommen die anderen auch gleich?«, erkundigte sie sich in gestelztem, grammatikalisch aber einwandfreiem Japanisch.

»Wir sind vollzählig«, erklärte ich.

Sie deutete mit dem Kopf auf den Tisch. »Zwei Personen?«

Ich nickte. »Wir haben immer sehr großen Appetit.«

Erneut ging sie die Reservierungen durch und verließ dann schulterzuckend den Raum.

Kaum hatte sie die Tür hinter sich zugezogen, öffnete sich im hinteren Teil des Raums eine Tür, und eine ältere Frau mit Speisekarten und zwei Tassen Tee auf einem schwarz lackierten Tablett trat ein. Sie setzte je eine Teetasse vor uns ab, verbeugte sich und zog sich wieder zurück.

Ich klappte die Speisekarte auf. »Ich bin heute mal ganz feurig. Was halten Sie vom Full-Lucky-Dragon-Menü? Darf ich Sie einladen?«

Das Full-Lucky-Dragon-Menü, das die anonyme Stimme am Telefon für uns ausgewählt hatte, fand ich unten in der Ecke einer übersichtlichen Karte mit Spezialitäten. Es setzte sich aus Eierflockensuppe, einem Rindfleischgericht und Nachtisch zusammen. Die Silber-, Gold- und Platinmenüs standen weiter oben und waren um einiges reichhaltiger. Sie enthielten Haifischflossensuppe als Vorspeise, Pekingente und eine Auswahl an Delikatessen, von Abalone über Hummer bis hin zu geschmorter Seegurke.

Rie studierte die Karte. »Gibt es einen bestimmten Grund für Ihre Wahl?«

»Ja. Ich wollte es Ihnen im Auto erklären, aber ich sollte ja still sein.«

Sie sah mich mit zusammengekniffenen Augen an. »Das galt für *Außer*geschäftliches.«

»Ach so«, sagte ich. »Wir wurden angewiesen, das Full-Lucky-Dragon-Menü zu bestellen und dreimal an unserem Tee zu nippen. Dann soll ich mir auch noch meine Garderobe einsauen. Nun sind Sie genauso schlau wie ich.«

»Danke.«

»Gern.« Und ob ich mir die Finger verbrannt hatte.

Als ein Ober im gestärkten weißen Hemd und olivgrüner Weste hereingetänzelt kam, bestellte ich, wie angeordnet, das besagte Menü, was mit einer abschätzigen Geste quittiert wurde.

Niemand schien in unsere spezielle Einladung eingeweiht zu sein. »Letztes Mal«, sagte ich, »wollten wir das Platinmenü bestellen, aber Ente war leider aus.«

»Tut mir leid, Sir.«

»Schon gut.«

»Ja, Sir.«

Nicht lustig Witz. Er sammelte die Karten wieder ein und zog davon.

Wir erhoben unsere Teetassen und tranken. Ich verschüttete ein paar Tropfen auf meine Hose und sagte: »Das ist meine beste Levis. Die kann ich dann wohl vergessen.«

Dann kredenzten uns unsere unsichtbaren Gastgeber die erste ihrer Überraschungen.

KAPITEL 36

Einer der deckenhohen Spiegel schwang von der Wand weg, und ein Chinese huschte in den Raum. Unter seinem linken Ohr prangte eine inzwischen verblasste Schnittwunde, und ein Augenlid hing, einem lahmen Insektenflügel gleich, tiefer als das andere herab.

»Mein Name ist Lester Chang. Derselbe Chang wie Danny Chang. Sie schnell mitkommen, Mister. Sie auch, Miss. Kein Reden lang.«

Wir folgten ihm durch die verborgene Tür in eine schummrige, mit abblätternden Sperrholzplatten verkleidete Halle und dann eine schmale Treppe hinab. Die Luft war gesättigt vom Geruch abgestandenen Frittierfetts.

Unten angekommen, trat ein Koch in einer fettigen Schürze und mit einem fünf Zentimeter langen Ascherest an seiner Zigarette aus der Küche und reichte unserem Begleiter eine dampfende Tasse Tee. Der Koch sagte etwas auf Chinesisch, was Lester Chang stirnrunzelnd quittierte.

Rie sah Lester an. »Was hat er gesagt?«

»Er sagen, Brodie-Leute nicht folgen, andere Leute nicht folgen.«

Rie war wie elektrisiert. »Natürlich nicht.«

»Wir sicher müssen sein.« Lester reichte mir die Keramiktasse. »Trinken Sie.«

»Was ist das?«

»Medizin.«

»Was für eine Medizin?«

»Medizin. Wenn nicht trinken, dann sterben. Sie schon Drogen trinken.«

Rie warf ein: »Aber Danny Chang hat gesagt …«

»Er sagt, Sie sicher, wenn alles okay. Alles okay. Wenn Freund Mister trinken, noch besser okay. In Tee auch seien ganz teuer Ginseng. Nix kosten, hi hi.« Er blinzelte Rie zu.

Ginseng ist ein Allroundmittel zur Unterstützung der Blutzirkulation, der Leberfunktionen und dessen, was man andeutungsweise auch als »männliches Durchhaltevermögen« bezeichnet. Wenn sich bei dem Gedanken meine Mundwinkel auch leicht hoben, stieg dennoch Wut in mir auf. Mir war aufgefallen, dass statt der üblichen großen Kanne einzelne Tassen gereicht wurden, doch ich hatte mir nichts dabei gedacht. Wie dumm. Nur meine war mit dem Stoff versetzt. Die Typen waren hinterhältig.

Ich trank.

Unser neuer chinesischer Freund sagte zu mir: »Heben Sie die Hände.« Ich gehorchte, und er durchsuchte mich von oben bis unten, zerrte mir grob das Hemd aus der Hose und tastete mich nach Waffen und Verkabelungen ab. »Okay, Sie nichts tragen.«

Dann verbeugte er sich tief vor Rie. »Muss auch tun, Miss. Aber sorgen nicht.«

Sie nickte, und er strich mit den Fingerspitzen behutsam über ihre Wölbungen und Kurven, unaufgeregt, respektvoll und unaufdringlich. Mit dem Geschick eines versierten Meisters, der sein Fach verstand, suchte er sie nach allen möglichen Verstecken ab. Seine Hände verharrten an keiner Stelle. Gut so, denn sonst hätte er sich über andere Dinge als Gift Gedanken machen müssen.

»Jetzt die Schuhe, Miss.« Er untersuchte Ries Schuhe und gab sie ihr zurück.

»Sie auch, Mister.«

Ich schlüpfte aus meinen schwarzen Reeboks. Unser Begleiter griff hinein, fingerte in ihnen herum und inspizierte sogar die Sohlen äußerst gründlich. Missbilligend gab er mir zu verstehen, dass ich sie wieder anziehen konnte. Und während ich das tat, ließ er mich keine Sekunde aus seinen zu Schlitzen verengten Augen und murmelte mürrisch Unverständliches vor sich hin.

Dass er nicht fündig geworden war, machte ihn aufs Äußerste unzufrieden.

Kein gutes Zeichen.

KAPITEL 37

Wir verließen das Restaurant durch den Hinterausgang, durch den wir in eine dunkle Gasse gelangten und sofort Richtung Westen eilten, während unsere Eskorte unablässig nach vorn und nach hinten sah und in jeden Hohlraum zwischen zwei Häusern lugte.

Die Eingänge, die unseren Weg säumten, standen offen. Dreißig Zentimeter hohe Flammen schossen aus Reihen frisbeescheibengroßer Gaskocher empor, während Köche ohne Kopfbedeckung riesige Wokpfannen hin und her schoben, manchmal sogar in jeder Hand eine. Wie gefallene Blätter lagen Fleischerbeile herum. Auf Metzgerblöcken. Auf Anrichten. Noch mehr waren mit anderen Utensilien zusammen an den Wänden aufgehängt. Alle schnell griffbereit.

»Nicht an Wände stoßen«, beschwor uns unser Begleiter und deutete mit dem Kopf auf festgewordene Rinnsale geronnenen Fetts, das aus den Lüftungsschlitzen herabtropfte, die aus den Küchen nach außen führten. »Schmutzige gelbe Tropfen an Sie kleben, gehen nicht wieder ab. Wie chinesisch Geist.«

Der Weg lief zwischen einer Reihe von Lebensmittelständen und Garküchen für Einheimische hindurch. Lester Chang drängte uns ins Halbdunkel. Die nächsten zehn Meter ging er allein und hüstelte dann in die Faust.

Rie flüsterte mir ins Ohr. »Wir stehen zwar mit beiden Beinen noch auf dem Boden, aber in Japan sind wir trotzdem nicht mehr.«

»In dem Punkt muss ich Ihnen recht geben.«

Auf der anderen Straßenseite fing ein Mann, der auf einem klapprigen Holztisch Bambus-Dampfgarer feilhielt, gerade an, seine Ware träge mit einem Flederwisch abzustauben, während er seinen Blick auf der Suche nach potenzieller Kundschaft gelangweilt umherschweifen ließ.

In dem Augenblick, als der Händler sich am Ohr kratzte, sagte Chang: »Okay. Wir jetzt gehen«, und wir drei huschten über die Straße an diesem ersten bemannten Posten vorbei, in einen anderen Zweig der Gasse hinein, bogen noch zweimal in immer enger werdende Gänge ab, bis wir auf der Rückseite eines Antiquitätengeschäfts schließlich stehen blieben.

Chang immer dicht auf den Fersen, gingen wir hinein und verharrten einen Augenblick, bis unsere Augen sich an das Dämmerlicht gewöhnt hatten. Sämtliche Regale waren vollgepfropft von Zierrat aus Old Yokohama: Lederkoffer aus Österreich, russische Samoware, Delfter Porzellan aus Holland, Kisten mit chinesischer Medizin.

Chang raunte der Inhaberin, einer etwa achtzigjährigen Frau in einem unförmigen grauen Kleid, die zusammengekauert hinter einer alten Kasse mit Messingbeschlägen und einer Marmortafel an der Vorderseite saß, etwas zu.

Sie wandte sich ab, als wir vorbeigingen. Ein Überlebensreflex.

Lester führte uns in einen Nebenraum, wo er einen

Sekretär auf Rollen beiseiteschob und einen gerade mal hüfthohen Dienstboteneingang freilegte.

Er schob die Vertäfelung zur Seite und klopfte zweimal. Wenige Zentimeter dahinter öffnete sich eine gleich große Tür im Nachbargebäude. In gebückter Haltung zwängten wir uns hindurch und kamen an den großen Edelstahlbecken in der Küche eines Fischhändlers vorbei, aus der uns ein strenger Geruch nach Meerestieren entgegenschlug. Auf der Rückseite des Ladens traten wir durch die Tür hinaus, direkt in den Laderaum eines bereitstehenden Lieferwagens.

Der Boden des Kastenwagens war mit Holzpaletten belegt. Mit schillernden Fischschuppen versetztes Wasser kräuselte sich unter unseren Füßen bei jedem Schritt. Drei umgedrehte Gemüsekisten aus Holz mit besudelten Geschirrtüchern darauf dienten als Sitze. Rie und ich setzten uns nebeneinander an die Längsseite des Lasters direkt hinter den Fahrer. Lester ließ sich auf der gegenüberliegenden Seite nieder.

Mit unverändert finsterer Miene sah er uns an.

Die Türen wurden von unsichtbaren Händen zugeworfen, und der Wagen schoss davon. Die Fenster waren abgedunkelt. Niemand konnte hineinsehen, und wir nicht hinaus. Das Fahrzeug nahm eine verwinkelte Route, die oft über unbefestigte Straßen führte. Glucksend schwappte das Wasser unter den Brettern hin und her. Die Fischschuppen glitzerten im gedämpften Licht des Wageninneren.

An bestimmten Stellen entlang der Strecke schaltete der Fahrer das Licht ein und aus. Kontrollpunkte. Zwei

Minuten nach einer fünften solchen Verständigung tauchten wir in die Finsternis eines umschlossenen Raums ein und blieben stehen. Der Fahrer kurbelte die Scheibe herunter, und es folgte ein gemurmelter Wortwechsel auf Chinesisch.

Quietschend öffneten sich die Türen des Lieferwagens. Das Geräusch wurde von der Dunkelheit einer unbeleuchteten Lagerhalle zurückgeworfen. Mit den Fersen traten wir hart auf Zement auf. Noch mehr Echos. Über uns in der höhlenartigen Dämmerung schwebte ein wirres Geflecht aus Eisenträgern. An jeder Wand hatte ein Mann mit schussbereiter Waffe, die er locker an der Seite in der Hand hielt, Posten bezogen. Kampflos kam an denen bestimmt niemand vorbei.

Der Fahrer schleuderte zwei offene Kisten Fisch in den Wagen, das Alibi für die Rückfahrt. Wortlos tippelte Lester durch einen lichtlosen Türeingang. Wir folgten ihm in ein schwarz angestrichenes Treppenhaus, hinab in ein Untergeschoss. Er hob eine Stahlplatte im Boden an, und wir stiegen über eine Metallleiter in die Kanalisation hinab.

In der Kühle von zweieinhalb Meter hohen Zementröhren fanden wir uns wieder. Mit einer Grätsche überwanden wir den Abwasserstrom im gewölbten Bauch des Kanals und gingen mit raschen Schritten im Gänsemarsch hintereinander her, als hätten wir Ketten an den Füßen. Eine andere Leiter tauchte auf, über die wir hinaufstiegen und wieder in ein Lager kamen. Auch hier standen Männer mit Knarren, die diesmal allerdings in den Gürteln steckten. Ein Taxi fuhr an die Tür heran. Eines von Hunderten, die zu dieser Tageszeit in Yokohama unterwegs waren.

Lester deutete auf einen Schlauch, der zusammengerollt am Boden lag. »Schuhe waschen, Taxi fahren.«

Rie und ich spritzten unsere Schuhe ab und stiegen ein, gefolgt von unserer Eskorte. Die Tür schob sich automatisch zu, der Wagen fuhr los und tauchte in den Verkehr ein.

»Ganz schön vorsichtig, der Clan«, sagte ich zu Rie.

Lester sah mich böse an. »Lauter sprechen. Wiederholen, was Sie sagen, damit ich hören.«

Ich gehorchte.

Er runzelte die Stirn. »Onkel ist Ti Zang der Chang-Familie.«

»Was ist Ti Zang?«

»Ti Zang ist Ti Zang. Er weiß gute Antworten, weil er verloren alles.«

»Rie?«

»Keine Ahnung. Klingt wie eine Art weiser Gelehrter.«

Unser Begleiter zischte uns zwischen den Zähnen zu: »Ja ja. Weiser Ti Zang. Wir tun alles für weisen Ti Zang von Familie schützen. Alles.«

Ich starrte ihn an. »Was meinen Sie mit alles?«

Er schob einen schmutzigen Finger in sein rechtes Ohr und kratzte sich. »Viele Jahre her, wir Männer treffen wie die, von die Sie reden. Gehen in Häuser, töten Familien. Sehr starke Kämpfer. Erstes Mal sie töten unsere vier Wachen und Kontaktmann wie Sie. Zweites Mal, wir mit zehn Mann bereit. Die zwei. Töten vier. Wir kriegen einen.«

»Und der Kontaktmann?«

»Sehr tot. Er erstes Ziel. Wir verstehen. Verschwinden besser als kämpfen. Sie kämpfen stark.«

Ich nickte.

Er grinste. »Aber unser Verschwinden stärker.«

Das Taxi kam in einem ärmlichen Viertel zum Stehen. Putz bröckelte in großen Placken von den Häuserwänden ab. Die Dächer waren notdürftig mit Wellblechstücken geflickt.

Lester Chang deutete auf ein schlichtes Metallschild, dessen Ränder von Rost angefressen waren. »Danny Chang da.«

Das Schild wies auf den Eingang zum chinesischen Friedhof von Yokohama hin.

KAPITEL 38

Wir folgten einem schummrigen Pfad und fanden Danny Chang schließlich am Fuß eines Hügels, an das Friedhofstor gelehnt. Er trug eine weiße Sommerhose und eine beigefarbene Leinenjacke über einem schwarzen T-Shirt und zog eine Zigarette aus einer Packung Dunhill Lights.

»Hallo, Rie«, empfing er uns, die Zigarette zwischen den Lippen balancierend.

»Hallo, Danny. Danke, dass du dir Zeit für ein Treffen genommen hast.«

»Es ist immer eine Ehre, wenn ich helfen kann.«

Brüchige Stufen aus Schiefer führten auf der anderen Seite des Tores den Hügel zu einer steinigen Kuppe hinauf. Unten drängten sich Einfamilienbungalows und schäbige Apartmentkomplexe. Ein Steinlöwen-Paar flankierte den Eingangsbereich. Wächterlöwen, die nach alter buddhistischer Tradition heiligen Boden bewachen.

Changs Blick war stolz, aber nicht unnahbar. »Sie müssen Brodie sein. Entschuldigen Sie bitte die umständliche Fahrt. Unsere Vereinigung hat schon viele Männer verloren. Alles loyale Leute. Aber keine Kämpfer.«

Ich sagte: »Davon habe ich schon gehört. Sie haben interessante Menschen um sich herum.«

Danny zuckte mit den Schultern, sagte aber nichts mehr.

Ich fuhr fort: »Von unserer Begleitung haben wir ein paar seltsame Dinge erfahren.«

Danny zog eine Augenbraue hoch. »Nämlich?«

»Dass die Vereinigung alles tun würde, um Ihren Onkel zu beschützen.«

»Das ist richtig.«

»Er nannte ihn den ›Ti Zang der Chang-Familie‹.«

Die Haut um Changs Augen legte sich in winzige, dem lebensklugen Humor hunderter Generationen geschuldeter Fältchen. »Eine durchaus zutreffende Beschreibung, finde ich.«

»Was ist er? Ein Mönch?«

»Nein. Ti Zang ist der Beschützer der Kinder und der leidenden Seelen. Er spricht für die, die ihre Stimme nicht erheben können.«

»Ein religiöser Führer? Ein Pilger?«, fragte ich nach.

»Kein Führer in Ihrem Sinne. Vielleicht ein Pilger des Lebens. Eine Art lebender Buddha. Er ist nichts und alles und ein weiser Gelehrter.«

»Ich verstehe.«

Erneut zogen sich Fältchen um Dannys Augen. »Ja, das glaube ich Ihnen sogar.«

Rie wurde ernst. »Danny, deine Leute haben uns Gift gegeben.«

»Nur Brodie.« Er schnippte die Asche ins Gras und schob die Hände in die Hosentaschen. »Es steht viel auf dem Spiel.«

Mit strenger Miene fuhr Rie fort. »Ein paar von deinen Leuten machen, na ja, einen zwielichtigen Eindruck.«

»Die Familie hält zusammen, aber jeder hat ein besonderes Talent, Rie. Und wir müssen sie ihre Arbeit so machen lassen, wie sie es für richtig halten. Die Changs werden nur reich an Witwen, wenn wir nachlässig werden.«

»Aber Gift?«

»Wenn du mit dem Onkel geredet hast, wirst du verstehen, warum wir so vorsichtig sind. Wenn dein Freund hier irgendetwas abgezogen hätte, wäre er natürlich tot.«

»Danny!«

»Tut mir leid, Rie. Aber das sind Onkels Regeln. Im Laufe der Jahre waren schon so manche Leute hinter ihm her, andere haben sogar kleine Armeen geschickt.«

Ich sagte: »Also, was war in dem Gegenmittel? Unsere Begleitung wirkte alles andere als glücklich darüber, dass ich es genommen habe.«

Danny grinste. »Lester? Das kann ich mir denken:«

»Warum?«, wollte Rie wissen.

»Wir kennen Mr. Brodie nicht. Nur dich.«

»Und welche Rolle spielt Lester Chang?«

Danny legte die Faust vor den Mund und räusperte sich. »Für den Fall, dass etwas schiefgegangen wäre, hätte ihm eine Art Entschädigung für die delikate Aufgabe der Entsorgung zugestanden.«

»Was für eine Entschädigung?«

»Nichts Großartiges.«

Rie sagte. »Wir rühren uns hier nicht vom Fleck, Danny Chang, bis du mir die Frage beantwortet hast.«

Danny zündete sich noch eine Dunhill an, inhalierte tief und starrte Rie an. Dann entließ er den Rauch mit einem Seufzer in die Luft. »Lester war beleidigt, stimmt's? Das ist er immer, wenn die Dinge gut laufen.« Er nahm noch einen langen Zug an der Zigarette. »Für das Entsorgen der Leiche eines Verräters stehen ihm sozusagen Verwertungsrechte zu.«

»Was meinst du damit?«

»Organe.«

»Danny!«

Er zuckte nur mit den Schultern. »Es gibt einen riesigen Schwarzmarkt. Transplantationen, Elixiere, Delikatessen für Kenner. Was soll ich sagen, Rie? Man muss eben Kompromisse machen.«

»Du hättest uns besser von Anfang an vertraut.«

»Das ist schon lange so und entspricht im Übrigen althergebrachter chinesischer Tradition.«

»Welche Tradition soll das denn bitte sein?«, fragte Rie im Tonfall polizeilicher Missbilligung.

Danny grinste. »Spare in der Zeit, so hast du in der Not.«

»Lach du nur. Aber dein Lester Chang erweckte den Eindruck, als wolle er die Dinge lieber selbst in die Hand nehmen.«

Rie schien ihn mit ihren Blicken zu durchbohren, und ich fragte mich, ob sie ihren Ärger über mich an Danny ausließ.

Sein Grinsen verschwand, und er wurde plötzlich sehr ernst. »Die Chang-Familie steht immer zu ihrem Wort. So sind die Changs, und heute sind alle Changs. Im Übrigen, sollten wir nicht lieber zum Onkel gehen, als uns über das Verfahren zu streiten? Er wartet schon.«

KAPITEL 39

Wir sie Schwarzer Wind nannten. Niemand sie treffen und noch leben. Außer mir.«

»Nie von ihnen gehört.«

Onkel Chang sah mich mit daseinsmüden braunen Augen an. Er hatte volles, silbergraues Haar und ein dreieckiges Gesicht mit dunklen Tränensäcken unter den Augen. »Sie sagen, dass Männer Sie angegriffen haben?«

»Das stimmt.«

»Wie?«

Ich berichtete ihm von Hamadas abgetrenntem Kopf, auf dem mein Foto prangte, und dem Kampf auf dem Boot. Auch die Einbrüche und den Mord an Yoji erwähnte ich, nicht aber den Tod des dritten Mannes aus Miuras Einheit, weil ich darüber selbst zu wenig wusste. Schließlich bemerkte ich noch, dass es sich bei dem Fleischerbeil, mit dem Hamada der Kopf abgeschlagen wurde, laut dem aktuellen Polizeibericht um dasselbe Instrument zu handeln schien, mit dem man Yoji den Arm abgetrennt hatte. Ein Detail, das ich Rie verdankte, die es mir während der Fahrt in Kurzfassung zur Kenntnis brachte.

Mit ungerührter Miene nahm der alte Chang meine Schilderung auf, während sein Blick mich auf eine Weise durchbohrte, die bis in uralte Zeiten zurückreichte.

Von Anfang an hatte seinem Blick etwas Geheimnisvolles angehaftet.

Danny hatte uns über verwitterte Stufen einen Hügel hinaufgeführt, auf dem dicht gedrängt chinesische Grabsteine standen.

Hinter einem gemauerten Backstein-Tempel mit leuchtend roten Türen machte ich das Mausoleum aus, die Heimstatt der »geduldigen Toten«. In der Vergangenheit waren die Särge mit den Verstorbenen immer per Schiff ins Mutterland zurückverfrachtet worden. Diese Tradition wurde aufgegeben, als Mao China von der Außenwelt abschnitt. Die Särge der Auswanderer, die an Heimweh gelitten hatten, stapelten sich. Ich fragte mich, ob sie immer noch warteten.

»Das ist Onkel Chang«, hatte Danny gesagt.

Der sagenumwobene Mann, dessen wir schließlich tatsächlich ansichtig werden durften, saß auf einer Friedhofsbank. Er trug ein graues Strickhemd und einen schäbigen blauen Blazer, in dessen Seitentasche eine zusammengerollte chinesische Zeitung steckte. Ohne Umschweife hatte er begonnen, vom Schwarzen Wind zu erzählen.

Jetzt fragte er: »Sind Killer in Nacht gekommen?«

»Ja, nur die auf dem Boot nicht.«

»Mit Schlachterwerkzeugen?«

»Meistens.«

Onkel Chang schloss die Augen und legte die Hände auf die Knie. Seine Atmung verlangsamte sich. Ich sah Danny fragend an, der aber nur Augen für den Familien-Ti-Zang hatte.

Eine Minute verging. Noch eine. Dann schlug Chang

die Augen auf, griff nach einer Packung Guangdong-Zigaretten, die neben ihm auf der Bank lag, und zündete sich eine an.

»Was Sie glauben, Brodie-san?«, pustete er seine Frage mit dem blaugrauen Rauch hinaus.

»Alle glauben, dass es Triaden sind.«

»Was *Sie* glauben?«

Von weitem wirkten sie wie Japaner, aber es waren keine. Von etwas näher sahen sie aus wie Chinesen, waren aber auch das nicht.

»Ich möchte gern glauben, dass wir es mit Triaden zu tun haben, denn dann hätten wir ein klares Ziel, aber sicher bin ich mir nicht. Und eine meiner Quellen besteht darauf, dass es keine Triaden sind.«

Chang nickte anerkennend. »Sie kluge Quelle haben.«

»Sie wissen also, wer das ist?«

»Ich wissen, wer sie *nicht* sind«, entgegnete er, den Blick auf ein chinesisches Pärchen mittleren Alters gerichtet, das oben an der Treppe erschien.

Sie verbeugten sich vor Onkel Chang und betraten den Friedhof. Der Mann, mit abgetragenem gelben Anorak und schlabbrigem Unterhemd, hatte eine Gießkanne dabei. Die Frau hielt einen in Zeitungspapier eingewickelten Blumenstrauß im Arm. Ein blassblaues Sommerkleid umhüllte ihre zarte Gestalt.

»Viele von meinen Freunden lassen sterbliche Überreste hier auf Hügel begraben«, erklärte mir Onkel Chang.

Ich nickte.

»Wir in diesem Land wohnen, um sicheres Leben zu haben«, fuhr er fort, »aber unsere Heimat wir nie vergessen. China ist wie müde Mutter, die schlechte Liebhaber hat und keine Zeit für ihre Kinder. Wir müssen warten und können erst wieder zu ihr zurück, wenn letzter Liebhaber ist gegangen. Die Ming-Dynastie, die Qing-Dynastie, die Nationalisten, die kaiserliche japanische Armee, Kommunisten, Maos Kulturrevolution, die kapitalistischen Kommunisten – alles schlechte Liebhaber. Wir Chinesen unser Land lieben, aber kein Glück mit unsere Regierungen haben.«

»Sieht ganz so aus.«

Chang sah dem Paar nach, das sich zwischen den Grabsteinen seinen Weg suchte. »Dies schöner Ort, meine Freunde zu besuchen, finden Sie nicht auch?«

»Ja«, brachte ich unsicher hervor, »sehr schön.«

Chang stieß einen dünnen Rauchfaden aus. »Gut. Sie aufrichtig Mann. Ihre Ohren geöffnet, um zu hören. Deshalb ich erzähle Geschichte.«

»Das ehrt mich.«

»Ist nicht schöne Geschichte.«

»Ich habe in den letzten Tagen schon eine Menge unschöner Geschichten gehört.«

»Dann ich beten, dass Sie durch jüngste Schwierigkeiten vorbereitet sind.«

KAPITEL 40

Das Dorf, in dem ich geboren, so klein, dass Maler von Landkarten nicht hingesehen.

Wie mein Vater auch ich werden Kräuterarzt. In vierte Generation unserer Familie. Wir reisten durch Provinz mit viele chinesische Bauern, die chinesische Erde kultivieren und chinesische Schweine, Schafe und Kühe weiden. Wir hatten Pferd, das unseren Wagen zog. Das war großes Vermögen. Andere nur Esel haben. Die meisten gar keine Tiere haben und Arbeit von Esel machen, wenn Feld pflügen.

Vater und ich besuchen kranke Menschen überall in Nord-Mandschurei, manchmal bekommen Geld, aber meistens Hühner, Ziegen, Reis und Hirse. Manchmal Leute kein Geld oder Naturalien haben zum Zahlen, dann wir geben Hühner und Ziegen und Getreide von unserem Wagen. Mein Vater großzügig und redlich Mann war. Das daran sehen, weil unser Haus bescheiden und mein Vater nicht Geliebte hatte. Aber er war kluger Mann. Seine Klugheit mein Leben retten.

Keine Kostbarkeiten in unserem Haus haben wie andere Ärzte. Keine Möbel aus Westen, keine Samtvorhänge, keine chinesische Teppiche aus große Stadt. ›Nicht schüre Neid bei anderen‹, mein Vater sagen. Sein Geld gelegt in ›Garten-Bank‹, Metallkiste in Garten unter große graue Stein.

Mein Vater uns lehren, ›Nach sehr großem Glück großes Unglück kommen‹, ›Erst Sicherheit, dann Luxus, aber nur bisschen Luxus.‹ Ich immer gut hören auf Vaters Reden. Mit siebzehn ich heiraten. Meine Frau fünfzehn Jahre alt, aussuchen Seidenkleid, damit sie sich fühlen schön. Sie wählen grün mit Muster von Schuppen von Glücksdrachen und darin elegant und hübsch aussehen. Wir unser Geld vergraben in Gartenbank. Wir glücklich sind, und die weisen Götter unsere Wünsche erfüllen. Eines Tages, genau wie mein Vater uns sagen, Unglück in unser Dorf kommen und unaufhaltsam sein.

Mit Geld aus Gartenbank ich nach Japan fliehen. Jetzt ich leben in Yokohama in Klein-China.«

Nicht sicher, ob die Unterhaltung eine hilfreiche Richtung nahm, fragte ich: »Sie sind also den Leuten, die die Einbrüche auf dem Gewissen haben, dort drüben oder hier begegnet?«

Onkel Chang entließ eine Wolke Zigarettenrauch in den Himmel. »Ich kennen Art von Gruppen, die mich viele Jahre angreifen, also ich zeigen, wo Sie finden Antwort.«

»Okay. Kennen Sie zufällig einen Akira Miura aus der Zeit damals in China?« Ich zeigte ihm Miura auf einem Foto, das ich in dessen Haus eingesteckt hatte.

Mit zusammengekniffenen Augen betrachtete Chang das Bild. »Er wie Anführer aussehen von Soldaten in nächste große Stadt.«

»Wenn Sie ihn kennen, dann kennen Sie vielleicht auch einen gewissen Wu? Er war auch Arzt, wie Sie.«

Onkel Chang verstummte. Danny wurde blass. Im nächsten Augenblick sprangen zwei bewaffnete Männer hinter dem Mausoleum hervor und richteten ihre Waffen auf uns.

Rie sah mich ängstlich an.

Die Männer kamen langsam auf uns zu.

»Was soll das, Danny?«, hauchte Rie.

Onkel Chang sagte: »Ich bin Doktor Sie suchen. Ich bin Wu.«

KAPITEL 41

Angesichts so vieler Zufälle war ich einfach meiner Intuition gefolgt.

Jetzt sah ich mich diesen schießbereiten Gestalten gegenüber, die sich keine fünf Meter vor mir aufgebaut hatten. Nah genug, um mich problemlos zu durchlöchern. Weit genug, um an sie nicht herankommen zu können. Ich hatte versprochen, allein zu kommen, und mein Wort gehalten. Wus Leute hatten sich zu nichts verpflichtet.

So würde der Wunsch Lesters, unseres übellaunigen Begleiters, selbstverständlich ebenfalls ein Wu, womöglich doch noch in Erfüllung gehen.

Ehe ich mich's versah, platzte Rie auch schon los. »Stimmt überhaupt ein Wort von dem, was du mir erzählt hast, Danny?«

»Rie«, fing er an. »Du musst verstehen. Ich ...«

Onkel Wu sprang ihm bei. »Alles wahr. Name nur für Sicherheit ändern.«

Ries Empörung richtete sich gegen den frisch gebackenen Wu. »Gibt es noch mehr ›wahre‹ Geschichten, die nur der Sicherheit dienen?«

Einer der Scharfschützen hielt seine Waffe in Ries Richtung.

Wu errötete. »Sippe Chang-Familie ist Sippe Wu-Familie. Mehr nicht Sicherheitslügen.«

Rie rollte mit den Augen. »Und du Danny *Chang*. Mein sogenannter Freund. Wenn das hier wirklich die Wu-Familie ist, was machst du dann hier?«

Danny warf einen nervösen Blick auf das Schießkommando. »Mäßige deine Stimme. Sie verstehen kein Japanisch, und wenn sie auf die Idee kommen, dass du eine Bedrohung sein könntest ...«

Ries Blick loderte auf. »Wie? Die wollen auf mich *schießen*?«

»Rie, bitte. Diese Typen ...«

»Sind was? Egal. Sag ihnen gefälligst, dass sie den Unfug lassen sollen.«

»Das kann nur Lester.«

»Ich weiß, ich habe dich um Hilfe gebeten. Aber warum sollten sie dir die Tür so weit öffnen, Danny?«

Ries alter Freund aus ihrer Zeit in Hongkong schürzte die Lippen. »Der, hm, Mädchenname meiner Mutter ist Wu.«

Rie schloss die Augen und errötete. Erst ich, und jetzt kratzte auch noch Danny an ihrem professionellen Stolz.

»Hör zu, was ich dir zu sagen habe«, sagte er. »Da, wo Onkel ist, ist auch die Gefahr nicht weit. Viele, viele Jahre hat er hart gearbeitet, um seinen Leuten in der Heimat zu helfen. Er schickt Unterstützung. Und Bücher. Er spricht für die, die keine Stimme haben. Die Partei sieht das nicht gern. Sie schicken Männer. Und einige davon sind Mörder.«

Ich legte zur Beruhigung eine Hand auf Ries Arm. »Sie

können den Leuten wirklich nicht zum Vorwurf machen, dass sie vorsichtig sind. Sie hatten vor Brodie Security Angst, nicht vor Ihnen.«

»Genau«, pflichtete Danny bei.

»Nun dann«, sagte Rie, die ihre professionelle Ruhe langsam wiedergewann. »Wir haben Fragen. Viele Fragen.«

»Gut. Lass mich nur kurz mit Onkel sprechen.« Nach einem raschen Wortwechsel auf Chinesisch, kehrte Danny zu uns zurück. »Onkel ist ein Mann der alten Schule. Er will es auf seine Weise erklären. Ist das in Ordnung?«

Wir willigten ein. Eine Wahl hatten wir ja auch nicht.

Danny tippte eine Nummer in sein Handy, führte ein zweites Gespräch in rasend schnellem Chinesisch und legte wieder auf. Dann summte ein Telefon an der Hüfte des Chefs des Killerkommandos. Mit einem warnenden Blick in meine Richtung las er die SMS und ließ den auf meine Brust gerichteten Revolver hinter seinem Gürtel verschwinden. Beide zogen sich hinter das Mausoleum zurück.

Wu wandte seinen Blick von den Grabsteinen ab und wieder uns zu.

Seine Brauen hatten sich zu einer finsteren Miene zusammengezogen.

KAPITEL 42

»Niemand wissen, warum sieben Mitglieder der Yang-Familie tot aufwachen«, fing das Oberhaupt der Wu-Familie mit unterdrückter Stimme an. »Aber ganzes Dorf in Angst und Schrecken.«

Mir fielen augenblicklich die Einbrüche ein.

»Sehr, sehr großes Unglück. Alter Yang jahrelang Oberhaupt von Dorf war. Japanische Armee verkünden, Pest Yangs töten, deshalb alles verbrannt werden muss. Alle aus Dorf zusammenkommen und sehen orangefarbene Flammen meterhoch auflodern und drei Generationen von Yang-Familie verschlingen.

Aber Tod noch früher kam in unsere Stadt. Jeden Monat fliegende Händler kommen zu großem Markttag. Leichte Baumwollstoffe und feine Seide in Gelb, Grün und Rot. Glücksanhänger von berühmten Tempeln in Morgensonne glitzern. Braune Mastenten und Hasen in Bambuskäfigen. Schildkröteneier, getrocknete Quallen und frische Pilze man kaufen kann. Hellseher mit schwarzen Turbanen auf Kopf, wie Bergvölker tragen, nehmen Verbindung auf mit verstorbene Angehörige.

An solchem Markttag eine Truppe Japaner in unser Dorf marschieren und erste zwei Menschen umbringen, die begegnen. Soldaten geben fünf Kugeln ab auf Yu ›Ohnehut‹, der Wagen repariert und Abwassergräben aushebt. Sie stechen ihre Bajonette in Urgroßmutter ›Süßefaust‹ Liu. Sie immer Hände ballen zu dicke, rote Fäuste, und wenn öffnen, dann Kinder aus Dorf finden Süßigkeiten darin.

Diese zwei Morde von japanische Soldaten mein Dorf lähmen. Dorf nahe große Straße Richtung Nord-Mandschurei. Gutes Ackerland uns viele Kilo Reis, Hirse und Gemüse bringen. Japaner alles uns nehmen für ihre Truppe. Ihre Armee alles haben wollen. Getreide, Vieh und Vorräte, alles verschwinden. Sie Häuser überfallen und kleine Goldbarren und wertvolle Sachen stehlen. Unser Dorf über Nacht arm werden.

Die Soldaten klein waren und gemeine Augen haben. Wir hören, andere Chinesen sie *wokou* nennen, ›Zwergenpiraten‹ und wir jetzt wissen, warum. Aber sie schlimmer als ihr Name. Sie Dorfbüro einnehmen und Büro für Landwirtschaft. Sie auch einnehmen Polizeistation. Japanische Lehrer in unsere Schule kommen. Sie chinesische Lehrer zwingen, auf Boden kriechen und putzen und vor Augen von chinesische Kinder sie treten. Zeigen wollen, Chinesisch lernen nicht wichtig.

Zweite Mann in Dorf, bevor unglücklich Dorfanführer Yang tot aufwachen, seien Xeng Shinyin. Xeng nur eine Tochter haben. Ihr ovales Gesicht und die großen mandelförmigen Augen berühmt sein in ganze Region. Sie einzigartig Kostbarkeit von tausend Monden. Xeng sie anspornen sehr freundliche japanische Sätze in neue Schulbücher lernen, und als wichtiger Zwergenpirat kommen, sie japanisches Lied zur Begrüßung singen. Zwei Wochen später traditioneller Heiratsvermittler kommen aus weit entfernte Stadt. Einen Monat danach große Hochzeit feiern. Sie Xengs Tochter weg in Haus von neue japanische Ehemann in große Stadt bringen. Es ist schönste Zeremonie in Geschichte von Dorf mit berühmte chinesische Musiker und Hochzeitssänfte mit teuerste rote Seide. Zwei Monate später, als Yang-Familie aufwachen tot, Xeng Nummer zwei werden Xeng Nummer eins.

Unser kleines Dorf über große Hochzeit freuen. Glauben muss bringen großes Glück. Aber wir falsch. Zwergenpiraten noch mehr nehmen und bald uns nur noch Haferschleim bleiben. Wir gekochte Blätter hineinschneiden für Geschmack und Sattmachen. Wir immer dünner werden und meine Patienten viel krank. Ich arbeite viel ganzen Tag und viele Nächte. Nur Xeng, neuer Anführer von Dorf, fett werden. Er zwei Konkubinen nehmen und großes Haus mit hohe Wände und viele Obstbäume bauen.

Großes Unglück uns getroffen. Und zur vierten Ernte, Schwarzer Wind mich hatte gefunden.«

KAPITEL 43

Männer von Schwarzer Wind still und leise gehen. Mit ihnen chinesische Kollaborateure kommen, die Sprache sprechen von Zwergenpiraten.

Leute von Schwarzer Wind japanisches Oberhaupt von Dorf respektieren, dann in mein Haus kommen ohne Verbeugung oder Manieren. Wissen, ich fahrender Arzt sein. Sie mir zeigen Liste mit Dörfern und mich bitten, sie zu führen. In ihren Gesichtern ich sehen dunkle Wolken, also ich nein sagen, sagen zu viel zu tun haben mit kranke Menschen. Ein Patient da sein. Anführer ihn erschießen und mich fragen, ihm andere kranke Menschen zeigen. Auch mein Frau und mein Kind. Ich ja sagen und sie führen.

Wir reisen in Nacht. Mit Regencapes aus Stroh und große Hüte wie die chinesischen Bauern. Am Tag wir in Wäldern oder in Bergen schlafen. Ich ihre Geschichten hören. In den Jahren ich unterwegs, ich gute Ohren bekommen, um Sprache lernen, weil viele chinesische Dialekte geben. Zwei Jahre bevor Schwarzer Wind kommen, ich schon Zwergenpiratensprache gelernt.

Deshalb ich wissen, japanische Soldaten für uns nur Verachtung in Herzen tragen. Wir Hunde für sie sind. Zeigen Hass und Neid. Wie kann eifersüchtig sein auf Hund? Wie Hund können ihre Sprache sprechen? Sie glauben, das unmöglich, obwohl zwei chinesische Verräter bei sich haben.

Aber ich nie sagen Wörter in Zwergenpiratensprache. Zu gefährlich. Meine Entführer mit mir in einfach Chinesisch sprechen, und ich Chinesisch antworten, das sie verstehen. Chinesische Verräter gar nicht mit mir reden. Ich für Zwergenpiraten Hund sein, aber für Verräter ich Käfer.

Entführer sind neun. Sieben Zwergenpiraten, zwei Chinesen. Alle böse Männer. Sie haben Spezialgift. Ein Gift ohne Geschmack mit langsam Wirkung. Sie werfen in Dorfbrunnen, bevor Leute morgens Wasser holen. Gegen Mitternacht fürchterliche Schreie beginnen. Männer und Frauen schreien und stöhnen. Stärkere Männer manchmal auf Straße laufen, sich an Hals fassen, bis Blut läuft. Dann sie zusammenbrechen mit Schreien und fallen in Schlamm von Dorfstraße, sterben wie geschlachtete Schweine. Ich Arzt. Ich laufen und helfen wollen. Aber ich immer an Baum gebunden. Sehen vom Wald aus zu, meine Entführer lachen und lachen.

So wir jede Woche besuchen ein oder zwei Dörfer. In der Nacht sie mich an Baum binden, und sie mit großer Freude dem Sterben zusehen. Manchmal, wenn Dorf klein, meine Entführer mit Hand töten. Ich immer sagen kann, wann diese Tage kommen, weil Freude in ihren Augen tanzt. Und wenn sie zurückkommen, ich erkennen verschlafene Zufriedenheit in Gesichtern.

An den Baum gebunden, ich ihre Schatten sehen, wenn im Mondlicht von Haus zu Haus bewegen. Sie es erst umkreisen und töten die Hunde, dann sie gehen in Hütte aus Lehmziegeln und Stroh und alle Familienmitglieder umbringen.

In zwei Minuten ein Kämpfer von Schwarzer Wind das

Leben von fünfzig Generationen alter Familie löschen. In zehn Minuten fünf Familien. In fünfzehn Minuten neun Männer ein ganzes schlafendes Dorf niedermetzeln.

Einen Morgen, nachdem sie mit Händen töten, ich bereiten Reisbrei mit eingelegten Pflaumen aus Heimat von Zwergenpiraten zu. Plötzlich Dorfglocke aufgeregt schlagen.

Ein Mann von Schwarzer Wind sagen: ›Wir jemand vergessen‹, und alle lachen.

Die Glocke schlägt noch zwei Mal, dann alter Mann über die dreckige Straße gelaufen kommen, direkt an unserem Versteck vorbei. Er barfuß. Er weint, das Gesicht zum Himmel gerichtet. Meine Entführer kriechen an Rand von Bäume. Der Alte weglaufen, immer noch gen Himmel schreien: ›Der Teufel ist erschienen! Der Teufel ist erschienen! Sie sind alle tot!‹

Ich haben Spitznamen für meine Entführer wie ›Schlangenauge‹, ›Verrückte Finger‹, ›Stilles Messer‹. Dann gibt es Soldaten mit Kindergesicht, den ich nennen ›Der Kleine‹. Er sagen: ›Das war gut‹, und alle kichern. Dann seltsame Unterhaltung beginnen.

›Jemand war nachlässig‹.

›Er muss bestraft werden‹.

›Streng‹.

›Wir müssen härter trainieren‹.

›Strafe muss sein‹.

›Nein‹,Schlangenauge sagen, ihr Anführer. ›Ist Belohnung. Alter Mann lehren uns neues gutes Ding. Ab morgen wir lassen einen am Leben.‹

›Warum das?‹, fragt ›Der Kleine‹.

›Weil es uns bei Arbeit hilft. Rebellengruppen aus diese Gegend unsere Soldaten umbringen. Sie ihnen in Nacht auflauern, dann sie in Berge und Dörfer laufen und sich verstecken. Wir starke Botschaft zurückzubringen müssen: Ihr Soldaten töten, wir eure Familien töten. Unser Mann uns besseren Weg zeigen, diese Botschaft zu verbreiten.‹

Und so sie tun, was Schlangenauge befehlen, und seine teuflische Weisheit stark. Chinesen schon bald glauben, dass japanische Dämonen Schwarzen Wind reiten, den zornige Götter schicken. Sie nichts sehen. Sie nichts hören. Aber ganze Dörfer tot wachen auf.

Ich einzig Chinese, der Wahrheit kennen. Dann, eines Tages, ich verstehen ganze Wahrheit. Schwarzer Wind unglückliche Yang-Familie töten. Keine Pest. Es passiert, *nachdem* Xengs Tochter großen Zwergenpiraten heiraten. Als nächstes ich erkennen größte Wahrheit. Um Geheimnis zu wahren, Schwarzer Wind auch mich umbringen müssen.

Fünf Wochen später wir erreichen große Wasserstraße. Leichen treiben Fluss hinab wie fette graue Ballons. Männer, Frauen, Kinder, sogar ehrwürdige Alte. Zwergenpiraten befehlen chinesischen Bediensteten, Leichen ins Wasser werfen. Chinesische Leichen in Erde begraben zu aufwändig. In Fluss einfacher.

An dem Tag ich Männer in letztes Dorf führen. In der Nacht sie leiser reden. Ich ihre Worte nicht verstehen. Nächsten Morgen sie mich schicken zum Fluss, um Wäsche zu waschen.

›Der Kleine‹ zu mir kommen, er aufgeregt sein. Er mich

nie anlächeln, aber an diesem Morgen er mich angrinsen. Andere Männer alle älter und besser können Gefühle verbergen. Sie freundlich zu mir, geben mir gutes Essen und Süßigkeiten, obwohl ich Hund für sie sein. ›Der Kleine‹ nie verbergen Verachtung gegenüber Chinesen. Aber dieser Morgen er seine Lippen zu breitem Grinsen formen, schief wie Wagenrad, das zu lange in Sonne gelegen.

Meine Nackenhaare mir verraten, warum er kommen. Ich lächeln und Wäschewaschen gehen. Ich ihn im Augenwinkel behalten. Er seine Waffe zücken und Ziel anvisieren, dann ich mich in Fluss werfen. Er drei Mal abfeuern, aber nur eine Kugel mich treffen. Leiche vorbeitreiben, und ich mich lassen darauf fallen. Sie glitschig, kalt und aufgeblasen von schlechte Luft. Ich auf anderer Seite herunterrutschen. Ich v-förmige Bisse an Toten sehen, wo Wasserschlangen gefressen. Wasser schnell und rosa von Blut. Bisschen davon mein eigenes. Streifen von geschundenem grauem Fleisch auf Wasseroberfläche um mich herum treiben. Riechen wie tausend Abwasserkanäle, und Inneres von mein Magen sich ergießen, klumpig und bitter, aber ich still liegen bleiben. Tote stinken und Inhalt von mein Magen stinken um mich herum. Ich ›Der Kleine‹ hören, wie er kichern. Ganz nah.

Ich mich unter Bauch von verfaulendem Körper festhalten. Ich meine Augen meiste Zeit geschlossen. Ich meinen Atem unterdrücken. Aufgedunsene Kadaver mit Ballonbäuchen um mich herum treiben, an Land gespült werden und sich im Schilf verfangen. Leiche von einem Jungen auf Sandbank getrieben. Krebse sich über ihn hermachen. Gefräßige kleine Zangen an jungem Fleisch knabbern. Ich wissen, frisches Blut Wasserschlangen anziehen kann, also ich bald aus dem Wasser herausmüssen.

›Der Kleine‹ mir nachrufen mit Baby-Chinesisch. ›Wu, tut mir leid. Sie mich kennen. Ich gern spielen. Das schlechtes Spiel. Großer Fehler. Kommen zurück. Ich dir süße Bohnenkuchen machen. Kommen zurück.‹

Seine Stimme ganz nah. Als ich nicht antworten, er mit Gewehr feuern, und ich spüren, wie Kugel in Tausend-Gully-Körper eindringen. Ich machen, dass mein Körper springt. Er noch mal feuern. Ich wieder springen. Ich Lachen hören von ›Der Kleine‹. ›Jetzt, du wirklich tot, Wu. Wieder ein Straßenköter weniger.‹«

Unvermittelt fingerte Wu nach einer Zigarette. Seine Hände zitterten. Es dauerte eine Weile, bis er sich eine herausgezogen hatte.

»Sie Armer«, entfuhr es Rie.

Mit einem tiefen Seufzer blies Wu Rauch in die Luft. »Sie freundlich, wenn alten Mann beachten, Miss Rie. Alles nochmal erzählen ist wie alles noch einmal erleben.«

»Schrecklich, was Sie alles erleben mussten.«

Wu blinzelte. »Ja, sehr großes Unglück. Aber mich noch mehr verfolgen, was danach kommen.«

KAPITEL 44

Nachdem ich in Sicherheit«, fuhr Wu fort, »ich Fluss verlassen. An Ufer ich zusammenbrechen und in Bauerndorf wieder aufwachen, das ich kennen. Ich bei Bewusstsein, bis Rettern erklären, wie Wunden versorgen, dann ich Kugel aus Hüfte holen und es dunkel werden um mich herum.

Zehn Tage ich hohes Fieber haben. Träumen von meine Frau und Kind. Ihre lächelnden Gesichter mich anflehen, zurückzukommen. Ich ihnen sagen bald, bald. Wenn ich wieder zu Hause, ich zarte Wangen von meinem Sohn streicheln und mich an meiner Frau in Glücksdrachen-Kleid freuen. Mit Enteneiern unser Wiedersehen feiern.

Dann mein Fieber zurückgehen und ich kräftiger werden, und ich in mein Dorf reisen. Nach zwei Wochen ich zu Hause. Jede Nacht ich träumen von Familie, und jeden Morgen ich aufwachen mit einem Lächeln im Gesicht.

Mein Durchkommen Wunder Nummer eins. Unser Wiedersehen Wunder Nummer zwei werden. Genug für ein Leben. Wenn ich zu Hause ankommen, ich schwören, will leben ruhig und demütig.

Als ich in Dorf ankommen, Kinder schreien und vor mir weglaufen. Auf Marktplatz mich niemand ansehen.

Ich verwirrt. Erst ich denken, ich nicht überleben und als Geist zurückkommen. Aber ich kneifen meinen Arm und Schmerzen spüren. Dann ich glauben, dass meine Schande kennen. Aber Geheimnis von Schwarzer Wind erfahren unmöglich sein. Dann ich glauben, Leute von ›Schlangenauge‹ Lügen über mich verbreiten. Aber sie mich töten wollten, also nicht sein können.

Plötzlich ich in ausweichenden Blicken von Dorfbewohnern, schlimmste Wahrheit erkennen und losrennen.

Aber ich zu spät kommen. Nur Asche von meinem Haus übrig. In Asche wilder Löwenzahn hervorkeimen. Meine Nachbarn mir sagen, meine Familie tot aufgewacht, einen Tag nachdem ich gegangen.

Schmerz in meinem Kopf abgrundtief sein. Ein Sturm in meinem Kopf losbrechen. Ich nie wieder Wangen meines Sohnes spüren, meine Frau in Drachenkleid nie wieder sehen. Das herzzerreißende Wahrheit sein.«

Zweifellos, dachte ich, während ich Wu zusah, wie er nach einer weiteren trostspendenden Zigarette griff. Jahrhundertelang, bis weit ins zwanzigste Jahrhundert hinein, wurde China von endlosen politischen Turbulenzen und Bürgerkriegen heimgesucht. Japaner hatten Wus Leben zerstört, aber die zahllosen tragischen Geschichten, die seine Landsleute zu berichten wussten, abscheuliche Politik und Massaker zwischen sich bekämpfenden chinesischen Gruppen eingeschlossen, machen mich heute noch fassungslos.

»Aber Sie waren zu Hause. Also wenigstens in Sicherheit«, sagte Rie.

»Das richtig, wenigstens ich ein kleines bisschen Glück haben.«

Dem Klang seiner Stimme entnahm ich, dass Wu mit

dieser Bemerkung Rie einen Gefallen tun, einfach nur freundlich sein wollte, mehr nicht.

Doch die Wege, die wir beschritten, führten immer tiefer ins Dunkel.

»Gewittersturm in meinem Kopf mir zeigen ungeheuerliche Vision.

Ich reihenweise Menschen sehen, die in tiefem Tal stehen. Sie weiß gepuderte Gesichter haben und weiße Trauerkleidung. Ihre Münder sich öffnen und schließen, ein großes O formen wie zehntausend hungrige Goldfische. Sie wütende Worte rufen, die ich nicht hören. Kinder und Eltern und ehrwürdige Alte. Viele meine ehemaligen Patienten sein. Ich schreiend aufwachen.

Ich in dunklem Raum mit brennenden Kerzen um mich herum. Alter ›Grüner Zahn‹ Meng fliegen an meine Seite und sagen: ›Endlich, endlich ist Fieber vorbei.‹ Erste Nacht, ich wieder bei Bewusstsein, aber sechste Nacht Gewittersturm im Kopf haben. Ich wieder in meinen Dorf, aber böse Geister mir dorthin gefolgt sein.

Beim ersten Morgenlicht Sohn von ›Grüner Zahn‹ Meng mich in Eselskarren zum Dorftempel fahren. Ich zu schwach zum Gehen. Ich Papiergeld verbrennen und Weihrauch anzünden für Geister in meinem Traum, aber immer, wenn ich Augen schließen, sie sofort wiederkommen. Ich noch mehr Papiergeld verbrennen und Göttin des Mitgefühls anrufen.

Aber was ich auch versuche, sie mich jede Nacht aufsuchen und Münder öffnen und schließen. Selbe weiße Gesichter. Selbe weiße Kleider. Ich mehr beten. Ich verbrennen Berge von Papiergeld. Sie immer noch kommen.

In fünfte Traumnacht Geistwesen keine bösen Gesichter mehr zeigen. Sechste Nacht sie mir zuwinken. Wenn ich zu ihnen gehe, gehen sie, weißes Meer von Körpern, ihre Goldfischmünder sich öffnen und schließen, öffnen und schließen. Sie ruhig sind, mir zeigen sie leiden, wie ich leiden in meinem eigenen gebrochenen Herz. Aus der Nähe ich sehen, ihre Kleider nicht weiße Traueranzüge, sondern Alltagskleidung von Bauern, Hausfrauen, Metzger und Hausierer. Sie gefangen sein zwischen Leben und Tod. Ich sehen Geistväter, Geistmütter und Geistkinder mit großen fragenden Augen. Ich sehen Geistfrauen mit Geistbabys im Bauch, die noch mehr Fragen haben.

Die Geister jeden Namen sagen von Dorf, ich mit Schwarzer Wind besucht. Sie friedlose Seelen sein von ermordeten Dorfbewohnern. Sie mich rufen. Sie wissen, ich ihr Geheimnis tragen. Dieses mein … mein … *ming yun*. Danny, was *ming yun* auf Japanisch?«

»*Shukumei*«, sagte Danny. *Schicksal.*

»Ja, Shukumei. Sie mein Schicksal, ich wissen, weil ich sie lebend in mein Herz spüren. Sie neben tiefe Traurigkeit für meine Familie leben. Als Krieg zu Ende, ich ihre Geschichte erzählen, aber nicht finden offene Ohren. Viele Jahre ich versuchen. Die Leute von kommunistische Partei meine Geschichte nicht gern hören. Mir sagen, ich aufhören soll reden über alte Kriegsgeschichten.

Aber Geister mich zwingen, also ich weitermachen. Eines Nachts mein Haus brennen. Ich glücklich davonkommen. Was Töten betreffen, neue Regierung selbe wie alte. Ich weiß, sie wiederkommen, wenn sie sehen, ich leben. Meine Tage im Mutterland gezählt.

Ich deshalb Geld in Gartenbank nehmen und durch das Land reisen, viele Tage. Ich nach Hongkong kommen, dann in Zwergenpiratenland. Hier ich kann Geistergeschichte erzählen, weil Japaner teilen viele Kriegsleiden mit chinesische Menschen. Aber ich erkennen, alte japanische Soldaten selbes Problem haben. Niemand ihre Albträume hören will.

Wir Chinesen wissen, wie Verbitterung schlucken. Unsere eigenen Herrscher mehr von uns töten, als jede fremde Macht hat getan. Wir ertragen. Wir geduldig. Aber ich nicht immer leben. Ich viele Jahre versuchen. Vielen helfen in Mutterland, aber nicht Erfolg mit Geistwesen. Als ich keinen Weg mehr sehen, Sie mir geschickt, Mr. Brodie-san. Bedeutung ist klar. Also ich Ihnen geben, was Sie suchen, aber Sie mir versprechen zwei Dinge.«

Ich konnte mir zwar nicht vorstellen, was ich Wu hätte anbieten können, aber nach all dem, was er durchgemacht hatte, fühlte ich mich verpflichtet, ihm zu helfen, wenn es irgend möglich war. Das sagte ich ihm.

»Sie sehr mitfühlend«, sagte er. »Erstens, Sie nichts tun dürfen, was noch mehr Wus töten.«

Er wollte seine Leute nicht gefährden. »Gut«, sagte ich. »Keine Namen. Was noch?«

»Sie … müssen bringen an große Öffentlichkeit, was heute ich enthüllen. Darum mich die Geister bitten.«

Ich sah erst Danny an, dann Rie. Beide erwiderten meinen Blick erwartungsvoll.

»Ich habe es ja schon gesagt«, sagte ich, »es gibt nichts,

was ich lieber täte, als zu helfen. Aber ich weiß nicht, wie.«

»Danny sagen, Sie großes Problem in diesem Land bezwingen. Richtig seine Worte?«

»Ja.«

»Ihre Kraft dieses Bezwingen. Sie sich aufschwingen und Geistergeschichte erzählen. Nicht mit Zorn. Nicht um heimzuzahlen. Mitfühlend erzählen. Heimzahlung nur verdunkeln die Welt. Sie neues Licht aussenden müssen, wenn reden.«

Ich holte tief Luft und richtete meinen Blick zum Sommerhimmel empor. Der Abend war angebrochen, und die ersten Sterne funkelten. Die Luft war schwer von der Hitze, das Firmament dunkelblau und wolkenlos. Wie ein Teppich breiteten sich unter uns die Häuser von Tischlern, Lastwagenfahrern und Arbeitern über die hügelige Landschaft aus. Leute stiegen aus Bussen aus. Andere eilten mit schweren Plastiktüten voller Lebensmittel für das Abendessen nach Hause. *Sie neues Licht aussenden müssen, wenn reden.* Was immer ich auch tat, würde es einen Unterschied machen? Die Menschen würden weiter ihre Busse nehmen. Sie würden weiter ihr Abendbrot nach Hause tragen.

Mit gierigen Zügen an einer neuen Zigarette ziehend, beobachtete Wu mich mit altersloser Geduld.

Vielleicht würde eine Familie eines Abends am Esstisch sitzen und eine Meldung in den Nachrichten sehen, die sie aufregen, möglicherweise sogar aufschrecken könnte. Sie würden darüber reden. Vielleicht würde sich diese Szene auch in anderen Haushalten auf der ganzen Welt abspielen. Nicht in allen, aber in genügend. In einem von zehn vielleicht. Oder in einem von fünfzig. Immerhin, kleine Wellen des Verstehens würden sich im kollektiven Bewusstsein ausbreiten, und das Verständnis vergangener Ereignisse würde sich vertiefen. Ein kleines Erwachen könnte folgen.

Das Leben würde weitergehen, korrigiert. Unbedeutend vielleicht, aber immerhin korrigiert. Für einige Menschen in bestimmten Gegenden könnte das ein wenig besser werden. Und vielleicht hätten diese kleinen Wellen sogar Einfluss auf das Denken von Entscheidungsträgern, die Männer schicken, um unerquickliche Dinge zu erledigen, die besser anders vollbracht werden könnten.

Das war Wus Wunsch.

Das war es, was die Geister von ihm forderten.

Er war ihre letzte Hoffnung.

Er spricht für die, die keine Stimme haben.

»Gut«, sagte ich. »Ich werde einen Weg finden.«

Wu lächelte. »Danke. Leute, die müssen finden, um Problem zu lösen, chinesische Spione sein.«

»Keine Triaden?«

Wu schüttelte den Kopf. »Triaden nicht machen Morde wie Ihre.«

»Woher wissen Sie das?«

Wus Lächeln wurde geheimnisvoll. »Ich wissen.«

»Wo finde ich Spione, die mir weiterhelfen?«

»Sie viele Menschen in diesem Land kennen. Suchen unter den vielen, die Sie kennen.«

»Warum ein Spion?«

»Weil dort Antwort liegen.«

Großartig. Ein verbales, sich endlos windendes und im Kreis drehendes Möbiusband.

Rie sah genauso unglücklich aus, wie ich mich fühlte. »Ein Spion? Sind Sie sicher?«

Wu stach einen nikotinverfärbten Finger in die Luft. »Chinesische Spione oft Schlächter von Triaden nachmachen für verbergen ihre Taten. Sie richtigen Spion finden, sie richtige Antwort finden. Ich Ihnen versprechen. *Dann* Sie der Welt von Geister berichten. Wu warten.«

TAG 7

DAS ENDE VON »NUR EINMAL«

KAPITEL 45

An Schlaf war nach Chinatown so schnell nicht zu denken.

Als ich schließlich doch wegdämmerte, erschienen Geistwesen in weißen Anzügen, die mit zu perfekten Os gerundeten Lippen tonlos Wörter formten. Ich schreckte hoch und fand nicht mehr in den Schlaf zurück, ließ mir Wus Geschichte und das Gespräch mit Rie im Zug auf dem Rückweg nach Tokio immer wieder durch den Kopf gehen.

»Wissen Sie was«, hatte sie gesagt, »*Sie* mögen Wu seinen Wunsch gern erfüllen wollen, aber das MPD kann solchen vagen Andeutungen nicht nachgehen, ohne diplomatische Verwicklungen zu provozieren.«

»Das ist nicht von der Hand zu weisen«, räumte ich ein.

»Glauben Sie, dass Inspektor Kato davon etwas wusste?«

Straßen mit Gegenverkehr sind nicht mautfrei. Der gute Inspektor vermutete, ich könnte mich als nützlich erweisen.

»Er wusste es«, sagte ich.

Mein Gespräch, das ich gleich am folgenden Morgen mit Jenny hatte, verbesserte meine Laune erheblich. Voller Eifer hatte sie sich in das neue Schuljahr gestürzt. Der Unterricht würde zwar erst in drei Tagen anfangen, aber sie hatte mit ihren Teamkolleginnen schon mit dem Fußballspielen angefangen. Natürlich nicht ohne diskrete Bewachung durch einen der Leute von Brodie Security.

Jenny war vor Begeisterung kaum zu bremsen, während sie von den beiden Toren erzählte, die sie am Tag zuvor im Training geschossen hatte, und ich war voller Bewunderung. Aber vermutlich lässt so etwas das Herz jedes stolzen Vaters höher schlagen. Bei all ihrem Überschwang tauchte die Frage nach meiner Rückkehr erstaunlicherweise gar nicht auf. So beendete ich das Gespräch mit dem guten Gefühl, dass wenigstens an dieser Front alles in Ordnung war.

Ich rief Hiroshi »Tommy-Gun« Tomita auf seinem Handy an. Der Reporter der *Tokio Seikei Shimbun*-Zeitung nahm sofort ab.

Ich begrüßte ihn auf Japanisch: »Kannst du reden?«

»In zwei Minuten«, sagte er knapp und drückte das Gespräch weg.

Tomita war ein knallharter japanischer Zeitungsmann. Er war um die Vierzig und hatte sich einen gewissen Ruf erworben, weil es ihm mit seinen Exklusiv-Storys immer wieder gelang, korrupte Bullen, dubiose Unternehmer und andere zwielichtige Gestalten auffliegen zu lassen. Ein Talent, dem er auch seinen Spitznamen verdankte. Das letzte Mal hatte ich ihn auf der Festnetzleitung seiner Zeitung angerufen, eine Nachlässigkeit, für die er mich umgehend zusammenstauchte, nicht ohne mich unmissverständlich zu belehren, dass eingehende Gespräche grundsätzlich aufgezeichnet wurden. Auf Druck von ganz oben hielten die großen japanischen Zeitungshäuser ihre

Schlagzeilenjäger an der kurzen Leine. Ich hatte meine Lektion gelernt und setzte mich fortan nur noch über sein Handy mit ihm in Verbindung, immer darauf gefasst, warten zu müssen, bis er ein ruhiges Eckchen gefunden hatte, wo er sicher sein konnte, nicht belauscht zu werden.

Zwei Minuten später drückte ich auf Wahlwiederholung, er nahm sofort ab.

»Hallo, Brodie. Wie geht's Jenny-chan?«

»Gut. Sie war ein paar Tage bei mir. Und wie sieht's bei dir aus?«

»Hattest du eine Ahnung, dass zwei Jungs im Teenageralter im Monat mehr Reis verdrücken als ein ausgewachsener Sumo-Ringer? Von Fleisch, Fisch und Nudeln mal ganz abgesehen. Instantnudeln kaufen wir inzwischen lastwagenweise. Mein Monatsgehalt hebe ich erst gar nicht mehr ab, ich überweise es gleich an den Lebensmittelladen.«

»So was soll vorkommen.«

»Na ja, du hast ein Mädchen. Die essen weniger.«

»Das wird sich zeigen. Können wir uns treffen?«

»Geschäftlich?«

»Ja.«

»Ich habe noch zwei Termine. Also erst später, so gegen Mitternacht. Geht das?«

»Ausgezeichnet.«

»Ich schulde dir noch ein Bier für die Exklusivstory von Japantown. Aber vielleicht sollte ich mir das für einen anderen Abend aufsparen.«

»Gute Idee.«

»Gut. Komm zur Geisterstunde auf einen kleinen Spaziergang nach Golden Gai. Diesmal finde ich dich.«

»Schon wieder diese Spielchen? Muss das wirklich sein?«

Das letzte Mal hatten wir uns in Ikebukuro in einem öffentlichen Park im nördlichen Teil von Zentral-Tokio verabredet. Er kam verkleidet und wurde aus allen Himmelsrichtungen beobachtet.

Tommy schnaubte. »Soll das ein Witz sein? Spätestens seit dem letzten Treffen ist mir klar, dass ich dich behandeln muss, als hättest du Sprengstoff am Hintern.«

»Das war damals.«

»Und dieses Mal soll es anders sein?«

Ich dachte über die Frage nach. Damals hatten drei Typen mit Knarren es auf mich abgesehen. Aber Tomitas Leute hatten uns gewarnt, sodass ich entkommen konnte – wenn auch verdammt knapp. Dieses Mal gab es den Mord an Yoji in Kabukicho, Hamadas Kopf, den man uns vor die Tür gelegt hatte, und einen Showdown auf einem Schiffsdach.

Ich knickte ein. »Wenn ich ehrlich bin, nein.«

»Natürlich nicht. Ich habe *gute* Freunde, die mir dringend raten, deine Anrufe erst gar nicht mehr anzunehmen.«

Das war mir neu. Trotz seiner Größe – dreizehn Millionen Menschen in Zentral-Tokio und sogar vierundreißig im gesamten Ballungsgebiet – war Japans Hauptstadt ein riesiges Geflecht aus sich überschneidenden Netzwerken. Mit Lichtgeschwindigkeit machten Gerüchte die Runde, und kaum hatten sie dein Netzwerk erreicht, wusstest du es auch.

Trotzdem war ich angefressen. »Das ist nicht dein Ernst.«

Er lachte die dreckige Lache eines mit allen Wassern

gewaschenen Schreiberlings. »*Deren* aber. Ich sehe es eher so, dass man nur einmal lebt.«

»Was soll das denn heißen?«

Der Spott in seinem Lachen war nicht zu überhören. »Ganz einfach. Für einige Menschen bist du radioaktiv verseucht. Für mich bist du ein alter Freund und eine zuverlässige Quelle.«

»Sag ich doch. Warum treffen wir uns nicht an einem abgelegenen Ort, den ich kenne?«

Tomita schnaubte: »Nein. Ich bestimme, wo. Ich gehe gern auf Risiko, aber ich bin kein Selbstmörder. Das *Ende* von ›nur einmal‹ würde ich ganz gern erleben.«

KAPITEL 46

Etwas Neues lag in der Luft. Verstohlen lugte es aus seinem Versteck hervor, während ich mit Tommy-Gun telefonierte. Beim nächsten Anruf sprang es heraus.

»Japan ist ein schönes Land«, schwärmte Kazuo Takahashi. »Wir sind ein gutes Volk. Aber unsere Regierung kommt zu häufig vom rechten Weg ab.«

Vor ein paar Tagen hatte ich meinen Freund angerufen, einen Kunsthändler aus Kioto, um meine Geschäftsreise zu verschieben, die ich in die alte Hauptstadt geplant hatte. Bei der Gelegenheit erkundigte ich mich bei ihm, ob er etwas von einem neuen Sengai gehört hätte, der auf den Markt gekommen sein solle. Dieses Mal hatte ich angerufen, um ihm mitzuteilen, dass es bei der Verschiebung vorerst bleiben würde.

Die Morde ließ ich unerwähnt.

»Gestern Abend hat mir ein alter Chinese genau dasselbe über sein Land erzählt«, entgegnete ich.

»Das könnte sogar stimmen.« Takahashi sprach mit gedämpfter Stimme. »Wir Japaner haben eine Menge zu bieten, auch wenn wir so unsere Geheimnisse haben.«

Da Takahashi vollkommen klar war, dass er damit offene Türen einrannte, antwortete ich nur mit der üblichen Zwei-Wort-Floskel auf Japanisch – und wartete.

Der Klang seiner Stimme verfinsterte sich. »Wir können Kultur, Kunst und andere Errungenschaften vorweisen. Wir haben eine Geschichte. Aber unsere Vergangenheit hat auch eine gewalttätige, kriegerische Seite, die wir unseren Samurai-Wurzeln zu verdanken haben. Überresten davon bist du in Japantown begegnet. Wir haben unsere Medizin genommen und den Saustall aufgeräumt. Jetzt hast du einen anderen Fall, und der hat mit dem Krieg zu tun, richtig?«

Ein riesiges Geflecht aus sich überschneidenden Netzwerken. »Ja, woher weißt du das?«

Es entstand eine lange Pause. »Bestimmte Kreise der japanischen Kunstszene haben ein Auge auf dich geworfen und auf das, was du tust. So etwas spricht sich rum.«

»Ich verstehe. Und zu diesen Kreisen gehörst du auch?«

»Nein, aber man hält mich auf dem Laufenden. Nichts Bösartiges. Im Gegenteil. Sie dürfen davon ausgehen, dass Ihr Ansehen gewachsen ist. Es heißt inzwischen, dass Sie es wert sind, ›besonders beobachtet zu werden‹, wie ein Kollege es kürzlich formulierte.«

»Wie soll ich das verstehen?«, fragte ich heute schon zum zweiten Mal.

»Das weiß ich nicht. Aber kommen wir zum Thema zurück: Japan hat so seine Geheimnisse, wie Sie wissen. Viele davon sind offene Geheimnisse. Dessen sind wir Japaner uns bewusst. Wir schämen uns ihrer und sprechen, wenn überhaupt, nicht häufig darüber. Die beschämendsten Episoden unserer Geschichte bleiben, größtenteils jedenfalls, innerhalb der Landesgrenzen. Die Sprachbarriere und unser Schamgefühl sind eine sehr wirksame Blockade.«

»Vielleicht ist es an der Zeit, diese Geheimnisse ans

Licht zu bringen«, warf ich ein, »damit die Skelette oder Geistwesen endlich ihre Ruhe finden.«

»Eine sehr westliche Vorstellung.«

»Eine sehr menschliche.«

Japaner nehmen ihre Scham lieber mit ins Grab, als sich ihr zu stellen. Die jüngere Generation geht inzwischen offener damit um, während die Älteren immer noch lieber den Mantel des Schweigens über die Vorgänge breiten, ob nun zu Recht oder nicht, und die Schuld ertragen. In ihren Augen war es heldenhaft. Der Inbegriff ihrer althergebrachten Vorstellung von *gaman* – Duldsamkeit. Es vermittelte ihnen das Gefühl, eine respektierliche Persönlichkeit zu sein. Wie Märtyrer. Menschen aber, die zwischen den Stühlen saßen – wie Miura –, verätzte dieses Schweigen ganz langsam die Seele.

»Der Gedanke ist nicht von der Hand zu weisen«, sagte Takahashi.

Diesem Bekenntnis folgte jedoch nichts.

Vielleicht ein anderes Mal, an einem anderen Ort.

Immerhin hatten die Klagelieder von Miura, dem altgedienten japanischen Soldaten, Wu, dem alten chinesischen Aktivisten, und Takahashi, dem Kunsthändler aus Kioto mit seiner tradierten Vorstellung, dieselbe Melodie.

In der Tat lag etwas Neues in der Luft.

Und dieses Gefühl hatte für mich etwas sehr Beunruhigendes.

KAPITEL 47

Gegen Mitternacht flanierte ich auf der Suche nach Tommy-Gun Tomita, dem ambitionierten Pressemann, durch die engen Gassen von Gai.

Das Golden Gai ist ein winziges Viertel, in dem sich etwa zweihundert Bars auf gerade einmal zweitausend Quadratmetern drängen. Zwar hatte der Fortschritt in den letzten Jahrzehnten auch hier an den Rändern dieser baufälligen Ansammlung von Bars genagt, der Kern aber war erhalten geblieben. Einige Lokale sind Clubs, die ausschließlich Mitgliedern vorbehalten sind. Andere ziehen eine bestimmte Szene an: Künstler, Schriftsteller, Regisseure oder Anhänger unterschiedlichster neuer Trends. Und wie es in Tokio immer so ist, verschwinden alte Läden, und neue tauchen auf.

Ich trottete die Gassen von Gai gemütlich auf und ab, damit man mich sah. Vermutlich würde ich Tommy-Gun gar nicht erkennen. Er hatte die Gabe, sich zu verwandeln – Perücken, Posen, Gesten, das volle Programm. Seine ganz persönliche Interpretation von Sicherheit am Arbeitsplatz.

Dieses Mal aber kam er ohne Verkleidung. Kein Mummenschanz zierte seine drahtige, einssiebzig große Gestalt. Er trug Jeans, eine olivbraune Sportjacke und ein hellblaues Hemd ohne Krawatte. Eine schwarze Sonnenbrille schwebte verloren über seiner platten Nase, vor dem Absturz nur dadurch bewahrt, dass sie mit dem unteren Rand auf den Wangen auflag. Das dunkle, modisch verwuschelte Haar war sein einziges Zugeständnis an Stil.

Aus zwanzig Metern Entfernung sah ich ihn über die Köpfe Dutzender Zecher hinweg auf mich zukommen. Unsere Blicke trafen sich, ohne dass er erkennen ließ, mich wahrgenommen zu haben.

Ich hatte verstanden.

Ich ging weiter, ohne ihn eines Blickes zu würdigen.

Hinter Tomita trieb sich eine wachsame Gestalt herum. Tomita blickte auf das Display seines Smartphones, sah dann über meine Schulter hinweg, entdeckte etwas, entspannte sich und lächelte mir zu.

»Der Mann hinter dir im grauen Anzug mit der grünen Krawatte, gehört er zu dir?«, fragte ich, als er vor mir stand.

Er nickte, packte mich im nächsten Moment am Arm und schob mich durch eine kleine Gasse, dann rechts in einen knapp anderthalb Meter schmalen Gang und weiter durch eine Stelle, die noch enger war, sodass wir mit den Schultern an den Wänden entlangschabten. Hinter einer letzten Rechtsbiegung schlüpften wir durch eine schmale Holztür, stiegen eine dunkel geflieste Treppe hinauf und betraten einen kleinen Raum mit einer Bar, fünf Hockern und einem einzelnen Tisch an einem Fenster, das mit einem zerfledderten Raumteiler zugestellt war, durch den ich das letzte Wegstück sehen konnte, das wir soeben gekommen waren. Wir gingen zu dem Tisch. Tommy begrüßte den Gastwirt mit einem Handzeichen und rief ihm unsere Bestellung zu, woraus ich auf eine gewisse Vertrautheit schloss.

»Du bist schon wieder dran«, bemerkte er leise auf Japanisch.

»Woran?«

»An dem riskanten Ding.«

»Woher weißt du das?«

»Habe ein paar Erkundigungen eingezogen. Es gehen Gerüchte um.«

»Wie *das* denn?«

»Erstens weil ich meinen Job gut mache, und zweitens, weil du dir mit der Rikyu-Geschichte und Japantown einen gewissen Ruhm erarbeitet hast. Das ist dir doch bestimmt schon zu Ohren gekommen, oder?«

Ich verzog das Gesicht. »Auf diese Art Berühmtheit lege ich keinen Wert.«

»Wie man hört, mischt du dich wieder in riskante Dinge ein.«

»Ich mache nur da weiter, wo mein Vater aufgehört hat.«

Tomita schüttelte den Kopf. »Aber dichter am Abgrund.«

»Machst du das nicht auch?«

»Schon, aber ich riskiere nur meinen Job, du deinen Kopf.«

Diese beiläufige Anspielung auf Hamada versetzte mir einen Schlag in die Magengrube. »Du weißt also Bescheid.«

»Ja. Tut mir leid. Ich kannte ihn zwar nicht persönlich, habe aber gehört, dass er ein sympathischer Kerl war und gute Arbeit leistete.«

»Das stimmt.«

Wir schwiegen eine Weile, um des Mannes – Vater von

Zwillingen und langjähriger Mitarbeiter von Brodie Security – zu gedenken.

Dass es den Sohn meines Mandanten getroffen hatte, war schon schlimm genug, aber Hamada war sozusagen Teil der Familie, die mein Vater zusammengestellt hatte. Wie ein dunkler Schatten lag sein Verlust über dem ganzen Büro. Ein Trost, wenngleich der einzige, war die üppige Lebensversicherung, mit der er ausgestattet war; mein Vater hatte bei jedem seiner Angestellten darauf bestanden. Als ich meine neue Aufgabe als selbständiger Teilzeitinhaber übernahm und gleichzeitig zwischen den beiden Seiten des Pazifiks hin und her pendelte, legte mir der Unternehmensberater, der mir von den Anwälten während der Übergangsphase zur Seite gestellt worden war, nahe, dieses Arrangement stillschweigend aufzugeben. Die Kostenersparnis würde Brodie Security von einem unbedeutenden kleinen Büro in ein hochprofitables Unternehmen verwandeln, das sich äußerst gewinnbringend verkaufen ließ, sollte ich mich entscheiden, die Firma »abzustoßen«. Die Prämie war sehr hoch. Ich lehnte ab – und trennte mich stattdessen von dem Berater.

»Wie gut sind deine Quellen informiert?«, wollte ich schließlich wissen.

»Ich habe etwas von Triaden läuten hören. Deshalb habe ich meine Augen und Ohren überall.« Er legte ein Prepaid-Handy auf den Tisch. »Du kennst die Regel. Wenn es klingelt, hauen wir ab. Dieses Mal über die Hintertreppe hinunter, hinten zur Tür raus, dann rechts. *Nicht* die Treppe, über die wir gekommen sind. Wir nehmen die Geheimtreppe hinter der Bar.«

Er deutete auf einen Ausgang, an dem die gerahmte Reproduktion der Titelseite der *New York Times* mit der Nachricht vom Angriff auf Pearl Harbour angebracht war. Jetzt sah ich mich zum ersten Mal um. Die holzgetäfelten Wände hingen voll mit Kriegsdevotionalien. Japanische und deutsche Helme aus dem Zweiten Weltkrieg. Alte Gewehre, Bajonette. Das japanische Plakat für den Film *Vom Winde verweht.*

In einigen Vierteln Tokios waren Kopien des Films heimlich herumgereicht worden und endlos in Bombenschutzkellern gelaufen, damit sich die Menschen in den unendlichen Stunden im Untergrund die Zeit besser vertreiben konnten. Unterhaltung aus Hollywood war Balsam für die Seele des Volkes.

»Ist das hier eine Bar für Rechtsnationale?«

Bis auf das Filmplakat nichts als altes Zeug aus dem Krieg. Wollte mein Freund mir damit bedeuten, dass hier ein Zusammenhang bestand?

Tommy hob die Hand. »Lass mich ausreden. Danach die erste links und dann die zweite rechts. Dann in ein Taxi, das an der Ecke wartet. Das Taxi wartet nur dreißig Sekunden, nachdem der Erste angekommen ist. Aus Sicherheitsgründen. Vergiss das nicht, für den Fall, dass wir getrennt werden. Nur dreißig Sekunden. Schaffst du das nicht, bist du auf dich allein gestellt. So, jetzt bin ich fertig.«

Eine beklemmende Stille machte sich in der Ecke des Raumes breit, in der wir saßen. Bei unserem letzten Treffen hatte ich seine Vorbereitungen für eine sofortige Flucht als Beleg für seine Paranoia betrachtet. Inzwischen dachte ich anders. Seine Paranoia hatte mir das Leben gerettet.

»Verstanden.«

»Gut.«

Tommy-Gun forschte in meinem Gesicht nach weiteren Antworten. Er würde sie nicht bekommen. Der Wirt kam mit zwei Biergläsern, einer Platte getrocknetem Tintenfisch und einem Schälchen mit Nüssen zu uns.

Als er sich wieder zurückgezogen hatte, fragte ich: »Was machen wir hier?«

»Ich hab dem Wirt mal einen Gefallen getan.«

Die fünf Barhocker waren von Stammgästen besetzt. In eine hitzige Unterhaltung vertieft, in der es um General Yamamoto, den Befehlshaber der japanischen Flotte im Zweiten Weltkrieg ging, hatten sie ihre Köpfe zusammengesteckt. Sie nahmen keine Notiz von uns.

»Aus so einer rechten Ecke?«, brachte ich leise hervor. »Die Leute könnten dich aufknüpfen.«

Tommy zuckte mit den Schultern. »Der Besitzer war ganz vernarrt in die vierziger Jahre, und das hat so manchen reaktionären Rechten angezogen. Daher die zackige Begrüßung. Sie halten mich für einen Freund des Besitzers und lassen uns in Ruhe. Die wahre Gefahr liegt da draußen. Hier sieht man zu allerletzt hin. Jetzt sag mir endlich, was ich für dich tun kann.«

»Um es auf den Punkt zu bringen, ich brauche einen Spion. Nicht irgendeinen. Es muss ein Chinese sein.«

»Hast du es im Internet auf den Anzeigenseiten für Tokio schon versucht?«

Ich ignorierte den plumpen Scherz. »Jemand sagte mir,

ich würde fündig werden, wenn ich möglichst hoch in der Hierarchie einsteche. Kannst du mir helfen?«

Tommy blickte grüblerisch in sein Bier. »Kann ich schon. Nur weißt du dann plötzlich viel mehr über mich, als mir lieb ist, Cowboy.«

»›Cowboy‹?'«

»Was ist für mich drin?«

»Ich nenn dich nie wieder einen, der mit dem Samuraischwert rasselt.«

»Was noch?«

»Eine Story aus dem Krieg.«

»Nein, danke. Sonst hast du nichts zu bieten?«

»Das ist alles.«

»Brodie, Kriegsgeschichten gibt's wie Sand am Meer, und das weißt du. Zumal inzwischen keine Veteranen aus dem südpazifischen Dschungel mehr zurückkommen.«

Natürlich *wusste* ich das. Aber ich hatte Wu mein Versprechen gegeben. Ich hatte nicht den Mut, dem alten Arzt zu erklären, wie schwer es war, den Weg in die Öffentlichkeit zu gehen.

»Das hier ist mehr wert«, sagte ich.

»Mein Einsatz ist höher als deiner.«

Ich beäugte Tommy. Auf keinen Fall durfte ich die Einbrüche erwähnen. Er würde sich nur in meine Arbeit einmischen. Und das könnte sich für uns beide als gefährlich erweisen.

»Ich kann das nicht machen«, sagte ich.

»Dann kann ich auch nichts für dich tun.«

»Warum auf diese harte Tour?«

»Weil meine Beziehungen vom Feinsten sind. Denk an

das *kaiseki* bei Kitcho in Arashiyama. So etwas zapfe ich nur unter besonderen Umständen an.«

Kaiseki ist das Edelste, was die japanische Küche zu bieten hat. Eine geradezu epikureische Extravaganz erlesenster Lebensmittel der Saison, die in mehreren Gängen auf eleganter Keramik serviert wird, noch dazu in einer Perfektion, wie nur Japaner es können. Kitcho ist der Geburtsort des modernen Kaiseki und Arashiyama eine malerische ländliche Gegend vor den Toren Kiotos. Kurz, etwas Besseres gibt es nicht. Tommy wollte damit andeuten, dass mich der Zugang zu seiner Quelle, wie ein Essen bei Kitcho, einiges kosten würde.

Ich sah meinen Reporterfreund prüfend an. Er war sehr einfallsreich und absolut zuverlässig. Bekam er aber Wind von einer Story, entfaltete er ein Verhandlungsgeschick, das selbst dem abgebrühtesten Geschäftsmann die Tränen in die Augen trieb.

»Es ist nicht ungefährlich,«, setzte er hinzu, »wenn ich dich mit ihm zusammenbringe.«

»Schon gut. Die Kriegsstory also und – *nur* wenn ich es sage und wenn die Zeit reif ist – eine über die Einbrüche.«

»Ich *wusste* doch, dass noch was geht.«

»Aber es dauert noch, und du gehst nicht auf eigene Faust los. Das kann uns beide das Leben kosten. Das musst du mir versprechen.«

Tommy lehnte sich zurück. Seine Augen glänzten vor Eifer. »Gut. Ich kenne da einen Typen.«

»Einfach so, ja?«

Das Leuchten in seinen Augen wich etwas Dunklem.

»Kein Witz. Mit diesem Typen betrittst du ein anderes Universum.«

»Jetzt werd nicht melodramatisch, Tommy.«

Mein Journalistenfreund legte die Hände auf den Tisch und starrte einen langen Augenblick darauf. »Wir kennen uns doch schon sehr lange, stimmt's?«

»Ja.«

»Ich möchte, dass das auch so bleibt. Du bist absolut *sicher*, dass du mit einem chinesischen Spion sprechen willst?«

»Es ist sehr wichtig.«

»Gut. Dann versprich mir zwei Dinge. Erstens, egal was passiert, wenn ich anrufe, bist du zu allem bereit.«

»Was soll denn das schon wieder heißen?«

»Siehst du? Dir fehlt es an der richtigen Einstellung. Bist du bereit oder nicht? Ja oder nein? Wenn du dich nicht bedingungslos darauf einlässt, können wir die Sache gleich hier beenden.«

So lief der Hase also! Das in sich verschlungene asiatische Paradox. Nimm es, wie es kommt, ohne Rücksicht auf Verluste. Das westliche Denken ist immer auf der Suche nach Antworten. Es *muss* eine logische Erklärung geben. Das japanische hingegen stellt den Glauben daran zurück, wenn es sein muss. Widerstreitenden Wahrheiten hält es vorurteilsfrei stand – bis schließlich Erklärungen gefordert sind.

Wenn es dazu überhaupt kam.

Mir war diese Fähigkeit nur gegeben, weil ich auf dieser Seite des Ozeans aufgewachsen bin.

»Einverstanden«, sagte ich. »Und das zweite?«

»Was auch passiert, wir bleiben Freunde. Ich *bin* dein Freund, und du sagst, dass du das brauchst. Aber ich würde dir dringend raten, die Finger davon zu lassen, wenn es nicht unbedingt sein muss. Muss es das?«

Ich ließ mir die Ereignisse der letzten sieben Tage durch den Kopf gehen: Miura, Hamada, der Tod des dritten Veteranen, die Verfolgungsjagd auf dem Boot, das Geschiebe in Chinatown, Wu.

Ich überlegte lange und willigte schließlich ein.

Tommy-Gun schob die Lippen vor. »Gut. Wenn ich den Startschuss gegeben habe, egal, was ich sage, egal, was *sie* tun, *ich* habe nichts damit zu tun. Klar?«

All meiner Entschlossenheit zum Trotz, durchfuhr mich ein kalter Schauer. »Gut. Aber warum pochst du so darauf, Tommy? Du kennst mich. Du weißt, was ich durchgemacht habe. Was ich kann. Reicht dir das nicht?«

Er schüttelte den Kopf. Eine Art Traurigkeit legte sich über sein Gesicht. »Es ist ein Fenster in eine andere Welt, und ich glaube, es wäre besser, wenn da niemals jemand hindurchsehen müsste. Wenn du aber keine andere Wahl hast, dann handle wenigstens in voller Gewissheit. Denn dir werden Dinge begegnen, die du noch nie erlebt hast.«

TAG 8

DER NEUE TEUFEL

KAPITEL 48

Tommy hatte die Assistentin seiner Kontaktperson erreicht, die ihm mitteilte, dass der Mann, den wir brauchten, für zwei Tage nach Südkorea gereist und damit für uns unerreichbar war.

Unerreichbar.

Das klang ganz nach Spion und äußerst vielversprechend. Ich schluckte meine Enttäuschung herunter. Das Gute daran war, dass Tommy und ich Zeit für das schon lang überfällige Bier hatten – nachdem ich am frühen Nachmittag auf Hamadas Beerdigung gewesen war.

Die Polizei hatte seine Leiche freigegeben, sodass er drei Tage nach seiner Enthauptung beigesetzt werden konnte. Yojis sterbliche Überreste hingegen befanden sich immer noch in Polizeigewahrsam.

Nachdem im Büro von Brodie Security für eine Notbesetzung gesorgt worden war, hatten die übrigen Mitarbeiter sich auf den Weg zu einem buddhistischen Tempel in Koiwa gemacht, ein Vorort im Osten der Stadt, um einem der Unseren die letzte Ehre zu erweisen. Für den Fall, dass die Killer wiederkommen und noch mehr Schaden anrichten würden, stellten wir Posten an der Tür und in den oberen Stockwerken von Nachbargebäuden auf.

Auf der Fahrt zum Tempel vibrierte mein Handy. Ich nahm ab und vernahm zu meinem großen Erstaunen die

Stimme von Tanaka-sensei aus dem Kendo-Dojo am anderen Ende der Leitung.

»Hallo. Ich habe gerade von der Auseinandersetzung erfahren, die Sie mit ein paar von unseren Leuten hatten.«

»Gerade erst?«

»Ich war geschäftlich unterwegs, möchte mich aber für das entschuldigen, was Ihnen widerfahren ist. Wir haben einen Aufrührer in unserem Dojo.«

»Ich war nicht ganz unschuldig daran.«

»Auch das wurde mir berichtet. Nakamura-sensei nimmt den Einbruch sehr ernst, ist aber noch erboster über die Reaktion seiner Leute. Was sie getan haben, widerspricht dem Geist des Kendo. Er hat sie einer Bestrafung zugeführt. Ihren Anteil an dem Vorfall überlässt er der Polizei. Aber mal unter uns, wenn Sie sich zu einer persönlichen Entschuldigung durchringen könnten, wäre die Sache vom Tisch.«

In Japan wird eine Menge verziehen, wenn man sich nur aufrichtig entschuldigt und Reue zeigt.

»Vielleicht wenn ich mit meiner Arbeit fertig bin«, sagte ich. »Denkt Kiyama genauso?«

»Natürlich. Er steht gerade neben mir.«

»Gut. Ich weiß Ihren Rat zu schätzen.«

»Denken Sie an die seltenen Schwerter, um die ich Sie gebeten hatte? Ich bin für neue Stücke immer zu haben.«

»Ich setze Sie ganz oben auf die Liste.«

»Großartig.«

Wir verabschiedeten uns und legten auf.

Auch der Tod hält den Lauf der Welt nicht auf.

Im Kreis der Verwandtschaft beider Seiten der Familie saßen Hamadas Witwe und die Zwillinge gefasst neben dem traditionell reich mit Blumen geschmückten Podest, unter dem der verschlossene Sarg stand. Die Trauergäste traten heran, gaben ein wenig Räucherwerk in ein Feuer und beteten für den Toten.

Die Zwillinge nahmen es wie Männer, aber ihre Augen waren gerötet. Sie hatten sich den Schmerz schon von der Seele geweint. Und jedes Mal, wenn ich in ihre Richtung sah, überkam mich das Gefühl, es müsste mich zerreißen. Gerade einmal dreizehn Jahre alt und schon ihres Vaters beraubt. Eines Tages könnte meine Jenny auch auf der Seite der Begünstigten derselben Versicherungspolice stehen – finanziell abgesichert, aber um die bittere Erkenntnis reicher, dass ihre größte Angst Wirklichkeit geworden war. Alles, was ich im Schatten meines Vaters für Brodie Security tat, führte mir die Angst meiner Tochter vor Augen. Die Vorstellung ließ mich nicht los. Während ich anderen half, zog es mich unaufhaltsam in die entgegengesetzte Richtung. Mein Vater hatte eine gut funktionierende Maschine ins Leben gerufen und mir die Hälfte davon übertragen. Das Vermächtnis der Familie Brodie, eine Aufgabe, der ich überraschenderweise gewachsen zu sein schien. Als wären sie und die Kunst mir in die DNA gebrannt.

Die Beisetzung verlief ohne besondere Vorkommnisse. Bis auf Noda blieben alle bis zum Schluss. Der grüblerische Ermittler war, kurz nachdem er mit zusammengepressten Lippen und vor Wut gerötetem Bulldoggengesicht kondoliert hatte, verschwunden.

Ich wollte ihm nachgehen, fühlte mich moralisch aber zum Bleiben verpflichtet. Aber mir war auch so klar, dass Noda da draußen seinen Kampf führen würde.

Pünktlich zum verabredeten Zeitpunkt betrat ich das *Kushikatsu*-Restaurant in einer Nebenstraße in Ginza.

Kushikatsu sind Spießchen mit Meeresfrüchten, Fleisch, Gemüse und anderen knusprig gebratenen oder in leichtem Öl frittierten Gaumenfreuden.

Wie in Golden Gai hatte Tomita uns auch hier einen Platz am Fenster reserviert, das dieses Mal auf eine kleine Straße mit einem berühmten Tempura-Restaurant auf der anderen Seite hinausging. Da wir in einem sehr beliebten und gut besuchten Viertel verabredet waren, hatte ich auf Verstärkung verzichtet, eine Entscheidung, die verhinderte, was leicht auf ein Desaster hätte hinauslaufen können, wie ich später feststellte.

Trotz der außergewöhnlich erlesenen Gerichte auf der Speisekarte übte Tomita sich in Bescheidenheit: Bier und Yakitori, über Holzkohle gegrillte Hühnchenspießchen. Angesichts der Brieftasche meines Gastgebers eine durchaus bemerkenswerte Wahl, wenngleich so überraschend auch wieder nicht.

Kaum war die Bedienung außer Hörweite, kam Tomita zur Sache, nicht etwa, um sich für die Japantown-Story zu bedanken, sondern mit einer Anspielung auf die nächste: »Der, äh, Typ hat sich heute morgen gemeldet. Hat aus Seoul angerufen und will dich übermorgen sehen. Ich musste ihm was anbieten.«

»Was denn?«

»Das willst du gar nicht wissen. Aber von mir, nicht von dir.«

»Ich will es aber wissen.«

»Der Scheck für die Zukunft. Bei ihm ist nichts umsonst. Mehr sage ich nicht, okay?« Ich nickte. Tomita fuhr fort: »Gut, denn es gibt Regeln.«

»Lass hören.«

»Erstens, nur wenn er *nein* sagt, meint er auch *nein*. Alles andere ist in der Schwebe.«

»Neigt er vielleicht zur Diplomatie?«

»Offiziell schon, ja. Doch es gibt Hoffnung für dich, Brodie.«

»Und inoffiziell?«, hakte ich nach.

»Du hast, was du wolltest. Einen echten chinesischen Spion. Dafür bist du mir was schuldig.«

Natürlich hatte Tomita ein kleines Wunder vollbracht.

»Klar«, sagte ich, »wenn wir ihm trauen können.«

»Können wir.«

»Was macht dich so sicher?«

»Meine Schwester ist mit seinem Cousin verheiratet.«

»Dann gehörst du zur Familie.«

»Sehr weitläufig. Aber Spione haben immer einen Kreis von Leuten um sich, und der Typ mag mich.«

»Und der Cousin?«

»Ist Unternehmer.«

»Ach«, sagte ich.

Asiatische Unternehmer sind entweder sauber oder zwielichtig.

»Ach, bring es auf den Punkt. Willst du immer noch weiter machen?«

»Ja. Und jetzt hör auf zu fragen. Wie bekommt man ein Ja aus ihm heraus?«

»Er wird so etwas sagen wie ›Ich weiß nicht, wovon Sie reden.‹ So was ließe sich im Falle elektronischer Ohren immer abstreiten. Alles andere hängt vom Kontext ab.«

»Du kennst vielleicht Typen, Tommy.«

»Wer im Glashaus sitzt, Brodie.«

Die Hühnchenspießchen wurden gebracht, und wir beäugten sie kritisch. Uns beiden schien der Appetit vergangen zu sein.

Tommy stand auf und streckte sich. »Ich verschwinde mal kurz. Bin gleich wieder da.«

Eine Minute später wurde ein drittes Bier gebracht.

Wieder zwei Minuten später schob sich ein gut aussehender Chinese in einem modischen Blazer über einem hellgrünen Ralph-Lauren-Strickhemd auf Tommys Platz. Er hatte dunkle, eng stehende, wache Augen. Sie waren sehr markant in seinem gebräunten Gesicht, das Übung darin hatte, entspannt und lässig zu wirken.

»Entschuldigen Sie, aber Sie sitzen am falschen Tisch. Mein …«, fing ich an.

Er lächelte sanft und unterkühlt und sah mich mit durchdringendem Blick an.

Verdammte Scheiße. Egal, was passiert …

»Ach«, sagte ich. »Sie sind gar nicht in Seoul.«

»Nein.« *Nein heißt nein.*

»Und ich wette, dass Sie nie da waren. Denn seit wann geben Leute Ihres Berufsstandes ihre Reisepläne bekannt?«

»Ich weiß nicht, wovon Sie reden.« *Ja.*

»Haben Sie diesen Ort gewählt?«

»Ich weiß immer noch nicht, wovon Sie reden.« *Wieder Ja.*

»Und die Zeit?«

Er nickte, *was nach Tommys Regeln alles bedeuten konnte.*

Tomitas namenloser Spion hatte sich ein wenig Luft verschafft, die ich nicht hatte. Ein Trick, den er vermutlich gut einzusetzen wusste. Ich fragte mich, wie gut.

Ich fuhr fort: »Sie lassen mich beschatten?«

Er runzelte die Stirn. »Tommy hat mir gesagt, Sie wären Amateur. Vielleicht sind Sie das ja gar nicht.«

»Ich bin neu hier, aber nicht dumm.«

Blicke aus dunkelbraunen Augen bohrten sich schonungslos in mich hinein. Sie forschten, schätzten ab, suchten, ordneten ein und speicherten ab. Sie saugten alles Wesentliche auf – Stärken, Schwächen, wo man Druck ansetzen konnte, wo nicht. Blitzartig bemühte ich mich um eine ausdruckslose Miene, war aber nicht schnell genug.

Eine unheimliche kinetische Energie floss zwischen uns, die einem körperlich das Gefühl vermittelte, ausgezogen zu werden. Innerlich. Ein unnatürliches Gefühl. Übermächtig. Gespenstisch. Aber trotzdem real. Von solchen Kräften hatte ich schon gehört, aber die waren in der Regel Tempel-Mönchen oder irgendwelchen Mystikern aus den Bergen vorbehalten. Ich stemmte mich dagegen, so gut es ging.

»Dumm?«, sagte er mit einem kühlen, schmallippigen Lächeln. »Nein, das glaube ich nicht. Nur damit Sie Bescheid wissen, ich habe Ihre Akte gelesen«

»Das ist doch albern. Die chinesische Botschaft kann unmöglich eine Akte über mich haben.«

Er machte eine lässige, wegwerfende Handbewegung. »Jetzt schon. Gleich nach dem Gespräch gestern Abend mit Tommy habe ich eine angefordert.«

Er sprach ein gewandtes, höfliches Japanisch. Schlimmer noch, seine Sprache war entwaffnend und aufrichtig. Sie suggerierte Freundschaft, ohne einen zu bedrängen. Seine Aussprache war perfekt. Erschreckend perfekt.

Die Bedienung trat an den Tisch, und mein chinesischer Gast bestellte aus der gehobenen Kategorie auf der Speisekarte:

»Würden Sie dieses Yakitori bitte wieder mitnehmen? Ich habe besseres Hundefutter entdeckt, wenn Sie erlauben, Brodie?«, fragte er und sah mich von der Seite an, ohne eine Antwort abzuwarten. »Bringen Sie uns bitte Ihr bestes Sashimi.« Er blätterte schnell durch die Karte. »Und etwas *shirako*, ein wenig Hokkaido *kani, kani miso* und das Kushikatsu Luxusmenü. Und dazu bitte eine große Karaffe von dem Gyoku-ryu *daiginjo*-Sake. Angewärmt bitte, nicht kalt.«

Er hatte eine exquisite Auswahl an Delikatessen bestellt: erstklassigen rohen Fisch, Dorschmilch, die schmackhafteste Hokkaidokrabbe, eine Suppe oder Creme mit Krabbenfleisch und Jewel-Dragon-Sake, einen kostbaren Tropfen aus einer traditionellen Brauerei. Den Anfang der Spießchen-Platte machten Gänseleber, Ente, ein seltener Camembert, Kaninchen und Hummer. Das verlieh der klassischen japanischen Küche einen französischen Kick.

Nachdem sich die Bedienung wieder zurückgezogen

hatte, fuhr ich an der Stelle fort, an der wir stehengeblieben waren. »Sie sind ein sehr vorsichtiger Mann.« Die Akte, von der er gesprochen hatte, beunruhigte mich.

»Ich bleibe ganz gerne am Leben.«

»Ich dachte, Spione bringen sich heutzutage nicht mehr gegenseitig um.«

Der Sake wurde gebracht. Mein neuer Gastgeber schenkte ein, wir tranken, und er füllte die Becher erneut, nachdem er mich aufgefordert hatte auszutrinken. Nach der dritten Runde setzte er seinen Becher zufrieden lächelnd ab. »Wer hat etwas von der anderen Seite erzählt?«

»Ach«, sagte ich. »Ich habe gehört, dass das Leben im Mutterland hart sein kann.« Brodie, der geborene Diplomat.

Seine Miene verdüsterte sich. »Überleben erfordert ungeahnte Fähigkeiten. Besonders in China.«

»Lange Zeit war das so.«

»Tokio liebe ich aus einem anderen Grund. Im Vergleich zu Peking ist diese Stadt so friedlich. Selbst ein Baby wäre hier sicher. In China hingegen reicht der kleinste falsche Schritt und ...«

Das letzte Wort war noch nicht ganz ausgesprochen, da hatte er die Sake-Flasche schon wieder angehoben, um mir nachzuschenken. Er bedeutete mir leerzutrinken. Ich trank, hob den Becher, ließ nachfüllen und trank erneut, wie die Etikette es gebot. Er wartete einen Moment, goss erst mir, dann sich selbst nach.

Kaum hatten wir eine große Flasche niedergemacht, bestellte er, unserer Bedienung mit dem leeren Gefäß zuwinkend, eine neue.

Der Stoff war vorzüglich und schwer. Der Geschmack von Jewel Dragon kam erst zur Geltung, wenn er warm serviert wurde. Und wir entdeckten schnell die ideale Temperatur. Der Trunk war wie Nektar auf der Zunge, sinnlich, mit einer leicht rauchigen Note. Als was auch immer mein Gegenüber sich entpuppen sollte, in diesen Dingen kannte er sich aus. Seine Sachkenntnis erlaubte es ihm, mit dem alten Glaubenssatz zu brechen, dass hochwertiger Sake kalt getrunken werden muss.

»Noch etwas, bevor wir anfangen«, sagte er.

Da war er wieder, dieser eindringliche Blick.

»Und das wäre?«

Er deutete auf das Dach des fünfstöckigen Bürogebäudes auf der anderen Straßenseite, in dem der berühmte Tempura-Laden untergebracht war. Ich machte eine Bewegung aus, dann das Aufblitzen von verspiegeltem Glas. Die Nackenhaare stellten sich mir auf. Ich wollte mich zurücklehnen, aus dem Bereich des Fensterrahmens hinaus, aber er war zu groß. Ich musste aufstehen und den Platz wechseln, um mich aus der Schusslinie zu bringen.

Er bemerkte meine Reaktion. »Sie erkennen einen Scharfschützen, wenn Sie einen sehen. Das ist nicht … vielversprechend.«

»Ich erkenne ein Zielfernrohr, das auf mich gerichtet ist.«

»Reine Vorsichtsmaßnahme.«

Wut stieg in mir auf. »Was? Kein roter Punkt auf meinem Hemd?«

Er gab ein Zeichen. Ein Laserpunkt erschien. »So besser?«

»Nein.«

Erneut gab er ein Zeichen, und der Kreis verschwand.

Es ist ein Fenster in eine andere Welt, und ich glaube, es wäre besser, wenn da niemals jemand hindurchsehen müsste, hatte Tomita gesagt.

Doch es war zu spät.

KAPITEL 49

Mit dem Sashimi wurde die nächste Runde Sake gebracht, und als Geste der Versöhnung nahm mein immer noch namenloser Gastgeber die neue Flasche und wiederholte die Trink-Zeremonie.

Wir tranken beide. Er schenkte mir ein, wartete, bis ich trank, füllte meinen Becher, dann seinen und trank. Sein Blick bohrte sich in den meinen, offen, dunkel und undurchschaubar. Er bot mir noch mehr Sake an, wartete wieder höflich und füllte mein Trinkgefäß auf, bevor er sich selber einschenkte. Wir tranken noch mehr. Der Sake wurde immer weicher.

Suchend grub sich sein Blick in meinen.

Dann wurde es mir klar.

Ein unauffälliger Schachzug, den er in den Runden zuvor praktiziert hatte, ohne dass es mir aufgefallen war. Ich trank doppelt so viel wie er. Er wollte mich betrunken machen. Zumindest lockerer. Deshalb hatte er das verführerische Getränk gewählt.

Aus Freundlichkeit und weil ich dieses köstliche Angebot einfach nicht ausschlagen konnte, trank ich aus – in der Erwartung, dass er sich für den Schützen auf dem Dach entschuldigen würde. Das geschah aber nicht. Körpersprachlich vielleicht, mehr aber auch nicht. Er setzte auf Gepflogenheiten, Höflichkeit und die Erwartung, dass ich weitertrinken würde. Er war clever. Und gefährlich raffiniert.

»Auf Etikette lege ich keinen Wert«, erklärte er. »Nehmen Sie sich ein wenig Sashimi. Der Fisch wird täglich frisch geliefert und bleibt bis zur Bestellung in der Küche im Becken.«

In Scheiben geschnittener frischer, roher Fisch, umgeben von einem Berg frischem Rettich, Perillablättern, Petersilie und winzigen violetten Blumen mit tautropfenbenetzten Blütenblättern, lachte mich einladend auf einer großen Platte an.

»Das sieht fantastisch aus«, bemerkte ich und nahm fünf eher kleine Stücke.

»Sie werden es nicht bereuen. Der Chef hat beste Beziehungen zum Markt.«

Ich suchte mir ein paar Stücke glänzender Meeresfrüchte aus und nippte diskret an dem Sake, um mir etwas Zeit zum Nachdenken zu verschaffen. *Fensterplatz, das Präzisionsgewehr auf dem Dach keine dreißig Meter entfernt.*

Ich steckte fest. Dem Scharfschützen war ich zwar entkommen, aber mir gegenüber saß der Spion. Und als ich mich im Restaurant umsah, bemerkte ich noch einen Mann, der schnell wegsah. Gut gekleidet. Flache chinesische Stirn. Er war in weiblicher Begleitung, die mir den Rücken zuwandte. Die Falle war zugeschnappt.

Ich atmete tief ein, um meine Nerven etwas zu beruhigen. »Ich dachte, Tommy hätte sich für mich verbürgt.«

»Er sagte, Sie hätten mit geheimdienstlichen Dingen nichts zu tun. Ist das wirklich wahr?«

»Ich handle mit japanischer Kunst. Ich bin geschäftlich unterwegs.«

»Kunst – sehr gute Tarnung. Wird immer wieder gern genommen.«

»Nicht in meinem Fall.«

Er hob den Finger, und prompt tauchte der rote Punkt wieder auf. »Haben Sie nicht etwas vergessen?«

Ich biss die Zähne zusammen. »Brodie Security habe ich geerbt. Es gehört mir zur Hälfte, und ich kümmere mich um die Leute dort. Aber mein Hauptgeschäft ist die Kunst. Steht das nicht in der Akte?«

»Sie sind Schnüffler.« Der Punkt tanzte umher.

»Nicht vom Fach. Eher durch Zufall.«

»Vielleicht hat man Sie bekehrt. Vielleicht haben Sie sich an Tommy herangemacht, um an mich ranzukommen.«

»Ich kenne Tommy seit Jahren. Von Ihnen habe ich noch nie etwas gehört. Ich weiß nicht mal, wie Sie heißen.«

»Von Ihrer Verbindung zu Tommy mal abgesehen, lässt sich nichts beweisen. Vielleicht hat jemand, der weiß, dass Sie beide befreundet sind, Sie überredet, sich an Tommy heranzumachen, um mich aus der Reserve zu locken. Vielleicht hat man Ihnen Geld gegeben oder Sie ein wenig erpresst.«

In seiner Welt war Vertrauen ein trügerisches, allzu oft missbrauchtes Gut. Durchaus geschätzt, wenn es beständig war, tödlich, wenn es gegen einen verwendet wurde. Der Kerl tat mir einfach nur leid. Ich wette, dass ihm mehr schlaflose als geruhsame Nächte vergönnt waren.

»Man weiß nie, was echt ist, oder?«, sagte ich.

»Ich weiß nicht, wovon Sie reden.« *Ja.*

»Ich würde Ihnen niemals nach dem Leben trachten.«

Er fing an zu lächeln und strahlte plötzlich. Alles Feindselige war von ihm abgefallen. »Das, mein Freund, ist eine der wenigen Antworten, für die Sie nicht erschossen werden.« Er machte eine Bewegung mit dem Finger, und der leuchtend rote Punkt verschwand.

Mit diesem Typen betrittst du ein anderes Universum ... Bist du bereit oder nicht?

KAPITEL 50

Haarscharf am Abgrund vorbeigeschlittert, legte ich umgehend eine andere Gangart ein.

»Haben Sie auch einen Namen?«, fragte ich.

»Sogar zehn. Suchen Sie sich einen aus.«

»Ist einer davon echt?«

»So echt, wie alles andere auf dieser Welt. Wie gefällt Ihnen Zhou?«

Ein Philosoph und ein Spion. Tommy-Gun konnte sie sich aussuchen. »Nach alter Sitte des Mutterlandes. Warum nicht? Solange Ihre Informationen echt sind.«

»Sind sie.«

»Woher soll ich das wissen?«

Sein Lächeln gewann an Wärme. »Wenn ich Sie akzeptiere, sind Sie dabei.«

Die übrigen Speisen wurden gebracht. Bevor ich protestieren konnte, befüllte Zhou zuerst mir einen kleinen Teller mit Delikatessen, dann sich selbst. Im Gegenzug füllte ich seinen Sake-Becher. Ich ermunterte ihn zum Trinken und hielt die Flasche bereits in der Hand, um seinen Becher aufzufüllen. Genau seine Masche. Sein Lächeln war äußerst einnehmend. Er trank, setzte seinen Becher so ab, dass ich ihn nicht erreichen konnte, nahm mir geschickt die Flasche aus der Hand, schenkte mir ein, forderte mich zum Trinken auf, und goss sofort wieder nach, sobald ich einen Schluck genommen hatte.

Er war nicht auf seinen eigenen Trick hereingefallen, ließ aber in seinem Blick einen Hauch von Neugier erkennen. Hatte ich sein Manöver durchschaut, oder war meine Geste nur die höfliche Erwiderung seiner eigenen?

Ich trank noch einmal und beschloss, ihn im Unklaren zu lassen. Dieses Spiel konnte man zu zweit spielen.

Zhous Lächeln war in ein herzliches Strahlen übergegangen. »Ich vertraue Tommy. Er vertraut Ihnen. Was wollen Sie mehr?«

Zhou winkte die Bedienung herbei und bestellte noch eine Flasche. Seine Stimme wurde intensiver und weicher. So etwas wie Mitgefühl, Verständnis und das Angebot von Freundschaft schwang mit. »Wissen Sie, ich bin noch nicht lange in Tokio, aber es ist eine großartige Stadt, finden Sie nicht auch? Die Menschen sind so zuvorkommend, das Essen einfach fantastisch. Man muss sie einfach lieben.«

»Ja, sie ist etwas ganz Besonderes«, entgegnete ich.

Sein Lächeln wurde noch breiter. »Ich wette, Sie kommen viel herum. Lernen viele Menschen kennen. Besuchen Sie Vernissagen? Ich habe mir sagen lassen, dass nur die interessantesten Menschen eine Vernissage besuchen.«

»Oft, ja«, sagte ich und entspannte mich etwas, als ich den Eindruck gewann, dass die Atmosphäre etwas weniger förmlich wurde.

»Was für ein aufregendes Leben, Hunderte von Jahren alte Klassiker bewundern zu dürfen, bevor andere es tun. Besonders wenn es um etwas so Einzigartiges geht wie japanische Kunst.«

»Ja, Sie haben recht, es ist wirklich lohnenswert.«

Er nickte. So etwas wie Sehnsucht schien in seinen Augen aufzuleuchten. »Ich wünschte, etwas so Kreatives tun zu können. Ich meine es ernst. Meine Arbeit ist so eintönig. Sie mögen sie vielleicht für reizvoll halten, aber den größten Teil des Tages verbringe ich am Schreibtisch, fülle Formulare aus, treffe langweilige Geschäftsleute und Diplomaten, die mindestens genauso uninteressant sind wie ich selbst, und zeige mich auf endlosen Botschaftsempfängen, um auch dort wieder immer denselben Leuten zu begegnen. Trostlos sage ich Ihnen. Gutes Essen und Trinken und angenehme Gesellschaft, so wie heute Abend, das sind die Dinge, die meinem tristen Leben hin und wieder ein wenig Glanz verleihen. Das können Sie mir glauben. Ich wette, Sie haben es mit aufregenderen Leuten zu tun.«

»Gelegentlich ja.«

»Sie leben in einer glamourösen Welt. Sie treffen bedeutende Persönlichkeiten aus Japan und den USA. Allein durch Ihre Arbeit. Haben Sie auch Kunden in Europa?«

»Ja, ein paar. Ich bin überrascht, dass Sie sich für meine Arbeit interessieren«, sagte ich in der Hoffnung, das Gespräch wieder auf ihn lenken zu können.

»Aber selbstverständlich. Ich arbeite für so viele fade Bürokraten, deren zweiter Vorname *Trostlosigkeit* ist. Lassen Sie mich Ihnen einen Witz erzählen, den ich von einem der höheren Tiere auf einer dieser Partys gehört habe?«

»Gerne.«

Endlich befanden wir uns wieder auf neutralem Boden.

»Gut. Sie werden sehen, wie schwachsinnig die alle sind. Der Witz geht so: Was kostet ein Laib Brot in zehn Jahren in Los Angeles?«

Seinem breiten huldvollen Lächeln entnahm ich, wie fest er davon überzeugt war, dass mir dieser kleine Scherz auf Kosten seiner Kollegen gefallen würde.

Ich erwiderte sein Lächeln. »Ich weiß es nicht, wie viel?«

»Fünfundzwanzig Yuan.«

Er kicherte genussvoll in sich hinein und hob seinen Sake-Becher belustigt zum Trinken an. Seine Lippen teilten sich zu einem Grinsen, aber die Augen waren dunkle, stechende Tunnel, die jedes Detail meiner Antwort gierig in sich aufnahmen.

Und die ließ nicht lange auf sich warten. Aller Anstrengungen zum Trotz spürte ich, wie mir das Blut aus dem Gesicht wich. Etwas Schleimiges, Abstoßendes zerrte in der Magengegend.

Brot würde in chinesischer Währung bezahlt werden, weil die Volksrepublik einmarschiert wäre und es unter ihrer Kontrolle hätte.

Zhous Scherz war ein gelungenes Stück Spionagekunst und versetzte mir einen gehörigen Schreck. Enttarnte er doch die patriotische Grundhaltung des Zuhörers, oder dessen Käuflichkeit. Ein Mensch, der sein Land liebte, konnte nur fassungslos sein. Eine unwillkürliche Reaktion, die sich nicht verbergen ließ – wie meine auch.

Menschen von zweifelhafter Loyalität würden den ausgelegten Köder mit einem beifälligen Lächeln schlucken. Vielleicht auch unsicher schmunzeln, wenn sie Zhou zum ersten Mal begegneten. Ob durch schamhaftes Kichern oder schallendes Gelächter, die Reaktion würde die Haltung des Zuhörers unmissverständlich preisgeben.

Die Pointe des Witzes versetzte mir einen so schmerzhaften Stich, dass ich kein aufrichtiges Lachen zu Stande brachte. Ich war geschlagen und ausgestochen.

Dieses Spiel konnte man *nicht* zu zweit spielen.

KAPITEL 51

Zhou war wieder wie ausgewechselt.

Sein Blick war stumpf, das Lächeln verschwunden, die sympathische Röte aus seinem Gesicht gewichen, wie auch das Interesse an meiner beruflichen Seite. Mochte mein Leben auch noch so glanzvoll und um einiges interessanter sein als das anderer Leute. Durchaus möglich war auch, dass ich gelegentlich mit dem einen oder anderen Leckerbissen in Form nützlicher Informationen aufwarten konnte. Von meiner geistigen Verfassung her war ich trotzdem nicht zu gebrauchen, und damit auch nicht mehr der Mann, der einem so erstrebenswerten geschäftlichen Lebensstil frönte.

Er sandte überdeutliche Signale ausgeprägten Desinteresses aus.

»Also, Mr. Brodie, was kann ich für Sie tun?«

Dem Tonfall entnahm ich, dass mein Augenblick gekommen war.

»Sie werden von den Einbrüchen gehört haben, oder?«

»Ich weiß nicht, wovon Sie reden.« *Es ging wieder los.*

»Allgemein geht man davon aus, dass die Überfälle und die damit zusammenhängenden Morde den Triaden zuzuschreiben sind. Ich weiß aber aus zuverlässiger Quelle, dass es nicht die Triaden, sondern Spione sind, die nur vorgeben, Triaden zu sein. Halten Sie das für möglich?«

»Nicht wenn Ihr Informant unterstellt, dass es chinesische Spione sind.«

»Genau das tut er aber.«

Zhou hielt inne, dachte über meine Antwort nach und sagte: »Erzählen Sie weiter.«

»Mein Kontaktmann war sich absolut sicher. Und wenn jemand es weiß, dann er. Er weiß es aus jahrelanger persönlicher Erfahrung, und die geht bis in den Krieg zurück.«

Zhou nickte und starrte geistesabwesend in die Ferne. »Und sonst noch?«

»Das ist alles. Meine Leute verfolgen die Triaden-Spur, und mein Informant besteht darauf, dass ihr es seid. Er hat es erlebt, und ich hatte den Eindruck, dass er Leute kannte, die Opfer solcher Methoden geworden sind.«

»Ich weiß nicht, wovon Sie reden.« *Das war ein Ja. Wu hatte recht.* »Nur in diesem Fall irrt Ihr Informant.« *Rückschlag.*

»Sind Sie sicher?«

Sein Brustkorb hob sich, während er seine Antwort sorgfältig abwägte. »Hat Tommy zufällig ein Wort über meine Stellung verloren?«

Ich schüttelte den Kopf. »Ich habe nur jemanden gesucht, der an der Spitze der Nahrungskette steht.«

»Gut. Das war sehr diskret von Tommy.«

Er beugte sich vor. Sein Blick wanderte nach links zu dem Tisch mit dem chinesischen Pärchen, dann nach rechts zum Fenster. Zhou rutschte auf seinem Stuhl herum, bis er dem Mann den Rücken zukehrte und ihm dadurch die Sicht auf den größten Teil unseres Tisches versperrte.

In dem Raum zwischen dem Teller und der Schüssel mit dem Krabbenfleisch zeichnete er mit dem Finger ein paar japanische Zeichen auf den Tisch. *Höher geht es nicht.*

Dann lehnte er sich zurück und sagte: »Unsere Zeit ist gleich um. Haben Sie sonst noch Fragen, Mr. Brodie?«

»Ich muss sicher sein, dass wir auf einer Wellenlänge sind.«

»Ich weiß nicht, ob ich Ihnen helfen kann.«

»Schön. Sind Ihre Leute in Tokio mit der Triaden-Methode schon auf andere Leute losgegangen?«

»Ich weiß wirklich nicht, wovon Sie hier fantasieren.« *Ein deutlich empathischeres Ja.*

»Dann gehen die Einbrüche weder auf Ihres noch auf das Konto von jemand anderem, den Sie kennen?«

»Nein.« *Definitiv nicht.*

»Was macht Sie so sicher, dass es kein chinesischer Spion aus, sagen wir, einem anderen Lager ist?«

Er sah mich ungehalten an. »Was wissen Sie von den Triaden-Methoden?«

»Ich habe gehört, dass es unvorsichtige, ungeübte Killer sind, die stumpfe Klingen benutzen.«

Sein Lächeln war grimmig und hatte jede Freundlichkeit verloren. »Das ist soweit richtig, dennoch täuscht es.«

Der Ton, in dem er das sagte, war unangenehm. »Wie soll das täuschen?«

»Die Anführer der Triaden haben schon lange erkannt, dass es den Leuten große Furcht einjagt, wenn Körperteile abgehackt werden. Was Sie als ›ungeübt‹ bezeichnen, ist in Wirklichkeit gewollt. Das Abhacken von Körperteilen wird häufig jüngeren Mitgliedern überlassen, die noch wenig Erfahrung haben. Das Opfer wird gequält. Und das Ergebnis jagt allen anderen Angst ein.«

Ergebnis.

»Meine Leute schätzen die Vorgehensweise, weil sie sich leicht nachahmen lässt«, setzte Zhou hinzu. »Dazu bedarf es keiner Übung.«

»Wollen Sie damit sagen, dass Sie über die Einzelheiten der jüngsten Einbrüche Bescheid wissen und das Vorgehen dort nicht zu dem passt, was Sie praktizieren?«

»Im Gegenteil. Ich weiß nicht, wovon Sie reden.« *Ja.* Natürlich wusste er es. Natürlich hatte er Nachforschungen angestellt. Schon allein, um sicherzugehen, dass nicht einer seiner Leute auf eigene Faust unterwegs war.

»Gut«, sagte ich.

Er lächelte. »*Koroshi monku,* so heißt es doch richtig, oder? Ich liebe diesen japanischen Ausdruck.«

Wörtlich war der Begriff ungefähr mit »Totschlagargument« zu übersetzen. Es beendete eine Diskussion und erstickte jeden Einwand im Keim.

Machte man sich klar, dass Zhou perfekt Japanisch sprach, musste man davon ausgehen, dass sein Spiel mit diesem besonderen Bild kein Zufall war.

KAPITEL 52

Der Sake war zur Neige gegangen, woraufhin Zhou mit einem Handzeichen eine Runde Bier bestellte.

Die Bestellung beunruhigte mich. Kein Mensch ließ mehreren Runden Sake auch noch Bier folgen.

»Nur um sicherzugehen, dass ich Sie richtig verstanden habe«, nahm ich das Gespräch wieder auf, »wir haben es also mit einem Killer zu tun, der einen Spion nachahmt, der die Triaden nachahmt.«

»Ich habe keine Ahnung, wovon Sie reden.« *Bestätigung.*

»Da schwirrt einem der Kopf.«

Er kicherte. »Willkommen in meiner Welt. Würden Sie mir verraten, wer Ihr Informant ist?«

»Ich bedaure, das geht leider nicht.«

»Sie haben mir doch sowie schon mehr Hinweise gegeben, als Sie eigentlich sollten. Sie sprachen von einem gewissen Doktor, der vor Jahren aus unserem Land geflohen ist.«

Mit einer abwehrenden Handbewegung signalisierte ich, dass es dazu von meiner Seite nichts mehr zu sagen gäbe.

Zhou fuhr fort. »Der Alte ist schon seit Jahren ein Stachel in unserem Fleisch. Ich zahle Ihnen fünfzigtausend amerikanische Dollar, wenn Sie mir sagen, wo er ist. Ich kann das Geld in zwanzig Minuten besorgen.«

Ich antwortete nicht.

»Gut, einhundertfünfzigtausend, in bar und in einer Stunde.«

Ich schüttelte den Kopf.

»Ich mache Ihnen einen anderen Vorschlag. Wir kaufen Ihnen ein Haus mit vier Wohnungen in San Francisco. Sie verabreden sich noch einmal mit ihm, nennen mir den Ort des Treffens. Wir tauchen dann an Ihrer Stelle dort auf, und Sie sind dann stolzer Besitzer eines wunderschönen Hauses für Sie und Ihre bezaubernde Tochter. Ein Stück San Francisco im Wert von mehreren Millionen Dollar.«

Ein eiskalter Schauer durchfuhr mich bei dem Gedanken, dass ein Mann wie Zhou von Jenny wusste.

Ich räusperte mich. »Tut mir leid, aber das ist nicht mein Stil. Vorausgesetzt, dass wir überhaupt von ein und demselben Herrn sprechen.«

»Tun wir.« Zhou sah mich prüfend an. »Nennen Sie mir Ihren Preis. China schwimmt im Geld.«

Als ich seinen Vorschlag ablehnte, sagte er: »Wenn ich auf Widerstand stoße, wechsle ich in der Regel den Köder. Ich versuche es mit Gewalt, Vergeltung oder der chinesischen Honigfalle. Wir hätten ein paar internationale Schönheiten anzubieten. Aber ich glaube, in der Hinsicht sind Sie wie mein Freund Tomita. Ich komme an Sie nicht ran.«

Ich starrte ihn unverwandt an, bemüht, keine Regung zu zeigen, an der er etwas hätte ablesen können.

»Die Welt braucht Menschen wie Sie und Tommy, um sie vor Menschen wie mir zu schützen.«

Ein schlagendes Argument, dem er ein prickelndes Lächeln folgen ließ. »Darf ich ganz offen zu Ihnen sein?«

»Erfrischender Gedanke.«

Ihm entfuhr ein eiskaltes Kichern. »Sie würden ein gutes Geschäft machen, wenn ich Sie überzeugen könnte, aber wir stehen auf entgegengesetzten Seiten.«

»Was wollen Sie damit sagen?«

»Damit will ich sagen, dass wir nie Freunde sein werden. Aber ein geschätzter Feind ist besser als eine Bekanntschaft von zweifelhafter Loyalität.«

Eine Bemerkung, die vermutlich seinem ersten echten Gefühl an diesem Abend entsprang. »Damit schließen Sie vermutlich eine Art Seelenfrieden mit sich selbst, nehme ich an.«

Sein Lächeln verriet eine gewisse Ermattung, die er nicht vor mir zu verbergen versuchte. »Sie sind ein instinktsicherer Mann, Mr. Brodie. Wie schade.«

Die Bedienung brachte zwei schaumbekrönte Krüge Kirin Lager, setzte sie vor uns auf den Tisch und verschwand wieder. Zhou schob sein Glas an meines heran, bis sie sich berührten.

»Der Abend geht auf mich«, verkündete er. »Nur noch eines, um das ich Sie bitten muss. Bleiben Sie sitzen, bis Sie beide Biere aufgetrunken haben. Gehen Sie auf keinen Fall eher. Und frühestens nach zehn Minuten, selbst wenn Sie die Biere runterstürzen. Gehen Sie nicht zur Toilette. Rufen Sie niemanden an. Für einen Spion, der Sie nicht sind, spielen Sie ihre Rolle zu gut. Ich möchte daher kein Risiko eingehen.«

»Das muss nicht …«

»Verschwenden Sie nicht Ihren Atem. Von mir haben Sie nichts zu befürchten, solange Sie, von den Informationen über die Triaden abgesehen, nichts von dem nach außen dringen lassen, was heute hier besprochen wurde. Ich muss jetzt gehen. Ich habe meinen Leuten ein Zeichen gegeben. Noch einmal, folgen Sie mir auf keinen Fall. Gehen Sie nicht eher. Der Schütze ist angehalten, Sie zu eliminieren, wenn Sie sich weiter als zehn Zentimeter von Ihrem Platz entfernen.«

Wut stieg in mir auf.

Koroshi monku einer ganz anderen Art.

KAPITEL 53

Zwei Glas Bier und zwei Tassen Kaffee später war ich gedanklich noch immer in das Katz-und-Maus-Spiel vertieft, das ich mir mit Zhou geliefert hatte, als mich ein Anruf von Noda erreichte. Mein Abend sollte wohl so schnell nicht enden.

Ich hatte mein Bier ausgetrunken, dann die erste Tasse Kaffee bestellt und auf diese Weise die von Zhou dekretierten zehn Minuten großzügig eingehalten, damit nur ja kein Missverständnis aufkam.

Drei Minuten nachdem mir der zweite Kaffee gebracht worden war, meldete sich mein Handy. »Hab Neuigkeiten für Sie«, eröffnete mir der Chefdetektiv von Brodie Security.

»Gute oder schlechte?«

»Schwer zu sagen.«

Noda neigte zu äußerst knappen Antworten. Und auch sonst bevorzugte er Sätze, die ihn auf dem schnellsten Weg von der Frage zur Antwort brachten.

»Jetzt zieren Sie sich nicht so.«

Über das pflichtschuldige Abliefern von Informationen hinaus schien er nicht imstande zu sein, mehr als drei Sätze aneinanderzureihen, wenn nicht gerade Gefahr im Verzuge war.

»Weiß jetzt, wo Miuras Schlüssel passt.«

Der Schlüssel, den ich aus dem zerbrochenen Kendo-Schwert gefischt hatte. »Seriennummer?«

»Und Form. Das Mitsui-Hochhaus mit den Eigentumswohnungen in Shakujii-koen.«

Das war ein Teil des Mitsui-Komplexes. Noda hatte alle großen Baufirmen abgeklappert und mit der größten den Anfang gemacht.

»Noble Gegend«, bemerkte ich.

»Kostet uns eine Kiste feinsten Sake.«

»Geht klar. Wer wohnt dort?«

»Eine Frau. Klingt ziemlich hübsch.«

»Sonst noch was?«

»Verabredung zu einem Kondolenzbesuch.«

»Ist es für einen Besuch nicht schon ein wenig spät?«

Nach längerem Zögern brachte Noda hervor: »Die Lady, äh, ist späten Besuch gewohnt.«

»Ach so«, entfuhr es mir. »Diese Sorte von hübsch.«

Der Name der Frau war Masami Saito.

Sie führte ein unauffälliges Leben im Hintergrund und würde zu Yojis Beisetzung sicher nicht kommen. Aber bestimmt würde sie gern Neuigkeiten erfahren, was vermutlich der Köder war, den Noda ausgelegt hatte.

Die Entdeckung überraschte mich sehr. Zwar waren Geliebte in Japan nichts Ungewöhnliches, aber der Unterhalt eines so komfortablen Liebesnests bedurfte einer sprudelnden Geldquelle, über die, davon war ich überzeugt, der verstorbene Sohn meines Mandanten kaum verfügt haben dürfte. Auch Yojis Hang zum Luxus war mir nicht entgangen, und jetzt sah es so aus, als wären wir auf dem besten Weg, einen Blick hinter die Kulissen werfen zu können.

Noda und ich saßen in einem Firmenwagen und blickten den vornehmen Wohnturm hinauf, der in bester Gegend direkt gegenüber dem Bahnhof Shakujii-koen gen Himmel ragte. *Koen* bedeutet soviel wie »Park«, der sich in diesem Fall als weitläufiges Areal von Grün und Wald mit zwei riesigen Teichen entpuppte, deren Länge sich jeweils über mehrere Häuserblocks erstreckte.

»Trauernden Damen einen Besuch abzustatten, scheint zur Gewohnheit zu werden«, stellte ich fest.

»Ist manchmal so.«

Vor ein paar Monaten erst hatten wir in einem anderen Firmenwagen vor dem Haus einer Dame gestanden, deren Mann im Japantown-Fall vermisst wurde. Mit der Aufwartung, die wir Yojis Witwe kürzlich gemacht hatten, war dies nun schon Nummer drei auf meiner Liste.

»Wir sollten uns das nicht zur Gewohnheit machen«, schlug ich vor.

»Dieses Mal haben wir mit dem Tod aber nichts zu tun.«

»Sieht so aus.«

Im Foyer des Gebäudes befand sich ein kleines Büro mit einem Wachmann. Schimmernder Parkettboden ging in polierten Marmor über. Vom Eingang waren es nur noch zehn Schritte bis zum Taxistand. Zehn Schritte nach links, und er oder sie stand vor einer Batterie Geldautomaten in einer Passage mit einem exklusiven Supermarkt, Reinigungen, einem Kosmetikstudio und einem Friseursalon. Kaum zwanzig Schritte hinter dem Taxistand entfernt war man schon am Bahnhof. Eine Toplage in bester Nachbarschaft. Für Yoji lag diese Adresse etwa auf halbem Wege zwischen seinem Büro in der Innenstadt und seinem Haus draußen im Vorort.

Wo man auch hinsah, nichts als Komfort.

Auf dem Armaturenbrett lag eins von den Fotos, die ich aus Yojis Spint mitgenommen hatte. Es zeigte die attraktive Dame, die ich für eine Cousine oder Schwester gehalten hatte. Ich sah es mir genauer an und sagte: »Muss ich sonst noch etwas wissen, bevor wir zu ihr gehen?«

»Ja. Yoji war pleite.«

Das war nicht das, was ich erwartet hatte, aber es würde reichen. »Dachte mir schon, dass er über seine Verhältnisse gelebt hat.«

»Warum?«

»Berufliche Laufbahn am Ende und Manschettenknöpfe aus Platin, als ich ihn das erste Mal sah. Lexus vor der Tür und Prospekte für teure Urlaubsreisen in die Tropen auf dem Tisch.«

»Gut beobachtet.«

Ich wartete, aber mehr kam nicht.

»Warum?«, hakte ich nach.

Der Detektiv kratzte sich am Kinn, während er nach und nach mit weiteren Informationen herausrückte. »Die Kosten für das kranke Kind haben ein Drittel seines Monatsgehalts aufgefressen. Ein Drittel ging fürs Trinken und Klamotten drauf. Vor acht Jahren die zweite Hypothek auf das Haus bei derselben Bank. Vier Jahre später ein Barkredit von einem legalen Kredithai zu einem Zinssatz von neun Prozent. Im Januar noch einer für zwölf.«

»Sich in dieser Gegend eine Geliebte zu halten kann nicht billig sein«, fügte ich hinzu, auch wenn es hier um einiges bescheidener zuging als etwa in Roppongi, Aoyama und den anderen vornehmen Vierteln von Zentral-Tokio, in denen Millionäre, Unternehmensvorstände und Politiker ihren Liebesgelüsten frönten.

»Kostet ihn mehr als das Kind«, murmelte Noda in sich hinein.

Das Bild von Yojis Frau mit ihrem behinderten Sohn im Arm tauchte vor meinem geistigen Auge auf. Ihr überzogen hysterischer Anfall war bei mir zwar auf wenig Gegenliebe gestoßen, aber ich fing an, Mitgefühl für sie zu empfinden.

»Lebensversicherung?«, bohrte ich weiter.

»Nach Schulden etwa die Lebenshaltungskosten von fünf Jahren.«

Ich schüttelte den Kopf. Der Witwe stand eine ungewisse Zukunft bevor, und mit einiger Sicherheit wohl ein Leben reich an materiellen Entbehrungen. Wenn sie von der Geliebten erfuhr, würde ihr das vermutlich den Rest geben.

Ich deutete mit dem Kopf auf das Foto. »Ist das die Frau?«

»Ja.«

»Vielleicht hat jemand der Ehefrau einen Gefallen getan. Die Sache musste doch irgendwann auffliegen.«

Noda nickte. »Habe, was ihre Seite betrifft, auch eine alte Flamme entdeckt.«

Ich wurde hellhörig. »Freund, oder heimlicher Verehrer?«

»Kann ich noch nicht sagen.«

»In welchem Licht würde ein Geliebter den Mord an Yoji erscheinen lassen? Ein Trittbrettfahrer? Jemand, der von den Sorgen seines Vaters wusste?«

»Genau.«

»Was für ein Schlamassel.«

Der Fall war soeben vollends in sich zusammengefallen. Wer hatte Yoji umgebracht, und warum? Ein Verehrer seiner Frau, oder jemand, der scharf auf Informationen war? Die qualvolle Art, mit der Yoji zusammengeschlagen worden war, sprach eher für Zweiteres, wenn nicht ein Liebhaber oder Möchtegern-Romeo mit überzogenem Retter-in-der-Not-Komplex Denkzettel verteilt hatte. Aber was hatte das mit dem Sengai zu tun? Wenn überhaupt? Und was war mit den Kendo-Schlägern? Und wie passte Hamadas Tod dazu?

»Könnte die Frau vielleicht mit von der Partie sein?«, fragte ich.

»Wir sind dran.«

»Wenigstens reicht die Versicherung für ihren Sohn, bis sich alles geklärt hat.«

Nodas Miene sagte etwas anderes. »Wovon träumen Sie denn? Die Banker lachen sich doch schon ins Fäustchen.«

»Und der Tote ist noch nicht einmal kalt.«

»Kalt genug.«

»Das klingt, als könnte Yoji schon tot gewesen sein, bevor jemand es selbst in die Hand genommen hat.«

KAPITEL 54

Yojis erlesener Geschmack machte auch vor Frauen nicht Halt.

Masami Saito empfing uns in einem maßgeschneiderten Trauerkostüm. Sie war Ende dreißig, während Yoji schon Mitte fünfzig gewesen war, und sah hinreißend aus. Sie hatte pechschwarzes Haar, große braune Augen und zarte, leicht durchschimmernde Mandelhaut. Sie trug winzige Diamantohrringe und eine feine goldene Halskette mit einer Reihe nicht minder graziler Diamanten, die noch schöner schimmerten. Japanerinnen legen keinen Wert auf pompösen Schmuck, achten aber sehr auf Qualität. Diese hier funkelten mit dem Glanz teuerster Tiffany-Kreationen, wie man sie nur in Ginza kaufen konnte.

»Bitte kommen Sie herein«, empfing sie uns mit einem warmen Lächeln und einer Verbeugung, während sie die Tür weit aufzog.

Wir traten ein, streiften die Schuhe ab und schlüpften in die Hausschuhe, die für Besucher bereitstanden.

Stolzen Schrittes ging sie voran. Das Wohnzimmer war nicht das, was ich erwartet hatte. Statt eines gemütlichen, kissenüberfrachteten Liebesnests in freundlichen Farben präsentierte sich der Raum in makelloser, unaufdringlicher Eleganz. Ein weißes Designersofa mit einer majestätischen Rücklehne und kubischen Armlehnen bildete den

Mittelpunkt des Raums. Davor stand ein ebenfalls sehr stilvoller, schwarzer Lacktisch, für den man locker auch einen Kleinwagen hätte bekommen können. Dicke weiße Auslegeware gab unter den Füßen nach. Der Großbildfernseher und die Stereoanlage waren farblich auf das Schwarz des Tisches abgestimmt. Ein bodentiefes Panoramafenster gab den Blick Richtung Osten auf den Sternenhimmel über dem Ballungsgebiet Tokio frei.

Jedenfalls stand jetzt außer Zweifel, was Yoji von den Krediten angeschafft hatte.

Mit einer routinierten Handbewegung wies Saito uns einen Platz auf der Couch zu. »Ich freue mich, dass mich Freunde von meinem Yoji besuchen. Bitte machen Sie es sich bequem. Ich bin gleich zurück.«

Unsere Antworten verklangen, während sie in die Küche entschwand.

Wir setzten uns.

»Freunde?«, fragte ich mit unterdrückter Stimme.

»Was sonst?«

»Da hat aber jemand einen besonders exklusiven Geschmack.«

»Sie.«

»Weil?«

»Schmuck, Möbel, Kleidung. Alles harmonisch aufeinander abgestimmt.«

»Dabei fällt mir ein, dass das in Yojis Haus ganz und gar nicht der Fall war.«

»Haben Sie eine Ahnung, was das Bild ungefähr wert ist?«

Den einzigen Schmuck an der Wand bildete ein abstraktes Ölgemälde in Schwarz-Weiß von Lee Ufan, einem gebürtigen Koreaner, der jetzt in Japan als Künstler arbeitet.

»Annähernd eine halbe Million Dollar würde ich schätzen, vor sechs oder sieben Jahren aber um einiges weniger.«

Lee Ufan ist etwas für den gehobenen Geschmack, die meisten Menschen dürften also keine Ahnung haben, was das Bild wert war. Ich schon.

»Für die Rente später«, brummte Noda vor sich hin.

»Vielleicht liebt sie Kunst.«

Noda sah sich im Raum um. »Das einzige Kunstwerk weit und breit. Also doch für die Rente.«

Vermutlich lag er gar nicht so falsch. Wer weiß, wie viel Geld ihr Günstling ihr hinterlassen hatte? Sie dürften darüber gesprochen haben. Vielleicht gab es noch eine andere Versicherungspolice, irgendwo sicher weggeschlossen in einem Depot, auch wenn ich daran nicht glaubte. Sie musste sich sowieso in einer angespannten Lage befinden, die sich mit der Zeit noch verschlechtert hatte. Und die Zeit war abgelaufen.

»Wovon wird sie jetzt leben?«, fragte ich.

»Einen anderen Gönner suchen.«

Saito kam mit einem schwarzen Lacktablett mit zwei klassischen Teeschalen und handtellergroßen Bambustellern darauf zurück und setzte das schwarze Tablett mit ruhigen, fließenden Bewegungen auf dem schwarzen Tisch ab. In den Schalen war schäumender *Matcha*-Tee. Auf den Tellern *wagashi* – das traditionelle japanische, oft sogar zu Figuren gestaltete Gebäck – auf einem gefalteten Stück handgemachten Japanpapiers.

»Woher kennen Sie meinen Yoji?«

Mein Yoji. Gegenwart. Es war das zweite Mal, dass sie den Ausdruck verwendet hatte, und wie beim ersten Mal, als sie ihn gebrauchte, nahm ihr Gesicht beim Aussprechen der Worte weichere Züge an. Dennoch vermochte sie eine gewisse Schwermut, die dahinter lag, nicht zu verbergen.

»Eigentlich über seinen Vater.«

Sie neigte den Kopf mit gemessener Anmut. »Ich freue mich, dass wir uns endlich kennenlernen.« Sie deutete mit dem Kopf auf die Teeschalen. »Dies ist eine Angewohnheit von uns, die wir uns vor drei Jahren, als wir schon sieben Jahre zusammen waren, angeeignet haben. Wir bieten diese Schalen unseren geschätzten Gästen an. Es würde ihn freuen, dass ich diesen Brauch fortsetze.«

Ihre Oberlippe begann zu zittern.

»Tut mir leid«, sagte ich. »Wir wollten Sie nicht verletzen.«

»Schon gut. Ich muss mich daran gewöhnen, dass er nicht mehr bei mir ist.«

Sie kniete auf dem weißen Plüschteppich nieder, verbeugte sich, setzte den Bambusteller mit dem Teekonfekt vor uns ab, stellte die Teeschalen daneben und verbeugte sich erneut, wobei sie dieses Mal die Standardformel wiederholte, doch an ihrem Tee teilzuhaben.

Ich nahm ein Gebäckstück und ließ es mir auf der Zungenspitze zergehen. Dann nahm ich die Schale auf, stellte sie mir auf die Handfläche, drehte sie zwei Mal, sodass die Rückseite zu mir zeigte, und trank einen Schluck. Noda tat dasselbe. Ich nahm noch einen Schluck und hörbar einen letzten, setzte die Schale ab, drehte sie in ihre ursprüngliche Position zurück und verbeugte mich, wie die Tradition es gebot.

Saito erwiderte meine Verbeugung, dann die von Noda, als auch er getrunken hatte.

»Das ist eine ganz besondere Schale«, bemerkte ich. »So etwas Schönes habe ich, glaube ich, noch nie gesehen.«

Die Schale war ockerfarben lasiert und wies an ihrer Außenwand vier bunte Streifen in den Farben Rot, Blau, Weiß und Schwarz auf. Innen lief derselbe Ockerton am Boden zu einem ausgefallenen, glänzend roten Kreis zusammen, der erst dann zum Vorschein kam, wenn der dickliche grüne Tee getrunken war.

Der rote Kreis erschien unverhofft, und das war möglicherweise auch so gewollt. Aber er war nicht dezent, sondern knallbunt. Eine Farbkomposition, die gar nicht mit dem Geschmack der Japaner oder, in diesem Fall, mit den anmutigen Elementen in Saitos Apartment harmonierte.

»Sie sind nicht ganz mein Stil«, bekannte sie und gab damit die Antwort auf meinen raschen Blick durch den Raum. »Ich habe es Yoji aber nie gesagt, um ihn nicht zu verletzen. Ich weiß sie als eines seiner Geschenke zu schätzen.«

»Zusammen mit dem Bild?«, fragte Noda.

Ihr Lächeln kühlte leicht ab. »Ja, mein lieber Yoji hat mir das zu unserem zweiten Jahrestag geschenkt. Ich habe den Künstler immer schon sehr gern gemocht.«

Ihr zweiter Jahrestag musste vor acht Jahren gewesen sein, etwa zu der Zeit, als Yoji den zweiten Kredit auf das

Haus aufnahm. Liebe auf Raten. Als klar war, dass die Beziehung funktionieren würde.

»Lee Ufan hat etwas ganz Besonderes«, sagte ich.

»Ja«, pflichtete sie mir bei und errötete erfreut. »Mein Yoji war sehr liebenswert. Wissen Sie, hier konnte er immer abschalten. Er und seine Freunde.«

In ihrer Stimme schwang Besitzerstolz mit. Dennoch bemühte sie sich, der Unterhaltung vorsichtig eine andere Richtung zu geben.

»Sind sie oft hergekommen?«, erkundigte ich mich.

»Wir haben uns regelmäßig getroffen. Es war immer sehr lustig.«

»Ach ja? Und wer war dabei? Vielleicht kennen wir sie.«

»Ach, wissen Sie, ich kann mir Namen immer so schlecht merken.«

Mir entging nicht, wie sehr sich Nodas Körper bei ihrer ersten Lüge versteifte. Nach außen ließ er nicht die geringste Regung erkennen und verzog keine Miene, aber ich spürte, wie die Anspannung durch das Polster des Sofas, auf dem wir beide saßen, zu mir drang.

Wir tauschten noch eine Weile Freundlichkeiten aus und stellten ein paar sehr vorsichtig formulierte Fragen, denen sie aber geschickt und mit der Liebenswürdigkeit geübter Hostessen aus dem Weg zu gehen wusste. Heute und vermutlich auch bei unserem nächsten Besuch würden wir nicht mehr herausbekommen.

Zurück auf der Straße fragte Noda: »Sind die Schalen etwa wertvoll?«

Ich schüttelte den Kopf. »Das hängt davon ab, ob sie eine bestimmte Herkunft haben. Tatsächlich aber hatten sie schon ein gewisses Alter. Hat uns der Besuch jetzt irgendwie weitergebracht?«

»Immerhin wissen wir jetzt zwei Dinge. Sie verehrte ihn.«

»Gut, und was noch?«

»Sie sagten, die jetzige Frau wäre seine zweite?«

»Richtig.«

»Yoji verwöhnte sie. Sie war mehr als nur ein Spielzeug für ihn. Sieht so aus, als wollte er sie zur Nummer drei machen.«

KAPITEL 55

Vielleicht war nichts dran.

Teeschalen sind in japanischen Haushalten keine Seltenheit.

Und trotzdem ließen mich die Stücke nicht los.

Ich musste der Sache nachgehen, auch wenn mir der Schädel von der letzten Nacht brummte. Ich warf mir Wasser ins Gesicht, goss fünfzehn Jahre alten Suntory-Whisky auf etwas Eis, ließ mich auf die Couch fallen und rief an.

Beim zweiten Klingeln nahm Graham ab. »Hallo Brodie. Hier gibt's nichts Neues. Es ist furchtbar, aber der Sengai scheint in einem dunklen Loch verschwunden zu sein.«

Ein zweiter Schluck von dem Suntory arbeitete sich durch meine Innereien. »Vielleicht kommen wir weiter, wenn wir es auf Milchverpackungen drucken. Aber meiner bescheidenen Meinung nach strecke ich meine Fühler lieber hier aus.«

»Er könnte schon auf Reisen sein. Ist schon vorgekommen. Aber was kann ich für Sie tun? Ich bekomme gleich Besuch von einem Kunden, habe nur ein paar Minuten Zeit.«

Jemand hat mit Puyis Sammlung gehandelt und die weniger wertvollen Stücke als Köder benutzt.

»Dauert nicht lange. Ich frage nur so ins Blaue, weil Sie doch der China-Experte sind. Es geht um zwei Teeschalen, die mir heute Nacht in der Wohnung einer Frau aufgefallen sind. Für ernsthafte Sammler wohl kaum von Interesse, aber bei der Dame hing ein sehr teures Ölgemälde an der Wand. Und das gab mir zu denken.«

Ich beschrieb die ockerfarbenen Schalen mit den vier hellen Streifen und dem seltsamen Kreis auf dem Boden. Sie sahen aus wie normale japanische Teeschalen, aber irgendwie waren sie trotzdem anders.

»Waren die Streifen im oberen Bereich? Jeder etwa einen Zentimeter breit?«

»Genau.«

»Verdammt«, entfuhr es Graham. »Die erste Harpune im Wal, Kollege. Das sind die Farben der mandschurischen Flagge. Vier Streifen auf gelbem Grund. Was Sie da gesehen haben, ist eine der Tassen von Puyi. Eines der weniger wertvollen Stücke, hinter denen die Schatzjäger her sind.«

»Dafür waren sie aber ausgesprochen hässlich.«

Graham lachte. »Sie waren ein Stich ins Herz. Ich hatte Ihnen doch von der japanischen Armee erzählt, die den letzten Kaiser mit großem Vergnügen festgehalten hat? Sie haben immer dafür gesorgt, dass die Schalen bei offiziellen Ereignissen serviert wurden.«

Mein Gott. Die Bedeutung der Schalen traf mich wie ein Blitz. Wenn Tee gereicht wurde, etwa auf einer mandschurischen Dinnerparty, präsentierten sie stolz die mandschurische Flagge. War aber weniger Tee drin, erschien die japanische Flagge – der rote Kreis der aufgehenden Sonne.

Keinem Gast würde die Botschaft entgehen: Japan war die Macht hinter dem Thron.

Graham mischte sich in meinen Gedankengang ein. »Wo haben Sie die Schalen gesehen?«

»Den Sengai habe ich im Haus seiner Frau gesehen. Die Schalen bei seiner Geliebten.«

»Und die Verbindung sehen Sie in einem treulosen Ehemann, nehme ich an. Sprechen Sie mit ihm, Brodie. Schnell. Nur er kann Ihnen sagen, ob die Sache mit dem Schatz ein Scherz ist oder wahr.«

Ich schloss die Augen: »Er ist tot, Graham. Vor einer Woche ermordet.«

»Das haben Sie bei unserem ersten Gespräch gar nicht erwähnt.«

»Ich posaune nicht alles gleich hinaus.«

»Dann tun Sie das besser auch in Zukunft nicht. Wenn jemand aus unserer Branche im Leichenschauhaus landet, dann steckt *immer* das Tauziehen um einen Wal dahinter. Ich bin schon länger als zwei Jahrzehnte in dem Geschäft und konnte diesen Rat erst einer Person mit auf den Weg geben. Passen Sie auf sich auf.«

»Und? Was ist mit dem Typen passiert?«

»Er hat sich nicht daran gehalten.«

TAG 9

DOPPELT SO HART

KAPITEL 56

Wie ist Yoji an die beiden Schalen vom letzten Kaiser gekommen? Während ich über dieser und anderen Fragen brütete, schlief ich ein, um am nächsten Morgen genau dort weiterzumachen, wo ich aufgehört hatte.

Yoji hatte die Schalen seiner Geliebten spendiert, und das vermutlich, ohne ein Wort über deren Herkunft zu verlieren. Vielleicht hatte er sie beim Kauf des Sengai in China aufgetrieben oder ganz zufällig, auf einer seiner späteren Reisen.

Aber was hatte das alles zu bedeuten?

Ich wusste, dass Yoji von Berufs wegen immer wieder in China war. War er rein zufällig auf Puyis letzten Schatz gestoßen? Hatte man ihn deswegen umgebracht? Oder hatte ein entflammter Verehrer von Mrs. Miura ihn kalt gemacht, um sich einen Rivalen vom Hals zu schaffen, ohne zu ahnen, dass Yoji mitten in Verhandlungen über Altertümer von unschätzbarem Wert steckte? Vielleicht hatte der weiße Ritter seiner Frau ein Auge sowohl auf die Beute als auch auf die Dame geworfen. *Ich denke, wir sollten einer trauernden Witwe Trost spenden.* Wäre ihr Liebhaber Mitglied im Kendo-Club ihres Gatten, würde das den Überfall im Umkleideraum erklären.

Aber bevor ich Licht ins Dunkel all dieser Mutmaßungen bringen konnte, rief Takahashi aus Kioto an und schlug Alarm. Atemlos und mit abgehackter Stimme setzte mein Freund mich ins Bild. »Brodie, dein Sengai ist wieder aufgetaucht.«

»Du machst Witze.«

»Ich wünschte, es wäre so. Direkt vor deiner Nase. Im Chinzanso. Heute Nachmittag um drei Uhr.«

»Heute?«

»Genau. In einem nichtöffentlichen Tagungsraum. Zutritt bekommt man nur über inoffizielle Kanäle. Ich habe eine Kontaktnummer, über die du reinkommst. Na ja, nicht *du* natürlich, aus naheliegenden Gründen. Schick jemanden hin. Tu, was du kannst. So was bringt unsere Zunft in Verruf.«

Das Chinzanso ist ein Luxushotel mit Nobelrestaurant und Räumlichkeiten für Bankette in Mejiro, einer vornehmen Gegend im nordwestlichen Stadtzentrum von Tokio. Glänzende Köder haben schon immer die dicksten Fische angelockt.

»Ist mir eine Freude.«

»Du wirst dich in Gesellschaft unappetitlicher Vertreter unseres Berufsstandes wiederfinden. Ein paar davon sind sogar giftig.«

»Du hast mir doch neulich erst erzählt, dass ich mir einen gewissen Ruf erarbeitet habe. Muss ich damit rechnen, von einigen dieser Leute erkannt zu werden?«

»Nein. Es sind andere Kreise. Aber sieh dich trotzdem vor.«

»Tu ich das nicht immer?«

»Selten genug, mein Freund.«

KAPITEL 57

Ich nahm die Yamanote-Linie von Shibuya aus in Richtung Norden bis nach Shinjuku, stieg dort in den Chuo-Zug um und fuhr noch vier Stationen bis nach Koenji, in die Gegend, in der Akira Miura lebte. Mein Schatten saß drei Plätze von mir entfernt.

Seit dem Vorfall auf der Fähre war ich nur noch selten allein.

Ich beschloss, unangemeldet aufzutauchen, in der Hoffnung, Miura durch meine unerwartete Aufwartung etwas entlocken zu können, was vorher nicht aus ihm herauszubekommen war. Jedenfalls legte ich keinen Wert auf zurechtgelegte Antworten. Auch die Mitarbeiter von Brodie Security ließ ich im Unklaren. Die sollten sowieso auf der Hut sein.

Meinem Klopfen folgte eine vorsichtige Reaktion, der Wachposten war voller Argwohn, sein Partner stand einen Schritt rechts hinter ihm und hielt seine Knarre dicht am Bein. Überrascht wirkte keiner der beiden.

»Habe Sie kommen sehen«, begrüßte er mich. Er sah mich kurz an und suchte dann mit geübtem Blick die Gegend links und rechts hinter mir ab. »Sind Sie allein?«

»Ja.«

Er öffnete die Tür gerade so weit, dass ich hindurchschlüpfen konnte. Mit leiser Stimme fügte er hinzu: »Ich habe gefunden, worum Sie mich gestern gebeten hatten.«

»Gut. Später.«

Er nickte und trat zur Seite. »Sie sind im Wohnzimmer.«

»Alles in Ordnung?«

»Bis auf die Frau, ja. Sie liegt die meiste Zeit im Bett. Nichts Ungewöhnliches, wenn das nicht noch länger so geht.«

»Wenn Sie meinen, dass sie professionelle Hilfe brauchen könnte, dann sprechen Sie mit Officer Hoshino vom Revier in Shibuya. Sie ist Kato unterstellt. Sie könnte sich kümmern oder dafür sorgen, dass sie zu einem Arzt kommt.«

Ich ging durch den kleinen Eingangsbereich und sah Miura und seinen alten Armeekameraden Inoki in *shogi*, das japanische Schachspiel, vertieft.

Sie blickten auf, als ich eintrat, und Miura fragte: »Sind Sie weitergekommen?«

»Ja.«

Ich ließ mich auf der Couch neben ihnen nieder und informierte sie über den Schatz des letzten Kaisers und die Kunst in Yojis Besitz. Die Dame seines Herzens ließ ich unerwähnt. Während ich redete, beäugte ich Miura aufmerksam, ohne auch nur das geringste Anzeichen dafür erkennen zu können, dass er etwas wusste.

»Sagt Ihnen das etwas?«, fragte ich.

Er schüttelte den Kopf. »Ich wünschte, es wäre so. Yoji hat mir nie etwas davon erzählt. Plünderungen waren im Krieg an der Tagesordnung. Durch japanische Soldaten und sämtliche chinesische Gruppierungen – Kommunisten, Nationalisten, selbst ernannte lokale Kriegsherren und einfache Wegelagerer. Kaiserliche Angelegenheiten aber standen Fürsten und Shogunen aus alten Samurai-Familien in hohen Militärrängen zu und natürlich den japanischen Prinzen der kaiserlichen Familie. Sie verkehrten mit Puyi und seinen Leuten. Wir nicht.«

»Inoki-san?«

Er sah mich verloren an. »Ich war Sergeant. Ein besserer Fußsoldat.«

»Dann kann sich niemand von Ihnen vorstellen, wie Yoji auf den Schatz gestoßen sein könnte? *Wenn* er darauf gestoßen ist.«

Miura ließ sich ratlos in seinen Sessel zurücksinken. »Yoji hat mich nie nach China gefragt. Bis auf ein einziges Mal, weil er etwas für ein Referat in der Schule brauchte.«

Von wegen Überraschungsbesuch!

Ich bedankte mich und ging. Der Mann von Brodie Security begleitete mich auf den Gehweg hinaus. Ich wandte mich zum Haus um. Niemand beobachtete uns.

Er gab mir einen Umschlag. »Was haben Sie damit vor?«

»Ein wenig Bewegung in die Sache bringen«, sagte ich.

KAPITEL 58

Das Chinzanso-Hotel in Tokio war der ideale Schauplatz, um einen Sengai wieder auftauchen zu lassen.

Der ganze Komplex ist Teil einer Privilegierten-Enklave am Rand eines höher gelegenen Plateaus südöstlich der Station Mejiro, eine Gegend, in der sich einst kriegerische Daimyo und Adlige zu Hause fühlten.

Hier befindet sich auch die Gakushuin-Universität, an der viele Mitglieder der kaiserlichen Familie studiert haben, darunter auch der jetzige Kaiser von Japan, Akihito, und sein Vater, Hirohito, seit seinem Tod offiziell Showa-Tenno genannt, der während der Wirren des Zweiten Weltkriegs regierte.

Später kam das Hotel hinzu, zunächst als Tokioter Zweig des »Vier Jahreszeiten«. Heute von Chinzanso betrieben, ist es nicht minder feudal. In der Lobby wird täglich der Fünf-Uhr-Tee gereicht, und in Vitrinen werden feinste Edeltropfen wie etwa zweihundert Jahre alter Hennessy-Cognac in Baccarat-Karaffen zum Kauf angeboten.

Mochte der langfingrige Jamie Kendricks nun eine Nase für japanische Kunst haben oder auch nicht, bei der Wahl seines japanischen Partners hatte der Händler aus London durchaus Scharfsinn bewiesen. Der Luxus, mit dem dieses Hotel aufwarten konnte, würde betuchte Sammler anziehen, die auch nichts anderes erwarteten.

Ein weiteres untrügliches Zeichen dafür, dass der Mistkerl alles war, nur nicht dumm.

Ich traf Inspektor Kato in der Lobby.

»Ach, Sie haben tatsächlich einen Anzug?«, begrüßte er mich.

»Einen hier und einen in San Francisco.«

Anzüge waren in Japan noch immer die Eintrittskarte zu fast jeder Veranstaltung. Um nicht aufzufallen, hatte ich jemanden aus dem Büro gebeten, mir meine Kluft zur Station Mejiro zu bringen. Ich verschwand im nächstgelegenen Coffee-Shop, bestellte etwas zu trinken, zog mich auf der Herrentoilette um und schnappte mir für die kurze Fahrt zum Chinzanso ein Taxi. Dabei war mir nur Zeit für einen einzigen Schluck von dem verführerischen Sumatra-Blend geblieben, bevor ich zur Tür schon wieder hinaus war. Mein Schatten hatte sich verabschiedet, sobald ich den Inspektor traf.

»Der, den ich zu Hause habe, fristet die meiste Zeit über sein Dasein im Mottenschrank«, setzte ich hinzu. »Sehe ich aus wie ein Dolmetscher?«

Das war der Plan. Kato gab den finanziell bestens aufgestellten Zen-Mönch auf der Suche nach hochwertiger Kunst für seinen Tempel. Keineswegs ungewöhnlich für Japan. Ich war seine huldvoll ergebene englischsprachige Flüstertüte. Für diese List hatte der Inspektor sich eigens den Schädel rasiert und sich in seine alte Zen-Kluft geworfen.

Kato dachte über meine Frage nach. »Für meinen Geschmack vielleicht ein wenig zu sehr nach Schläger. Die

Krawatte macht aber einiges wett. Schmal, stilvoll und mit einem Hauch von gestern.«

»*Vintage* wollten Sie sagen. An Ihnen scheint ein Modeexperte verloren gegangen zu sein.«

»Sagen wir lieber Cop mit außerordentlicher Beobachtungsgabe.«

»Gibt es schon eine Spur von Kendricks?«

Kato schüttelte den Kopf. »Passkontrolle negativ. Sollte er in Japan sein, dann unter falschem Namen, oder er ist durch die Hintertür eingereist.«

Zwei Männer mit geöltem Haar und in teuren Anzügen gingen in Begleitung eines Typen vorüber, dem »Dealer« auf die Stirn geschrieben stand und der noch mehr Öl in den Haaren hatte als die anderen beiden zusammen.

Kato sagte: »Ich bin dürftig ausgestattet, habe nur drei Leute dabei. Alle anderen sind in die laufenden Ermittlungen zu den Einbrüchen eingespannt.«

»Hoshino?«

»Sie ist hier. In Zivil, wie die anderen auch.«

»Gut. Haben Sie den Wagen hinten auf dem Parkplatz gesehen?«

Kato nickte. »Yakuza. Die gehören wahrscheinlich zu dem Händler, mit dem Kendricks zusammenarbeitet. Haben wahrscheinlich ein Auge auf ihre Kapitaleinlage. Aber die kommen nicht hier rein. Das würde nur die Gäste verschrecken. Wir haben Fotos bekommen. Einer vom Hauptquartier in Shibuya ist an einer Bande dran.«

»Gut.«

»Alles klar?«

»Kann losgehen«, sagte ich.

KAPITEL 59

»Meine Herren, die Auktion beginnt in fünf Minuten.«

Die Versteigerung fand in einem geräumigen Tagungsraum statt, der eigens dafür angemietet worden war. Vorne stand das Pult des Auktionators. Davor acht Reihen mit je zehn Stühlen. Aber an den Seiten und im hinteren Teil des Raumes gab es noch jede Menge Stehplätze. Elegante Damen in langen schwarzen Kleidern liefen zwischen den etwa fünfzig geladenen Gästen umher und boten Horsd'œuvres und Champagner an. Einige Gäste hatten schon Platz genommen. Die meisten zogen es vor zu stehen, das Getränk in der Hand. Ein großer Teil befand sich in Begleitung eines Händlers. Ein weiterer Tempelmönch war anwesend, was angesichts des Künstlers und des Motivs keine Überraschung war.

Der Sengai war auf einer Staffelei gleich neben dem Podium aufgestellt, wo ihn die meisten Besucher bereits in Augenschein genommen hatten. Kato und ich defilierten in einer kurzen Schlange daran vorbei. Niemand erkannte mich oder würdigte einen von uns eines Blickes.

Erwartungsgemäß war das Werk in natura um einiges ansehnlicher als auf dem Schnappschuss, den ich per E-Mail bekommen hatte. Es zeigte einen dicklichen Zen-Mönch, vielleicht sogar Sengai selbst, der über einen Friedhof hüpft, eine Art Freudentanz aufführt und eine

Flasche Sake in der Hand hält, während im Hintergrund drei grob skizzierte Grabsteine zu schwanken scheinen. Das Bild strotzte vor heiterer, alberner Ausgelassenheit. Ohne Hemmungen und ohne Furcht, dümmlich zu wirken. Eine Inschrift an der Seite verkündete:

Trotz aller Sorgen, tanze.
In anhaltender Heiterkeit
klingt die Unendlichkeit nach.

Es war dieser mutige Verzicht auf Heuchelei, mit dem Sengai die Herzen der Menschen ergriff und der ihm unbewusst einen besonderen Platz in der Geschichte einräumte.

Die Auktion begann. Angebote wurden abgegeben, wenngleich zögerlich. Kato und ich standen an der Seite, halb im Hintergrund, sodass wir die Auktion und die Teilnehmer gut im Blick hatten. Ich war der einzige Nicht-Japaner in der Menge. Von Kendricks nach wie vor keine Spur.

Kato gab gleich zwei Gebote ab, die aber sofort überboten wurden. »Sieht aus, als würde er gut gehen.«

»Muss er auch. Das Werk ist einfach großartig.«

»Glauben Sie, dass Kendricks auftaucht?«

»Keine Ahnung.«

»Was würden Sie als Händler tun?«

»Vorausgesetzt, ich würde Kunst stehlen und in der Welt verschachern?«

»Genau das meine ich.«

»Ich würde die Lage sondieren, damit ich weiß, was mir

meine Investition einbringt. Und ich würde bis zum zweiten Teil der Veranstaltung warten.«

Kato nickte und ließ erneut den Blick schweifen. Inzwischen hatten wir auch den verantwortlichen Händler ausgemacht. Ein aalglatter Typ.

»Wenn Kendricks sich nicht blicken lässt, können Sie seinen japanischen Partner vielleicht dazu bringen, ihn sitzen zu lassen?«

»Normalerweise ja. Den aber vermutlich nicht.«

Der Preis ging langsam hoch, wenn auch in moderaten Schritten. Immer wieder legte der Auktionator eine Pause ein, um besondere Aspekte des Meisterwerks herauszustellen, den Pinselstrich oder das Motiv im Vergleich zu anderen berühmten Arbeiten Sengais.

Nach einer Viertelstunde machte er die angekündigte Pause. Die zehnminütige Unterbrechung gab den Bietern Gelegenheit, ein paar Erfrischungen zu sich zu nehmen, gewisse Örtlichkeiten aufzusuchen oder sich mit ihren Begleitern vertraulich zu beraten. Einige Sammler verließen den Raum, um sich mit ihrem Händler zu besprechen.

Von Kendricks keine Spur.

Der Händler und der Auktionator mischten sich unter die Besucher, plauderten mit ihnen und fachten das Interesse dort erneut an, wo es schon einmal bekundet worden war. Auch Kato wurde angesprochen und angehalten, erneut zu bieten. Der Mönch gewordene Inspektor versicherte ihm, ernsthaft darüber nachzudenken.

Die Auktion wurde fortgesetzt. Ein paar neue Bieter gesellten sich hinzu.

»Was glauben Sie, wie hoch der Preis für das Bild gehen wird?«, fragte Kato.

»So weit sind wir noch lange nicht. Der Auktionator hat sein Publikum besser im Griff als die meisten, und viele Interessenten scheinen wild entschlossen, weiter zu bieten.«

Kato nickte, gab noch ein Angebot ab, um seine Tarnung zu wahren, wurde aber alsbald überboten.

»Wie gewonnen, so zerronnen«, bemerkte er lakonisch.

Als ein älterer Sammler mit dunkler Krawatte sich in den Wettbewerb einmischte, indem er das bestehende Gebot gleich um drei Steigerungsstufen überbot, erwachte der Raum zum Leben.

»Jetzt geht's los«, sagte ich.

Ein spürbares Vibrieren ging durch den Raum. Zwei weitere Bieter schalteten sich ein und ließen den Preis um mehrere Schritte in die Höhe schnellen. Weniger wagemutige Aspiranten auf das Bild gaben sich geschlagen. Andere sahen sich verwundert um. Sie zögerten. Der Preis stieg weiter. Ein Gebot stach das nächste aus. Nervosität machte sich breit. Immer mehr stiegen aus, bis nur noch drei Männer mit zu viel Geld und noch größerem Ego übriggeblieben waren. Innerhalb von zwei Minuten hatte sich der Preis verdoppelt.

Nach jedem weiteren Gebot fixierte der Auktionator die drei nacheinander mit beredter, jeweils anderer Miene. Er zog die Braue hoch, lächelte herausfordernd; den nächsten bedachte er aus weit geöffneten Augen mit einem prüfenden Blick. Jeder Ausdruck präzise platziert.

Die Blicke der anderen wanderten zwischen den Bietern und dem Auktionator hin und her. Die Spannung stieg spürbar, ebenso der Preis.

In diesem Moment kam Kendricks durch die Hintertür herein.

In den Bann gezogen von dem, was sich vor unseren Augen abspielte, hatten Kato und ich den Blick für das Wesentliche verloren. Die Auktion war nicht weniger nervenaufreibend als ein Pferderennen, bei dem drei Traber Kopf an Kopf dem Finish entgegenstürmen.

Natürlich warf ich einen unauffälligen Blick auf das Geschehen, war aber mit zunehmender Dramatik unaufmerksamer geworden. Das Wechselspiel zwischen den Konkurrenten zu beobachten, war aufreibend. Und aus Angst, auch nur eine Sekunde zu verpassen, sah ich mich nur ungern um. Und während ich meinen Blick halbherzig schweifen ließ, entdeckte ich Kendricks, der hinten an der Wand lehnte. Auch er bemerkte mich. Und erkannte mich. Und im selben Moment war er zur Tür hinaus und verschwunden. Kato war das nicht entgangen. Er murmelte etwas in ein verstecktes Mikrofon.

Fünf schnelle Schritte später waren wir im hinteren Teil des Tagungsraums. Unsere Tarnung war nebensächlich geworden. Im Augenwinkel sah ich den gastgebenden Händler verärgert die Stirne runzeln. Aber das war nicht mehr wichtig. Wir wussten ja, wer er war und wo er wohnte. Es war sein britischer Kollege, den wir brauchten, um den Deal abzuwickeln.

An der Tür angekommen, hörte ich Rie im Flur rufen: »Mr. Kendricks, Sie sind verhaftet.«

In dem Augenblick stürmten Kato und ich durch die Doppeltüren. Keine zwanzig Meter vor uns rannte Kendricks über die dicke Auslegeware auf Rie zu, die ihre Marke mannhaft in der linken Hand emporhielt.

Kendricks machte nicht die geringsten Anstalten, das Tempo zu drosseln. Sie mit ihren gerade einmal eins fünfundsechzig und fünfundvierzig Kilogramm gegen Kendricks, der es mit seiner massigen und muskulösen Statur auf einsdreiundachtzig und über neunzig Kilo brachte, ihr also um zwanzig Zentimeter und fünfundvierzig Kilo überlegen war. Aber seine Wendigkeit und das Tempo stellten beachtliche athletische Fähigkeiten unter Beweis.

Wir waren zu weit entfernt, um ihr helfen zu können, und Kendricks zu schnell. Kaum zehn Meter trennten den Händler von ihr, während er mit ungebremster Geschwindigkeit auf sie zustürzte. Wenn er es nicht schaffte, in letzter Minute einen Bogen um Rie zu laufen, würde er sie über den Haufen rennen. Mit nach außen gerichteter Handfläche streckte er einen Arm gerade nach vorn aus. *Massig und muskulös.* Eine Rugby-Bewegung. Vermutlich war das sein Sport gewesen. Ries Marke fiel zu Boden. Sie gab nach und ging ihm aus dem Weg. Im vollen Tempo wirbelte Kendricks um sie herum, wobei seine Schultern sich entspannten, als er erkannte, dass der Weg frei war.

Aber Rie packte ihn am Arm und am Hemd und rammte ihm ihre Hüfte in die Seite, sodass der monströse Mistkerl durch die Luft flog, sich auf den Rücken drehte und mit einem gewaltigen Dröhnen auf dem Boden aufschlug.

Selbst aus der Entfernung spürten wir, wie der Boden unter unseren Füßen vibrierte. Ein fehlerfrei ausgeführter Judoklassiker.

Kendricks lag wie ein nutzloser Haufen stöhnend am Boden.

Rie wandte sich zu mir um: »Zufrieden?«

TAG 10

KILLER AUS PURER LUST

KAPITEL 60

Mit der Kaffeetasse in der Hand kam ich aus meinem verglasten Büro und schlenderte in das von Noda, als sich plötzlich die Aufzugtüren aufschoben und sechs Chinesen in den Raum stolzierten.

Sechs bewaffnete Männer.

»Mr. Brodie-san«, begrüßte Lester Wu mich mit einem kalten Flackern in den Augen.

Der Mann zu Wus Rechter stellte in Höhe des Oberschenkels mit stoischer Miene ein Würgeholz zur Schau. Der Mann zu seiner Linken ließ im gelblichen Schein der Neonbeleuchtung eine mindestens fünfzehn Zentimeter lange Klinge aufblitzen.

Unser übellauniger Lotse und Organsammler aus Chinatown stand mit etwas dahinter, das nach einer noch abscheulicheren Waffe aus dem Arsenal der Sippe aussah. Ein Blick in die Gesichter ließ keine Freundlichkeit erkennen. Auch die Killertypen vom Friedhof waren dabei.

Ich sah sie missbilligend an. »Lester, was kann ich für Sie tun?«

Um mich herum wurde weitergearbeitet, als wäre nichts geschehen. Aber Besuchern des Büros blieb es grundsätzlich verborgen, wenn in den Alarmmodus umgeschaltet wurde. Winzige kaum wahrnehmbare Handlungen woben sich in die alltägliche Büroroutine hinein. Rechts von mir machte sich eine Mitarbeiterin mit einem Papierstapel auf den Weg zum Kopierer. Ein Mann suchte die Toilette im hinteren Teil des Büros auf. Überall um mich herum zogen die Kollegen einer nach dem anderen eine Schreibtischschublade auf, griffen nach einer Tasche oder holten sich eine Kiste aus dem Regal, setzten sie auf dem Schoß ab und öffneten sie.

Dann warteten sie.

Binnen dreißig Sekunden hatte sich jeder Einzelne von Brodie Security bewaffnet und war in Bereitschaft. Mit Schlagstöcken, Messern, Pfefferspray, Kampfstöcken und vielleicht auch der einen oder anderen nicht registrierten Waffe, von der ich aber gar nichts wissen wollte. Dem Blick entzogen, aber griffbereit.

»Was glauben Sie, Mr. Brodie-san?«, gab Lester die Frage zurück.

Die Neuankömmlinge machten einen nicht weniger kaltblütigen Eindruck als die Killer vom Friedhof. Mochten sie nun zur Sippe gehören oder auch nicht, Arzt, Zahnarzt oder Kaufmann waren sie jedenfalls nicht. Leitende Angestellte auch nicht gerade. Dazu zeigten ihre Gesichter zu harte Züge. Vermutlich verdingten sich einige auf dem Bau oder als Stauer im Hafen. Einer ehrlichen Nebentätigkeit gingen sie jedenfalls nicht nach.

»Wissen Sie, Lester, ein Telefon bewirkt heutzutage wahre Wunder.«

»Nicht lustig Witz«, antwortete er.

Der Aufzug fuhr wieder hinunter. Noda kam mit düsterer Miene aus seinem Büro und baute sich neben mir auf.

Die Hände hatte er in die Jackentaschen geschoben, die sich bedrohlich wölbten. Vermutlich hatte auch er eine Waffe darin.

»Alles in Ordnung?«, fragte er.

»Ja, bleiben Sie in der Nähe.«

»Mir ist sowieso gerade nicht nach Sobanudeln.«

Der Mann mit dem Messer sagte etwas auf Chinesisch zu Lester, und Lester dann zu mir: »Wir uns umsehen.«

»Nein«, entgegnete ich.

»Sie uns anrufen, schon vergessen?«

Dann dämmerte es mir. Die waren nicht hergekommen, um Rache zu üben oder Geld einzutreiben.

Ich hatte sie angerufen, nachdem ich den Umschlag bei Miura bekommen hatte.

Das war nur die Vorhut.

»Gut«, sagte ich. »Nur Sie. Ihre Männer bleiben beim Aufzug und stecken die Waffen weg.«

Lester blinzelte mich an, das beschädigte Auge zuckte. »Ich schicke meinen besten Mann. Wir bleiben zurück. Die Waffen bleiben.«

Eine kluge Entscheidung. So hatte er sein Gesicht gewahrt und musste sich keine Fragen stellen lassen.

Schweigend willigte ich ein. Auch ich hatte das Gesicht gewahrt. Dann sprach Lester kurz mit dem Mann zu seiner Rechten. Der nickte, steckte die Waffe ein und zog sich hinter den Empfangstresen zurück. Er machte einen Rundgang durchs Büro, öffnete die Türen zum Besprechungsraum, zu den Toiletten und den Lagerräumen. Er beäugte die aufstehenden Schreibtischschubladen und die

Waffen, die alle griffbereit hatten. Schließlich kam er zurück und erstattete Bericht.

Stirnrunzelnd wandte Lester sich an mich. »Mann, hinten raus, nicht mehr da.«

Ein kurzer Blick genügte, um zu wissen, dass Noda dasselbe dachte wie ich: Respekt. Lesters rechter Hand war das Manöver nicht entgangen.

»Reine Vorsichtsmaßnahme«, erklärte ich.

Pfiffen wir ihn nicht zurück, dann war der Mann, der sich in die Toilette verabschiedet hatte, durch ein Fenster entkommen und würde von einer kleineren Sicherheitsfirma Verstärkung holen, der wir hin und wieder einen Auftrag zuschoben. Die Frau am Kopierer hatte einen Finger am Knopf für den stillen Alarm mit direkter Verbindung zum Polizeirevier in Shibuya.

Lesters Schnüffler murmelte etwas auf Chinesisch, und Lester sagte: »Wie lange noch, bis die anderen hier sind?«

»Zwei Minuten«, antwortete ich.

Lester nahm sein Handy. »Ich gebe Entwarnung. Er kommt hoch.« Er drückte eine Kurzwahltaste, sagte nur ein Wort ins Handy und legte wieder auf.

Ich bedeutete der Mitarbeiterin, die für die Bürosicherheit zuständig war, mit einem Kopfnicken, dass sie weitermachen konnte, worauf sie ihr Handy nahm, um die Aktion abzubrechen, die im Hintergrund angelaufen war. Alle anderen blieben im Alarmmodus.

Die Schrift über dem Aufzug zeigte an, dass er sich in Bewegung gesetzt hatte. Das Licht erlosch, als er unsere Etage erreicht hatte. Die Türen schoben sich zur Seite, und Wu trat heraus. Eine Zigarette baumelte ihm an der

Lippe. Vier weitere Männer flankierten ihn. Wenn auch nur das Geringste schiefging, wäre ein handfester Schlagabtausch vorprogrammiert.

Als Letzte kamen Rie und Danny Chang aus dem Aufzug.

Rie trat vor. Danny folgte ihr. Mit routiniertem Blick suchten sie die Räumlichkeiten ab. Die Waffen, die Lesters Leute gezogen hatten, und die nervösen Blicke der Mitarbeiter von Brodie Security schienen sie zu verunsichern.

»Sie hätten mich warnen können«, brachte ich hervor.

»Und Sie mich«, konterte sie im gleichen Tonfall, womit sie auf ihren unfreiwilligen Tauchgang anspielte.

»Ich hatte doch keine andere Wahl«, erklärte ich. »Mir blieb keine Zeit.«

»Mir auch nicht«, hielt sie dagegen.

»Erklären Sie mir das.«

Auch diese Bemerkung war eine Botschaft an alle im Büro, zu bleiben, wo sie waren, bis ich Entwarnung gab.

Rie sagte: »Sie haben *sie* angerufen. Darauf hat Lester bestanden.«

Ihre bruchstückhafte Antwort trug wenig zur Klärung der Lage bei.

Mehrere Mitarbeiter von Brodie Security saßen wie versteinert da.

Offensichtlich hatte Rie das Remis aus dem Konzept gebracht. Sie konnte keinen klaren Gedanken fassen. Mochte sie im Hotel auch Instinkt bewiesen haben, in »Live«-Situationen wie dieser ließen ihre gehirnakrobatischen Fähigkeiten jedoch eher zu wünschen übrig. Ihre

Äußerung ließ jedenfalls in dieser Pattsituation eine verringerte Alarmstufe nicht zu. Lesters Leute schienen zu allem entschlossen. Sie waren zum Kampf bereit und vielleicht sogar versessen drauf.

»Wu«, begrüßte ich ihn. »Schön, Sie wiederzusehen. Kommen Sie doch gern nach hinten, wo wir uns in Ruhe unterhalten können.«

»Es tut mir leid, wir wie Überfall kommen. Meine Leute unbedingt so wollen.«

Zum ersten Mal mischte Danny sich ein. »Mit Onkel Wu wir nur haben Risiko für schlechtes Benehmen.«

Ich verzog das Gesicht zu einem unterkühlten Lächeln, um ihn über mein Missfallen nicht im Unklaren zu lassen. Ihre Vorgehensweise war ausgesprochen ungeschickt. Schließlich hätte jemand verletzt werden können. Das aber jetzt zu diskutieren, wäre nicht gut gewesen.

»Ich verstehe. Aber nächstes Mal rufen Sie bitte vorher an«, sagte ich zu Danny, den Blick auf Lester gerichtet. Dann sah ich Wu an und machte eine Geste mit dem Kopf Richtung Besprechungsraum. »Bringen Sie Ihre Männer doch rein? Mari, zeigen Sie Mr. Wu bitte den Weg?«

Der alte Doktor lächelte. Freundlich aber bestimmt sagte er etwas auf Chinesisch, woraufhin die Waffen verschwanden. Mari ging an ihnen vorbei, gefolgt von Wu, Lester, Danny und dem Rest der Truppe.

Als Rie vorüberging, sagte ich leise zu ihr, sodass nur sie es hören konnte: »Sind wir nun quitt?«

Sie sah mich entschlossen an: »Wohl kaum.«

KAPITEL 61

Zunächst einmal«, fing ich an, nachdem sich alle im Besprechungsraum eingefunden hatten, »möchte ich mich bedanken, dass Sie gekommen sind.«

Um Vertrauen zu bekunden, hatte Wu sich am hinteren Ende des Raumes am Tischende niedergelassen. Zu seiner Rechten saßen Lester und sein bester Mann. Links von ihm Danny. Rie hatte einen Platz an neutraler Stelle in der Mitte gewählt. Ich saß am anderen Ende in der Nähe des Eingangs, Noda rechts, Hamadas Nachfolger links von mir. Wus Gefolgschaft hatte sich auf die übrigen Stühle verteilt, und die, die keinen Sitzplatz gefunden hatten, hatten sich hinter dem alten Arzt vor der rückwärtigen Wand postiert.

Wu lächelte. »Ich dieses Mal zu Ihnen kommen aus Höflichkeit. Mein Wunsch sehr unangenehm für meine Leute. Sie nur glauben Gefahr, aber ich hoffe, gut für Geistmenschen.«

Ich dachte über den Wunsch nach, den zu erfüllen ich Wu versprochen hatte, dann an das außergewöhnliche Angebot von Zhou, wenn ich ihm den Provokateur von damals lieferte.

»Ich habe mit einem Spion gesprochen, so wie Sie es mir gesagt haben. Er sucht Sie.«

»Viele suchen. Niemand finden.«

»Es freut mich für Sie, dass Sie gut beschützt werden. Der Spion hat bestätigt, dass die Leute, hinter denen ich her bin, weder Triaden noch Leute von ihm sind, obwohl sie sich solcher Methoden in Japan schon bedient haben. Was ich nicht verstehe ist, was Sie beide so sicher macht.«

»Ein Spion, der viel weiß.« Wu drückte die Zigarette aus. »Vor zehn Jahren Einbrüche von Triaden in diesem Land chinesische Gemeinschaft tief beschämt gemacht. Japanische Polizei verärgert war. Sie unsere Läden schließen und unsere Lager dichtmachen. Sie alle Geschäftsdokumente nehmen, so wir nicht arbeiten können. Schlimmer noch, japanische Kunden nicht mehr kommen, weil Angst haben.«

»Ja, ich erinnere mich an die Schlagzeilen.«

Wu nickte. »Sehr schlechte Zeit. Wir verstehen Botschaft von Polizei. Wir laut protestieren bei Triaden. ›Chinesische Leute zahlen Geld für Schutz, aber eure Aktion uns schaden.‹ Yakuza auch sie bedrängen. Deshalb Vertrag schließen. Dann Morde in Japan aufgehört. Deshalb ich wissen, Triaden nicht neue machen.«

TNTs Bemerkungen bei seinem Besuch im Krankenhaus hallten in meinem Kopf wider.

Ich sah Wu an. »Der Spion hat behauptet, dass es nicht das Werk seiner Leute war. Sie aber unterstellen, dass es das doch war.«

Der Patriarch der Familie Wu schüttelte den Kopf. »Ich sagen, Sie chinesisch Spion *suchen*, weil chinesisch Spion oft chinesische Triaden nachmachen. Chinesisch Spion in Japan wissen, wir Vertrag haben, also auch wissen, dass Methode hier nicht können machen. Aber jemand, der

Spion kopiert, das vielleicht nicht wissen. Oder wenn es gibt Rebellenspion oder dummen Spion, dann es könnte passieren immer noch. Nur höherer chinesischer Spion diese Dinge kann prüfen.«

Ich nickte. »Er hatte geprüft.«

»Gut, dann mit Triaden wir fertig sein. Was ist zweite Frage?«

Vor mir auf dem Tisch lag der Umschlag, den ich aus Miuras Haus mitgebracht hatte. Ich zog einen Stapel dreizehn mal achtzehn Zentimeter großer Fotos heraus, die ich mir aus dem privaten Fotoalbum des alten Soldaten ausgeborgt hatte. Es waren grobkörnige Schwarz-Weiß-Fotos, die Miura und seine Truppen in unterschiedlichen Aufstellungen zeigten, immer mindestens dreißig Mann. Auf einigen waren sogar Gruppen von fast hundert Leuten abgelichtet worden. Eines zeigte sie in voller Uniform, die eigentlich recht hübsch anzusehen war, aber trotzdem ziemlich abgerissen wirkte. Die Männer wirkten müde, dennoch von Stolz erfüllt. Ein anderes zeigte sie in ihrer Alltagsuniform. Sie tranken, wie ich vermutete, Sake aus Blechnäpfen. Bei einigen Abzügen handelte es sich um offizielle »*kinen*«-Fotos, für die Nachwelt bestimmt.

Ich hielt ein Bild hoch und zeigte auf meinen Mandanten. »Das ist Leutnant Miura«, erklärte ich Wu. »Erkennen Sie sonst noch jemand auf dem Foto?«

Ich reichte den Stapel weiter. Als Wu ihn von Lester bekam, sah er sich ein Foto nach dem anderen genau an. Er ging den Stapel zweimal durch. Fünf unerträgliche Minuten ließ er sich Zeit.

Als Wu aufblickte, war ihm die Farbe aus dem Gesicht gewichen. »Dieser Mann ist einer von *ihnen.*«

»Wer *ihnen.*«

»Schwarzer Wind. Das ist ›Der Kleine‹. Der Mann, der auf mich geschossen und mich in den Fluss gejagt hat.«

»Sind Sie sich ganz sicher?«, fragte ich verstört.

Wu ließ das Foto an mich zurückgehen. Ich betrachtete die Gestalt, auf die er gezeigt hatte. Es war ein Gesicht in der letzten Reihe auf einem der »Nachwelt«-Fotos, halb hinter dem Vordermann versteckt. Der Mann hatte eindeutig versucht, sich der Kamera zu entziehen. Es war ein offizielles Foto, für das er nicht freiwillig vor der Linse posiert haben dürfte.

Ich betrachtete die fünf Reihen von Männern mit ihren unglaublich kleinen Gesichtern. Ich sah mir das Bild von allen Seiten an und drehte es, bis ich den Neigungswinkel gefunden hatte, bei dem das Licht am besten darauf fiel.

Gänsehaut breitete sich vom Kopf bis zu den Zehenspitzen aus.

Es war Inoki.

Der letzte Überlebende.

KAPITEL 62

Sind Sie sich ganz sicher?«, fragte ich.

Wu nickte. »Er viele Geistwesen machen. Er mich fast töten.«

Das leuchtete ein. Einen Mann, der einen umbringen wollte, vergisst man nicht. Als ich unangemeldet mit der Nachricht vom Schatz des letzten Kaisers bei Miura aufgetaucht war, hatte ich mich ausschließlich auf die Reaktion meines Auftraggebers konzentriert. An Inoki hatte ich mich erst nachher gewandt. Dem alten Fuchs war genug Zeit geblieben, sich zu wappnen.

»Einen Moment bitte.« Ich zog mein Handy aus der Tasche und drückte auf eine Kurzwahltaste. Als der Mitarbeiter abnahm, der mir die Fotos besorgt hatte, fragte ich: »Können Sie reden?«

»Moment.« Ich hörte, wie er sich kurz entschuldigte. Einen Augenblick später meldete er sich zurück: »Okay, was gibt's?«

»Keine Diskussion, keine Fragen. Tun Sie einfach, was ich Ihnen sage. Wie viele sind Sie gerade?«

»Drei. Der Kollege aus der letzten Schicht ist noch da und kümmert sich um die Frau.«

»Sehr gut. Dann greifen Sie sich Inoki und schaffen ihn ins Wohnzimmer. Das ist doch der Raum mit den vergitterten Fenstern, oder?«

»Was immer Sie vorhaben, aber Sie kommen zu spät.«

»Was soll das heißen?«

»Er ist weg.«

Verdammt. »Irgendeine Idee, wo er hin ist?«

»Nein. Zwei Männer so um die Vierzig haben ihn abgeholt. Das war ungefähr eine Stunde, nachdem Sie hier waren. Er versicherte mir, vorsichtiger zu sein als Doi.«

Leise fluchend legte ich auf.

Schwarzer Wind ... geheime Kriegsoperationen ... Exekutionen.

Jetzt sah ich alles klar und deutlich vor mir. Inoki steckte hinter den Einbrüchen. Er war im Krieg Mitglied eines Mordkommandos gewesen und daher mehr als in der Lage, solche Taten auszuführen. Eine *Reihe* solcher Taten auszuführen.

Er hatte Yoji auf dem Gewissen. Und Hamada. Und Doi. Er oder seine Leute.

Wu sah beunruhigt auf. »Sie kennen ›Den Kleinen‹? Lebt er noch? Ist er in der Nähe?«

Ich nickte beklommen. »Er hat bei meinem Mandanten gewohnt.« Ich sah Noda an und fuhr fort: »Und er ist weg.«

Lester Wu sagte: »Wie heißt er?«

Ich wechselte kurz einen Blick mit Noda. Der zuckte mit den Schultern.

»Tetsuo Inoki«, sagte ich.

Noda entschuldigte sich wortlos. Lester nuschelte ein paar schnelle Anweisungen auf Chinesisch, woraufhin zwei seiner Männer aufstanden und Noda nachgingen.

»›Der Kleine‹ ist Mann, der aus purer Lust töten«, sagte Wu. »Er sich freuen, wenn Menschen sterben sehen.«

Ich nickte. Es macht ihm Freude, er war im Krieg in China, und als Mitglied einer Sonderkampftruppe dürfte er an so mancher Aktion beteiligt gewesen sein. Elitekämpfer kamen überall herum. Nicht ausgeschlossen, dass er auch in die Umtriebe um den letzten Kaiser verwickelt war. Und vom Schatz hatte er vermutlich auch etwas gehört.

»Danke für die Warnung«, sagte ich. »Eine Frage noch. Könnte ›Der Kleine‹ gewusst haben, dass chinesische Spione gelegentlich Triaden kopieren, um sich aus der Verantwortung zu stehlen?«

»Ja. Alter chinesischer Trick. Regierungsspione in China diese Methode aus dem letzten Jahrhundert anwenden. Vielleicht auch älter. Schwarzer Wind mit chinesischen Kollaborateuren unterwegs gewesen. Sie viele Dinge erzählen.«

Es sah ganz so aus, als hätten wir unseren Killer gefunden.

Aber bekamen wir ihn auch zu fassen? Inoki war bereits auf der Flucht.

TAG 11 UND 12

PIRATEN UND WASSERELEFANTEN

KAPITEL 63

Erst am folgenden Morgen nahm Noda Inokis Spur auf. Der ehemalige Soldat und Mörder hatte sich in Begleitung zweier Männer mit chinesischen Pässen nach Miami davongemacht. Wahrscheinlich dieselben Männer, die ihn vor Miuras Haus abgeholt hatten. Dieselben Männer, die an dem Abend, als man Yoji umgebracht hatte, in Kabukicho gesichtet wurden. Und vermutlich auch die Männer, die mich auf der Fähre überfallen hatten.

Das Trio war am Abend zuvor mit Japan Airlines vom Flughafen Narita aus losgeflogen, hatte aber schon am Morgen davor gebucht, also bevor ich bei Miura war, um mit ihm über den Schatz zu sprechen.

Inoki wollte also gar nicht *vor uns* davonlaufen, sondern war auf dem Weg *irgendwohin.* Und ich hatte eine ziemlich genaue Vorstellung davon, wohin.

Das Schicksal wollte es, dass nur Noda und ich die Abendmaschine bekamen.

Jetzt, wo wir in diesem Fall endlich konkrete Anhaltspunkte hatten, bekam das MPD seine Leute nicht zusammen. Inspektor Kato und sein auserkorener Schatten, Rie Hoshino, blieben im Gestrüpp der Bürokratie hängen. Ebenso der designierte Wunderknabe des MPD. Niemand schien in der Lage zu sein, die Formalitäten zu erledigen und die unzähligen gestempelten Bescheinigungen auf den vorgeschriebenen Dienstweg zu bringen.

Soviel zum langen Arm des MPD in Tokio.

Zum Glück gelang es Kato, meinen Pass, der immer noch auf dem Polizeirevier in Shibuya feststeckte, mit einem Anruf und der Zusicherung, die entsprechenden Formulare nachzureichen, loszueisen. Jedoch nicht ohne eine Bedingung: Die Anzeige wegen des Einbruchs im Kendo-Club blieb bestehen, und ich musste nach Tokio zurückkehren.

»Wenn alles klappt, sind wir einen Tag später auch da«, waren die Worte des Inspektors zum Abschied.

Jenny wünschte sich zum Abschied hässliche Reptilien. Als ich meine Tochter angerufen hatte, hatte sie mich mit ihren fantastischen Kenntnissen über die Fauna Floridas verblüfft. »Mein Freund hat mir erzählt, dass es in Miami ganz viele grüne Leguane gibt.«

»Wirklich wahr?«

Tatsächlich gibt es in Florida eine respektable Population von anderthalb Meter großen Leguanen. Es sind die Nachkommen entlaufener oder ausgewilderter Haustiere, die von den Besitzern, die ihrer überdrüssig wurden, in der Wildnis ausgesetzt worden waren. Sie hatten sich so stark vermehrt, dass die Kaltblüter beim Durchzug einer extremen Kaltfront in eine Art falschen Winterschlaf fielen, den Halt hoch oben in den Bäumen verloren und in Scharen zu Boden fielen. Zur Freude begeisterter Schaulustiger im Sunshine State. Außerdem produzierte ein solches Ereignis stets eine Reihe bizarrer Schlagzeilen wie »Kamikaze-Echsen fallen aus Floridas gefrorenen Bäumen« und »Es regnet Echsen«.

»Bringst du mir eine kleine Baby-Echse mit?«, fragte Jenny.

»Weißt du denn überhaupt, wie die aussehen?«

»Nein, aber Alan Peters hat eine bei sich zu Hause im Terrarium, und alle finden sie cool.«

»Dann magst du also Leguane?«

»Das sind Leguane? Ich dachte, es wären Schildkröten oder so was.«

»Anfangs sehen sie ganz süß aus, ganz klein und hellgrün. Aber dann werden sie größer, bekommen hässliche Runzeln und eine dicke Halsfalte, die schlaff herunterhängt.«

»Igitt.«

»Soll ich dir zwei mitbringen?«

Sie kicherte. »Nein! Bring mir aber trotzdem was Schönes mit, abgemacht?«

»Mach ich«, sagte ich.

Noda und ich kamen ohne Zwischenfälle an. Im kühlen Herbstwind waren wir in Tokio abgeflogen und über einen Zwischenstopp in Chicago in der milden Septemberluft von Miami gelandet.

Auf der Fahrt in die Stadt verkündeten alte und neue Plakatwände, dass wir für eine Veranstaltung namens *Barnacle Under Moonlight* zu spät und zum *Dragon Boat Festival* zu früh gekommen waren. Bei Ersterem handelte es sich um ein Live-Musikfestival in einem Anwesen aus dem 19. Jahrhundert in Biscayne Bay, während sich hinter

Zweiterem ein von der chinesisch-amerikanischen Gemeinde organisiertes Frühlingsrollen-Wettessen und ein Rennen mit Booten verbarg, die mit Drachenmotiven verziert waren. Bei der zweiten dieser Großveranstaltungen konnte ich mir sehr gut vorstellen, wie Onkel Wu auf dem Gras liegen und sich an den Festlichkeiten seiner Großfamilie erfreuen würde, für die er sie vermutlich alle hielte. Keine Ahnung, wie Zhou sich bei dieser Gelegenheit benehmen würde.

»Haben Sie die Adresse?«, fragte Noda.

»Ja, hier«, sagte ich und pochte auf meine Hemdtasche.

Unsere Partnerfirma in Miami hatte uns im Mayfair in Coconut Grove Zimmer reserviert. Der Taxifahrer kannte das Etablissement, und eine halbe Stunde später parkten wir vor einem Koloss, der aussah, wie ein von Lepra befallener Art-déco-Bau. Noda sah mich unsicher an, war aber beruhigt, sobald er die Lobby betrat.

»Zwei Tage, Señores?«, vergewisserte sich ein weißhaariger Kubaner mit beigefarbenem Fedora-Hut, der hinter dem Empfangstresen stand. Hinter ihm waren in einer Reihe von Töpfen Miniaturpalmen aufgestellt.

»Fürs Erste, ja. Könnten wir gegebenenfalls verlängern?«

»Kein Problem, Señor. Soll sich jemand um Ihr Gepäck kümmern?«

»Nicht nötig. Wir reisen mit kleinem Gepäck.«

Er lächelte vielsagend, und ich begriff erst einen Augenblick später, dass der Satz in einer Stadt, in der Schmuggel und überstürzte Abreisen an der Tagesordnung sind, eine einschlägige Bedeutung hatte.

Es sollte sich herausstellen, dass wir, ohne es zu ahnen, mit Zweiterem noch Bekanntschaft machen würden.

Ausgeruht und zur Morgenbesprechung bereit wachte ich auf. Dieses Mal saß ein anderer Kubaner mit schwarzem Hemd und roter Jacke am Empfang, der uns den Weg wies.

Gestern auf unserer Fahrt mit dem Taxi hatten wir schon eine Menge vom Straßenbild Miamis zu sehen bekommen. Coconut Grove war ein altes Stadtviertel mit Cafés, Restaurants, Geschäften und ein oder zwei Galerien. Die schöneren Straßen wurden von riesigen, schattenspendenden Bäumen gesäumt. An einigen Stellen in dem Viertel waren tropische Pastelltöne vorherrschend – Türkis, Mango, Pfirsich und Kirsch –, auch wenn insgesamt Weiß und Beigetöne bestimmend waren und es nur erste unauffällige Vorboten der unendlichen Palette an Art-déco-Pastelltönen gab, für die der Strand berühmt ist.

Unser Geschäftspartner war ein Zweimannunternehmen. Jemand, der sich »Fitch« nannte, erwartete uns im GreenStreet, einem der Cafés in diesem Viertel. Er versicherte uns, dass wir sowohl das Lokal als auch ihn ohne Probleme finden würden. Fitch kannte ein paar Mitarbeiter von Brodie Security, Noda und mich aber nicht.

GreenStreet war ein gemütliches Café im europäischen Stil mit Holztischen, gepolsterten Bänken an den Wänden und einigen Zweiersofas mit hohen Rückenlehnen aus rotem, im typischen Rautenmuster geknüpftem Leder, für diejenigen, die es romantisch haben wollten.

Nachdem ich der blonden Bedienung, die uns empfing, erklärt hatte, dass wir verabredet waren, forderte sie uns auf, uns selbst umzusehen und entschwand. Im hinteren Bereich des Cafés stand ein Tisch mit einer japanischen Zeitung, die über die Kante gelegt war. Der Gast an diesem Platz war ein gut aussehender, blasshäutiger Mann, der ein weißes Leinenhemd und eine dazu passende Hose trug. Er ließ den Eingang nicht aus dem Auge, während er gleichzeitig vorgab, in die Lektüre des *Miami Herald* vertieft zu sein. Vor ihm standen ein kubanischer Kaffee und die Reste eines Omeletts.

Wir schlenderten in seine Richtung. »Fitch?«, sprach ich ihn an.

»Abercrombie.«

Er hatte schwarzes, seitlich gescheiteltes Haar und graue Augen mit einem bösartigen Funkeln.

»Das ist nicht Ihr Ernst.«

Er grinste. »Natürlich nicht. Aber ein bisschen Spaß darf in diesem Geschäft schließlich auch mal sein. Meinen echten Namen benutze ich in E-Mails nicht gern. Ken Durgan.«

Er erhob sich. Wir stellten uns einander vor, reichten uns die Hand und setzten uns. Nodas Englisch war durchaus brauchbar, wenn es erforderlich war.

»Schon was gegessen?«, erkundigte sich Durgan. Als ich das bestätigte, bestellte er einen kubanischen Kaffee und sah mich prüfend an. »Tat mir leid, das von Ihrem Vater zu hören. Ich habe ein paar Mal für ihn und sein Team gearbeitet.«

»Danke. Ich weiß das zu schätzen.«

»Ein wirklich guter Mann. Schade um das Talent. Von Ihnen habe ich aber auch nur Gutes gehört.«

»Mit dem Namen Durgan kommen Sie doch sicher rum in Miami.«

Er lachte. »Glauben Sie, dass Sie der Einzige sind, der einen Spagat zwischen den Kulturen auf die Reihe bekommt? Mein Partner heißt Cruz. Wir sprechen beide Spanisch, und mit freien Mitarbeitern kommen wir auch an Kubaner, Latinos, Jamaikaner und Haitianer ran. Was immer Sie brauchen.«

»Irgendeine Spur von Inoki?«

Sein Grinsen wurde breiter. »Nichts schreit so sehr ›Finde mich‹ wie das Einchecken im Biltmore. Ihr Freund ist kein Mann leiser Töne.«

»Er erwartet eben keinen Besuch«, bemerkte Noda

»Das ist sowieso immer das Beste«, sagte Durgan. »Sie sagten, er sei damals eine große Nummer gewesen. Wissen Sie noch mehr?«

»Er gehörte im Zweiten Weltkrieg zu einer Art Spezialtruppe.«

Durgan hob eine Augenbraue. »Und er weilt noch unter den Lebenden und bringt immer noch Leute um?

»Er hat sich Hilfe geholt«, sagte ich.

»Er hat eine Suite mit zwei Schlafzimmern gemietet«, sagte Durgan.

»Wissen Sie, wie viele eingecheckt haben.«

»Nein, es gab eine Panne. Meine Informantin hat die Reservierung gesehen. Aber ein Norovirus hat Maryanne außer Gefecht gesetzt, bevor ihr aufgetaucht seid. Ich kann Ihnen daher nicht mehr dazu sagen. Natürlich wird sie nicht anrufen und fragen, wie viele es sind und welche Zimmer sie haben. Von ihrem Krankenlager aus konnte sie Inokis Suite nur auf ein paar Stockwerke eingrenzen. Außerdem sind noch ein paar VIPs abgestiegen, die an einer Tagung teilnehmen, daher gelten besondere Sicherheitsbestimmungen. Diskretion ist höchstes Gebot.«

»Wie viele Zimmer?«, fragte Noda.

»Etwa fünfzig«, antwortete Durgan mit einem Bedauern in der Stimme. »Das hier werden Sie vermutlich brauchen.« Er reichte uns Biltmore-Namenschilder und Generalschlüssel. »Wenn wir in meinem Büro sind, kann ich Ihnen auch noch Jacken und Hosen geben.«

»Das nenne ich doch mal eine geschäftliche Verbindung, wenn's gleich eine ID und einen Generalschlüssel gibt.«

Sein Grinsen verrutschte. »Die sind aus meiner privaten Werkzeugkiste. Wenn Maryanne das wüsste, würde sie kein Wort mehr mit mir wechseln. Brauchen Sie mich dabei?«

»Besser, Sie kommen mit«, sagte Noda. »Der Kerl ist immer gut für Überraschungen.«

»Ganz zu schweigen davon, dass er seinen Weg ganz gern mit Leichen pflastert«, fügte ich hinzu.

KAPITEL 64

Bekleidet mit einer langen Hose und einem blauen Blazer und bewaffnet mit einer kleinen Knarre, die wir uns hinten in den Hosenbund gesteckt hatten, betraten wir den Eingangsbereich des Biltmore. Das luxuriöse Haus mit seinem mediterranen Ambiente war ein pfirsichfarbener Monolith aus vergangenen Zeiten. Im Zentrum ragte ein Turm hoch in den Himmel empor, und zu beiden Seiten erstreckten sich Flügel, die Coral Gables, Miamis schicke Enklave, würdevoll und elegant zu umarmen schienen.

»Unsere Garderobe ist nicht angemessen«, stellte ich fest.

Durgan ließ die Augenbrauen tanzen. »Wir wissen schließlich, wohin wir gehören.«

Vielleicht waren Noda und Durgan daran gewöhnt, sich zu kostümieren, aber ich kam mir mit dem Biltmore-Namenschild am Revers ziemlich blöd vor. Mein neuer Name war Tony.

Erbaut in den zwanziger Jahren war das komplett renovierte Biltmore mit Anmut in die Jahre gekommen. Im Eingangsbereich dominierten gedämpfte Grau- und Brauntöne. Riesengroße Hartholzvolieren waren in genau bedachten Abständen aufgestellt worden. Eine Reminiszenz an die frühen Jahre des Hotels, als farbenprächtige tropische Finken noch exotisch waren und mit Eleganz in Verbindung gebracht wurden. Die Finken, die ihre Regenbogenfarben stolz zur Schau trugen, waren immer noch da.

»Okay. Alle wissen Bescheid«, sagte ich. »Wir halten Verbindung.«

Nachdem wir die Räume unter uns aufgeteilt hatten, gingen Durgan und ich los. Noda blieb als Wachposten im Foyer zurück für den Fall, dass unsere Zielperson sich aus dem Staub machen wollte, bevor wir sie aufgespürt hatten. Wir tauschten die Handynummern aus und verabredeten, ihn gemeinsam zu verhaften, oder uns in vierzig Minuten in der Halle zu treffen, falls sich unsere Suche als erfolglos erweisen sollte.

Ich machte mich auf den Weg in die mir zugeteilten Stockwerke. Adrenalin schoss mir in die Adern. Wir waren Inoki dicht auf den Fersen. Die japanische Polizei war wegen der Einbrüche hinter ihm her, ich suchte Vergeltung. Die Abrechnung für Yoji und Hamada.

Eigentlich sollte der betagte Killer mit seinen mehr als achtzig Jahren ein Schatten seiner selbst sein. Stattdessen hinterließ er überall in der japanischen Hauptstadt Leichen, ohne dass auch nur einer aus der vierzigtausend Mann starken Polizeitruppe von Tokio Verdacht schöpfte, bevor Wu ihn auf dem alten Armeefoto von Miura endlich ausgemacht hatte.

Wir gingen es mit größter Vorsicht an, und ich schöpfte zum ersten Mal Hoffnung. Mit Noda und Durgan im Rücken und Inspektor Kato und seinem Team auf dem Weg hierher, hoffte ich, den ergrauten Schlächter endlich am Wickel zu haben und noch vor dem Abendessen mit ihm auf dem Rückweg nach Japan zu sein. Spätestens aber morgen.

Ich arbeitete mich die Gänge des Biltmore entlang und klopfte höflich an jede Tür. Ein weicher rosafarbener Teppich dämpfte meine Schritte. Ich stellte mich als Hausdiener vor und erkundigte mich in schnellem Englisch, ob vielleicht ein Gepäckstück verloren gegangen wäre. Blazer und Namensschild reichten aus, um keinen Verdacht zu erregen.

Die meisten Gäste waren gar nicht da. Und wenn, machten sie nur kurz die Tür auf, um zu antworten. Kam auf mein Klopfen keine Antwort, ging ich weiter, um es später noch einmal zu versuchen. Den Generalschlüssel wollten wir erst ins Spiel bringen, wenn wir mit leeren Händen dastanden.

Da Inoki mit zwei Chinesen unterwegs war, bauten wir darauf, dass uns ein asiatischer Akzent Inokis Nähe bekunden und die durch fünf Zentimeter dickes Holz schnell gesprochene Frage sie verwirren würde. Wir rechneten nicht damit, dass sie sich zeigen würden, indem sie die Tür öffneten. Vielmehr erwarteten wir eine höfliche Verneinung im verräterischen Akzent, woraufhin wir uns in der Lobby zusammenfinden und schließlich zu dritt zurückkommen würden, um zuzuschlagen.

Ich hakte das sechzehnte von fünfundzwanzig Zimmern auf meiner Liste ab und näherte mich dem siebzehnten, klopfte an und stellte meine Frage.

»Kommen Sie rein«, ließ sich eine gedämpfte Stimme vernehmen.

Die Tür war nur angelehnt, als erwartete man den Zimmerservice. Ich stieß sie auf und ging, ohne groß nachzudenken, hinein. Nennen Sie es, wie Sie wollen – Ausrutscher, Dummheit oder Jetlag –, im Nachhinein ist es sowieso nicht mehr wichtig.

Es war zu spät.

KAPITEL 65

Im Zimmer waren drei Männer, die alle standen. Zwei hielten einen Revolver in der Hand. Einer davon war Inoki.

»Herzlich willkommen, Mr. Brodie«, sagte er. »Treten Sie doch bitte ein.«

Die Hand an der Türklinke trat ich einen halben Schritt zurück.

Inoki streckte den Arm aus, mit dem er die Waffe hielt. »Nein, nein. Kommen Sie rein. Glauben Sie mir, ich schieße.«

In Anbetracht seines Sündenregisters, war diese Warnung selbst in den ehrwürdigen Hallen des Biltmore schwer zu ignorieren.

»Woher wussten Sie das?«, fragte ich.

Inoki grinste. »Einer meiner Jungs hat Sie mit Ihren Leuten im Foyer gesehen. Also haben wir beschlossen, auf Sie zu warten. Kommen Sie rein und schließen Sie bitte die Tür.«

Bitte. Die charmante Hand des Todes.

Der Unbewaffnete trat auf mich zu, stieß mich nach vorn in die Suite hinein, warf die Tür zu und schloss ab. Er tastete mich ab und nahm mir die Waffe weg. Er war Chinese, wie auch der dritte Mann im Raum. Beide waren groß und schlank, hatten zerzaustes Haar und einen ungesunden Teint. Es schien sich um Brüder zu handeln, von denen der eine etwa Mitte vierzig, der andere gut zehn Jahre jünger war. Es war keiner der drei, die mich auf der Fähre angegriffen hatten.

»Das hätten Sie nicht tun sollen, Brodie. Ihren Kunden habe ich doch unbehelligt gelassen.«

Inokis Gebaren ließ eine Arroganz erkennen, die mir bei unseren Begegnungen in Miuras Haus noch gar nicht aufgefallen war. Seine verdeckten Operationen hatten ihn geschult.

»Er hat uns zu seinem Schutz angeheuert, *aber auch* um herauszufinden, wer für die Einbrüche verantwortlich ist.«

»Wirklich? Dann wissen Sie es ja jetzt. Oder auch … Sie tun es nicht.«

Ein Funkeln lag in seinen Augen.

»Ist das all die Morde wert, Inoki?«, fragte ich ihn.

Eine fleischige, violett-graue Zunge schob sich aus seinem Mund, während er sich seine Antwort zurechtlegte. Wie eine vollgefressene Gartenschnecke rutschte sie über seine Lippen. »Ich hatte schon ganz vergessen, wie aufregend Einsätze sein können.«

»Einsätze?«

»Der Krieg in der Mandschurei war ein Dorado. Ich nahm mir, was ich wollte. Leben, Frauen, Gold. Aber ich habe mit dem Geld um mich geworfen, ohne mir groß Gedanken über die Zukunft zu machen. Ich war viel zu jung, um für meine besten Jahre etwas zurückzulegen. Wie die Jugend so ist.«

»Und mit den Einbrüchen wollten Sie Ihre glorreichen Jahre wieder aufleben lassen?«

Mit der Zunge schob er seine Unterlippe nach vorne, während er über meine Bemerkung nachdachte. »Spotten Sie nur, aber Sie sind näher dran, als Sie glauben. Ich würde eher sagen, dass ich eine alte Leidenschaft wiederentdeckt habe. Nach dem Überfall auf die erste Familie konnte ich nicht mehr aufhören. Mit einem Mal war dieser Zwang wieder da. Besonders bei Frauen. Aber das Ganze geht nicht allein auf mein Konto. Die Kuang-Brüder hier haben mir geholfen.«

Irgendetwas in mir ließ mich vor diesem Mann zurückschrecken. Er war kranker Schleim aus einer vergangenen Zeit.

»Familien mit Kindern, Inoki.«

Er sah mich mit düsterer Miene an. »Was gibt Ihnen das Recht, über mich zu urteilen? Es gab Zeiten, da hat mich die Regierung sehr gut dafür bezahlt, genau das zu tun. Miuras Armeekameraden waren alt und verbraucht. Der eine blind, der andere an den Rollstuhl gefesselt. Ihr Leben war zu Ende.«

»Aber es waren doch immerhin auch Ihre Freunde. Vielleicht sollten sich Ihre *neuen* Freunde das gut merken.«

Der ältere der beiden Brüder grinste höhnisch. Der jüngere zeigte keine Reaktion.

Inoki zog anerkennend eine Augenbraue hoch. »Sie sind clever, Brodie. Aber das funktioniert nicht. Die beiden Jungs hier sind wie eine richtige Familie. In der Mandschurei gehörte ich zu einer Eliteeinheit. Wir waren den kommandierenden Feldmarschällen direkt unterstellt und übernahmen besondere, äh, Aufgaben. Oft wurden wir unter falscher Identität losgeschickt, um die Truppen zu inspizieren. Eine Zeit lang wurde ich Miuras Einheit zugeteilt, aber meine Loyalität gehörte meinen Befehlshabern und meinen eigenen Leuten.«

Das erklärte, warum er versucht hatte, sein Gesicht auf dem alten Foto zu verstecken.

»Und Miura hat von Ihrem Doppelspiel nichts geahnt?«, fragte ich.

»Nie.«

»Wusste er etwas über ›Schwarzer Wind‹?«

Inoki sprach mit leiserer Stimme. »Diesen Namen habe ich schon seit Jahrzehnten nicht mehr gehört. Woher wissen Sie davon? Die Operation war streng geheim, und unser Codename wurde immer geändert. Die Bezeichnung ›Schwarzer Wind‹ war nur den chinesischen Bauern bekannt.«

Ich antwortete nicht.

Inoki sah mich forschend an. Er hob den Revolver. »Wollen Sie mir nicht sagen, von wem Sie das wissen?«

»Eigentlich nicht.«

Inoki starrte mich weiter an.

»Wu«, sagte er schließlich. »Und *ich* habe Sie drauf gebracht. Der alte Quacksalber ist also noch am Leben. Mir sind solche Geschichten zu Ohren gekommen, ich konnte aber nicht glauben, dass er den Kugelhagel am Fluss überlebt hat. Habe ich recht?«

Ich sagte nichts. Ich hatte versprochen, Wus Namen nicht herauszuposaunen, und das Versprechen gehalten. Aber manche Kreise sind einfach zu klein. Zhou, der chinesische Spion, hatte sich umgesehen und Wu entdeckt. Inoki ahnte es, obwohl er sehr wenig wusste. Trotz seiner über achtzig Jahre war Inoki geistig sehr rege und in vielerlei Hinsicht immer noch ein gefährlicher Mann.

Doch dann schien der alte Kämpe das Interesse an Wu zu verlieren. »Haben Sie eigentlich eine Ahnung, wie lange ich hinter Puyis Schatz her war?«

»Sind Sie sicher, dass er dem letzten Kaiser gehörte?«, fragte ich. »Er ist doch mittellos gestorben.«

»Und ob ich sicher bin. Schließlich habe ich bei einem meiner letzten Einsätze seine Verlegung beaufsichtigt. Als Japan gegen Ende des Krieges langsam schwächer wurde, beauftragten Puyis Bewacher meine Einheit damit, die Hälfte des Schatzes vorsichtshalber verschwinden zu lassen. Puyis engster chinesischer Vertrauter begleitete uns, um das Vergraben zu dokumentieren. Fünf Waggonladungen haben wir in einer Höhle tief in den Bergen versteckt. Auf dem Rückweg wurden wir von Banditen überfallen. Wir waren ihnen um einiges überlegen und haben kurzen Prozess mit ihnen gemacht. Aber«, ein Leuchten flackerte in Inokis Augen auf, »Puyis Vertrauter wurde von einem Querschläger getroffen.«

Grinsend fuhr er fort: »Die sterblichen Überreste des armen Kerls brachten wir zusammen mit denen von ein paar Banditen zurück, um zu beweisen, dass man uns überfallen hatte. Aber nachdem ich Puyis rechte Hand mit einer Waffe der Banditen erschossen hatte, nahm ich Veränderungen an der Karte vor. Puyi würde die Höhle nie finden.

Zwei Wochen später kam es ohne Vorwarnung zur Kapitulation, und meine Kriegstage waren gezählt. Aber es kam noch schlimmer. Auf Japaner wurde plötzlich Jagd gemacht. Wir wurden von den Chinesen verfolgt. Und von den Russen. Drei der vier Männer, die mit mir zusammen die wertvolle Fracht hatten verschwinden lassen, waren schon am nächsten Tag tot. Wir hatten geplant, uns Richtung Süden zum nächsten Hafen abzusetzen. Zu fünft hätten wir es geschafft. Da nun aber drei meiner zuverlässigsten Begleiter tot waren, schnitt ich dem vierten im Schlaf die Kehle durch, sodass ich als Einziger von dem Geheimnis wusste. Bis auf mich waren alle, die die *richtige* Stelle kannten, tot. Der Schatz gehörte mir.

Ich allein konnte aber nicht mit fünf Waggonladungen flüchten. Gleich nach der Kapitulation stürzte China in ein Chaos. Ich beschloss daher, zurückzukehren, wenn Gras über die Sache gewachsen war. Aber dann flammte der Bürgerkrieg zwischen den Kommunisten und den Nationalisten wieder auf und zog sich über Jahre hin. Nachdem die Kommunisten die Kämpfe für sich entschieden hatten, riegelten sie das Land ab. Als China sich in den siebziger Jahren schließlich wieder öffnete, schloss ich mich einer Reisegruppe an und machte mich allein auf den Weg zur Höhle, doch der Schatz war verschwunden.

Ein paar meiner alten chinesischen Kontaktmänner hatten den Krieg überlebt. Die meisten waren verarmt. Ich habe ihnen über viele Jahre Geld zukommen lassen, sodass ich auf ihre Dankbarkeit und Loyalität bauen konnte. Die beiden hier, das sind die Enkel meines guten Freundes Kuang.«

Er hielt inne und bedachte die beiden mit einem warmherzigen Blick, bevor sich seine Miene wieder verfinsterte. »Dann machten in diesem Sommer plötzlich Gerüchte über den Schatz die Runde. Die beiden hier sind dem nachgegangen. Die ursprüngliche Höhle lag unweit von Anli-dong. Einer der Bauern im Dorf hatte den Schatz nur an eine andere Stelle verfrachtet. Da er keinem der örtlichen Funktionäre trauen konnte und keine Möglichkeit hatte, die Gegenstände nach Übersee zu schaffen, wandte er sich an Doi aus Miuras alter Truppe. Doi! Ein Mann, der dämlich genug ist, sein Leben für einen Goldfisch zu riskieren. Aber das war drei Jahre her. Drei lange Jahre, und ich habe erst in diesem Sommer davon erfahren. Aber selbst da wusste ich noch nichts von Doi.

Die Dorfbewohner traten an ihn heran, als er auf einer seiner Wohltätigkeitsreisen im Mutterland unterwegs war. Sie mochten ihn und vertrauten ihm. Finanziell war er abgesichert, er selbst hatte kein Interesse daran, der Einfaltspinsel. Er wandte sich an seinen alten Leutnant. Miura machte mit seiner Frau Urlaub in einem Kurort mit heißen Quellen, aber Yoji war da, um das Haus zu hüten. Und Doi hat ihm die Geschichte erzählt. Da Yoji über seine Firma Verbindungen zum Mutterland hatte, versprach er, sich darum zu kümmern, bat Doi aber inständig, seinem Vater nichts davon zu erzählen, weil Akira ein schwaches Herz hätte. Sein Herz war vollkommen in Ordnung, aber das konnte Doi nicht ahnen. Er machte mit, und die beiden gingen eine Partnerschaft ein. Es dauerte drei Jahre, aber Yoji holte den Schatz heraus. Im Juli verließ die letzte Ladung Hongkong per Schiff. Als wir zusammen in dem Haus waren, erzählte Doi mir einen Teil der Geschichte, ohne dass Miura es mitbekam. Natürlich ohne die Geheimnisse auszuplaudern. Als der Idiot dann seine Goldfische füttern ging, haben meine Jungs den Rest aus ihm herausgeprügelt.«

»Das verstehe ich nicht. Warum haben Sie sich an Doi gehängt? Hatten Sie nicht schon alles von Yoji erfahren, bevor sie ihn umbrachten?«

Inoki sah mich zunächst irritiert an und platzte dann los vor Lachen. »Sie glauben doch nicht etwa, dass wir Yoji umgebracht haben?«

»Nein?«

»Natürlich nicht.«

»Und Hamada?«

»Wen?«

Seltsam. Seine Reaktion kam spontan und überzeugend.

»Die Männer, die mich auf der Fähre überfallen haben.«

Inoki schüttelte den Kopf. »Was reden Sie da? Wollen Sie mich aus dem Konzept bringen? Vergessen Sie's.«

Seine Antworten kamen postwendend, und das beunruhigte mich. Wenn seine Leute mit diesen Vorkommnissen nichts zu tun hatten, dann musste es irgendwo anders noch einen heimlichen Dritten geben. Ein weiteres Argument für Nodas Theorie vom weißen Ritter.

»Aber was machen Sie dann hier in Miami?«, fragte ich.

Ich hatte die Frage noch nicht ganz ausgesprochen, als es mir schlagartig dämmerte.

Am Morgen davor gebucht, also bevor ich bei Miura war, um mit ihm über den Schatz zu sprechen.

Er wollte sich Puyis Schatz holen.

Der ältere der beiden Kuang-Brüder, der sich während des größten Teils unserer Unterhaltung auffallend nervös gezeigt hatte, machte eine Bemerkung auf Chinesisch, worauf sich eine Unterhaltung entspann, der ich nicht folgen konnte.

Inoki sah mich streng an. »Mein Partner möchte nicht, dass ich Ihnen noch mehr erzähle, aber ich habe ihm gesagt, dass er sich keine Sorgen machen muss, weil Sie sowieso bald tot sein werden. Er hat mir erlaubt, Ihre Fragen zu beantworten, wenn er Sie anschließend selbst töten darf. Kein besonders seriöses Geschäft, ich weiß, aber als Autoritätsperson muss man gelegentlich das eigene Vergnügen dem großen Ganzen opfern. Können Sie Kung Fu?«

»Nein.«

»Gut. Dann wird der Tod Sie schnell und schmerzlos ereilen. Ich habe ihn schon Wirbelsäulen brechen sehen. Aber wo waren wir doch gleich stehengeblieben? Ach ja, Miami. Dank Doi haben wir Yojis Leute in Miami aufgespürt. Außer Doi und Yoji, die nun nicht mehr unter uns sind, gibt es noch fünf. Keiner von ihnen war Soldat. Wir werden uns den Schatz holen und jeden umbringen, der sich uns in den Weg stellt. Aber zunächst gilt es, Sie aus dem Weg zu räumen.«

Inoki nickte, und der ältere der beiden Brüder holte aus.

KAPITEL 66

Inoki hatte die falsche Frage gestellt.

Kung Fu konnte ich nicht, was aber nicht bedeutete, dass ich seinen Karate- und Judokünsten, die er mit der Muttermilch aufgesogen hatte, nichts entgegenzusetzen gehabt hätte.

Dass Inokis Selbstvertrauen völlig fehl am Platze war, erkannte ich schnell. Kuang war bestenfalls mittelmäßig. Seine Fertigkeiten erwiesen sich als wenig ausgefeilt. Er beherrschte die Grundtechniken und war stark. Gegen einen Gegner mit geringen oder gar keinen Kampfkunstkenntnissen war er ausgezeichnet. Gegen mich allerdings hatte er keine Chance.

Was mich in arge Bedrängnis brachte.

Mit ihm würde ich natürlich fertigwerden, hätte dann aber gewonnen und verloren. Zwei Waffen waren auf mich gerichtet, mit denen man, kaum wäre Kuang erledigt, zum Gegenschlag ausholen würde. Sie würden schießen. Und gegen Kugeln konnte ich nichts ausrichten. Meine einzige Chance war Inokis sogenannter Kung-Fu-Meister. Und das würde schmerzhaft werden.

Ich ließ Kuang bei jedem Manöver einmal dicht an mich herankommen, zog mich dabei aber jedes Mal so weit zurück, dass ich die Wucht seiner Schläge abmildern oder sie mit einem Block in letzter Minute ablenken konnte. Einem Beobachter wäre es vorgekommen, als würde Kuang mich langsam und schmerzvoll aufreiben. Entsprechend verzog ich das Gesicht, was mir nicht schwerfiel, denn Kuang war stark, und in jedem seiner Schläge lag eine ungeheure Kraft.

Vor jedem neuen Treffer umkreisten wir einander. Seine beiden Begleiter wichen uns großräumig aus. Beim achten oder neunten Schlagabtausch hatte ich mich in die Position gearbeitet, auf die ich es abgesehen hatte, und als Kuang das nächste Mal angriff, ließ ich ihn gewähren, packte seinen Arm, während ich zu Boden fiel, rammte ihm den Fuß in den Bauch und schleuderte ihn über meinen Kopf hinweg in Richtung seines Bruders. Dann machte ich eine Rolle, sprang wieder auf und stürzte mich auf ihn.

Kuang flog mit dem Kopf voran gegen seinen Bruder. Beide gingen zu Boden, aber durch den großen Schwung blieb der Ältere erst eineinhalb Meter hinter seinem Bruder liegen. Als sich der Jüngere wieder aufrappelte, rammte ich ihm die Faust in den Magen, schnappte mir seine Knarre, huschte hinter ihn, riss ihn an den Haaren nach oben und drückte ihm den Lauf des konfiszierten Schießeisens an den Kopf.

Inoki sah dem Schauspiel beunruhigt zu. »Sie zögern das Unvermeidliche nur unnötig hinaus, Brodie.«

»Das Blatt hat sich gewendet, Inoki.«

»Glaub ich nicht.«

Ich ließ den Alten in seinem Irrglauben und machte mich hinter meiner Geisel klein. Inokis Schießkünste mochten im Alter zwar nachgelassen haben, aber eine

Distanz von höchstens drei Metern bot tatsächlich keinen wirksamen Schutz. Inoki schien sich seiner Sache sehr sicher zu sein. Den Lauf seiner Waffe hielt er schussbereit auf mich gerichtet. Auch der ältere Bruder, der sich inzwischen mit hochrotem Gesicht wieder aufgerappelt hatte, richtete seine Waffe auf mich.

»Ich habe den Finger am Abzug«, sagte ich. »Wenn Sie auf mich schießen, falle ich nach hinten und drücke dabei garantiert ab. Selbst wenn Sie treffen, ist Ihr Kleiner hier entweder tot oder Gemüse.«

Kuang ließ die Waffe sinken. Inoki hielt seine weiter auf mich gerichtet. Der ältere Kuang raunte dem alten Kämpfer etwas auf Chinesisch zu, woraufhin Inoki die Waffe sinken ließ.

»Ich sage Ihnen, was jetzt passiert«, sagte ich. »Sie verdünnisieren sich. Den Kleinen schicke ich Ihnen hinterher.«

Inoki schüttelte den Kopf. »Kommt gar nicht in Frage. Sie verlassen diesen Raum nicht lebend.«

Ich zog mich seitwärts zum nächstliegenden Schlafzimmer zurück, wobei ich meine Geisel hinter mir herzog. Dann trat ich die Tür auf, warf einen kurzen Blick in den Raum und nahm gleich wieder mein Auditorium ins Visier. Keiner hatte die Gelegenheit genutzt, sich auch nur einen Millimeter vom Fleck zu bewegen. Und das war klug.

»Okay, anderes Szenario«, sagte ich. »Ich gehe ins Schlafzimmer, erschieße den Kleinen hier, dann warte ich, bis einer von Ihnen durch die Tür kommt, auf den ich dann eine Salve abgebe. Somit hätten wir zwei Tote und stünden uns Auge in Auge gegenüber. Das ist Ihre zweite und letzte Chance.«

Ich sprach langsam und deutlich auf Japanisch, sodass der ältere Bruder mich verstehen konnte.

Sie schwiegen.

»Spricht Junior Japanisch?«, fragte ich.

»Nein.«

»Englisch?«

»Nein.«

»Dann geben Sie ihm per Handzeichen zu verstehen, dass er keine Dummheiten machen soll. Gesprochen wird nicht.«

Sein Bruder bedeutete ihm zu warten und machte ihm klar, dass niemand etwas geschehen würde. Dann flüsterte er Inoki etwas ins Ohr.

»Mein chinesischer Freund hier sagt mir gerade, dass er Sie gern selbst erschießen möchte«, dolmetschte der alte Hase vom Sondereinsatzkommando.

Mein Griff um seinen Bruder wurde fester. Ich ließ die Mündung des Revolvers vom Kopf zu seinem Herzen wandern. »Die Entscheidung liegt ganz bei Ihnen.«

Kuang verzog das Gesicht. »Sie Scheißkerl. Woher sollen wir wissen, dass wir Ihnen trauen können?«

»Soll ich den Kleinen hier als Souvenir mit nach Hause nehmen? Gehen Sie raus, und Sie bekommen ihn zurück.«

»Okay. Wir gehen. Wenn er nicht rauskommt, bring ich Sie um. Wenn nicht heute, dann irgendwann später. Sie entkommen mir nicht. Ich finde Sie und töte Sie.«

Ich verdrehte die Augen. »Sie bekommen ihn wieder. Aber richten Sie nicht noch einmal Ihre Waffe auf mich.«

Sie bewegten sich zur Tür, wobei ihre Blicke rasch zwischen mir und meinem Gefangenen hin und her wechselten.

Als Kuang seine Hand nach der Türklinke ausstreckte, sagte ich: »Legen Sie die Waffen auf die Garderobe, verlassen Sie den Raum, und machen Sie die Tür hinter sich zu.«

Sie legten die Waffen auf einen Beistelltisch aus poliertem Mahagoni, gingen hinaus und zogen die Tür hinter sich zu.

Die erste Schlacht war geschlagen, aber zu Ende war der Krieg damit noch nicht.

Ich bewegte mich in den vorderen Teil des Zimmers, der junge Kuang immer vor mir, zum Eingang hin, für den Fall, dass Inoki mit einer zweiten Waffe wieder hereingeplatzt kam. Alte Soldaten ziehen nie unzureichend bewaffnet in den Krieg.

An der Tür angekommen, fing Kuang an, sich zu winden.

»Immer mit der Ruhe«, raunte ich ihm auf Englisch zu, in der Hoffnung, dass die Tonlage reichen würde, ihm den Gehalt des Wortes zu vermitteln.

Das war nicht der Fall.

Ich drückte ihm den Lauf gegen den Hals, und er erstarrte.

»Guter Junge«, sagte ich, erneut um eine beruhigende Stimmlage bemüht. Diesmal aber auf Japanisch. »Es ist ganz einfach. Verhalten Sie sich ruhig, dann passiert Ihnen nichts. Bei der kleinsten falschen Bewegung könnte mein Finger an den Abzug kommen.«

Da der andere der beiden etwas Japanisch sprach, dürfte dieser hier auch ein paar Worte verstehen, und diese paar würden reichen, um meine Botschaft rüberzubringen. Auf die nächsten dreißig Sekunden kam es an. Ich musste unter allen Umständen vermeiden, dass meine Geisel im falschen Moment in Panik geriet. Eine ungeschickte Bewegung könnte uns beide das Leben kosten.

Ich bedeutete ihm mit dem Kopf, er solle die Tür öffnen, und drückte ihm die Waffe noch fester an den Hals. »Langsam«, sagte ich.

Er verstand mich.

Er streckte die Hand zur Türklinke aus und zog sie langsam auf. Ich bremste die Türbewegung mit dem Fuß ab. Dann lugte ich durch den Spalt in den Gang. Niemand zu sehen.

»Gut, raus jetzt«, sagte ich.

Ich riss die Tür auf, schob Kuang auf den Gang hinaus, wich ins Zimmer zurück, lehnte mich gegen die Wand, schlug die Tür zu und verriegelte sie. Dann drückte ich mich gegen die angrenzende Wand.

Ich vernahm Schritte, die sich entfernten, dann, eine Sekunde später, noch mehr Schritte, die sich rasch näherten. Wie viele es waren, konnte ich nicht ausmachen. Eine Kugel durchschlug in Brusthöhe die Tür.

Der junge Kuang rief etwas auf Chinesisch. *Verdammt.* Ich musste die Sprache nicht verstehen, um zu wissen, was es bedeutete. Ich duckte mich, während zwei weitere Geschosse das Panel durchschlugen, gegen das ich mich vor einem Moment noch gelehnt hatte. Ich warf mich zu

Boden und erwiderte das Feuer, wobei ich auf eine Stelle etwa fünfundzwanzig Zentimeter unterhalb der beiden Einschusslöcher zielte. Ich hörte den älteren Kuang aufschreien und zurücktaumeln.

Aber ich wusste nicht, wie viele sich davongemacht hatten. Oder noch da draußen waren.

KAPITEL 67

Ich rief Noda an.

»Du hast dich viel zu lange nicht gemeldet«, sagte er. »Alles in Ordnung?«

»Ich bin denen in die Falle gegangen. Inoki und zwei chinesischen Schlägertypen.«

»Sind sie weg?«

»Bin nicht sicher. Es gab einen Schusswechsel. Einen habe ich erwischt. Holt mich hier raus.« Ich nannte ihm die Zimmernummer und beschrieb die beiden Kuang-Brüder.

Vier Minuten später klopfte es an der Tür.

»Alles klar. Noch da drin, Brodie?«, fragte Durgan.

»Ja.«

»Allein?«

»Ja.«

»Verletzt?«

»Nur mein Ego«

»Gut. Wir müssen weg hier. Die stecken alle schon ihre Köpfe zur Tür hinaus. Der Sicherheitsdienst ist sicher gleich da. Komm langsam raus.«

Das war die Ansage eines Profis. Durgan fürchtete, dass man mir eine Waffe an den Kopf hielt und ich nicht frei reden konnte. Ich sah durch den Türspion, konnte aber niemanden sehen. Dann schob ich meine Waffe vorn in den Hosenbund, sodass sie sichtbar war, drehte den Schlüssel um und kam mit locker an der Seite herabhängenden Armen heraus. Eine Hand riss mich nach rechts. Keine zwei Meter weiter auf der linken Seite hockte Durgan, an die gegenüberliegende Wand gelehnt und mit angelegter Waffe, sodass er jeden erwischen konnte, der hinter mir aus der Tür kam. Ich sah ihn an. Ein paar Sekunden vergingen, dann ließ Noda mich los.

»Ich geh mal davon aus, dass Sie allein sind«, sagte Durgan.

Ich nickte: »Messerscharf kombiniert.«

Durgan richtete sich auf, inspizierte die Einschusslöcher in der Wand und in der Tür und schüttelte den Kopf. »Maryanne wird stinksauer sein. Wir verschwinden besser über die Hintertreppe.«

Wir gingen zum Ende des Flurs.

»Stinksauer? Worüber?«, wollte ich wissen.

»Sie ist stellvertretende Geschäftsführerin. Hockt zu Hause, kotzt sich die Seele aus dem Leib, und plötzlich erweist sich dieser verdammte Norovirus sogar als Schutzengel. Wenn wir hier raus sind, brauch ich die Anstecker und die Jacken zurück.«

Wir liefen die Treppe hinunter und gaben Durgan auf dem Treppenabsatz zum zweiten Stock die Reversnadeln des Biltmore zurück. Mit den Jacken warteten wir, bis wir das Hotelgelände verlassen hatten.

»Finden Sie die wieder?«

»Das dürfte jetzt um einiges schwieriger werden, weil die wissen, dass Sie hinter ihnen her sind. Ich brauche alle Einzelheiten, sobald wir hier raus sind.«

Unten angekommen, traten wir durch die Tür hinaus in die strahlende Sonne Floridas und standen vor einer Rasenfläche, die auf den Golfplatz hinausführte.

»Der Hinterausgang«, bemerkte Durgan.

Wir schlenderten über eine wellige Graslandschaft mit Palmen, Rosensträuchern und kleinen Fußwegen. Etwas weiter im Hintergrund breitete sich ein scheinbar nicht enden wollendes Golfgelände aus. Auf der rechten Seite hinter den Rosensträuchern war eine überdachte Terrasse angelegt, neben einem Swimmingpool befand sich dort auch ein kleines Restaurant.

Wir gingen in Richtung Schwimmbereich. Damen in teuren Strandkleidern oder dünnen Überwürfen hingen dort mit Männern in Strickhemden und Badehosen herum. Die meisten der Damen hielten bunte Cocktails in der Hand, meistens Mojitos mit Minzezweigen und violetten, über den Glasrand drapierten Lilien. Die Männer delektierten sich an Whisky in Kristallgläsern oder Martinis.

Bier trank niemand.

»Hier entlang«, sagte Durgan mit unterdrückter Stimme. Er wandte sich vom Restaurantbereich ab und folgte dem überdachten Weg, der am Pool entlang zur Vorderseite des Hotels führte.

Ich blieb einen Augenblick stehen, um alles auf mich wirken zu lassen. Der Pool hatte die Ausmaße einer kleinen Lagune, in der sich sogar Wale wohl gefühlt hätten. Yacht-Crews hätten bequem ihre Regattamanöver trainieren können.

Überall standen gekachelte Tische und schmiedeeiserne

Stühle verteilt. Am anderen Ende des Pools konnte man kleine Hütten mieten, die mit Clubmöbeln, Spalieren und üppig begrüntem Sichtschutz ausgestattet waren.

Während ich den Blick schweifen ließ, sprang mir eine bekannte Gestalt ins Auge. Sie saß drei Tische entfernt im Schatten und zog genießerisch an einem Strohhalm, der in einem Himbeer-Mojito steckte. Ihren kleinen Finger hielt sie ladylike abgespreizt.

In einem Polstersessel, ihren Sohn auf dem Schoß wiegend, so, wie ich sie zuletzt in Tokio gesehen hatte, saß Yoji Miuras Frau.

KAPITEL 68

Sieh einer an! Immer wieder erstaunlich, wie schnell manche sich von einem tragischen Schicksalsschlag erholen. Unaufgefordert ließ ich mich gegenüber der Witwe Miura in einen Polstersessel fallen.

»Das ist ja eine Überraschung, Sie hier zu treffen«, begrüßte ich sie.

So schnell, wie ihr die Verblüffung über das Gesicht huschte, war sie auch schon wieder verschwunden. Ihre Stimme war getragen von perfekter Selbstbeherrschung. »Mr. Brodie, welch ein unerwartetes Vergnügen. Machen Sie auch ein wenig Urlaub?«

Während die Leiche ihres Mannes immer noch im Leichenschauhaus lag, machte sie sich unter der Sonne Floridas ein schönes Leben, und das vermutlich nicht ohne einen Liebhaber in der Nähe. Und dabei sah sie auch noch unverschämt gut aus. Über einem korallenroten Bikini trug Mrs. Miura ein am Saum ausgestelltes, elegantes langes Strandkleid aus weißem Chiffon. Ich sah mich nach ihrer Begleitung um, konnte aber niemanden entdecken. Wahrscheinlich war er draußen auf dem Golfkurs.

»Sagen wir, ich bin auf einen kurzen Arbeitsurlaub hier«, stellte ich klar. »Haben Sie schon mit Inoki-san gesprochen?«

»Mit wem?«

Es war nur ein vager Verdacht, von dem ich nicht glaubte, dass er sich als begründet erweisen würde. Trotzdem konnte ich mir nicht verkneifen, sie damit zu konfrontieren. Sie wirkte ehrlich verstört, und das war verständlich. Die Kuang-Brüder waren über Doi an Yojis Tablet-Computer herangekommen, in dem die Buchung im Biltmore für Yoji und seine Partner gespeichert gewesen sein dürfte.

»Hat Ihr Mann dieses Hotel ausgesucht?«

Sie rückte sich in ihrem Sitz zurecht. Ein angenehm femininer Duft strömte mir entgegen. Mit einem ziellosen, aber begeisterten Lächeln sah ihr Sohn ein paar Kindern zu, die im Pool plantschten. Sein Kopf kippte zur Seite, der Blick war wach, wenn auch unkoordiniert. Arme, Beine und Hände waren in unnatürlichen Winkeln verdreht, was ihm vermutlich aber nur natürlich erschien.

»Ja, damals. Es sollte der erste Stopp auf unserer Reise zu den Inseln sein. Ich habe Ihnen bei Ihrem ersten Besuch doch davon erzählt.« Ihr Lächeln war schwach, doch nicht ohne Wärme.

Tatsächlich hatte sie es bei meinem Besuch in ihrem Haus nur indirekt angesprochen. Sie hatte über ihr Schicksal gejammert, ihre Zukunft und die finanzielle Sicherheit, die sie verloren hätte. Dann bekam sie ihren Nervenzusammenbruch, woraufhin sie sich weigerte, mir weitere nützliche Informationen zu liefern.

Mein Argwohn entging ihr nicht, und sie fügte hinzu: »Ich *musste* einfach weg nach all dem, was passiert ist. Also bin ich allein gefahren. Na ja, nicht ganz allein«, räumte sie ein, während ihr Lächeln gefror. »Ken-chan ist bei mir.« Sie wuschelte dem Jungen durch das Haar. Wenn er es überhaupt mitbekommen hatte, ließ er es sich jedenfalls nicht anmerken. Sein glasig schimmernder Blick blieb unverändert auf das Treiben im Pool gerichtet.

»Ein sehr charmanter Begleiter«, bemerkte ich, während ich den Blick ungeniert über den Tisch wandern ließ.

Vor ihr stand ein halb aufgegessenes Hummersandwich. Vor Ken ein Kinderteller mit frittierten Chicken Nuggets und einem Glas Kakao. Vor mir standen ein Teller und ein Becher, beide waren leer.

Mrs. Miuras Lächeln flackerte. »Meine Freunde haben alle gesagt, dass es für mich das Beste wäre, hierher zu kommen.« Sie beugte sich vor, um mir etwas anzuvertrauen. »Wissen Sie, eigentlich wollte Yoji auf eine dieser karibischen Inseln fahren, mit diesen Eingeborenen, die alle nur halb angezogen sind. Aber mir war nicht wohl bei dem Gedanken. Ich kenne ihre Kultur nicht und auch nicht ihre Musik oder sonst etwas. Deshalb bleibe ich lieber in Miami.«

»Sie sind also im stillen Gedenken an Yoji hergekommen?«

»Ja, das ist richtig.«

Ihr Lächeln gewann an Wärme, und ich lächelte zurück. Dann ließ ich die Bombe platzen. »Sie sind also gar nicht mit einem Freund hier, um nach dem Schatz zu suchen?«

Ich nahm den leeren Becher in die Hand und fuchtelte damit vor ihren Augen herum.

Sie lief tiefrot an. Das genügte. Trotzdem unternahm sie einen verzweifelten Versuch, sich aus der Affäre zu ziehen.

»Sie sprechen sehr gut Japanisch«, sagte sie mit einem einnehmenden Lächeln, »aber für jemanden, den ich erst seit kurzem kenne, sind Sie viel zu gerade heraus.« Sie bedachte mich mit einem warmen Lächeln. Ein zaghafter Versuch zu flirten. »Sie haben einen so wundervollen Beruf. Bestimmt reisen Sie oft an Orte wie diesen. Wahrscheinlich kennen Sie Miami wie Ihre Westentasche, oder?« Ihre Stimme ließ unverstellte Bewunderung erkennen.

Sie hatte das Gespräch in andere Bahnen gelenkt. Meinen Vorstoß geschickt überspielt, ohne den Liebhaber zu dementieren. Auch die Erwähnung des Schatzes rief keine Reaktion hervor. Beides hatte sie großzügig umschifft, mir meine Unverfrorenheit mit neckischem Blick nachgesehen, um mit damenhaftem Charme zur Tagesordnung überzugehen.

Und dabei war sie geradezu umwerfend.

Ihr Lächeln wurde breiter und verführerischer. Sie sah mich mit einem Glanz in den Augen an, als wäre ich der attraktivste Mann, der ihr seit Jahren begegnet war. Ihr Blick sandte ein vages Versprechen aus, dem man sich nur schwer entziehen konnte. Sie war *wirklich* eine wunderschöne Frau und stand, obwohl sie älter war, der Geliebten ihres Mannes in nichts nach.

»Bitte entschuldigen Sie. In meinem Job kommen einem so allerhand Dinge zu Ohren«, sagte ich, ohne konkreter auf ihre Bemerkung einzugehen.

Und dabei blieb es.

Und fand sein Ende.

Ihr Lächeln erstarrte. Die Wangenmuskulatur verspannte sich, und sie machte dicht. »Tratsch und versteckte Anspielungen sind etwas Grauenhaftes, finden Sie nicht auch? Und ich gehe davon aus, Sie arbeiten immer noch für *diesen Mann*.«

Ihre Miene verdüsterte sich mit diesen Worten, und sie schien eine Antwort zu erwarten – wobei sie eine Augenbraue einnehmend hochzog, sodass ich wusste, dass sie es ernst meinte, mich aber nicht angegriffen fühlte.

»Wenn ich etwas bin, dann hartnäckig«, bemerkte ich und rang mir nun selbst ein verbindliches Lächeln ab.

Es funktionierte nicht.

Ihr Blick flackerte. »Dann bleibt es bei dem, was ich Ihnen zu Hause schon gesagt habe. Diesem Mann werde ich auf gar keinen Fall helfen. Es tut mir leid, aber so ist es halt. Ich will nicht unhöflich sein, aber wir machen hier Urlaub, und den möchte ich mir nicht verderben lassen. Ich habe wenig genug davon gehabt in letzter Zeit.«

»Verstehe.«

»Das will ich hoffen. Wir brauchen eine Pause. Ich noch mehr als Ken-chan, aber er in seiner kleinen Welt spürt die Belastung auch. Er vermisst seinen Vater jeden Tag aufs Neue«, sagte sie, und ihr Lachen verrutschte. Ihre Augen verrieten aufrichtigen Schmerz.

Ich spürte Mitleid mit dem Kind. Möglich, dass der Junge, wie man so sagt, nicht richtig anwesend war, aber den Stimmungswandel seiner Mutter nahm er sofort wahr. Er neigte den Kopf zur Seite und sah sie mit großer Bewunderung an, hob die Hände und wollte ihr über die Wangen streicheln. Stattdessen aber schlenkerten und zuckten seine Gliedmaßen und klatschten ihr schließlich ins Gesicht. Sie nahm die ungelenke Liebkosung sanftmütig hin, ließ die Zuwendung einen Augenblick zu, bevor sie ihm seine schlackernden Extremitäten mit einem Kuss auf die Stirn wieder zurück auf den Schoß legte. Er lächelte flüchtig und wandte den Blick wieder den Kindern im Pool zu.

»Ich liebe Miami«, sagte sie mit feuchten Augen. »Sie nicht? Sonne, Strand, frische Luft, gutes Essen, nette Menschen. Ich könnte für immer hier leben.«

Der Rhythmus ihrer Worte klang optimistisch, wenn auch etwas ungelenk. Ken wurde sofort munter. Er drehte den Kopf wieder in ihre Richtung und lächelte. Wieder küsste sie ihn auf die Stirn. Dann sah er erneut zum Pool hinaus und begann, sich wohlig in ihrem Schoß zu wiegen.

»Ja«, sagte ich. »Ich mag es auch. Wohnen Sie hier im Biltmore?«

Sie sah auf die Uhr. »Ich möchte Ken-chan gern die Manatis zeigen. Er liebt Elefanten, wissen Sie, und Manatis sind so eine Art Wasserelefanten für ihn. Jedenfalls habe ich ihm das erzählt. Er ist schon ganz aufgeregt. Deshalb würden wir jetzt gern gehen.«

Ich machte noch einen letzten Versuch. »Sind Sie sicher, dass Sie mir nicht doch noch etwas sagen möchten? Es könnte mir wirklich helfen, den … den … Täter zu finden.«

»Täter« klang so falsch. So gestelzt. *Killer* hatte ich sagen wollen oder *Mörder*, aber für das japanische Ohr, in diesem Fall auch meines, klangen beide Begriffe und alle anderen Bezeichnungen dafür, ungeachtet meines unverblümten Vorstoßes von vorhin, zu direkt.

»Nett, dass Sie fragen«, sagte Mrs. Miura. »Wirklich. Bitte geben Sie nicht auf. Ich möchte, dass Sie denjenigen finden, der dafür verantwortlich ist. Aber Yojis Vater helfen, nein. Das bringe ich nicht übers Herz. Er wollte nicht, dass wir heiraten, wissen Sie. Habe ich Ihnen das schon erzählt?«

»Ja, das haben Sie.«

»Na ja, es ist die Wahrheit.«

»Wasserelefanten, Mami«, sagte ihr Sohn.

»Er hat ein außergewöhnliches Zeitgefühl«, vertraute Mrs. Miura mir an. »Ich weiß nicht, wie er das macht, aber wenn man ihm sagt ›zwei Stunden‹, dann weiß er ganz genau, wann die Zeit um ist. Dabei fällt mir ein, warum kommen Sie nicht einfach mit?«

»Nein, nein, ich …«

»Wasserelefanten, Mami«, sagte Ken wieder und starrte mich mit großen Augen an.

Mrs. Miura schenkte ihrem Sohn ein Lächeln, wie das nur eine Mutter kann. »Ken braucht einen anderen Mann in seiner Umgebung. Ich meine heute«, setzte sie nach und errötete. »Sie sind stark, Sie sprechen Japanisch. Möchten Sie nicht mitkommen?«

»Ich fühle mich geehrt, wirklich, aber ich habe noch eine Verabredung.«

Sie lächelte aufrichtig, um ihrem Angebot mit einer weiteren gehörigen Portion weiblicher Wärme und Einfühlung Nachdruck zu verleihen. »Na gut«, lenkte sie ein, hob Ken hoch und verbeugte sich kurz. »Es war mir ein Vergnügen.«

Auch ich stand auf und sah ihr nach, wie sie davonging.

Sie behielt ihr Lächeln, dachte aber wohl, ich würde nicht bemerken, wie ihre Züge sich verfinsterten, als sie sich abwandte.

Ich hätte mich ohrfeigen können. Mit ausgefahrenen Klauen und zum Duell nur allzu bereit, war ich zu ihr an den Tisch gekommen. Gewonnen hatte ich jedoch nur zwei unmissverständliche Eindrücke. Der erste war, dass es ihr trotz eines Sorgenkindes als Klotz am Bein gelungen war, mich für dumm zu verkaufen, und zweitens, dass ich im Trüben fischte.

TAG 13

NADELÖHR

KAPITEL 69

Um halb acht am folgenden Morgen wachte ich davon auf, dass jemand laut gegen die Tür donnerte.

Mein erster Gedanke war, *dass Inoki mich aufgespürt hätte*, verwarf den aber gleich wieder. Schließlich war der ehemalige japanische Special Agent in verdeckter Mission unterwegs. Sich zu erkennen zu geben, war nicht sein Stil. Als Nächstes dachte ich, *dass die Polizei mich wegen der Schießerei im Biltmore zur Rede stellen wollte*. Immerhin galt das Hotel als die beste Herberge der Stadt, und eine unaufgeklärte Schießerei könnte dem Fünf-Sterne-Image durchaus abträglich sein.

Schließlich bellte eine herrische Stimme auf Japanisch einen Befehl: »Brodie, werfen Sie sich verdammt noch mal in Ihre Klamotten und bewegen Sie Ihren Arsch spätestens in zehn Minuten runter. Befehl aus Tokio.«

Schlagartig war es mit dem Schlaf vorbei. Mit der Anzeige wegen des Kendo-Clubs am Hals blieb mir gar nichts anderes übrig, als nach Tokios Pfeife zu tanzen.

Dann vernahm ich das Klopfen auch an Nodas Tür, und dieselbe einseitige Unterhaltung folgte. Das Alpha-Männchen der Tokioter Polizei war inzwischen auch eingetroffen und posaunte seine testosterongesteuerten Kommandos hinaus, um sein Revier zu markieren.

Zwanzig Minuten später schob ich mich aus dem Zimmer. Da mit Inspektor Kato und dem Wunderknaben des MPD auch Rie angekündigt war, waren eine kurze Dusche und eine Rasur angebracht gewesen. Vor dem Aufzug traf ich auf Noda, der ein Gähnen unterdrückte.

»Das war doch mal ein Wecker«, bemerkte ich.

Noda knurrte: »Das sind die Typen, wegen denen ich auf die Marke von der Metropolitan Police immer gern dankend verzichtet habe.«

»Typen wie der sollten aus dem Dienst entfernt und erschossen werden.«

Wir betraten den Aufzug. Es war nicht das Resultat eines konspirativen Plans, zehn Minuten »später« zu kommen. Wir taten es einfach. Keiner von uns nahm Marschbefehle von großmäuligen japanischen Polizeibürokraten entgegen, deren Autorität in Miami ungefähr so viel zählte wie die eines Eisbären. Das Risiko, dass sie mich wegen des Einbruchs in Tokio drankriegten, ging ich gern ein.

An der Rezeption hatte wieder der weißhaarige Kubaner Dienst. An diesem Morgen im lindgrünen Hemd und mit einem grauen Fedora auf dem Kopf. Er lächelte. »Haben Sie überall so viele Freunde, *Señor?*«

»Fragen Sie mich das in fünf Minuten noch mal«, entgegnete ich.

Er kicherte und machte sich an irgendwelchen Unterlagen zu schaffen.

Die Abordnung vom Tokioter Polizeirevier hing am Hoteleingang herum. Kato, Rie, der Türklopfer und ein vierter Mann, der lateinamerikanischer Herkunft zu sein schien. Der Kläffer vom MPD trug einen dunkelblauen

Anzug, ein weißes Hemd und eine Krawatte in gedecktem Blau. Vermutlich die einzige in ganz Coconut Grove. Angesichts des schwülen Klimas von Miami trug sie wohl nicht gerade zu seinem Wohlergehen bei.

»Mein Name ist Jim Brodie, und das ist Kunio Noda. Schön, Sie kennenzulernen«, begrüßte ich ihn auf Englisch. *Schön* mochte in dem Fall des Guten zuviel gewesen sein, aber ich legte immer äußersten Wert auf Höflichkeit, solange man mich nicht über einen gewissen Punkt hinaus provozierte.

»Inspektor Shin Yano«, stellte der zweibeinige Wecker sich vor. »Ich weiß, wer Sie sind, auch wenn mir um einiges wohler wäre, wenn ich Sie ignorieren dürfte. Wir sind offiziell bei der Polizei von Miami angemeldet, also ist das hier *mein* Job. Sie und Ihr Mann«, er machte eine abschätzige Bewegung mit dem Kinn in Nodas Richtung, »sind mir unterstellt. Es gibt einen Verbindungsbeamten vor Ort, und ich habe mich damit einverstanden erklärt, alles über ihn zu regeln.«

»Das haben Sie ausgezeichnet gemacht«, lobte ich ihn.

»Professionell, wie es sich gehört«, schnappte Yano mit behördlicher Arroganz zurück, um bei den örtlichen Kollegen eine Duftmarke zu setzen. Auch das war eine Bedingung, um wieder an meinen Reisepass zu kommen. Ich hatte mich jedem unterzuordnen, den die Tokioter Polizei schickte.

Ich wartete darauf, dass man mir den vierten Mann vorstellte, aber als Yano keine Anstalten machte, streckte ich ihm meinerseits die Hand entgegen. »Dann sind Sie vermutlich der Verbindungsbeamte hier in Miami?«

»Juan Moreno, ja.«

Wir reichten uns die Hand.

»Ganz unten in der Hackordnung?«, fragte ich.

»In diesem Kaff an einem Sonntag? Wenn ich jetzt in den fünften Stock hochgehe, habe ich wahrscheinlich die unterste Stufe erreicht.«

Ich grinste gönnerhaft.

Rie trug ein ordentliches, marineblaues Kostüm mit einer weißen Bluse, was ihrer Polizeiuniform sehr nahe kam. Ich ignorierte sie. Wenn schon ein unfreiwilliger Sprung in den Sumida ihrer Karriere einen Dämpfer verpassen konnte, dann käme die leiseste Andeutung einer Freundschaft zwischen ihr und mir vermutlich der Vernichtung gleich.

In dem Augenblick, in dem ich sie *nicht* ansah, huschte ein Ausdruck der Erleichterung über ihr Gesicht.

»Haben Sie Inoki schon getroffen?«, erkundigte sich Yano.

Eine weitere Bedingung war, dass wir den Inspektor über alles zu informieren hatten, was wir in seiner Abwesenheit aufdeckten. Im Nachhinein betrachtet, hatte ich dem MPD möglicherweise zu viele Zugeständnisse gemacht.

Noda kam mir zuvor: »Suchen noch.«

»Konnte Ihnen Ihr Mr. Fitch nichts anbieten?«

»Nichts.«

»Haben Sie mit sonst noch jemand in dieser Sache Kontakt aufgenommen?«

»Nein.«

»Gibt es weitere Verdächtige?«

»Nein.«

Während Noda Yano abblockte, fragte ich mich, was Durgan inzwischen erreicht haben mochte. Er hatte mich am Abend zuvor angerufen, um mir mitzuteilen, dass Inoki und die Kuang-Brüder nicht mehr in ihre Suite im Biltmore zurückgekehrt waren. Ihr Gepäck, das sich auf drei kleine Rollenkoffer beschränkte, war zurückgeblieben.

»Ist die Quelle zuverlässig?«, hatte ich ihn gefragt.

»Ein Freund bei der Polizei.«

»Das reicht.«

Nachdem Mrs. Miura in ihrem atemberaubenden weißen Strandkleid davonstolziert war, um sich auf ihren Ausflug in die Sümpfe vorzubereiten, hatte ich mich auf dem Parkplatz vor dem Biltmore wieder zu Noda und Durgan gesellt. Von dort aus hatte unser Mann in Miami uns in eines seiner Lieblingsrestaurants mitgenommen, um die Stimmung ein wenig zu heben.

»Wenn auf einen geschossen wird und man überlebt, ist das in unserem Job ein Sieg. Man muss sich auch mal was gönnen. Ich lade Sie ein. Es ist das beste spanische Restaurant in der Stadt.«

Eine nette Geste, die ich dankbar annahm. Während sein Partner mit zwei anderen Kollegen Miami auf Spuren von Inoki absuchte, ließ Durgan im Los Gallegos, einem kleinen, aber feinen Tapas-Restaurant im entlegeneren Teil der Bird Road, ein Festmenü kommen.

Durgan grinste zufrieden. »Euren Kerl zu finden, dürfte eine Weile dauern. Das Gute daran ist, dass drei Mann in einer so kleinen Stadt wie Miami schon fast eine Kompanie sind. Der Typ, der bei mir für die Technik zuständig ist, sieht sich im Internet um. Wir verfolgen die Spur von drei Asiaten. Einer von ihnen um die achtzig, die anderen beiden Brüder, die von Weitem auch als Zwillinge durchgehen könnten. Genauso gut könnten die sich auch das Hollywood-Schild auf den Rücken schnallen. Wenn die wirklich so dumm sind, sich in der Öffentlichkeit blicken zu lassen, haben wir sie bald. Und solange lassen Sie es sich schmecken.«

Der Ober brachte eine Flasche Rotwein, dann eine Reihe hausgemachter Tapas – brutzelnde Chorizo in einer heißen Pfanne, Kabeljaustückchen, Kichererbsen, Knoblauchgarnelen. Es gab Schlimmeres.

»Ich bedaure die zusätzliche Arbeit«, sagte ich.

»Kommt vor.«

»Sollte es aber nicht.«

Noda grunzte. Ich war mir nicht sicher, ob das Geräusch eine Bestätigung meines Kommentars sein sollte oder nur der puren Lust an den *calamares fritos* geschuldet war, die er sich gerade in den Mund schob.

»Es ist nicht Ihr Fehler«, sagte Durgan. »Nichts ist zäher als ein alter Profi. Auch wenn es einer aus dem vergangenen Jahrhundert ist.«

»Können wir Ihnen irgendwie behilflich sein?«

»Genießen Sie die Tapas, und lassen Sie meine Jungs das machen, was sie am besten können.«

Das saß.

Yano schüttelte den Kopf angesichts Nodas ständiger Verneinung. »Wie es scheint, darf man sich auf eine geballte Ladung Inkompetenz gefasst machen, wenn man es mit Ihnen zu tun hat, oder?«

Noda schwieg ganz. Sein Beruf hätte Yano eigentlich lehren müssen, wie man Leute zu nehmen hat. Insbesondere Kollegen. Man musste kein Genie sein, um zu erkennen, dass Noda nicht zu den Leuten gehörte, die sich ungestraft beleidigen ließen. Wenn einem das nicht schon das untersetzte Bulldoggengesicht, die schroffe Art und der dunkle, stechende Blick verrieten, dann spätesten die Narbe über seiner Augenbraue.

Mein Handy klingelte. »Stört es Sie, wenn ich das Gespräch annehme?«, fragte ich und drückte auf die Taste, ohne Yanos Antwort abzuwarten.

»Packen Sie den Sunblocker ein«, sagte Durgan.

»Sie haben sie ausfindig gemacht, und sie sind unterwegs?«

»Genau. Inoki und seine chinesischen Buchstützen haben gestern Abend den letzten Flug in Richtung eines gewissen Tropenparadieses genommen.« Er nannte mir den Namen.

Eigentlich wollte Yoji auf eine dieser karibischen Inseln fahren, mit diesen Eingeborenen, die alle nur halb angezogen sind. Aber mir war nicht wohl bei dem Gedanken.

Sah ganz danach aus, als hätten Yojis Leute sich nicht vom Kurs abbringen lassen.

»Leuchtet ein. Gute Arbeit.«

»Brauchen Sie Unterstützung da drüben?«

Beschämt betrachtete ich die Abordnung der Tokioter Polizei, die im Hotelfoyer zusammenstand.

»Danke, nein. Wir verfügen über ausgezeichnete Verstärkung vor Ort.«

»Wenn das so schlecht ist, wie es klingt, könnte ich Ihnen den Rücken freihalten.«

»Verlockend, aber diesmal nicht.«

»Da ich weiß, was ich weiß, habe ich mir erlaubt vorzugreifen und Sie beide auf den nächsten Flug gebucht. Ganz normal, geht in drei Stunden. Passt Ihnen das?«

»Perfekt«, sagte ich.

»Sonst noch etwas?«

»Nein. Guter Job, Fitch.«

»Das sagten Sie bereits. Und sagen Sie Abercrombie zu mir.« Er legte auf.

Ich schob mein Handy in die Tasche, und Yano sah mich stirnrunzelnd an. »War das Ihr Fitch?«

Aha, er ließ sein erlesenes Detektivgespür durchblicken.

»Ja«, sagte ich. »*Wir* haben einen Flug. Ich würde vorschlagen, dass Sie dieses Mal versuchen mitzukommen.« Dann wandte ich mich unserem Verbindungsmann zu. »Moreno, heute ist Ihr Glückstag.«

»Was ist passiert, *Amigo*?«

»Sie haben den Nachmittag frei.« Und an Yanos Adresse gerichtet sagte ich: »Ich hoffe, Sie haben ihren Diplomatenpass dabei. Sie werden sich mit einem anderen Polizeirevier vermählen müssen.«

»Polizeirevier, wo?«

»Barbados.«

KAPITEL 70

Rache ist süß, und selten folgt sie so schnell auf dem Fuß.

Verdutzt sahen Noda und ich Yanos Gesichtsausdruck in sich zusammenfallen und sich in ein Sinnbild menschlicher Verzweiflung verwandeln. Er würde sich ranhalten müssen, wenn er Plätze auf derselben Maschine buchen und gleichzeitig die offizielle Zusammenarbeit mit der Polizei unseres neuen Zielgebiets arrangieren wollte.

Das Schlimmste aber kam noch, das war uns klar. Und Yano auch.

In Tokio war es kurz nach neun Uhr abends. Sein Vorgesetzter war mit hoher Wahrscheinlichkeit auf einen Drink unterwegs, schmierte hochgestellten Persönlichkeiten Honig um den Bart oder war auf andere einschleimende Weise dabei, sich in die oberen Ränge des MPD vorzuarbeiten. Yano blieb nichts anderes übrig, als die Arschkriecherei seines Chefs zu unterbrechen, um sich den Weg zur Polizei von Barbados ebnen zu lassen. Sonst, wenn es nicht funktionierte, würde der erklärte Wunderknabe geopfert, gehäutet, gevierteilt und der japanischen Presse und den hohen Tieren des Tokioter MPD wie ein Stück Thunfisch zum Fraß vorgeworfen werden.

Nodas Mundwinkel zuckten, als Yano wie elektrisiert sein Handy aus der Tasche zerrte und eine Nummer hineinhackte. Mein Gesichtsausdruck dürfte sich von dem meines Partners kaum unterschieden haben. Rie trat hinter ihren Chef, um ihr immer breiter werdendes Grinsen zu verbergen.

»Was gibt's da zu gaffen?«, blaffte der MPD-Detective uns an. Rie konnte von Glück sagen, dass sie und Kato hinter Yano standen.

»Hundefleisch«, sagte Noda.

Unwirsch drehte uns Yano den Rücken zu. Rie nahm blitzschnell Haltung an.

Keine zwei Minuten später hatte sich die Abordnung des Tokioter MPD die Bordkarte beschafft.

Yano wirkte verärgert, war aber schließlich doch zufrieden. Die Maschine hatte nur einen Eingang. Um an Bord zu gelangen, mussten sich alle Passagiere zunächst durch den Bereich der Economy-Klasse fädeln, in der wir unsere Plätze eingenommen hatten. Yano blieb bei uns stehen, um uns mitzuteilen, dass wir uns nach der Ankunft wiedersehen würden, und begab sich zügig in die Business-Klasse. Kato und Rie folgten ihm. Kato drehte sich noch einmal um und zwinkerte mir zu. Erst als ihr Chef sich wieder abgewandt hatte, sah Rie uns an und deutete eine Verbeugung an.

Tauwetter kündigte sich an. Schon möglich, dass Rie immer noch einen Hass auf mich hatte, aber dass ein überheblicher Babysitter vom MPD, der noch dazu rein gar nichts zu diesem Fall beigetragen hatte, Noda und mich völlig grundlos maßregelte, machte sie bestimmt nicht sanftmütiger. Schließlich hatte die Tokioter Polizei den ersten konkreten Hinweis auf die Einbrüche uns gemeinsam zu verdanken – Noda, der sich überall umgetan hatte, bis er Ries Verbindung zu dem Chinesen aufgedeckt hatte; Rie selbst, weil sie uns nach Chinatown gebracht hatte; und mir, weil ich die alten Kriegsfotos ausgegraben hatte, auf denen Wu Inoki erkannt hatte.

Kaum waren sie hinter dem Trennvorhang verschwunden, sagte Noda: »Gut, dann haben wir jetzt erst mal unsere Ruhe.«

Fast den ganzen Flug verbrachte ich dösend. Unter den Passagieren waren Touristen aus Amerika und Europa und vielleicht noch drei weitere Japaner. Der Rest waren Leute aus Barbados, ein freundlicher Menschenschlag von unterschiedlicher Hautfarbe, von Weiß über helles Braun und kaffeefarbene Töne bis hin zu dunklem Kakao. Sie hatten etwas Fröhliches an sich und wirkten entspannt, was mir sehr sympathisch war. In ihrer Sprache nannte man das *»abhängen«*, hatte Durgan mir erklärt, was soviel bedeutete wie einen Gang herunterzuschalten, um Essen, Freunde und das Leben zu genießen. Inselleben eben. Eine hohe Dosis Wellen und Sonne taten das ihrige.

Ihr Dialekt war so beschwingt und rhythmisch, dass es meine Träume beflügelte.

Ehe ich's mich versah, kündigte der Pilot schon die bevorstehende Landung auf dem internationalen Flughafen Grantley Adams an, gut zehn Kilometer von der Hauptstadt Bridgetown entfernt. Mit geschlossenen Augen hörte ich zu, wie er das Auditorium darüber belehrte, dass der ganze Inselstaat nur wenig mehr als dreißig Kilometer lang und zwanzig Kilometer breit war, genauso groß wie Montreal.

»Den Amerikanern unter Ihnen sei erklärt, dass die Insel etwa dreieinhalb mal so groß ist wie San Francisco oder zweimal so groß wie Washington, D.C.. Unsere europäischen Gäste mag interessieren, dass sie etwa ein Viertel der Fläche von London umfasst. Aber seien Sie unbesorgt, auch wenn Barbados klein ist, wir werden die Landebahn nicht verfehlen.«

Er wartete, bis das Gelächter verebbt war und schob noch einen Besuchertipp hinterher: »Sollten Sie im Wasser sein und es fängt an zu regnen, dann bleiben Sie einfach, wo Sie sind. So warm ist unser Inselparadies.« Wieder wurde gelacht.

Wie versprochen setzte die Maschine ohne Zwischenfälle auf. Während der Jet zum Ankunftsterminal rollte, griff der Chefsteward zum Mikrofon und bat alle, zunächst sitzen zu bleiben, bis wir am Gate angekommen wären. Dort kämen Beamte an Bord, um VIPs aus dem Flugzeug zu begleiten. Es würde nur eine Minute dauern. Im Übrigen hieß es, wir sollten uns gedulden, da »die Insel schließlich nicht weglaufen würde«. Erneut Gelächter.

Als die Luke geöffnet wurde, betrat eine Delegation der Polizei von Barbados die Kabine. Sie trug braune Uniformen und steife schwarze Mützen. Ihre Mienen ließen wenig Freundlichkeit erkennen.

»Das sieht nicht gut aus«, sagte ich zu Noda, ohne den Blick von den Gestalten zu lassen, die in den vorderen Flugzeugteil marschierten.

Zwei Minuten später kehrte das uniformierte Empfangskomitee mit Yano, Kato und Rie zurück. Zwei Männer führten die Parade an, drei gingen hinterher. Mit stolzgeschwellter Brust plauderte Yano vergnügt mit dem Kommandanten der Gruppe, der ein zahnreiches Grinsen zur Schau trug. Auf ihrem Weg zum Ausgang bedachte Yano uns mit einem abschätzigen Blick, nicht zuletzt, um uns zu bedeuten, dass er die Polizei für sich in Anspruch nehmen und alles tun würde, um uns auf Abstand zu halten.

Dann waren sie verschwunden.

»Haben Sie das gesehen?«, fragte ich.

»Ja«, sagte Noda.

»Hatte das MPD das von Anfang an geplant?«

Noda grunzte. »Spielzeug zum Aufziehen ist so programmiert.«

Der Steward bedankte sich für unsere Geduld und ließ uns schließlich aussteigen.

Warum sich Gedanken machen?, dachte ich mir.

Ein Gefühl, das ich besser ernster genommen hätte.

KAPITEL 71

Vor der Passkontrolle stellten sich die Passagiere in einer Reihe an. Ein Fenster wurde geöffnet, und Noda ging hinüber, um seine Reisedokumente vorzulegen. Als der nächste Schalter frei wurde, ging ich an Noda vorbei zu dem Beamten. Der Mann, der Nodas Pass in Augenschein nahm, winkte zwei bewaffnete Wachmänner herbei.

»Bringen Sie den Passagier in den Warteraum,« hörte ich ihn sagen.

»Mit meinem Pass ist alles in Ordnung«, brachte Noda mit einem Ausdruck mäßigen Protests in der Stimme hervor.

Die Wache nickte. »Reine Routine, mein Freund. Wir befragen alle Japaner Ihres Fluges.«

»Von allen ankommenden Flügen?«

»Nein, nur von Ihrem. Sie können gleich wieder gehen und Ihre Reise fortsetzen.«

Attrappen waren die Polizisten von Barbados nicht. Sie durchsuchten unseren Flug nach Schläfern von der Tokioter Polizei. Als die Wachen ihn abführten, bemühte Noda sich, nicht in meine Richtung zu sehen.

Ich kam ohne Probleme durch die Grenzkontrolle, erledigte die Einwanderungsformalitäten, suchte mir in der Ankunftshalle einen Platz und wartete auf meinen Chef-Ermittler.

Fünf Minuten vergingen, zehn, schließlich fünfzehn.

Mein Telefon klingelte. Es war Durgan.

»In Sachen Waffen kann ich nichts für Sie tun.«

»Warum nicht?«

»Mit Fremden, die hier auf der Insel mit Waffen erwischt werden, geht man nicht gerade zimperlich um. Mit Einwohnern sind die Bullen noch weniger nachsichtig. Deshalb hat sich meine Kontaktperson geweigert, obwohl ich den doppelten Marktwert geboten habe. Presseberichte über Schießereien sind schlecht für den Tourismus, und der stellt immerhin fast achtzig Prozent der Arbeitsplätze. Sie haben mir Messer mit Fußholstern angeboten. Reicht das?«

»Ich kann Messer nicht leiden«, entgegnete ich. »Es geht auch ohne.«

Durgan seufzte. »Es würde ihre Gefühle verletzen, wenn Sie ablehnen. Nehmen Sie die Waffen wenigstens an, und lassen Sie sie dann auf dem Zimmer liegen. In Kürze wird Sie jemand in Ihrem Hotel aufsuchen.«

»Okay, schon gut.«

Dann schwieg Durgan einen ungewöhnlich langen Moment.

»Stimmt etwas nicht?«, fragte ich.

»Schlechte Nachrichten.«

»Was ist los?«

»Ihre Mrs. Miura. Sie ist gestern verschwunden.«

»Wie verschwunden?«

»Unfall in den Everglades. Der Kleine auch. Vermutlich tot.«

Ich spürte, wie sich etwas in meiner Brust zusammenzog.

Sie hatten zu dritt ein Sumpfboot gemietet, waren aber nicht zurückgekommen, erzählte mir Durgan. Fünf Stunden nachdem sie losgefahren waren, hatte jemand das gekenterte Boot im Schilf entdeckt. Von den Passagieren keine Spur – Mrs. Miura, ihr Sohn und ein unbekannter Japaner.

Die Polizei hatte die Identität von Mrs. Miura und ihrem Sohn anhand ihrer Kreditkarte und der Aussage eines Fahrers vom Biltmore ermittelt, der auf dem Parkplatz stand und auf die drei gewartet hatte. Der Japaner war allein zurückgekommen, seine Identität war bis jetzt ungeklärt. Die Polizei ging von einem Unfall aus, prüfte aber auch, ob es vielleicht Selbstmord war, da über Nacht kein Wagen auf dem Parkplatz zurückgeblieben war. Ein Polizeigutachter hatte erklärt, dass man, wenn wirklich menschliche Körper ins Wasser gelangt wären, mit ziemlicher Sicherheit davon ausgehen müsse, dass »sie von Alligatoren in eine Höhle oder unter einen Baumstamm gezogen worden waren, um sie reifen zu lassen, bis sie gefressen werden konnten. Alligatoren sind faule Jäger und eigentlich gar nicht scharf auf Menschenfleisch, aber wenn Nahrung herumliegt, schnappen sie zu.«

»Können Sie sich vorstellen, dass vielleicht ein zweites Boot gewartet hat?«, fragte ich.

»So wie sich der Fall darstellt, würde ich glatt sagen *natürlich*. Die Vorzeichen sind alles andere als gut. Wenn Leichen auftauchen, dann sind es vermutlich die der Frau und des Kindes. Der Mann ist über alle Berge.«

Ich schloss die Augen und holte tief Luft. Der kleine Ken Miura. Der glasige Blick, so hilflos und trotzdem so liebenswert. Nicht die kleinste Chance hatte er auf dieser Welt gehabt, und schon war er von der Bildfläche verschwunden. Kaum ein Jahr älter als Jenny, die nur geringfügig weniger hilflos war als er. Meine Tochter war nicht von einer Behinderung gezeichnet, aber Kinder waren eben Kinder.

»War das, bevor Inoki die Stadt verlassen hatte, oder danach?«

»Danach.«

Er kam also nicht in Frage. Dass er und seine Leute etwas damit zu tun hatten, ergab sowieso keinen Sinn. Wahrscheinlich hatte der Liebhaber es auf Mrs. Miura abgesehen, nachdem ihm etwas von den Dukaten zu Ohren gekommen war.

Ich bedankte mich bei Durgan, legte auf und machte mir weiter Sorgen um Noda. Mein Telefon klingelte erneut.

Ich nahm das Gespräch an und erkannte sofort Ries Stimme: »Ich bin's«, flüsterte sie. »Sind Sie auch festgenommen worden?«

»Nein. Wollen Sie damit sagen, dass es stimmt, was ich glaube?«

»Ja. Das war keine offizielle Willkommensabordnung. Die haben uns abgefangen.«

»Sind Sie in Ordnung?«

»Im Augenblick ja.«

»Sind Sie noch bei der Polizei?«

»Ja, aber sie haben unsere Pässe und die Handys kassiert. Ich bin auf der Damentoilette und rufe von meinem iPod über Skype an. Die ganze Station ist mit WLAN ausgestattet, das sogar hier funktioniert.«

»Sind Sie in Gefahr?«

»Nein, sind wir nicht. Denen geht es nur darum, uns unter Kontrolle zu haben. Inspektor Kato hat zwei von denen belauscht. So schnell werden die uns nicht freilassen.«

Plötzlich fühlte ich mich gar nicht mehr so sicher.

»Ist Noda bei Ihnen?«

»Nein. Warum? Warten Sie, ich höre Stimmen. Ich rufe Sie wieder an, sobald ich kann.«

Sie beendete das Gespräch. Kurze Zeit später zirpte mein Telefon erneut. Als ich aufnahm, sprach Rie mit abgehackter Stimme: »Ich muss mich beeilen. Sie bringen uns in irgendein VIP-Gästehaus. Auf dem Foto erkenne ich drei Stockwerke, einen hohen Säulengang und einen fünf Meter hohen Gitterzaun. Wenn sie uns verhört haben, werden sie die ganze Sache unter den Teppich kehren wollen.«

»Kann ich etwas für Sie tun?«

»Nein, aber gehen Sie der Polizei aus dem Weg. Ach ja, einen von ihnen habe ich sagen hören, dass sie Noda herbringen. Die Visitenkarte von Brodie Security hat ihn verraten. Als Nächstes holen die Sie, wenn Sie nicht so clever waren, getrennt zu reservieren.«

»Doch, haben wir.«

Es gehörte zu den Grundsätzen von Brodie Security, Hotels und Flugtickets getrennt zu buchen. Auch unsere Partnerbüros waren gehalten, dieser Regel zu folgen. Ich hatte nie verstanden, warum wir das eigentlich machten, jetzt wusste ich es.

»Ich muss los«, sagte Rie. »Seien sie vorsichtig, okay?«

»Sie auch«, sagte ich in das Freizeichen hinein.

Sie hatte aufgelegt.

Die Polizei von Barbados hatte Yano, Kato, Rie und sehr wahrscheinlich auch Noda in ihrer Gewalt.

In der vagen Erwartung, dass der kurz angebundene Detektiv sich irgendwie durchboxen würde, gab ich ihm noch dreißig Minuten. Aber er kam nicht mehr heraus aus dem Sicherheitsbereich.

Ich war auf mich allein gestellt.

KAPITEL 72

Ich nahm mir ein Taxi und fuhr zum Accra Beach Hotel in Bridgetown, wo Durgan Zimmer für uns gebucht hatte. Im Nachhinein wünschte ich mir, die Hilfe des Detective aus Miami angenommen zu haben. Er hätte uns aus dem Netz der Polizei herausgepaukt, und ich hätte jetzt Unterstützung.

Doch dazu war es jetzt zu spät.

Ich checkte ein. Die Gebäude der Stadt präsentierten sich in einem sympathischen Mix aus Pastelltönen im kolonialen oder tropischen Stil, dazwischen gestreut touristische Hingucker. Sonne, Musik und fröhliches Lächeln wohin man auch sah. An vielen Stellen wehte unübersehbar die Flagge von Barbados – zwei breite, senkrechte, königsblaue Streifen rechts und links rahmten einen leuchtend gelben Balken, auf dem ein schwarzer Dreizack zu sehen war, ein Symbol für das britische Erbe der Insel

Wie das Biltmore, präsentierte sich auch das Accra als ein Gebäude im mediterranen Stil. Es hatte zwar nur vier Stockwerke, stellte sie zur Strandseite aber nicht minder monumental zur Schau. Es war geringfügig schlichter ausgestattet und kostete ein Drittel weniger. Geboten wurde dafür genauso viel Sonne, noch mehr Palmen, lange weiße Strände, und schlichtes Rattan statt polierter Antiquitäten. Auch Finken gab es keine. Aber das Bett war gut, und die Dusche stark und heiß. Da ich aber sowieso nicht hergekommen war, um in der Sonne zu liegen, hatte ich alles, was ich brauchte.

Es klingelte an der Tür. Ich sah durch den Türspion. Niemand zu sehen. Vorsichtig öffnete ich die Tür. Auf dem Flur stand ein Obstkorb. Ich blickte den Flur entlang. Nichts. Gut. Ich nahm den Korb, machte die Tür zu und schloss ab. Dann stellte ich den Korb auf einen Tisch und sah hinein. Unter dem Obst fand ich zwei Messer mit fünfzehn Zentimeter langen Klingen und Klettbandholstern. Darunter auf dem Korbboden eine handschriftliche Nachricht.

Willkommen auf Barbados, Mr. Jim. Gewisse Passagiere, die aus Miami, Florida, Amerika, eingetroffen sind, wohnen an zwei Orten. Hotelzimmer in Bridgetown und Haus in Turtle Beach. Strandhaus ist sehr abgelegen. Sobald wir sie gesehen haben, melden wir uns.
– Ein Freund von Fitch.

Das las ich gern. Entweder auf digitalem Weg oder über altbewährte Netzwerke hatten Durgans Leute Inoki aufgespürt und würden ihn bald auch zu fassen bekommen. Zwar gab der Hinweis auf zwei gemietete Unterkünfte Rätsel auf, aber sobald sie sich dort hatten blicken lassen, konnte ich damit leben. Der einzige Haken war, dass ich immer noch nicht wusste, ob Noda, Kato und Rie sich den Fängen der Behörden entziehen konnten, wobei sie Yano als Trostpreis gerne behalten durften.

Ich rief Durgan an. »Danke für den Obstkorb. Gibt es sonst noch etwas, was Sie mir sagen können?«

»Mann, Sie befinden sich in einem Inselparadies. Traumhafte Strände, freundliche Menschen und so gut wie keine Kriminalität. Exportschlager sind Rohrzucker, Rum und Cricket-Stars.«

So nah am Äquator scheinen nur Komiker zu leben.

»Das ist mir spätestens auf dem Hinflug klar geworden«, sagte ich.

»Machen Sie das Beste daraus, probieren Sie den frittierten Fisch. Wie gefallen Ihnen die Messer?«

»Sehen aus, als könnte man Kokosnüsse damit schnitzen.«

»Dafür sind sie vermutlich auch gedacht. Jedenfalls haben Sie nicht viel Ärger zu erwarten, wenn Sie damit angetroffen werden.«

»Wenn ich Einheimischer wäre.«

»Ja, als Eingeborener gehen Sie vermutlich kaum durch.«

»Großartig.«

Ich erzählte ihm von dem Empfangskomitee, und Durgan entfuhr ein Pfiff. »Typisch bajanische Schutzvorkehrung. Kommt von ganz oben.«

»Sind meine Freunde in Sicherheit?«

»Absolut. Nur neutralisiert. Sie werden jede Menge zustimmendes Kopfnicken ernten, dümmliches Grinsen, aber keine Antworten, und wenn die Behörden dann alles bereinigt haben, so wie sie sich das vorstellen, werden Ihre Leute mit einem noch freundlicheren Lächeln wieder hinauskomplimentiert werden.«

»Hat die Polizei ein Auge auf Inoki?«

»Wenn ich darüber nachdenke, was die Polizistin mir gesteckt hat, würde ich sagen, nein. Sie wollen einfach jegliches Aufsehen vermeiden. Sie halten die Beteiligten getrennt voneinander, damit es nicht zum Knall kommt. Ist Noda bei Ihnen?«

»Den haben sie sich auch geschnappt.«

»Wenn es so lange Zeit hat, kann ich morgen früh mit dem ersten Flieger kommen.«

»Nein, hat es nicht. Was können die Leute tun, die Sie hier vor Ort haben?«

Er hielt inne. »Shaun und Orin? Die agieren nur im Hintergrund. Dokumente beschaffen, Leute beschatten. Die Drecksarbeit erledigen sie nicht.«

»Das habe ich befürchtet«, sagte ich.

KAPITEL 73

Ich nahm eine Dusche, rasierte mich, döste ein wenig und hatte das Handy schon beim dritten Klingeln in der Hand. Es war zehn vor neun. Draußen war es dunkel.

»Sind sie soweit, Mr. Jim?«

»Name und Adresse.«

»Kommen Sie zu den Oistins Bay Gardens. Fragen Sie die Leute. Jeder weiß, wo das ist. Wir finden Sie.«

Die Hotelangestellten am Empfang kannten Oistins. Desgleichen der erste Taxifahrer, den ich fragte. Den Namen Oistins zu erwähnen war etwa so, als würde man in Paris nach den Champs-Élysées fragen. Man musste von einem anderen Planeten kommen, um es nicht zu kennen. Das Taxi machte sich sofort auf den Weg Richtung Küste, fuhr auf den Highway 7 und rollte etwa zehn Minuten lang am mondbeschienenen karibischen Meer entlang, bevor es die Hauptstraße verließ und die Fahrt durch ein paar kleinere Straßen fortsetzte.

Ich zahlte und ging zum Oistins, das sich als ein riesiges Gelände am Strand entpuppte, auf dem Fisch in allen Variationen gegrillt und endlose Partys abgehalten wurden. Straßenstände verkauften Red Snapper, Fliegende Fische und Mahi Mahi, auch Delphinfisch genannt. Flammen züngelten aus riesigen Grills empor, und weißer Rauch schwebte in Wolken darüber. Man konnte sein

Essen scharf angebraten, gegrillt oder frittiert mit Pommes frites, Kartoffeln, Krautsalat oder grünem Salat haben. Stand einem der Sinn nicht nach Fisch, hatte man die Wahl zwischen Shrimps, Hühnchen oder Fleisch. Unmengen billiges Bier in Flaschen wurde ausgeschenkt, aber auch bernsteinfarbener einheimischer Rum. Abgehackter Reggae, vermutlich der einzige Import der Insel, schwappte von einer Bühne, die sich meinem Blick entzog, zu mir herüber. Mit dem Essen in der Hand wiegten sich die Leute im Takt der Musik.

An einem Picknicktisch mitten auf dem Gelände nahm ich ein dürres Kerlchen von etwa dreiundzwanzig Jahren wahr, das Blickkontakt mit mir suchte und mir einmal kurz zunickte, bevor es gemächlich zum Wasser schlenderte. Ich ging ihm nach, mit einem Abstand von etwa zehn Schritten. Der Schein des Mondes erhellte den Strand. Mein Lotse bog rechts ab und setzte seinen Weg Richtung Westen fort. Pärchen schlenderten händchenhaltend vorbei. Jugendliche schütteten Drinks in sich hinein und grölten durch die Nacht. Familien mit kleinen Kindern tollten ausgelassen im Saum des warmen Wassers.

Der Sand unter den Füßen fühlte sich weich an und leuchtete strahlend weiß. Mit lässig an der Hand baumelnder Bierflasche setzte mein Lotse seinen Weg fort; er unterschied sich nicht von den vielen anderen Einheimischen, die den Abend genossen. Mit unverändertem Abstand zwischen uns gingen wir weiter und ließen das ausgelassene Treiben allmählich hinter uns. Draußen, im Blau des Meeres, zogen zwei Einer-Kajaks in der sanften Dünung parallel zum Strand dahin.

Eine innere Stimme sagte mir, dass wir uns Turtle Beach näherten. Eine hüfthohe Schutzmauer begrenzte den Strand. Dort, wo eine Gruppe hoher Palmen die Mauer in Dunkelheit tauchte, setzte mein Begleiter sein Bier ab, streckte sich, machte einen großen Bogen und ging den Weg zurück, den er gekommen war.

Als er an mir vorbeikam, raunte er: »Das Bier gehört Ihnen, Mr. Jim.«

Ich trat an die Mauer heran und nahm die Flasche. Ich wartete, bis er sich ein gutes Stück entfernt hatte, öffnete sie und nahm einen Schluck, wobei ich gleichzeitig einen beiläufigen Blick in das Buschwerk warf. Die Palmen tünchten die Vegetation darunter in unterschiedlichste Schattierungen von Schwarz.

»Setzen Sie sich auf die Mauer, Mr. Jim«, drang eine Stimme mit dem typischen Akzent der Einheimischen aus dem Dunkel zu mir.

Gute zehn Meter von mir entfernt plätscherten die Wellen an den Strand. Niemand war in Hörweite. Ich ging ein wenig näher heran, blieb aber dann stehen.

»Gut jetzt«, sagte ich. »Hier ist niemand. Warum kommen Sie nicht raus?«

»Ist gut, wo ich bin, Mr. Jim.«

»Hat das einen bestimmten Grund?«

»Alles ist einfach auf Barbados. Die Polizei findet die Leute leicht. Besser, wenn ich nicht mit Ihnen gesehen werde.«

»Na schön.«

»Danke, Mr. Jim.«

Ich war inzwischen ein ganzes Stück von Oistins entfernt, und immer noch schwappten die Klänge der Steel Drums zu mir herüber.

»Was haben Sie für mich?«

»Kommen Sie in den Schatten, Mr. Jim.«

»Wie?«

»Kommen Sie in den Schatten, *schnell.*«

Ich folgte seiner Anweisung, begab mich in den Schutz der Dunkelheit und ließ mich auf der Mauer nieder. Vom Strand aus würden die Leute nicht mehr als nur eine vage Silhouette erkennen.

Und mit dem Bier in der Hand wies ich mich leicht als einer von vielen feierfreudigen Partygängern aus. Kaum hatten sich meine Augen an das schwache Licht gewöhnt, machte ich etwa drei Meter vor mir die Umrisse eines Mannes aus. Er war groß, schmächtig und hatte wie sein Partner einen dunklen Teint.

»Sehen Sie das Liebespärchen im partnerschaftlichen Rot, Mr. Jim?«

In ungefähr fünfzig Metern Entfernung ging ein Paar in roten T-Shirts am Meeressaum in unsere Richtung.

»Ja.«

»Und dahinter, den Mann mit Hund? Dann die Familie? Dann den Mann mit weißem Hut?«

Sein Sehvermögen in der Dunkelheit war um einiges besser als meines, und das war nicht unbedingt schlecht. Ich blinzelte in die Nacht hinaus, etwa zweihundert Meter den Strand hinunter. Den Hund erkannte ich vage. Dass es sich bei der größeren Ansammlung um eine Familie handelte, musste ich ihm glauben. Sicher war ich mir nicht. Dahinter, aus meiner Perspektive ein paar Zentimeter darüber, eine weitere Gestalt. Möglich, dass er eine Kopfbedeckung trug, vielleicht aber auch nicht. Vielleicht war es ein *er*, vielleicht aber auch nicht.

»Das ist er, Mr. Jim«, schnarrte er mit seinem starken Akzent.

KAPITEL 74

Er war nicht mehr als eine silbrige Silhouette im Mondschein. Ein älterer Herr allein auf seinem Abendspaziergang. Luftiger Strandhut, beigefarbene Shorts und ein dunkelblaues Hemd mit Kragen. Flip-Flops.

Als er näher kam, erkannte ich, dass es tatsächlich Inoki war. Ich hielt mich im Schatten, einer von vielen anderen, zu später Stunde noch umherstreifenden Partygästen. Ich nippte an meinem Bier, machte es mir auf meinem Platz bequem und genoss die laue tropische Nacht. Erst als er sich etwa fünfzig Meter von meinem steinigen Aussichtspunkt entfernt hatte, setzte ich mich in Bewegung und folgte ihm. Zur Linken das Meer, zur Rechten der sanft geschwungene Schattenriss tropischer Vegetation.

Von den Kuang-Brüdern weit und breit keine Spur.

Je weiter ich mich von dem kurzweiligen Treiben entfernte, um so stiller wurde es um mich herum. Fast nur noch Pärchen waren hier draußen unterwegs. Hier und da führte jemand seinen Hund aus, und ganz vereinzelt suchten Gestalten nach Strandgut. Im monotonen Rhythmus schwappten die Wellen ans Ufer. Zu meiner Rechten gab die Schutzmauer den Weg auf ein schlecht einzusehendes Areal mit ein paar Hütten und Strandhäusern frei. Die Quartiere wurden immer feudaler.

Einen knappen Kilometer hinter Oistins stieg Inoki ein

paar Stufen hinauf, die auf die Terrasse eines noblen Anwesens führten. Ich verlor ihn aus den Augen, aber kurze Zeit später ging ein Licht an, das die Villa in einen warmgelben Schein tauchte.

Ich näherte mich vorsichtig und schob das kleine Tor oben am Treppenabsatz geräuschlos auf, drückte es mit beiden Händen hinter mir wieder zu, damit das Schloss kein Geräusch von sich gab. Die Terrasse war mit üppig bepflanzten Blumenkübeln und luxuriösen Lounge-Möbeln vollgestellt. In einer Ecke stand ein Tisch mit einer Platte aus geschliffenem Glas, die auf einem Marmorfuß ruhte. Von dort aus hatte man freien Blick auf das Meer. Vor der linken Wand war ein anderthalb Meter langes Beet mit blühenden Blumen eingelassen, vor der anderen stand ein überdimensionierter Grill.

Durch eine strahlend weiße Gardine erkannte ich Inoki, der sich in einem geräumigen Wohnbereich bewegte, der einer vierzigköpfigen Partygesellschaft bequem Platz bot. Gepolsterte Ledersessel und polierte Holztischchen waren so aufgestellt, dass in der Mitte genügend Platz war, um zu stehen und umherzuschlendern. Bodenlange, an den Seiten geraffte Vorhänge hingen seitlich der Türen hinab, die zu der Terrasse hinausführten, auf der ich stand.

Dessen nicht genug, war der Raum von Wänden aus Naturkoralle umgeben, an denen ausgewählte Ölgemälde einheimischer Künstler hingen. Eine durchaus beeindruckende Sammlung, die aber von der dramatischen Inszenierung des Herzstücks dieses Raums überstrahlt wurde. Ein Paar jeweils zwei Meter fünfzig langer antiker Dreizacke kreuzte sich über einer L-förmigen Ledercouch. Eine weitere Anspielung auf die britische Vergangenheit dieser Insel.

Inoki goss sich Bajan-Rum in ein Kristallglas, gab etwas Soda hinzu, griff nach der Fernbedienung, machte es sich auf der Couch bequem und wandte sich dem Neunzig-Zoll-Großbildfernseher zu.

Das würde ich ganz bestimmt auch tun. Ins Paradies kommen, und dann den Abend vor dem Fernseher verbringen. Aber schließlich war der Mann schon über achtzig.

Ich schlich mich von der Terrasse herunter, einen kleinen Weg am Haus entlang, wo ich an einer ultramodernen, chromglänzenden Küche vorbeikam. Ihr Zentrum bildeten eine Kochinsel mit Arbeitsflächen aus Marmor in Olive und Grün, zwei Kühlschränke aus Edelstahl und ein großer Backofen. Die Arbeitsplatte zierte eine violette Vase mit frischen Blumen aus dem Garten.

Hinter der Küche befand sich das erste von vier Schlafzimmern, zwei davon mit einem breiten Doppelbett, die beiden anderen mit einfachen Doppelbetten möbliert. Auch dort hingen bodenlange Vorhänge, und auch deren Wände waren mit Naturkoralle verkleidet. Und alles war ausgelegt mit Fliesen im karibischen Stil. Am Ende eines Flurs in der Mitte gelangte man zur Hintertür. Ich versuchte, die Tür zu öffnen. Sie war verschlossen. Die Schlafzimmer waren zwar nicht beleuchtet, aber in zweien erkannte ich Koffer und Kleider in einem offenen Schrank. Sonst war nichts Besonderes zu sehen.

Ich schlich mich auf der anderen Seite der Villa entlang. Durch ein kleines Fenster erhaschte ich einen Blick ins Wohnzimmer, in dem ich das Profil von Inoki sah, der immer noch dem Fernseher zugewandt war.

Er nippte an seinem Rum.

Er schien sich eine Art Beachfilm anzusehen.

Alles schien seinen normalen Gang zu gehen. Inoki hatte sein Paradies gefunden. Vor ihm auf dem Couchtisch stand eine mit Guaven, Mangos und Sternäpfeln befüllte Schale. In der Ecke hinter einem Tisch und nur aus meiner Position zu sehen hüfthoch gestapelte Truhen aus unbehandeltem Holz. Eine davon stand offen, der Deckel lehnte daneben. Darin jede Menge handtellergroße chinesische Goldmünzen und Jadestücke. In einer anderen zwei Dutzend Rollbilder, aufgerollt und zusammengebunden. Hinter den Kisten lugte der Griff eines Schwertes hervor.

Mistkerl!

Inoki hatte seinen Schatz also gefunden.

Und er war allein.

Zurück auf der Terrasse war ich wieder am Ausgangspunkt angekommen. Ich schob die Terrassentür zur Seite.

Ich betrat den Raum. Die Tür glitt hinter mir zu.

Inoki sah auf. Nicht das leiseste Anzeichen von Überraschung war der Miene des greisen Mörders zu entnehmen. Keine Emotion. Wortlos wandte er sich wieder dem Fernseher zu.

Irgendetwas stimmte hier nicht.

Mach, dass du raus kommst, Brodie, brüllte eine innere Stimme.

Ich drehte mich um, aber es war zu spät.

Aus dem dunklen Gang, der hinten zu den Schlafzimmern führte, tauchte eine Gestalt mit einer 9-mm-Smith & Wesson auf, die auf meine Brust gerichtet war. Es war das edle Modell mit dem silbrig glänzenden Stahloberteil und dem schwarzen Kunststoff an Lauf und Griff.

»Und nun darf ich Sie bitten, dem Paradies Lebewohl zu sagen«, sagte der Killer.

Ich bewegte mich langsam Richtung Tür.

»Keine gute Idee«, sagte der Mann, der mir bekannt vorkam. »Da draußen warten noch drei von meinen Leuten.«

KAPITEL 75

Mir stockte der Atem.

In einer größeren Menschenmenge wäre er mir vermutlich gar nicht aufgefallen. Aber mir wurde immer klarer, dass ein Irrtum ausgeschlossen war. Das kohlrabenschwarze Haar hatte er rötlich braun gefärbt und sich einen Schnäuzer wachsen lassen. Auch der war gefärbt. Seine Wangen zeigten eine frische Röte, die vermutlich dem guten Leben, vielleicht aber auch dem einen oder anderen Schluck des gleichen Rums geschuldet war, mit dem auch Inoki es sich gut gehen ließ. Ein edles Seidenhemd umschmeichelte seinen Körper, schien ihn beinahe zu streicheln.

Vor mir stand ein neuer, aufgemöbelter Yoji Miura.

Er hatte dem perfekten Leben gefrönt, das er seiner Frau und seinem Sohn versprochen hatte, während ich mich in Tokios dunkelsten Ecken auf die Suche nach seinem Mörder gemacht hatte.

Ich vermochte nicht in Worte zu fassen, was mir durch den Kopf schoss. In den letzten elf Nächten war ich nur mit einem einzigen Gedanken ins Bett gegangen: Yojis Killer dingfest machen. Und jetzt brachte ich nicht mehr heraus als: »Sie sind …«

Meine Verblüffung schien Miura Freude zu bereiten. »Am leben. Ob es mir gut geht und ich das Leben genieße? Ja.«

»Und wer war …?«

»… der arme Kerl, der in Kabukicho zu Brei geschlagen wurde? Ein schwarzes Schaf der Familie. Ein Cousin.«

Ungereimtheiten waren nicht mein Ding. Ich hatte Schlimmeres überstanden und war am Ende gut rausgekommen. Aber Yojis Leiche in Kabukicho war der Punkt gewesen, der das Fass zum Überlaufen gebracht hatte. Scham und Schuld über seinen Tod hatte ich auf mich genommen, obwohl ich eigentlich gar nicht derjenige war, der sie hätte ertragen müssen.

Meine Leidenschaft für Gerechtigkeit kannte keine Grenzen und hatte mich auch bei den Mitarbeitern von Brodie Security in Schwierigkeiten gebracht. Fast alles hatte ich dafür in Kauf genommen – Schuld auf mich geladen, als ich seine Eltern tröstete; die Vorwürfe seiner Frau über mich ergehen lassen, die sie mir an den Kopf geworfen hatte; Prügel im Kendo-Club eingesteckt; auf dem Sumida um mein Leben gekämpft; mich wegen Hamadas Tod gegrämt und mir Sorgen um die Zukunft seiner Frau und der Zwillinge gemacht; den verletzten Stolz vor meiner Tochter zu verbergen versucht, als Rie mich für mein Verhalten heruntergeputzt hatte; in Chinatown eine giftige Substanz zu mir genommen und mich auf dem chinesischen Friedhof Wus Killertruppe entgegengestellt; mich dem Laser des Scharfschützen und einem gefährlichen, paranoiden Spion ausgesetzt; das Machtscharmützel in den Räumen von Brodie Security zwischen Lester Wu und seinen übereifrigen Schergen ausgeglichen; der Falle von Inoki und den Kuang-Brüdern in Miami nur knapp entronnen.

Diese Leidenschaft hatte ich teuer bezahlt, war aber nach jedem Rückschlag wieder aufgestanden.

Und jetzt hatte mich meine Entschlossenheit in diese Lage gebracht.

Ich zog Grimassen, die meine Tochter vor Schreck mit einem lauten Schrei aus dem Zimmer getrieben hätten.

»Er war ein Wrack und hatte kein Dach über dem Kopf«, sagte Yoji. »Die Familie hatte ihn schon lange abgeschrieben. Er war ein Trinker und Spieler, nie länger einer Arbeit nachgegangen. Wie Brotkrumen habe ich ihm Geld hingelegt, und er ist mir gehorsam gefolgt. Ein Jahr später habe ich ihm ein kleines Apartment besorgt, sodass ich ihn im Auge hatte. Dort habe ich ihn mit Essen, Trinken und Glücksspielen versorgt. Das war das Mindeste, was ich tun konnte, bevor der Versager es mir auf die einzige Weise zurückzahlte, die er beherrschte.«

Ich brachte immer noch kein Wort heraus, aber Yoji fuhr fort, sodass ich sowieso nichts sagen musste.

»Ich war der Anführer in China und musste untertauchen. Die anderen aus meiner Gruppe spielten fast keine Rolle. Als wir im Besitz des Schatzes waren, war mir klar, dass Leute wie Inoki sich an meine Fersen heften würden. Da draußen gibt es noch mehr von ihnen. Aber bis nach Miami, unserem Nadelöhr, hat es noch keiner geschafft. In Kabukicho haben wir sie verloren. Wenn Doi nicht gequatscht hätte, hätte Inoki uns nie gefunden.«

Ich fand meine Stimme wieder, wenngleich sie immer noch brüchig klang. »Der Mord in Kabukicho war also von Anfang an geplant?«

Yoji nickte. »Dann passierten die Einbrüche, und weil

mein Vater sich Sorgen machte, kam mir die Idee, einen Privatdetektiv anzuheuern, in der Hoffnung, dass die Polizei sich von der Bestätigung eines Profis, dass ich die Leiche bin, eher überzeugen lässt. Also habe ich meinem Cousin Ihre Visitenkarte in die Brieftasche gesteckt. Hat funktioniert.«

Ich schloss die Augen. Ich war außer mir vor Wut, musste ihm aber lassen, dass es ein genialer Plan war. Yoji hatte die Schwäche seines Vaters ausgenutzt, sich zunächst geweigert, Brodie Security einzuschalten, und den unwilligen Sohn gespielt, der schließlich doch einlenkt. Dann der Überfall, der so brutal war, dass wir nur noch den zerschmetterten Körper sahen, nicht aber das, was vielleicht nicht dazu passte.

Der Anblick der Manschetten brach mir das Herz. Ich war so schockiert, dass mir gar nichts anderes in den Sinn kam, als ihn zu identifizieren. Auch seine Frau identifizierte ihn, ebenso sein Vater. Sogar der Gebissabgleich kam zum selben Ergebnis. Die Beweislage schien erdrückend. Und ich habe nichtsahnend die Bestätigung des unabhängigen Sachverständigen geliefert, auf die Yoji es abgesehen hatte.

»Sie haben Ihren Cousin benutzt. Danach sieht es doch aus. Und was ist mit dem Arm und all dem anderen?«

Yoji hob die rechte Hand. »Das hier ließ sich kaum verbergen, also musste der Arm ab.«

Seine Handfläche zeigte eine schwache, unregelmäßige Verfärbung von der Größe eines Fünfcentstücks. Ein Muttermal. Man musste genau hinsehen, um es zu erkennen. Aber allen, die ihm nahestanden, wäre dieser Schönheitsfehler nicht entgangen.

»Wusste Ihr Vater etwas davon?«

»Meine Eltern hatten keine Ahnung. Deshalb musste der Arm ab.«

»Wie haben Sie das mit dem Gebissabgleich gedreht?«

»Das war nicht schwer. Es gab einen geldgierigen Zahnarzt. Zwei Tage vor Kabukicho war der versoffene Schwachkopf von meinem Cousin die Treppe runtergefallen und hatte sich ein Stück aus den beiden Vorderzähnen ausgeschlagen. Also mussten die auch weg.«

Und waren deshalb am Tatort nicht auffindbar. »Und die Nummer mit den Triaden?«

»Nachdem wir über die Einbrüche gelesen hatten, wussten wir, dass jemand hinter dem Schatz her war, nicht aber, wer.« Sein Blick wanderte zu Inoki, der immer noch teilnahmslos in seiner Ecke saß. »Und dann habe ich mich gefragt, ob sich denen nicht der Tod meines Cousins unterjubeln ließe? Kaufte die Polizei uns das ab, umso besser. Wenn nicht, war auch nichts verloren. Inoki hat uns einen großen Dienst erwiesen.«

Yoji war zweifelsfrei der geborene Stratege.

»Hat Ihr Cousin auch einen Namen?«

»Warum?«

»Ist irgendwie respektvoller.«

»Er war ein ausgemachter Einfaltspinsel, der sich seine grauen Zellen schon lange weggesoffen hatte. Als ich ihn fand, hauste er in einer Kiste unter einer Brücke in Kanda. Immerhin habe ich ihm noch für zwanzig Monate ein besseres Leben beschert, bevor ich ihn aus seiner Misere erlöste.«

»Und mit Ihrer Frau sind sie genauso verfahren?«

Yoji fuchtelte mit der Waffe herum. »Passen Sie auf, was Sie sagen, Brodie. Sie war eine Schönheit. Immer schon. Aber nach Kens Geburt ließ sie sich hängen. Ständig klagte sie. Wollte mehr Geld. Für sie und diesen kleinen Alien, den sie geboren hatte. Sie sind jetzt beide besser dran.«

»Sie haben mir immer noch nicht gesagt, wie Ihr Cousin hieß.«

»Er braucht keinen Namen mehr«, schnappte Yoji. »Und Sie in ein paar Minuten auch nicht.«

»Ist Miss Saito auch hier? Ich würde sie gern begrüßen.«

Bei der Erwähnung des Namens seiner Geliebten blieb Yoji der Mund offenstehen. Ich wollte ihn verunsichern, um ihn zum Reden zu bringen. Wenn ich es schaffte, ihn aus dem Konzept zu bringen, konnte ich ihm vielleicht nah genug kommen, um ihm die Waffe zu entreißen.

Er wich einen Schritt zurück. »Lassen Sie diese Psychospielchen, Brodie. Das wird Ihnen nichts nützen, auch wenn die Idee, sie ausfindig zu machen, nicht schlecht war. Aber dieses Mal werden Sie Ihre Raffinesse mit dem Leben bezahlen. Sie und Inoki.«

Ich sah zu dem ehemaligen Angehörigen des Sondereinsatzkommandos hinüber, der immer noch dumpf vor sich hinstarrend in seiner Ecke hockte. Er war fertig, hatte aufgegeben. Ich fragte mich, was ihn so verändert hatte. Das war nicht der Mann, dem ich in Miami begegnet war.

»Nicht ganz«, sagte ich. »Vergessen Sie meine Leute und die Kuang-Brüder nicht.«

»Ach, so hießen die? Wusste ich gar nicht.«

Hießen.

»Wo sind sie?«

»Ach, *das* ist auch eine ganz interessante Geschichte. Sie würden staunen, was man hier alles lernen kann, wenn man nur ein wenig Geld unter die Leute bringt. Eine halbe Meile vor der Küste gibt es eine Stelle, von der nur wenige wissen. Die Einheimischen nennen sie Shark's Cozy. Aus irgendeinem Grund sammeln sich dort Haie. Niemand weiß, warum. Vielleicht liegt es an der Strömung. Oder am warmen Wasser. Vielleicht ist es aber auch einfach nur das gute Futter. Kaum wirft man ein Stück blutiges Fleisch hinein, kommen sie schon in Scharen. Innerhalb von Sekunden. Ein überwältigendes Schauspiel, wenn die Flossen auf einen zugerast kommen. Das Wasser ist so klar, dass Sie sogar ihre großen dreieckigen Nasen erkennen können und diese spitzen weißen Zähne, wenn die sich in das Fressen rammen. Und wenn Sie einen Menschen hineinwerfen, so erzählt man sich, übertreffen die Schreie alles, was Sie je gehört haben. Das Wasser verwandelt sich in eine tosende rote Brühe. Bei zweien, wette ich, sieht das garantiert aus wie Tomatensuppe. *Dickflüssig* und schaumig. Da bekommt der Begriff *Take away* aus dem Chinarestaurant eine ganz andere Bedeutung.«

Yoji kicherte, und Inoki wurde blass. Er sackte in sich zusammen. Das also hatte dem alten Haudegen die Kraft aus den Adern gesogen. Zwischen dem altersschwachen Mörder und den Kuang-Brüdern hatte einmal eine enge Verbundenheit bestanden. *Die beiden Jungs hier sind wie eine richtige Familie.* Mit ihrer Hinrichtung war Inoki alles genommen worden – der Schatz und sein Beistand. Von seinem Willen ganz zu schweigen. Er war auf Barbados gefangen. Selbst wenn er aus der Villa floh, hätten ihn

Yojis Leute schnell wieder am Wickel, bevor er die Insel verlassen konnte.

Ein zweites Nadelöhr.

Ich versuchte, die Fäden des Intrigenspiels zu entwirren.

Willkommen auf Barbados, Mr. Jim. Gewisse Passagiere, die aus Miami, Florida, Amerika, eingetroffen sind, wohnen an zwei Orten.

Die Strandvilla war nichts als ein abgekartetes Spiel gewesen. Inoki hatte keinen Strandspaziergang gemacht. Yojis Leute hatten den Rest von uns nach Barbados gelockt. Inoki hatte die üblichen Unterkünfte für drei gebucht – die Hotelzimmer. Dann, und das wusste Inoki nicht, hatten Yojis Leute auf Inokis Namen das Strandhaus gemietet, ihn und seine beiden chinesischen Handlanger eingesperrt, den Köder für mich ausgelegt und den Spaziergang im Mondschein inszeniert.

Yojis Männer hatten mich beschattet, während ich dem selbstgefälligen Inoki auf den Fersen blieb, dem alten, befehlsergebenen Soldaten, der sich in einer verzweifelten Hoffnung an die Kuang-Brüder klammerte.

Mein Kidnapper ahnte, wie angestrengt ich nachdachte und mir alles durch den Kopf gehen ließ, und begann ungefragt, die Lücken zu schließen. »Ein paar von meinen Leuten hatten ein Auge auf Inoki, als er Ihnen in Miami auflauerte. Wenn ich ehrlich bin, war es bedauerlich, dass Sie aufgetaucht sind. Ich fühlte mich ein wenig schuldig, meine Eltern getäuscht zu haben, fand aber Gefallen an der Art, wie Sie und Ihre Leute sich für sie eingesetzt haben. Ihre Loyalität hat mich zutiefst gerührt. Dabei haben wir wirklich versucht, Sie zu warnen.«

»Sie meinen, die Sache im Umkleideraum?«

»Ja. Die meisten hätten nach einer solchen Abreibung aufgegeben. Sie nicht. Also haben wir Ihnen Ihren Freund in Stücken zurückgeschickt.«

»Dann haben *Ihre Leute* Hamada umgebracht?«

»Und Ihnen auf dem Schiff ein paar Söldner auf den Hals gehetzt.«

Ein Guss aus einem Kübel mit Eiswasser hätte nicht schockierender sein können. Ich war der Grund für Hamadas Tod. Mein Kopf schien zu zerspringen.

»Warum haben Sie sich nicht gleich mich vorgenommen?«, fragte ich.

»Sie haben ein ganzes Büro hinter sich. Der kleine Überfall auf der Fähre sollte Ihnen nur einen Denkzettel verpassen. Niemand sollte dabei umkommen.«

So war Brodie Security zugleich mein Segen und mein Fluch. Und während Noda und ich alle Hände voll zu tun hatten, Licht ins Dunkel zu bringen, hatte Yoji alles in die Hände gespielt. Seine Leute hatten sich Inoki geschnappt. Die Polizei von Barbados hatte meine Verstärkung aus dem Verkehr gezogen. Selbst seine Frau war, dank eines geheimnisvollen Liebhabers, beiseite geschafft worden. Der Liebhaber war … *verdammt.* Wie konnte ich so dämlich sein?

Sie war mehr als nur ein Spielzeug für Yoji. Sieht so aus, als wollte er sie zur Nummer drei machen.

Es gab gar keinen große Unbekannten in Mrs. Miuras Leben. Das leere Glas auf dem Tisch neben dem Pool war nicht das eines Liebhabers, sondern das von Yoji oder einem seiner Bodyguards. Und die Konkubine war für einen neuen Gönner sowieso nicht zu haben. Für beide

Frauen hatte es nie etwas anderes als Yoji gegeben. Dieses unscheinbare, smarte Kerlchen. Was für ein Charmeur. Dieser Strippenzieher, der bescheiden und sich ständig rechtfertigend bei Brodie Security aufgetaucht war.

Yoji konnte nicht beide in sein neues tropisches Paradies mitnehmen. Also ließ er seine Frau im Luxus in Miami zurück, während er ihren Unfall arrangierte. Ihre angebliche Abneigung gegen karibische Inseln spielte ihm perfekt in die Hände. Er tauschte lediglich die Everglades gegen Shark's Cozy ein.

»Den Tod Ihrer Frau haben Sie also auch geplant?«

»Es war Zeit für ein wenig Hausputz.«

Ein kalter Schauer durchfuhr mich.

»Wie ich schon sagte, Brodie, ich mag Sie.«

Mich fröstelte. Fängt ein Typ wie Yoji an, mit Artigkeiten um sich zu werfen, dann hat er schon den nächsten Coup im Hinterkopf. Eine selbstverordnete Dosis Psychologie, um die Nerven zu beruhigen. Sei es durch Prügel, doppeltes Spiel oder mit der Schusswaffe. Ich hatte es schon zu oft gesehen, um die Zeichen nicht zu erkennen.

Mein Plan, ihn abzulenken, war nicht aufgegangen. Er war zu clever. Ich brauchte Zeit, musste nachdenken.

Irgendetwas musste mir einfallen.

Und zwar schnell.

Dann öffnete sich die Eingangstür, und meine Lage wurde schier ausweglos.

KAPITEL 76

Yojis Blick wanderte zur Tür.

Zu meiner großen Verwunderung kam Kiyama herein. Ihn hatte ich als letztes auf Barbados erwartet. Die graue Maus. Der schweigende Kendo-Kämpfer, der im Dojo das Gespräch zwischen mir und seinem heißblütigen Freund, Tanaka-sensei, mit angehört hatte.

Kiyama war scheu und zurückhaltend. Ein Mann von ausgesuchter Höflichkeit. Für alles hätte ich ihn gehalten, nicht aber für einen Draufgänger. Und schon gar nicht für jemanden, der das behagliche Nest seines Hauses in Tokio verlassen würde, um fast fünfzehntausend Kilometer weit in die Karibik zu reisen. Tanaka, der fanatische Schwertsammler, der mich zuerst in dem Dojo, dann am Telefon gebeten hatte, ihm beim Aufspüren der schönen Stücke behilflich zu sein, war derjenige, dem ich das zugetraut hätte.

Kiyama hatte zwei Langschwerter bei sich, die in ihrer Scheide steckten. In seiner Hosentasche machte ich die Umrisse einer kleinen Pistole aus.

»Alles klar?«, fragte Yoji.

Kiyama nickte.

Immer noch kein Mann großer Worte, dachte ich.

Yoji drehte sich zu mir um. »Der Zahnarzt konnte den Hals nicht vollkriegen. Er wollte mehr Geld. Wir haben ihn auf unsere Kosten zu einem Urlaub eingeladen. Kiyama und Tanaka haben ihn zum Schwimmen mitgenommen. Sie glauben gar nicht, was diese Haie alles verdrücken können.«

Mir fehlten die Worte.

Yoji kicherte. »Brodie, Sie als Kunsthändler sollten unseren Fang zu schätzen wissen. Sehen Sie sich das an! Geschnitzte Jade, Rollbilder, drei Kotos von den besten Schwertschmiedemeistern, Porzellan, Silberteller und Kunstgegenstände aus Bronze. Das dürfte uns einundzwanzig Millionen amerikanische Dollar und ein paar Zerquetschte bringen. Für uns sechs, die noch übrig sind, macht das dreieinhalb Millionen. Bar auf die Hand, steuerfrei.«

Je länger Yoji redete, desto mehr geriet er in Ekstase. Alles, was er begehrte, türmte sich buchstäblich direkt vor seinen Augen auf. Ich sah Kiyama an. Keine Freude, kein Triumph, kein Hochgefühl. Nicht das geringste Anzeichen von Begeisterung war dieser grauen Maus zu entlocken. Ich begann, mir ernsthaft Gedanken über ihn zu machen.

Auch Yoji entging das nicht. »Kiyama-san, freust du dich denn gar nicht?«

Kiyama nickte.

Yoji lachte und schüttelte in gespielter Enttäuschung den Kopf. »Jetzt sieh dir das an. Du hast einen Schatz. Du bist frei. Dir gehört mit Tanaka zusammen das beste Schwert in ganz Japan, und du lässt den Kopf hängen.«

Kiyamas Kinnpartie straffte sich. Er deutete mit dem Kopf ein Nicken an. Wie immer war seine Antwort äußerst demutsvoll. Wenn da nicht diese angespannten Züge wären. Ich spürte, wie mich eine unerklärliche Kälte durchfuhr.

Yoji schien das alles nicht wahrzunehmen. »Alle halten Tanaka für den besseren Kämpfer, weil er den höheren Kendo-Rang erworben und den Titel des Sensei verliehen bekommen hat. Sein Ego ist größer als der Tokyo Dome, also üben wir Nachsicht. Kiyama, die freundliche Seele, hat sich seinem *Sempai* immer unterworfen und sich klaglos in den unteren Rang gefügt. Kein Titel. Obwohl er im Umgang mit dem Schwert sehr gut ist. Das ist der japanische Weg, hab ich recht, Kiyama?« Yoji grinste mit dem Stolz eines älteren Bruders.

Sempai ist die höhere Position in der in Japan so wichtigen *Sempai-kohai*-Beziehung. Gemeint ist eine Lehrer-Schüler-Beziehung, die in ihrer vollendeten Form eine Bindung fürs Leben beschreibt. Häufig ebnet der Lehrer dem Novizen den Weg, der seinerseits auf Geheiß des Älteren zahlreiche Aufgaben übernimmt. Ein Arrangement, das nur solange perfekt funktioniert, solange niemand einseitig Nutzen aus seiner Position zieht.

Ich betrachtete den Neuankömmling. »Sie hätte ich hier nicht erwartet. Tanaka ja, aber Sie nicht.«

Endlich sagte Kiyama etwas. »Tanaka gehörte zu uns.«

Jetzt vernahm ich seine Stimme zum ersten Mal. Sie war leise, fest, gleichmäßig und strotzte vor Selbstbewusstsein. Vom ehrfurchtsvollen »kleinen Bruder« keine Spur.

»Gehörte?«, fragte Yoji. Seine gute Laune schwand.

Kiyama zuckte mit den Schultern. »Es gibt nur ein Schwert mit den Insignien des Kaisers.«

»Aber die anderen beiden sind von Masamune. Einen Waffenschmied mit einem besseren Ruf gibt es nicht.«

»Aber das Schwert des Kaisers ist besser, und Tanaka hat versucht, seine Position auszuspielen.«

»Dann bekommst du eben die anderen beiden.«

Kiyamas Züge verfinsterten sich. »Um mir bis ans Ende meiner Tage anzuhören, dass er das *beste* Schwert hat? Kommt nicht in Frage. Das habe ich lang genug ertragen.«

Jetzt lässt er die Maske fallen, dachte ich.

»Aber zwei Masamune-Kotos«, sagte Yoji. »Das ist doch fast genauso gut.«

»Für Tanaka bedeutet das *fast* gar nichts. Das weißt du genau. Deshalb haben wir darum gekämpft.«

Yoji war verwirrt. »Aber wie denn? Wo gibt es denn auf dieser Insel Bambusschwerter?«

»Wir haben genommen, was wir hatten.« Kiyama rasselte mit den Waffen in der rechten Hand.

Yoji lächelte unsicher und sah zur Tür, als erwartete er, dass Tanaka jeden Augenblick hereinkäme. »Das ist ein Scherz, oder? Tanaka würde niemals gegen seinen kleinen Freund kämpfen.«

»Ich habe darauf bestanden.«

»Aber du bist …«, fassungslos hielt Yoji inne. »Er weiß nicht, dass … er … wir sind alle Freunde.«

»Waren«, bemerkte Kiyama kurz, ohne auch nur die leistete Veränderung im Ton oder im Gesichtsausdruck erkennen zu lassen.

Mein Blick auf die beiden Waffen, die der Jüngere an seiner Seite hielt, machte die Frage nach dem Ausgang des Duells überflüssig.

KAPITEL 77

Yoji sah immer noch hoffnungsvoll zur Tür.

»Tanaka-san, komm rein«, rief er. »Ich weiß, dass du da draußen bist.«

Ich begutachtete den sorgfältig in der Ecke verstauten Schatz. Der Griff eines einzelnen Schwerts ragte hervor. Der Kohai hatte die beiden fehlenden Waffen.

»Er kommt nicht wieder«, erklärte Kiyama.

Yoji schüttelte ungläubig den Kopf. »Das würden die anderen nie zulassen.«

»Nachdem sie Brodie hierher gefolgt waren, habe ich ihnen gesagt, sie könnten in die Stadt gehen und ein wenig feiern. Tanaka und ich waren gerade von der Sache mit dem Zahnarzt zurück. Als sie gegangen waren, haben wir es ausgekämpft. Jetzt gibt es nur noch dich und mich. Und Brodie und den Alten.«

»Das ist ein schlechter Witz, Kiyama.«

»Du hast recht. Tut mir leid. Jetzt übernimm du deinen Teil der Arbeit und erledige Brodie. Allen anderen klebt schon Blut an den Händen.«

Ich ging in die Offensive. »Sie müssen niemanden mehr umbringen. Sie haben gewonnen. Nehmen Sie einfach den Schatz und gehen Sie.«

Yoji wandte sich an Kiyama. »Er hat recht. Was kann er schon tun?«

Kiyama spottete. »Du hörst auf *ihn*?«

»Wir können ihn fesseln oder so.«

»Er hat eine ganze Flotte von Ermittlern im Schlepptau, die für ihn arbeiten. Mach ihn kalt. Wir verfüttern ihn an die Haie und machen uns ein gutes Leben.«

»Er hat sich um meinen Vater gekümmert.«

»Wir haben alle Dreck am Stecken. Du bist der Letzte. Denk drüber nach, während ich mich um alte Geschäfte kümmere.«

Ich schwieg. Das Kräfteverhältnis hatte sich zugunsten von Kiyama verschoben.

Kiyama stand da und strahlte Ruhe und Energie aus. Kühl und überlegt. Kein großer Redner. Aber bewaffnet mit dem tödlichsten Stahl, den die Welt zu bieten hat.

Kiyama ging zu Inoki und stellte ihm eines der beiden Schwerter vor die Füße. »Lass mal sehen, ob du dein Handwerk noch verstehst.«

»Was soll das?«, fragte Inoki.

»Steh auf und kämpfe, oder stirb, wo du sitzt.«

Inoki starrte Kiyama ungläubig an. Der alte Soldat taxierte die Entschlossenheit seines Gegners, vermutlich genau so, wie er es früher hunderte Male getan hatte – aber aus einer höheren Position, mit einer besseren Waffe und schlagkräftigerer Rückendeckung.

Zögernd richtete Inoki sich auf. Er zog die alte Klinge aus der Scheide, während Kiyama seine zog. Sie standen sich mit Schwertern gegenüber, die von einem der besten Schmiede gehämmert worden waren, die es in der Geschichte Japans je gegeben hat.

Die unmittelbare Bedrohung ließ Inoki aufwachen.

Aber schon die erste Parade machte klar, dass Inokis Abwehr gegen die Angriffslust des Jüngeren nichts auszurichten vermochte. Kiyama fing an, mit ihm zu spielen, aber es war ein riskantes Spiel. Aus Wus Erzählung wusste ich, dass Inoki ein guter Kämpfer war, und während sich der Kampf vor mir entwickelte, erkannte ich tatsächlich, wie die Augen des alten Fuchses sich zu Schlitzen verengten, während er nach einer Lücke in der Deckung seines Herausforderers suchte.

Aber Kiyama war zu gut. Geschickt wich er Inokis Vorstößen aus, drängte den alten Kämpfer in eine Ecke zurück, wenn er es wollte, unternahm aber keinen ernsthaften Versuch, ihn zu töten. Kiyama wollte Inoki auszehren. Er versetzte ihm den einen oder anderen kleinen Hieb und zog sich wieder zurück. Kiyama wurde sich seiner Sache so sicher, dass er mehrere Schläge sogar mit der Klingenrückseite konterte.

Der Kendo-Kämpfer war hochkonzentriert und entschlossen. Seine Augen leuchteten. Auch er war zu neuem Leben erwacht. Inokis Worte über seine Zeit in China fielen mir wieder ein: *Der Krieg in der Mandschurei bot einen fantastischen Tummelplatz. Ich nahm mir, was ich wollte. Leben, Frauen, Gold.*

Aber das war damals. Jetzt, in einem neuen Land, in einem neuen Jahrhundert, war Kiyama am Zug.

Der Jüngere stieß zu.

Japanische Schwerter bestehen aus gehämmertem Stahl, immer wieder gefaltet und aufs Neue gehämmert. Sie sind schwer und dicht. Der Kampf ging schon in die vierte Minute, und es bereitete dem Achtzigjährigen immer größere

Schwierigkeiten, die Spitze hoch zu halten und auf Kiyamas Gesicht zu richten. Er atmete in stoßartigen Zügen. Seine Deckung wurde schwächer, löcheriger.

Was sich im nächsten Augenblick vor meinen Augen abspielte, übertraf die schlimmsten Albträume.

Kiyama schnellte mit einem entschlossenen Satz nach vorn und schlug seinem Gegner die Schwerthand ab. Mit einem dumpfen Schlag, die Waffe immer noch umfassend, fiel das Körperteil zu Boden. Blut spritzte aus dem Ende von Inokis Arm. Reflexhaft griff er mit der anderen Hand an die Wunde. Er wankte, blieb aber stehen.

Kiyama zog sich auf seinen Rückfuß zurück und inspizierte sein Werk mit Kennerblick. Plötzlich blitzte sein Schwert auf – und mit einem fließenden, äußerst präzise geführten Schlag trennte er Inoki den Kopf ab. Das abgelöste Körperteil hob sich leicht, um dem hindurchfahrenden Stahl Raum zu gewähren, und sackte, um nicht mehr als einen Zentimeter versetzt, auf den Stumpf zurück.

Inoki blinzelte. Sein Blick begegnete meinem. Der Mund öffnete und schloss sich wieder, als wäre er eines von Wus Geistwesen. Dann schwand ihm die Lebenskraft, und seine sterblichen Überreste kippten vornüber.

Mir stockte der Atem. War das so wie in den letzten Momenten, die Hamada erleben musste? War es das, was der schwertschwingende Kendoka auch mit mir im Sinn hatte?

KAPITEL 78

Zum Glück hatte ich die Initiative bereits ergriffen, bevor Kiyama sich seinem Blutbad hingab. Als der Schwertkämpfer sich in Siegerpose zu uns umdrehte, über und über mit Blut besudelt, als trage er stolz die Schärpe eines Kriegers, erwartete ihn eine Überraschung.

Aber selbst diese neue Situation bedachte Kiyama mit einem unverändert verächtlichen Blick. Seine Augen verengten sich zu Schlitzen. Sein konzentrierter nach vorn gerichteter Blick machte mir klar, dass mein Fluchtplan nicht aufgehen würde.

In seine Stimme mischte sich resignatives Bedauern. »Ich wusste, dass du es nicht schaffen würdest.«

»Das ist etwas anderes«, widersprach Yoji.

»Keineswegs. Wärst du dazu in der Lage, hättest du abgedrückt, als er auf dich zukam.«

Unter normalen Umständen wäre Kiyamas Kampfkunst als großartig zu bewerten gewesen. Aber dieser echte Kampf auf Leben und Tod mit dem Schwert, der sich vor unseren Augen abspielte, war ein erschütterndes Ereignis, das von der Normalität denkbar weit entfernt war.

»Reicht es nicht, dass ich den Schatz aufgespürt und hergeschafft habe?«

»Du darfst dir ruhig auch die Hände schmutzig machen.«

Nachdem der Kampf begonnen hatte, hatte ich mich unauffällig in Yojis Richtung bewegt. Während Yojis Aufmerksamkeit voll und ganz dem Ablauf der dritten Parade galt, stürzte ich mich auf ihn, verdrehte ihm, bevor er überhaupt begriff, wie ihm geschah, den Arm mit der Waffe und riss ihm die Pistole aus der Hand.

Der smarte Geschäftsmann verzog das Gesicht. Ich hielt ihm den Lauf der Waffe an den Kopf, trat hinter ihn, schlang ihm meinen freien Arm unter seinem Arm hindurch, um die Brust und zog ihn als menschlichen Schutzschild an mich, sodass wir zu zweit Zeuge wurden, wie Inoki sich in seine Bestandteile auflöste. Bei Gelegenheiten wie dieser kam mir meine Schnelligkeit zugute.

Kiyama sah mich eindringlich an. »Hat Yoji Ihnen schon erzählt, wie Hamada gestorben ist?«

»Nein«, sagte ich.

»Genau so«, sagte er und machte eine herablassende Geste mit dem Kopf in Richtung Inokis leblosem Körper. »Nur dass Hamada keine Waffe bei sich hatte. Wir haben ihn uns zu fünft geschnappt.«

»Das ist eine Lüge«, sagte ich. »Es war kein sauberer Schnitt.«

Kiyamas Grinsen nahm brutale Züge an. »Doch, der erste Schnitt war sauber. Dann haben wir ein Beil genommen, um es so aussehen zu lassen, als hätten die Triaden ihre Finger im Spiel. Hamada war mein erstes Tameshigiri. Das hier war mein drittes.«

Woraus ich schloss, dass sein einstiger Freund Tanaka sein zweites war.

Yoji wand sich, versuchte sich loszureißen, aber mein

Kampfsporttraining leistete gute Dienste. All seinen Trainingsstunden im Kendo-Club zum Trotz hatte ich ihn fest im Griff.

»Warum lassen Sie ihn nicht gehen, Brodie?«

»Warum sollte ich?«

»Weil Sie es am Ende doch tun werden. Sie können nirgendwo hin.«

Ich schwieg und konzentrierte mich lieber auf seine Waffe.

»Wissen Sie, was ich heute herausgefunden habe?«, fragte Kiyama erfreut. »Was man sich über die besten Kotoklingen erzählt, ist absolut richtig. Für Hamada habe ich ein Gendaito benutzt. Moderne Schwerter funktionieren sehr gut, aber mit einem Koto ist es, als würde man mit der Hand durch warmes Wasser fahren.«

Er fuchtelte mit der Waffe herum, sodass sie im Licht aufblitzte. »Und dann noch diese anmutige Form.«

Ich hörte schweigend zu und ich fragte mich, ob ich ihn überwältigen konnte, bevor er sich auf mich stürzte. Das japanische Schwert ist lang, tödlich und rasiermesserscharf. Ging mein Schuss daneben oder machte ihn die erste Kugel nicht wenigstens kampfunfähig, konnte er sich seinerseits auf mich stürzen. Ihm reichte ein einziger Treffer mit dem fein geschliffenen Stahl, um mich zu verstümmeln oder umzubringen. Das Problem war, dass eine Handvoll 9-mm-Kugeln nicht zwingend ausreichen musste, einen zu allem entschlossenen erwachsenen Mann auf der Stelle Einhalt zu gebieten. Selbst schwer verletzt wäre Kiyama noch in der Lage, mich mit einigen Hieben zu treffen – und schon einer würde schwerste Verletzungen mit sich bringen, auch wenn er mich nicht gleich umbrachte.

Wir befanden uns in einer Patt-Situation, und er wusste das.

»Geben Sie auf, Brodie. Inoki hat nicht gelitten. Der Geist geht in einen Schockzustand über. Ganz ohne Schmerzen, eine kurze Wahrnehmung von Tod und Ende, mehr nicht.«

Ich ging langsam ein Stück zurück. Vielleicht konnte ich in den Flur gelangen, der zu den Schlafzimmern führte, und mich dann mit Yoji als Schild irgendwie nach hinten, weg von der Veranda, in die Villa zurückziehen. Dumm nur, dass Yoji die Tür zugemacht und ich meine Hände nicht frei hatte. Schon bei der kleinsten Bewegung, um sie zu öffnen, würde ich die Kontrolle über meine Geisel verlieren und Kiyama würde angreifen und mich niederstechen, bevor ich durch die Tür war.

Kiyama las meinen Blick und lächelte höhnisch. »Da rauszukommen, dazu fehlt Ihnen die Zeit. Der einzige Weg ist der über mich.«

Dann verblasste sein Grinsen. Kiyama wurde ruhig. Sein Körper spannte sich an wie bei einem Kämpfer, der zum Schlag ausholt. Er hob das Schwert.

Wie bei einem Fechter, der seinen Gegner taxiert, wurde mir in diesem Augenblick klar, dass Kiyama die Situation keineswegs als Patt betrachtete. Er sah nur die Herausforderung, musste einen weiteren Sieg davontragen. Und sein flinker Blick ließ mich über seine Strategie nicht im Zweifel.

Er will mir den Arm abschlagen.

Mit seiner jahrzehntelangen Kendoerfahrung und auf dem Niveau, das er sich erarbeitet hatte, war seine Treffgenauigkeit sicherlich grenzenlos. Er war vermutlich in der Lage, den Arm abzutrennen und dennoch Millimeter vor der Brust seines Opfers zum Stillstand zu kommen.

Seine Miene verriet, dass er nachdachte. Er änderte seinen Plan – in eine Richtung, die meine schlimmsten Befürchtungen um einiges überstieg.

Im Kampfsport geht es immer um das Trainieren der Muskulatur, damit sie schneller agiert, als der Geist denken kann. Auch mein Training diente nur diesem Zweck, und deshalb war ich in der Lage, Kiyamas nächsten Schachzug vorherzusehen.

Vor allem erkannte ich brennenden Ehrgeiz. Zu seinen Füßen alles Geld der Welt. Was konnte es für einen vor Selbstbewusstsein strotzenden Kämpfer sonst noch geben? Er berechnete den optimalen Winkel für den ultimativen Schlag.

Einen Schlag, der in die Geschichtsbücher eingehen sollte.

Einen doppelten Tameshigiri.

Mit demselben Hieb, mit dem er Yojis Oberkörper durchschlug, wollte er mir zugleich den Arm abschlagen.

In alten Publikationen über den Schwertkampf werden Mehrfach-Tameshigiris beschrieben. Schnitte durch zwei oder drei Körper mit einem Schlag. Der Rekord soll bei sieben liegen, wenngleich das von manchen Fachleuten in Zweifel gezogen wird. Unabhängig von der Zahl der Körper war die Anordnung jedoch immer arrangiert, jede

Bewegung bis ins Detail geplant. Der Abschaum der Gesellschaft wurde gefesselt, geknebelt und zur Belustigung einer Handvoll blutrünstiger Samurai in die richtige Position gebracht. Sonst war niemals von einem Zerteilen mehrerer Körper mit einem Hieb die Rede. Nicht mal auf dem Schlachtfeld.

Aber hier und jetzt, in der kritischen Lage, in der ich mich befand, einen Arm um Yojis Brust geschlungen, hatte Kiyama sie vor sich, die Chance seines Lebens – mit dem Schwert des Jahrtausends.

All das las ich im Bruchteil einer Sekunde in seinem Blick, der fiebernd Winkel und Entfernungen abschätzte.

Ich richtete die Waffe auf Kiyama und drückte ab.

Der Bolzen schnellte gegen eine leere Kammer.

KAPITEL 79

Kiyamas Grinsen gefror. »Yoji ist ein Frauenheld und ein verdammt guter Stratege. Nur so war er imstande, den Schatz aus China herauszuholen. Aber ihm fehlt der Wille zu töten. Die Kiste mit der Munition steht in seinem Schlafzimmer.«

Ich trat noch einen Schritt zurück und zog Yoji mit.

Kiyama hob langsam das Schwert an. Er veränderte die Position, um sich einen sicheren Stand zu verschaffen. Mit dem Blick folgte er dem schrägen Verlauf meines Armes, machte letzte Berechnungen.

Ich täuschte einen Schritt nach rechts an.

Das Schwert war in Bewegung – direkt auf mich zu. Es würde mich im Niederschwung treffen, egal in welche Richtung ich auswich.

Um ein Haar hätte es mich den Arm gekostet.

Doch mein Training zeigte Wirkung. Ich gab Yoji mit der anderen Hand einen kräftigen Stoß in den Rücken, sodass er nach vorn stolperte, direkt in die niedersausende Waffe. Eines der schärfsten Schwerter der Welt traf ihn am Kopf, bevor es seinen Weg vollenden und meinen Arm verletzen konnte. Die Klinge spaltete Yojis Kopf bis zum Kinn – und blieb stecken.

Kiyama zerrte an der Waffe, aber sie rührte sich nicht. Ich schleuderte ihm den leeren Revolver an den

Kopf, sodass er vor Schmerz aufjaulte. Das Schwert löste sich.

Kiyama grinste. Er brauchte einen Augenblick, um das blutbeschmierte Stück am Zipfel seines Hemdes abzuwischen.

Mit einem Satz sprang ich auf die Couch, riss einen der Dreizacke vom Haken an der Wand und richtete die drei Spitzen auf ihn.

»Clever«, sagte Kiyama. »Aber nützen wird Ihnen das nichts.«

»Das wird sich zeigen«, entgegnete ich.

Der Dreizack war zweieinhalb Meter lang.

Ich sah auf Yoji hinab. »Ein Jammer, dass Sie ihn umbringen mussten.«

»Seien Sie doch nicht kindisch. Ich hätte es sowieso getan. Ich wollte nur sehen, ob er die Eier hat, Sie fertigzumachen. Dreißig Jahre Kendo, aber unfähig abzudrücken. Wertlos.«

Endlich war es heraus. Ohne einen bestimmten Zweck zu verfolgen, hatte Kiyama über Jahrzehnte den bescheidenen Kameraden gespielt. Ein verkappter Soziopath ohne Ziel. Dann tauchte der Schatz auf und gab seinem Leben einen Sinn. Sein verdrängter Charakter kam aus dem Versteck und entfaltete sich.

Ich packte den Dreizack fester und stieß in seine Richtung. Kiyama wich aus, hielt das Schwert mit beiden Händen fest im Griff. Gut war, dass er nicht angriff. Schlecht, dass er mit professioneller Routine die Situation analysierte. Nicht als Bedrohung, sondern als reizvolle Herausforderung, die es zu bezwingen galt.

Aber nützen wird Ihnen das nichts.

Natürlich wusste ich, dass er recht hatte. Aber irgendetwas brauchte ich, und ein zweieinhalb Meter langer Dreizack war nicht die schlechteste Option. Meine einzige. Der Nachteil war, dass die Wirkung des Schwertes um ein Vielfaches todbringender war. Kiyama durfte mir auf keinen Fall zu nah kommen. Ich musste unter allen Umständen vermeiden, dass er die Kontrolle übernahm.

Ich musste mich um meine Deckung kümmern und zum Gegenangriff übergehen, oder es würde böse enden.

Nicht wie im Umkleideraum, als ich zusammengeschlagen wurde und dann zusammenbrach. Nein. Dieses Mal würde ein Hieb genügen. Ich wäre auf der Stelle tot oder auf eine Weise verletzt, die zu grauenhaft war, um sie sich auszumalen.

Ich ging mit dem Dreizack zum Angriff über. Er parierte sofort, indem er seine Waffe zwischen zwei Zacken heruntersausen ließ. Metall schepperte gegen Metall. Ein helles Klirren auf seiner Seite, eine dumpfer Nachhall auf meiner.

Das Geräusch ließ Kiyama aufhorchen.

Er wich zurück und lief einen Bogen.

Ich lief ihm entgegen und holte aus. Kiyama drehte sich weg, riss sein japanisches Buschmesser hoch, drosch es auf den Hals des Dreizacks und schlug ihm die Spitze ab.

Das gabelförmige Ende polterte auf den Fliesenboden und blieb liegen.

Sprachlos wich ich zurück.

Kiyama nickte zufrieden.

Als wäre es Butter, hatte seine Klinge den weicheren Metallteil des Dreizacks einfach durchtrennt. Ich bin nicht einmal sicher, ob sie dabei überhaupt langsamer wurde. Es hätte mir klar sein müssen. Die scharf gewetzte Klinge des japanischen Todesstahls wurde bei hohen Temperaturen geschmiedet, gefaltet, gehämmert und erneut gefaltet. Aus zwei Lagen wurden vier, aus vier acht, aus acht sechzehn und so weiter, bis Dutzende hauchdünner Schichten übereinander lagen, die ihrerseits jedesmal vor dem Falten wieder gehämmert wurden. So entstand ein zäher, fester Stahl und damit eine unbezwingbare Hieb- und Stichwaffe.

Ich musste an einen Videofilm denken, den ich einmal gesehen hatte, in dem ein japanisches Schwert senkrecht eingespannt und etwa zehn Meter entfernt eine Pistole mit Kaliber .22 platziert worden war. Eine Kugel wurde direkt auf die Klinge abgefeuert, das Geschoss exakt in der Mitte zerteilt.

Stahl auf Stahl.

Mir stand nichts als ein aus minderwertigem Metall geschmiedetes Werkzeug von bestenfalls dekorativem Wert zur Verfügung, vermutlich mit mehr Unreinheit behaftet als ein gefallener Engel. Und genau das hatte Kiyama dem Klang entnommen, als er sein Koto gegen den Dreizack schmetterte. Und genau deshalb konnte er sich die Selbstsicherheit leisten, mit der er mir begegnete.

Ich hatte ein Problem.

Aber nützen wird Ihnen das nichts.

In meiner Lage von einer Position der Stärke zu sprechen, kam einem Hirngespinst gleich. Die Zeit lief gegen mich. Noch ein paar kleine Bewegungen, und Kiyama würde genau wissen, wie er meine inzwischen geschwächte Abwehr durchdringen konnte.

Wir umkreisten einander. Er auf der Suche nach meiner Schwachstelle, ich mit meinem abgehackten Stiel in die Luft stochernd. Einmal, zweimal, dreimal. Beim vierten Mal nahm er den Köder an, vollzog wieder ein Überkopfmanöver und verkürzte meine rudimentäre Waffe um ein weiteres Stück. Die Wucht seines Schlags drückte die Stange nach unten, weg von mir. Ich gab der Wucht des Schlags nach und machte eine Drehbewegung mit den Händen. Das Ende des Dreizacks glitt über den Fliesenboden, beschrieb dann einen U-förmigen Bogen in der Luft und fuhr Kiyama in die Rippen, bevor er überhaupt begriff, was los war.

Er stöhnte laut auf und wich zurück.

Der Bumerang hatte ihm Schmerzen zugefügt, aber als erfahrener Zweikämpfer nahm Kiyama diese Widrigkeit mit einem Blinzeln hin.

Erneut konzentrierte er sich auf den Schaft des Dreizacks. Ich zog mich etwas zurück. Meine ursprünglich zweieinhalb Meter lange Waffe hatte sich inzwischen auf ganze anderthalb Meter reduziert. Er machte einen neuen Vorstoß. Ich hob die Metallstange, um mich auch diesem Schlag zu widersetzen, und verlor ein weiteres Stück. In Windeseile wich mein Gegner zurück, während der Dreizackstumpf herumwirbelte und seinen Unterleib nur um Zentimeter verfehlte. Ich stürzte auf ihn zu und rammte ihm das Ende der Stange in den Bauch. Er krümmte sich, als wollte er den Stock in sich aufsaugen, schlug mit dem

Schwert nach oben und hieb, was von meiner Waffe noch übrig geblieben war, entzwei.

Ein nutzloser Schaft von einem halben Meter Länge war alles, was mir geblieben war.

Kiyama richtete sich steif vor mir auf. »Es ist vorbei«, sagte er.

Dem hatte ich nichts entgegenzusetzen.

KAPITEL 80

Wieder erwog ich, mich in den langen Flur zu flüchten. Aber Kiyama hätte mich, bevor ich noch die Türklinke fassen konnte.

Mir blieb gar nichts anderes übrig, als mich ihm zu stellen. Ich war ihm ausgeliefert.

Von dem einst ehrfurchtgebietenden Dreizack war nichts geblieben als ein kurzes Stück weichen Metalls. Das Überbleibsel mochte reichen, um damit ein wenig herumzufuchteln; eine Bedrohung aber stellte es nur dar, wenn ich nah genug herankam, um Kiyamas Anatomie Schaden zuzufügen, bevor er mit seinem langen Säbel ausholen konnte.

Also tat ich das Undenkbare. Als sein Schwert in hohem Bogen erneut auf mich zukam, stürzte ich mich auf ihn, den Blick starr auf den Arm gerichtet, der die Klinge führte. Der klägliche Rest des Dreizacks fiel scheppernd zu Boden.

Der Trick war der richtige Zeitpunkt.

Als das Koto sich seinem Zenit näherte, machte ich einen Satz nach vorn und packte Kiyama mit einer Hand am Unterarm, mit der anderen am Handgelenk. Der nach unten führende Bogen seines Hiebs fand ein jähes Ende. Ich hob das Bein und rammte ihm die Ferse in den Schenkel.

Er strauchelte und drohte nach hinten zu kippen, was ich zu verhindern wusste, da ich seinen Arm fest im Griff hatte. Aber ich hatte mich verrechnet. Als ich ihn losließ und mich wegdrehte, um dem heruntersausenden Säbel auszuweichen, hatte er sein Gleichgewicht schnell wieder gefunden und zog sich zunächst hinkend zurück. Sein Blick verfinsterte sich.

Er sann auf neue Strategien.

Ich war jetzt unbewaffnet, und Kiyama hatte bitter erfahren müssen, dass es ratsam war, das Schwert nicht zu hoch zu führen.

Hatte ich noch etwas in der Hinterhand?

Kiyama schien davon auszugehen. Er setzte erneut zum Angriff an. Ich sprang zur Seite und entging der Spitze der Klinge nur um Haaresbreite.

Er humpelte unübersehbar, bewegte sich langsamer. Nur deswegen war es mir gelungen, seinem letzten Hieb zu entgehen. Beim nächsten Mal hatte ich weniger Glück. Dem eigentlichen Angriff konnte ich ausweichen, im Rückschwung erwischte mich die Stahlspitze an der rechten Seite aber doch. Ein dunkelroter Streifen machte sich auf meinem Hemd breit.

Kiyama schlug ohne Vorwarnung erneut zu, und sein Koto traf mich am Oberschenkel. Ich schrie auf, und ein pulsierender Schmerz durchfuhr mich.

Stück für Stück nahm Kiyama mich auseinander. Angriff, Rückzug. Ein kleiner Kratzer mit dem Schwert hier, ein kleiner Treffer dort. Trotz seiner körperlichen Einschränkung musste er mich nur ermüden, so wie er es mit Inoki getan hatte. Eine Weile würde ich ihn vielleicht noch auf Abstand halten können, aber die Zeit spielte seiner neuen Strategie zu. Ich war unbewaffnet. Die Tür im Flur wie auch der Vordereingang waren verschlossen. Durch keinen der Ausgänge kam ich raus, ohne dass er zuvor zuschlagen konnte. Also blieb mir nichts anderes übrig, als Pirouetten zu drehen, bis ich nicht mehr konnte. Er musste lediglich meine Energiereserven aufbrauchen, meine Reflexe verlangsamen.

Bevor ich mir etwas Neues zurechtlegen konnte, ging er zum vierten Angriff über. Ich sprang zur Seite und rutschte in Inokis Blutlache aus. Meine Füße glitten unter mir weg, und ich schlidderte bäuchlings über den Boden, bis ich gegen Inokis toten Körper stieß.

Das Schwert des greisen Kämpfers lag direkt vor mir. Warum hatte ich daran nicht schon eher gedacht? Ich packte den Griff mit der Rechten und drehte mich auf den Rücken.

Kiyama änderte die Richtung und holte zum letzten, tödlichen Schlag aus.

Aus der Drehbewegung heraus streckte ich den Arm, und das Schwert schien sich wie von allein aufzurichten. Ein Schauer des Entsetzens lief mir den Rücken hinab, als ich bemerkte, dass Inokis abgetrennte Hand noch immer den Griff umklammerte. Reflexhaft richtete Kiyama den Blick auf das bluttriefende Anhängsel. Nur für diesen Bruchteil eines Augenblicks ließ er den todbringenden Teil meiner Waffe aus dem Auge – und lief direkt in die erhobene Klinge.

Sie durchbohrte seinen Bauch. Er schrie auf und stürzte in das Schwert. Das kaiserliche Koto flog ihm aus der

Hand, schlug gegen ein Terrassenfenster, richtete aber keinen Schaden mehr an. Kiyamas schlaffer Körper sackte zu mir herunter und fiel zur Seite, als ich den Griff des Schwertes freigab.

Der Blick des Kendoka traf meinen. Er nannte mich beim Namen, und ich erkannte, dass er noch etwas sagen wollte. Aber dazu kam es nicht mehr.

KAPITEL 81

Stimmen weckten mich.

Ich musste ohnmächtig geworden sein.

Mir brummte der Schädel. Ich war bei dem Sturz mit dem Kopf aufgeschlagen, spürte den Schmerz aber erst jetzt. Kiyamas Arm lag auf meiner Brust. Ich schob ihn beiseite und rappelte mich mühsam auf. Ich war kraftlos und erschöpft. Die Verletzungen schmerzten. Ich hatte Blut verloren. Um mich herum drehte sich alles.

Ich sah meinen Möchtegern-Scharfrichter an. Er rührte sich nicht. Kiyama war tot.

Ich verschaffte mir einen Überblick. Inoki und Kiyama lagen zu meinen Füßen in einer sich unaufhaltsam ausbreitenden Blutlache. Yoji lag vor der Küche.

Mit dem Tod von Yoji und Kiyama hatte ich Hamada gerächt. Nicht dass es ihn wieder lebendig machen würde oder seiner Frau und den Zwillingen ein Trost wäre. Jedoch besänftigte es etwas Aufbegehrendes, Urtümliches in mir, das nicht zuletzt mitverantwortlich für die Art der Leute war, die bei Brodie Security arbeiteten. Gladiatoren kommen auf dem Feld gelegentlich zu Tode, aber wer übrig bleibt, kümmert sich um die Seinen. Laute Stimmen am Strand schreckten mich erneut auf. Schritte kamen die Stufen hinaufgestampft und näherten sich.

Allen klebt Blut an den Händen.

Ich ging in Deckung.

Und rechnete schnell nach.

Am Anfang waren es sieben. Nach Dois Tod nur noch sechs. Fünf, nachdem Kiyama seinen langjährigen Kendo-Gefährten Tanaka aus dem Weg geräumt hatte. Drei, als Yoji und Kiyama ihr Leben gelassen hatten.

Ein ungezügelter Dreiklang alkoholisierter Stimmen drang zu mir. Sie lachten und grölten. Ungeordnete Schritte stapften über die Terrasse. Die Tür flog auf. Ich hörte, wie sie über die Schwelle traten – dann war es still.

»Was ist denn hier los?«, fragte jemand.

»Sie sind alle tot.«

»Überall Blut.«

»Polizei?«

»Kann nicht sein, die …«

»… wären sonst hier und würden warten«, ergänzte ich.

Ich richtete mich hinter Kiyamas niedergestrecktem Körper auf, mit über und über in Blut getränkter Garderobe.

Das Entsetzen in ihren Augen war Ausdruck purer Angst, die bei weitem das übertraf, was man als Überraschung bezeichnen könnte. In meiner blutdurchtränkten Kluft musste ich ihnen wie ein Phantom erschienen sein, das sich gegen sie erhob.

Davon unterschied mich allein die Tatsache, dass ich dem dahingegangenen Schwertschwinger die Waffe aus der Tasche gezogen hatte.

Als der Erste der drei das bemerkte, griff er sofort nach seinem eigenen Schießeisen.

»Tun Sie das nicht«, warnte ich ihn.

Er tat es trotzdem, und ich erschoss ihn.

Die anderen machten auf dem Absatz kehrt und flohen in die Nacht hinaus – Noda, Kato und Rie, die gerade die Stufen hinaufkamen, direkt in die Arme. Der Chefdetektiv von Brodie Security schlug den Ersten, der zur Tür herauskam, kurzentschlossen nieder. Rie bremste den Zweiten mit einem kräftigen Tritt in die Weichteile aus.

»Das wurde auch Zeit«, sagte ich.

»Noda hat Durgan in Miami angerufen. Von ihm bekam er die Nummer unserer Kontaktpersonen in Barbados«, erklärte Rie. »Und die haben uns dann hierher geführt.«

»Wo ist euer Wachhund?«

»Unpässlich«, sagte Inspektor Kato. »Ihr Freund hier ist ihm zufällig über den Weg gelaufen, als er aus dem Polizeirevier kam.«

Noda überging den Kommentar. Er starrte gebannt auf meine Kleidung, die Leichen und runzelte die Stirn. »Schade, dass wir die Party verpasst haben.«

Ries Gefangener stöhnte.

»Nicht alle«, sagte sie.

EPILOG

Man erwartete mich in Tokio zurück, um die Angelegenheit im Kendo-Club zu klären, aber nach den Ereignissen in Barbados versicherte Inspektor Kato mir, dass es sich nur um eine Formalität handelte.

Nachdem der Druck von mir genommen war, verschob ich meinen Rückflug in die japanische Hauptstadt, um ein paar Tage mit meiner Tochter zu verbringen. Bepackt mit einem Korb voller Schokoriegel mit Kokosflocken aus Miami und einer ausgestopften Babyeidechse als Verstärkung, betrat ich mein Apartment in San Francisco. Quietschfidel empfing mich Jenny, sprang an mir hoch, umarmte mich und machte sich dann über die Mitbringsel her. Dann lauschte ich ihren aufregenden Geschichten über ihre junge Fußballkarriere. Schließlich offenbarte sie, was sie sich bis zum Schluss aufgespart hatte.

»Es hat funktioniert«, sagte sie, wobei sie mit auf und ab hüpfenden Rattenschwänzen einen Freudentanz aufführte. »Genauso, wie Mrs. Deacon es uns gesagt hat.«

»Was hat funktioniert?«

»Sie hat gesagt, dass man zum Spaß schwimmen kann und in Notfällen. Lustig ist, wenn man mit Freunden und Spielzeug im Wasser ist. In Notsituationen schwimmt man, um sich in Sicherheit zu bringen. Sie hat gesagt, dass man in eine Lage kommen kann, in der man bereit sein muss, genau das zu tun, was die Situation erfordert. Lebensretter machen das auch, und das sind die besten Schwimmer auf der Welt. Ich bin auf der Fähre in eine solche Situation geraten. Da war doch etwas nicht in Ordnung, hab ich recht?«

Jenny hatte die Männer, die mich angegriffen hatten, nie gesehen.

»Ja, aber das ist nun vorbei. Mach dir keine Sorgen.«

»Ich mach mir keine Sorgen. Die Welt dreht sich weiter. Schon vergessen?«

»Oh, nein.«

»Deine Arbeit ist genauso aufregend wie ein Fußballspiel, Daddy. Ich glaube, wenn die Welt sich dreht, kann das gut und böse, aber auch aufregend sein. Drei Möglichkeiten, nicht einfach nur zwei. Das wollte ich dir schon lange sagen. Aber ich musste es vorher in meinem Kopf noch klar bekommen.«

Was für ein Umschwung – erst die Angst wegen meines gefährlichen Jobs bei Brodie Security, und jetzt nahm sie alles auf einmal an. Was hatte das zu bedeuten? War das normal? War das gesund?

Jenny hüpfte wieder aufgeregt herum. Die Zöpfchen wippten auf und ab. »Ich glaube, die Fähre und der Fluss waren sehr aufregend. Vielleicht hat Großvater dir deshalb die Firma gegeben.«

»Damit könntest du recht haben«, sagte ich vorsichtig.

Meine Tochter strahlte mich mit einem Lächeln voller Entdeckungsfreude und Wonne an. Keine Spur von der Angst, die mir immer Sorgen bereitete. Vielleicht war das ein Schritt in die richtige Richtung, damit sie den immer noch quälenden Schmerz über den Tod ihrer Mutter besser bewältigen konnte.

»Darf ich das auch machen, was ihr, du und Rie macht, Daddy?«

Ich wurde stutzig. »Wie meinst du das?«

»Na ja, diese Kämpfe und so.«

»Na ja, um mit Aikido anzufangen bist du jetzt sicher groß genug, glaube ich.«

Beim Aikido geht es um Selbstverteidigung und die geschickte Abwehr eines Angriffs.

»Aber du machst doch Judo und Karate und dieses Taek-Dingsda. Andere Kinder machen das auch.«

»Taekwondo meinst du. Ja ja, wie wär's mit Judo, wie Officer Hoshino es macht?«

»Au ja!«, rief sie und schlang ihre Arme um mich.

Mir war nicht ganz klar, was ich von dem Sinneswandel meiner Tochter halten sollte. Keine Ahnung, ob das gut oder schlecht war. Zumindest aber war sie ein wenig ausgeglichener geworden.

Einen Tag, nachdem ich in Tokio angekommen war, bekam ich einen überraschenden Anruf.

»Raten Sie mal, wer hier spricht?«, begrüßte mich Zhou.

Niemals würde ich den Spion oder seinen Scharfschützen auf dem Dach vergessen.

»Ist mir schon klar.«

»Sie haben das Beste aus dem gemacht, was ich Ihnen mit auf den Weg gegeben habe.«

»Stimmt.«

»Sie sind sehr gut. Vielleicht sogar gefährlich.«

»Nicht für Sie«, sagte ich.

»Schön. Sie haben erreicht, was Sie erreichen wollten. Ich vermute, Sie möchten mir nicht verraten, wo ich den Alten finde?«

»Bedaure, nein.«

»Mein Angebot bleibt ein Jahr lang bestehen. Denken Sie drüber nach.«

»Nicht nötig.«

»Dachte ich mir schon, aber einen Versuch war es wert.«

»Schon gut«, sagte ich.

Rie traf ich in ihrem Lieblings-Café, im Chatei Hatou. Der Maestro vollzog das Brühverfahren mit unveränderter Präzision. Wir setzten uns an denselben Tisch hinten im Laden. Niemand in der Nähe, der uns belauschen konnte.

Rie war sauber aus der Sache rausgekommen. Als weiblicher Officer bei der Tokioter Polizei musste sie nicht nur zweimal so hart arbeiten, sondern auch noch doppelt so vorsichtig sein. Ersteres wusste ich, über den zweiten Punkt hatte ich mir noch nie Gedanken gemacht. Der Zwischenfall auf dem Boot hatte überraschenderweise keine Folgen für sie gehabt. Niemand hatte Wind davon bekommen, dass sie mit der Sache etwas zu tun hatte, und wenn, hatte er es für sich behalten.

Rie nahm einen Schluck von ihrem Caffè Corretto und seufzte zufrieden. »Wir dürfen uns so nicht mehr treffen.«

»Ich tu mal so, als hätten Sie das nicht gesagt.«

»Apropos ›so tun‹. Vielleicht sollten wir mal unseren Streit beilegen?«

»Ich habe auf Barbados wirklich schon genug Ärger gehabt.«

»Dafür sehen Sie aber noch ganz gut aus. Bevor wir anfangen, möchte ich mich bei Ihnen aber noch dafür bedanken, dass Sie mich für die Sengai-Auktion vorgeschlagen haben.«

»Sie haben mich nicht enttäuscht.«

»Inspektor Kato war so freundlich, die Festnahme meinem Konto gutzuschreiben.«

»Sie haben ihm die Handschellen ja auch angelegt.«

»Sie hätten mich aber nicht anfordern müssen.«

»Habe ich aber gern gemacht«, sagte ich.

Rie räusperte sich. »Ich gestehe Ihnen gerne zu, dass Sie das, was Sie auf der Fähre gemacht haben, für richtig hielten, wenn Sie Ihrerseits einräumen, dass mich das meinen Job hätte kosten können.«

»Könnte ich mir vorstellen.«

Sie runzelte die Stirn. »Aber natürlich war es nicht nur das.«

»Natürlich nicht«, sagte ich.

Es ging auch um Augenhöhe. Sie hatte es schon weit gebracht. Der Job war ihr wichtig. Auch ihr Ansehen. All das und noch mehr sagte ich ihr.

Ihre Stirn glättete sich. »Dann ist die Sache jetzt ausgestanden.«

»Möge sie für immer in Frieden ruhen.«

»Ich habe übrigens nebenbei meinen größten Fall gelöst.« Sie deutete ein Lächeln an.

Außerdem vertreibe ich mir die Zeit lieber nur mit einer Sache gleichzeitig..

»Ich kenne da ein wunderbares französisches Restaurant in Kamakura«, sagte ich. »Aber wir müssten sehr bald dort hingehen, denn mein Flug geht schon morgen.«

»Okay.«

»Ist das ein *Ja*?«

»Was glauben Sie?« Sie beugte sich vor und gab mir einen Kuss auf die Wange. »Ich muss Ihnen etwas gestehen. Der Grund, weshalb ich mit meinen Judokenntnissen hinter dem Berg gehalten habe, ist, dass ich mir etwas von meiner Weiblichkeit erhalten wollte.«

»Die stand doch nie in Frage.«

»Sie sind ein Gentleman, aber ich habe ja gesehen, wozu es führt, wenn ich bei einer Verabredung Kendo und Judo erwähne. Das in Kombination mit meinem Beruf muss die Männer ja einfach in die Flucht schlagen.«

»Ich war doch Zeuge, wie Sie den Kerl auf der Auktion festgenommen haben, und bin trotzdem noch hier.«

Sie beugte sich wieder zu mir herüber, und wir küssten uns. Dieses Mal nicht auf die Wange. Es war behutsam, intensiv, aber nicht zu lang. Schließlich waren wir in Japan. Bekundungen von Zuneigung wurden in der Öffentlichkeit nicht gern gesehen.

Als wir uns trennten, sagte ich: »Trotzdem behalte ich mir das Recht vor, dich wieder ins Wasser zu werfen, wenn die Situation es erfordert.«

Sie knuffte mich. Scherzhaft, aber kräftig. Und ich war mir fast sicher, dass das ein Judogriff war.

Der letzte Anruf in dieser Angelegenheit galt Tommy-gun Tomita.

»Was gibt's, Brodie? Die Story mit den Einbrüchen hast du mir doch schon gegeben.«

»Ich hatte dir doch gesagt, dass das nur die Vorspeise war. Bist du bereit für den Hauptgang?«

Ich stellte mir vor, dass die sensationelle Auflösung der Tokio-Morde den Weg für eine Veröffentlichung von viel größerer Brisanz ebnen würde.

»Ich bin immer bereit. Wenn es etwas Neues über den Schatz des letzten Kaisers gibt, würde ich mich sehr freuen, das bringen zu können.«

Die Behörden stritten sich um die Beute. Die Regierung von Barbados hatte die gestohlenen Kostbarkeiten beschlagnahmt, bis die »Ermittlungen abgeschlossen wären«. Deren Ausgang blieb jedoch ungewiss. Die japanische Regierung hatte ihre Ansprüche geltend gemacht, es handle sich um »historische Zeugnisse«. Als Tommy-guns Geschichte rauskam, mischten sich zusätzlich noch die Chinesen ein. Sie verlangten die Rückgabe der »staatlichen Schätze«, was nach ihrem Verständnis die japanischen Objekte mit einschloss. Überdies hatten besonders aufmerksame Mitarbeiter von Brodie Security Anspruch auf Finderlohn erhoben, was aber, unserer maßgeblichen Beteiligung an der Beibringung des Schatzes zum Trotz, von allen drei Ländern einhellig abgelehnt wurde.

»Vergessen Sie es«, sagte ich. »Ich habe hier etwas viel Besseres für Sie. Es geht um Menschen, die während eines Krieges nächtens umgebracht wurden. Menschen, die die Welt vergessen hat.«

»Alte Kriegsgeschichten sind wie zehn Jahre alter Trockenfisch, Brodie. Immer noch da, aber ungenießbar.«

»Es geht um unschuldige Männer, Frauen und Kinder, die von einem japanisch-chinesischen Kommando umgebracht wurden. Nur noch einer der Augenzeugen ist am Leben.«

»Name?«

»Er lebt im Untergrund, in ständiger Gefahr. Ich mache euch gern miteinander bekannt. Den Rest musst du dann mit seinen Leuten klären. Du wirst auch so einiges an Sicherheitsmaßnahmen über dich ergehen lassen müssen.«

»Ist es das wert?«

»Nur, wenn du ein waschechter Journalist bist.«

»Gib mir mehr Infos.«

Also vertraute ich ihm auch alle übrigen Einzelheiten an und verriet ihm, wie er meinen Kontaktmann finden konnte. Schließlich sagte ich ihm noch, dass die Geschichte groß aufgemacht werden müsste.

»Vielleicht ist es doch kein Trockenfisch. Wenn es gut läuft, bekomme ich die Weltrechte. Es wird die Leute aufrütteln. Vielen Dank.«

»Keine Ursache. Ich halte nur ein Versprechen ein.«

Ich dachte an meinen Ausflug mit Rie nach Chinatown. Und an all die Sicherheitsmaßnahmen. Den vergifteten Tee. Die Umwege. Das Treffen auf dem Friedhof. Ich dachte an Wus herzzerreißende Geschichte, an seine Schuld und die Aufgabe, der er sich verschrieben hatte: die Lebensbedingungen zukünftiger Generationen zu verbessern und gleichzeitig das Versprechen zu halten, das er vergangenen Generationen gegeben hatte.

»Brodie? Sind sie noch da?«

»Ja.«

»Gibt's sonst noch was?«

»Nur eines noch: Er wartet.«

»Wer?«

»Sie werden's herausfinden.«

DIE TATSACHEN

Besonders reizvoll beim Schreiben eines solchen Romans ist die Möglichkeit, Fakten über japanische Kultur in die Handlung einweben zu können. Und diesmal ist auch ein wenig chinesischer Hintergrund beigemischt.

Hier also die Fakten. Alles über den buddhistischen Mönch Sengai (1750–1837) und seine Kunst entspricht den Tatsachen. Allem Vernehmen nach führte er ein anregendes, ersprießliches Leben. Im Alter von vierzig Jahren wurde er der 123. – diese Zahl ist korrekt – Vorsteher von Shofukuji, des ersten Zen-Tempels in Japan, und zog sich 1811 im Alter von einundsechzig Jahren zurück. Am Ende seines Lebens hatte sich der lebenslustige Mönch einen Namen für außerordentliche Gastfreundschaft gemacht, wie auch für seine Tuschezeichnungen, die er behände dahinwarf, wann immer ein Gast ihn darum bat. Seine Werke sollten erheitern und der Erbauung dienen, zumindest aber ein Zeichen setzen. Sengais bekannte Zeichnung »Kreis, Dreieck und Quadrat« (manchmal auch »Universum« betitelt) ist vermutlich seine berühmteste. Sie befindet sich im Idemitsu-Kunstmuseum in Tokio, das die umfangreichste Sammlung der Werke des Künstlers beherbergt. Die Zeichnung, um die es in dieser Geschichte geht, ist frei erfunden, aber ganz im Geiste des Malermönchs erdacht.

Auch die Geschichte des japanischen Schwertes ist wahr. Die besten japanischen Klingen genießen auf der ganzen Welt hohes Ansehen. Die in diesem Buch beschriebenen Verfahren zum Testen ihrer Qualität basieren auf historischen Dokumenten. Natürlich dienten die meisten dieser Prüfungen nicht den hier beschriebenen Zwecken. Der Test mit der Schusswaffe entspricht jedoch der Wahrheit. Ich konnte nicht endgültig klären, ob es zwischen den »Cousins« zu einem Austausch von Koto-Schwertern gekommen ist. Tatsächlich wurden zahlreiche Gegenstände ausgetauscht, und Kenner der japanischen Geschichte haben mir bestätigt, dass dies durchaus möglich wäre.

Die erwähnten Teeschalen gibt es wirklich. Eine habe ich mit eigenen Augen gesehen, und mir wurde versichert, dass es noch mehr davon gibt. Im Hinblick auf die anderen chinesischen Objekte in meiner Geschichte ist die von der Qing-Dynastie (1644–1912) zusammengetragene, umfassende Sammlung chinesischer Kunst wissenschaftlich belegt, ebenso der organisierte Transport tausender Kisten mit Kunst und anderen wertvollen Gegenständen vor der japanischen Invasion. Darüber hinaus häufen sich gegen Ende der Qing-Dynastie Berichte über große Mengen »verloren gegangener« Gegenstände, viele davon möglicherweise schon Jahrzehnte vorher, vermutlich unter dem wachsamen Auge der höhergestellten Eunuchen in der Verbotenen Stadt.

In den Kriegsjahren waren Plünderungen in China und im Südosten Asiens an der Tagesordnung, und zwar nicht nur durch Japaner, sondern auch durch einheimische

Potentaten, Kriegsherren und andere sich bekriegende Banditen und Möchtegern-Politiker. Größere Schatzfunde sind Gegenstand nicht enden wollender Spekulation und unzuverlässiger Berichte, hieb- und stichfeste Dokumentationen fehlen.

Alle Informationen über Kendo entsprechen den Tatsachen. Der legendäre Moriji Mochida (1885–1974), der mit dem zehnten Dan ausgezeichnet wurde, ist eine auf diesem Gebiet hochverehrte Persönlichkeit. Bei dem Nakamura-Kendo-Club handelt es sich um einen fiktiven Dojo, der stellvertretend für die zahlreichen Dojos in Japan stehen soll. Die Kampfkunst erfreut sich in Japan großer Beliebtheit und spielt bei den Aktiven, unabhängig vom Alter, eine wichtige Rolle bei der Stärkung von Geist und Körper.

Der Ausflug in die abwechslungsreiche und zum Teil abenteuerliche Geschichte Yokohamas hat mir besonders große Freude bereitet. Alles über die japanische Hafenstadt, die gerade einmal eine knappe halbe Stunde mit dem Zug von Tokio entfernt liegt, entspricht der Wahrheit. Die Stadt ist ausgesprochen quirlig, nicht zuletzt wegen einer aufstrebenden Chinatown, die ihren Bewohnern, aber auch Institutionen sowohl aus Taiwan als auch aus dem Mutterland China Quartier bietet. Der chinesische Friedhof war einst genau der ruhige, wenn auch teilweise betriebsame Ort, als den ich ihn in diesem Buch beschreibe, wird aber von Zeit zu Zeit umgestaltet. Die wartenden Toten befanden sich noch immer auf dem Gelände, als ich den Friedhof vor ein paar Jahren zum ersten Mal besuchte.

Wus Abenteuer in China als junger Arzt sind frei erfunden. Seine dramatischen Erlebnisse stehen stellvertretend für die zahlreichen Gräueltaten, die damals an der Tagesordnung waren. Auch sein Dorf ist erfunden, wurde aber anhand ähnlicher Geschichten aus jener Zeit mit großer Sorgfalt nachgezeichnet. Verweise auf die chinesische Geschichte sind sowohl in der Erzählung als auch in den Dialogen zwischen den Handelnden verbrieft.

Chinesische Familiensippen übernehmen überall auf der Welt nützliche Aufgaben. Ihre Strukturen, so wurde mir berichtet, gestalten sich je nach Größe der Gruppe chinesischer Auswanderer unterschiedlich. Die finsteren Seitengässchen von Chinatown in Yokohama gibt es heute noch. Auch die Läden entsprechen meiner Beschreibung, wenngleich die Zahl der »illustren« Läden und Gassen mit zunehmendem Reichtum zurückgeht.

Die Details über die in diesem Buch beschriebene Spionage verdanke ich zum Teil der zufälligen Begegnung mit einem sowjetischen Spion in Tokio in den letzten Tagen des kalten Krieges. Davon abgesehen, dass das Rüstzeug eines Spions mittlerweile um das Internet und digitale Hilfsmittel ergänzt wurde, gehören heute noch, soviel habe ich verstanden, Gespräche unter vier Augen und die damit einhergehenden Vorsichtsmaßnahmen zum elementaren Handwerk.

Kazuo Takahashi, der frei erfundene Kunsthändler aus Kioto, stimmt in dieser Geschichte ein Klagelied an, das vielen Japanern, mit denen ich in all den Jahren gesprochen habe, nur allzu bekannt ist und das ich für unbedingt erwähnenswert hielt.

Um zu einem erquicklicheren Thema zu kommen, sei angemerkt, dass sich hinter Gyoku-ryu oder Jewel Dragon, dem Sake, der im Spionageteil des Buches gereicht wird, die Marke Tamagawa verbirgt, die auf eine Geschichte von nicht weniger als einhundertsiebzig Jahren zurückblicken kann. Das äußerst anregende Getränk wird von der Brauerei Kinoshita in der Präfektur Kioto hergestellt. Das Café Chatei Hatou ist ein verschwiegenes Refugium für Kaffeekenner. Es liegt in einer ruhigen Seitenstraße in Shibuya, unweit des Polizeireviers von Shibuya.

Bridgetown ist die Hauptstadt von Barbados, und das Accra Beach Hotel, Oistins Bay Gardens und Turtle Beach gibt es wirklich.

Vielen langjährigen Einwohnern von Miami sind auch das Biltmore, das Mayfair, das GreenStreet und Los Gallegos bekannt. GreenStreet ist eine Institution in Coconut Grove. Das einst vornehmlich Einheimischen bekannte, bescheidene kleine Café hat sich nach einer gründlichen Modernisierung zu einem wahren Touristenmagneten gemausert. Glücklicherweise hat das alte Café in den ruhigeren Momenten des Tages nichts von seinem Charme eingebüßt.

EINE BEMERKUNG ZUM SCHLUSS

Die Idee zu diesem Buch verdanke ich zwei voneinander unabhängigen, zufälligen Treffen mit japanischen Kriegsveteranen. Beide, jeder auf seine Weise, waren Miura nicht ganz unähnlich.

Als ich vor ein paar Jahrzehnten nach Japan zurückkehrte, um mich dort niederzulassen, erfreuten sich viele Veteranen noch ihres Lebens. Damals, jedenfalls wenn man lang genug blieb, um die Sprache zu erlernen, konnte man diesen ehemaligen Soldaten noch begegnen – Überlebende, von den Geheimnissen verfolgt, die sie in sich trugen. Eine besiegte Nation hatte sich am Ende des Zweiten Weltkrieges von ihren Kämpfern abgewandt und sie zu einem erstickenden Schweigen verdammt.

Jahrelang war niemand bereit, sich ihre Geschichten anzuhören. Jahrelang wollte sich niemand erinnern. Einige haben es tatsächlich gewagt, den Mund aufzumachen, wurden aber von der entrüsteten Verwandtschaft und von Freunden zum Schweigen gebracht oder von Arbeitgebern und Regierungsbeamten streng abgestraft.

Jahrzehnte später, als China langsam anfing, sich zu öffnen, und lange bevor Wohlstand in die größeren Städte einzog, kehrten viele Veteranen in die Dörfer zurück, die sie damals mit ihren Truppen besetzt hatten, um ein wenig von dem wiedergutzumachen, was sie angerichtet hatten. Die einstigen Eroberer brachten Geschenke, Lebensmittel und Geld mit.

Das war alles, was ihnen einfiel.

Ihnen ist dieses Buch gewidmet. Und allen, wo immer es auch sein mag, die zur Versöhnung bereit sind.

DANKSAGUNG

Anlässlich meines Debüts *Japantown* habe ich schon angemerkt, dass es bei der Veröffentlichung eines Buches vieler hilfreicher Hände bedarf. Eine Erkenntnis, die sich auch bei diesem Roman wieder bestätigt hat. Erneut hatte ich das große Glück, auf Menschen zu treffen, die mir mit Rat und Tat zur Seite standen.

Sarah Knight, meine gewissenhafte Lektorin bei Simon & Schuster, hatte wie immer unschätzbare Anregungen und treffsichere Einschätzungen parat. Auch andere aus dem Team von S&S überraschen mich immer wieder durch Einsatzwillen und Sachkenntnis: Lance Fitzgerald kümmert sich kompetent um die Auslandsrechte für die Serie; Molly Lindley gab dem Manuskript den letzten Schliff; Jae Song hat ein phantastisches Cover für *Tokio Kill* kreiert, das dem Vorgänger durchaus das Wasser reichen kann; das Herstellungsteam um Lewelin Polanco, Kathy Higuchi, Anne Cherry und James Walsh hat in der letzten Phase mit bewundernswerter Präzision wieder alle Hebel in Bewegung gesetzt; Elina Vaysbeyn und Meg Cassidy machen Marketing und Werbung für das Buch; Lauren Pires hat das Hörbuch für den ersten Jim-Brodie-Roman auf den Weg gebracht; Kaitlin Olson war bei letzten wichtigen Kleinigkeiten behilflich. Die für Asien zuständige Sales Managerin Jill Su bereiste diverse Städte auf diesem Kontinent, um den Roman an den Mann zu bringen, und wirkte das ein oder andere Wunder. Einmal mehr leisteten Jonathan Karp, Richard Rhorer und Marysue Rucci Beistand.

Robert Gottlieb, mein Agent bei der Trident Media Group, hat mir von Anfang beiseite gestanden und mir immer den Rücken gestärkt. Erica Silverman, ebenfalls von TMG, und Brian Pike von CAA haben die Jim-Brodie-Serie bei J.J. Abrams' Bad Robot Productions und Warner Bros. untergebracht; sie wird fürs Fernsehen verfilmt. Ein herzliches Dankeschön an Greg Pulis, der alle rechtlichen Klippen umschifft hat. Um wieder auf Trident zurückzukommen: Robert Gottlieb und Adrienne Lombardo waren mir immer eine Hilfe bei allen möglichen Dingen, die mit der Veröffentlichung des Buches zu tun hatten.

William Scott Wilson, der renommierte Autor und Übersetzer, und seine Frau Emily Wilson, ihrerseits Lektorin und Lehrerin, waren in Miami meine Fremdenführer. Ich habe ihnen unvergessliche Abende und Einblicke in die Stadt zu verdanken. Ihre großzügige Gastfreundschaft ermöglichte es Jim Brodie, problemlos in unsere Fußstapfen zu treten. Ihr Sohn Henry verdient besondere Anerkennung. Er ist nicht nur ein guter Kumpel, sondern hat mir auch gestattet, ihn zu seinem Kendo-Training zu begleiten, damit ich mir ein Bild davon machen konnte, wie diese alte japanische Kunst des Schwertkampfs in den Staaten praktiziert wird.

Wenn man sich auf neues Terrain begibt – in meinem Fall in die Welt der Belletristik –, bringt dies die Gelegenheit mit sich, neue interessante Menschen kennenzulernen und neue Freundschaften zu schließen. Dies war mir in vielerlei Hinsicht vergönnt. Allen voran sind hier die International Thriller Writers (ITW) zu nennen, die dem Begriff »international« in ihrem Namen alle Ehre machten, indem sie mich als amerikanischen Autor aus Tokio sogleich freundlichst zu ihrem alljährlichen »Thriller-Fest« in New York City einluden. Von den vielen Mitgliedern dieser Vereinigung, die ich kennenzulernen das Vergnügen hatte, seien hier nur Kimberley Howe, Liz Berry, Anthony J. Franze, Jenny Milchmann und Melissa MacGregor genannt. Was die zahlreichen anderen etablierten und talentierten, aufstrebenden Autoren angeht – ihr wisst alle, wer gemeint ist. Hut ab vor Anthony für seine gescheiten Hinweise und seine Freundschaft!

Ich stehe tief in der Schuld von Shigeyoshi Suzuki, eines japanischen Renaissancemenschen und langjährigen Freundes, der alles über die Kultur Japans weiß und ein idealer Gesprächspartner für meine Plotideen und andere Themen war. Was *Tokio Kill* betrifft, so verdanke ich ihm die Gedanken zu Sengai und den japanischen Schwertern. Auch hat er viele historische Details recherchiert, nach denen ich ihn mit großem Eifer fragte.

Für das denkwürdige Foto-Shooting in Tokios Stadtteil Shibuya möchte ich mich einmal mehr bei Ben Simmons bedanken. Die Autorenfotos, die er an diesem sonnigen Nachmittag geschossen hat, sind seitdem oft verwendet worden, meistens sogar mit dem korrekten Copyrightvermerk. Ich bitte um Entschuldigung, falls dieser einmal nicht angebracht worden sein sollte. Eine Auswahl von

Bens Fotos und ein Link zu seiner Homepage sind auf meiner Webseite unter »Contact/media« zu finden.

Das japanische Schwert hat eine lange, komplexe Geschichte, und für Uneingeweihte ist sie ein Irrgarten. Ich wusste einiges über dieses Thema, und dennoch habe ich mich manchmal in der Materie verloren. Paul Martin, sowohl online als auch offline ein Experte für Schwerter, hat mich unbeschadet durch diesen historischen Treibsand geleitet. Auch er selbst hat eine erstaunliche Geschichte und forscht unermüdlich weiter auf diesem Gebiet. Nobuo Nakahara, Autor und Experte für Schwerter, hat mit seinen Kenntnissen gleichfalls einen wichtigen Beitrag geleistet.

Der japanische Sake ist ein unendlich faszinierendes Thema mit einer ebenso unendlich vielfältigen Auswahl an Sorten. Um die Variante zu finden, die am besten zum Charakter, der Stimmung und den Gerichten in einer längeren Passage dieses Buches passte, wendete ich mich an einen alten Freund, den Autor und Sake-Braumeister Philip Harper, der mich kompetent beriet. Dabei ist aus ihm nebenbei womöglich der erste literarische Sake-Sommelier der Geschichte geworden.

Für die Unterstützung von Jim Brodie bei seiner Reise in die Karibik danke ich Joyce Abrams, Marilyn Knight und Jean Sealey. Sie haben sämtliche Schritte Brodies an diesen sandigen Gestaden einer genauen Prüfung unterzogen.

Was die Umschrift und die Schreibweise chinesischer Begriffe und Namen im lateinischen Alphabet angeht, danke ich für zweckdienliche Informationen Jun Ma, Ge

Gao (Simon Gao) und Jiali Yao. Ihre Dienste waren unschätzbar, stets kamen ihre Antworten schnell. Wo immer sie sich auch aufhalten mögen, wenn dieses Buch erscheint, jedem und jeder einzelnen von ihnen ist meine Dankbarkeit gewiss.

Für die Unterstützung meines Debüts, *Japantown*, möchte ich mich samt Inhabern und Mitarbeitern bei den folgenden Buchhandlungen bedanken: bei Mysterious Bookshop in NYC und The Poisoned Press in Scottsdale, Arizona, weil sie so liebenswürdig waren, *Japantown* für ihre jeweiligen Buchklubs auszuwählen; bei Steve Kott und Taeko Kobayashi von Good Day Books in Tokio für ihre ungebrochene Begeisterung; bei Barry Martin und Mary Riley von Book'em Mysteries in South Pasadena, Kalifornien, für zwei unvergessliche Nachmittage voller Gespräche über Bücher; bei Mysterious Galaxy in San Diego und Redondo Beach, Kalifornien – tolle Mannschaft, tolle Läden; bei Diane's Books in Greenwich, Connecticut, weil sie die Jim-Brodie-Reihe unter ihre Fittiche genommen haben; bei Mystery Mike Bursaw und George Easter für das Interesse an der Reihe und das herzliche Willkommen bei Bouchercon; beim Team von The Avid Reader in Davis, Kalifornien, für den Enthusiasmus.

Weil sie mir immer mal wieder unter die Arme gegriffen haben, gilt mein Dank (in loser Reihenfolge) auch den im Folgenden Genannten: der unvergleichlichen Joan Hansen sowie Cindy Woods, Katee Woods und Jan Wilcox für die herzliche Begrüßung beim Treffen der »Men of Mystery«; Ethel Margolin, »Ihrem größten Fan«, weil sie immer alle zusammengetrommelt hat; Victoria Magaw für

Zuspruch und Rückhalt und weil sie mich ihren Kontakten in der Los Angeles Public Library vorgestellt hat; Jane Cohen, James Sherod, Sherry Kanzer, Leslie Chudnoff, Barbara Lockwood, Karilyn Steward und Kerrie Mierop – alle entweder Mitarbeiter der LAPL oder deren eifrige Unterstützer; Beth Ruyak und Jennifer Picard für ein tolles Interview auf Capital Public Radio (CPR) in Sacramento; DeKristie Adams für die Vermittlung dieses Interviews; Peter Goodman, Verleger und exzellenter Lektor bei Stone Bridge Press, für Unterstützung und Obdach; John S. Knowlend, weil er auf den Namen Tokyo no Tekken gekommen ist; Mark Schreiber für die Ermutigung und seine Antwort auf etliche Fragen, die ich zur Polizei von Tokio hatte; Kimberley Tierney alias @kimiecat für Zuspruch von Anfang an und für die Organisation einer »Cat's Meow«-Autorenlesung bei Biscotti Tapas in Yoyogi-Uehara, Tokio; Shukla und Arnab Sakar für eine unvergessliche Lesung in Westhills, Kalifornien, auf der anderen Seite des Pazifiks; Alan Brender, meinem alten Freund in Tokio, gegenwärtig Dekan des Lakeland College, weil er mich in einer dunklen Stunde bekochte und wieder aufrichtete; Roger Grabowski für die Veranstaltung auf dem Campus des Lakeland College in Tokio; zwei ganz besonderen, seit langem existierenden Buchklubs – der SGPVJF Book Group (in Pasadena und der Region Los Angeles) und der Bay Bridge Book Group (in San Francisco und der East Bay) – für ihre Gastfreundschaft, das Interesse und die Gespräche; Rochelle Kopp, weil sie großzügig die Grundlagen gelegt hat, auf die S&S bauen konnte; Karen Catalona für die Fremdenführung durch das San Francisco Police Department (SFPD) und das Gerichtssystem; Maddee James und ihrem Team für meine schön gestaltete Webseite, für die es weiterhin viel Beifall gibt; Michael Wyly und Lue Cobene vom Solano Community College für die erfrischenden Veranstaltungen dort; Steve Turner, meinem englischen Freund in Tokio, für die Beschaffung von Zusatzmaterial für neue Szenen und Ideen; Erin Mitchell für Hilfe zur rechten Zeit, und das nicht nur einmal; Rainer Perlitz, dem unverwüstlichen guten Kumpel, seines Zeichens Architekt, Kaffeekenner und Japanfan, der mich auf das Chatei Hatou in Shibuya hinwies; John Einarsen, dem Mitbegründer des *Kioto Journal*, für seine nimmermüde Unterstützung; Gavin Frew für seinen zuverlässigen, scharfen Blick; Richard Auffrey, auf Twitter @RichardPF, für seine Auskünfte über die Fliege; Adrienne K. Di Giacomo für Hilfe aus dem Wüstensand; und nicht zuletzt Mika Saito, der begabten japanischen Designerin (die jetzt in der Präfektur Ehime sogar Satsumas, *Mikan* auf Japanisch, anbaut), für ihr wunderschönes Exlibris auf meiner Webseite.

Bedanken möchte ich mich auch bei all meinen Followern auf Twitter, die mir immer wieder aufmunternde und/oder unterhaltsame Nachrichten, Kommentare zu anderen Tweets und ihre Lieblingsposts schicken und ganz allgemein, einzeln oder manchmal auch in Gruppen, ein großartiger Haufen sind. Pannen auf meiner Webseite (so etwas kommt vor) einmal außer Acht gelassen, sehe ich mir, glaube ich, wirklich jede einzelne eurer Nachrichten an und beantworte so viele, wie ich nur kann. Sollte mir wirklich mal eine durchrutschen, bitte ich um

Verzeihung. Ich weiß das alles zu schätzen. Gleiches gilt natürlich für meine Follower auf Facebook, bei denen ich mich ebenfalls für ihre Unterstützung und ihre Kommentare bedanken möchte – nicht zuletzt dafür, dass sie dabei sind.

Ein ganz besonderer Dank geht an meine alten Freunde Naoko und Hideo Horibe für ihre Freundschaft über all die Jahre und für unvergessliche gemeinsame Abende in Tokio, aber auch in Kambodscha, Frankreich, Belgien, Deutschland und der Schweiz. Das ein oder andere Erlebnis auf unseren Reisen hat seinen Niederschlag in den ersten beiden Romanen gefunden, und in weiteren Fortsetzungen wird das zweifellos auch so bleiben.

Dank an Mio Urata und Ayako Akaogi für ihre Übersetzungskünste im japanischen Teil meiner Webseite. Besonders erwähnen möchte ich an dieser Stelle alle meine japanischen Kollegen aus dem Verlagswesen, die zu der denkwürdigen Überraschungsbuchpräsentation (*bonenkai* – Jahresabschlussparty) in Tokios Marunouchi-Viertel kamen.

Ich stehe tief in der Schuld meines Bruders, des Künstlers Marc Lancet, und seiner Frau Annette De Bow, einer begnadeten Sprachtherapeutin, die mich auf der Lesereise für *Japantown* durch Nordkalifornien gleich zweimal beherbergten, und dann wieder während der Zeit, in der ich letzte Hand an den vorliegenden Roman legte. Ihr Gästezimmer wurde ein Zuhause jenseits meines Zuhauses.

Zu guter Letzt wäre, wie bereits zuvor, meine Familie zu nennen. Ein herzliches Dankeschön geht an Bob und Lenny Lancet, Scott und Rosaleen Lancet, Marilyn Firestone, Melbourne und Teresa Weddle, Lillie und José Reines, Margie und Mike Wilson, Debbie und Tom Hertzberg, Lincoln und Choi Lancet, Linda und Bruce Miller, Stuart und Wendy Firestone sowie an die nächste Generation: Daryanna, Daniel, Evan (mit ihrem endlosen Vorrat an Stickern für meinen Computer), Bob und Christine Wilson, Hayley und Eloise Miller, Lloyd und Lindsay Miller. Auf japanischer Seite gilt mein Dank vor allem meiner Frau Haruko, meiner Tochter Renee sowie meinem Sohn Michael, darüber hinaus aber ebenso der ganzen Familie: Hozumi und Masako Horiuchi, Masaharu und Hiroko Nagase, Hirotake Nagase und schließlich Chikako und Shinya Ishioka mit ihrem neuesten Zuwachs, Yamato.

Allen zuvor Genannten, aber auch denjenigen, die mir mit Rat, Tat, Unterstützung und Veranstaltungen geholfen haben und die ich hier nicht namentlich erwähnen konnte, bin ich zu tiefem Dank verpflichtet.